C. S. Harris, auch bekannt als Candice Proctor und C. S. Graham, ist die *USA-TODAY*-Bestsellerautorin von mehr als zwei Dutzend Romanen, darunter die historische Krimi-Bestsellerserie rund um Sebastian St. Cyr. Als ehemalige Akademikerin mit einem Doktortitel in europäischer Geschichte hat Candice einen Großteil ihres Lebens im Ausland verbracht und in Spanien, Griechenland, England, Frankreich, Jordanien und Australien gelebt. Heute wohnt sie zusammen mit ihrem Ehemann, dem pensionierten Armeeoffizier Steven Harris, in New Orleans, Louisiana.

C.S. HARRIS

DER MÖRDER VON WEST END

Ein Sebastian St. Cyr Krimi

Deutsche Erstausgabe Mai 2021

© 2021 dp Verlag, ein Imprint der dp DIGITAL PUBLISHERS
GmbH

Made in Stuttgart with ♥
Alle Rechte vorbehalten

Der Mörder von West End

ISBN 978-3-96817-747-2
E-Book-ISBN 978-3-96817-676-5

Copyright © 2007 by The Two Tallers, LLC
Titel des englischen Originals: Why Mermaids Sing

Published by Arrangement with TWO TALERS LLC.

Dieses Werk wurde vermittelt durch die Literarische Agentur
Thomas Schlück GmbH, 30161 Hannover.

Übersetzt von: Angelika Lauriel
Covergestaltung: Rose & Chilli Design
Umschlaggestaltung: ARTC.ore Design
Unter Verwendung von Abbildungen von
depositphotos.com: © releon8211, © Iakov
shutterstock.com: © Valery Sidelnykov, © Netfalls Remy Musser
Korrektorat: Dorothee Scheuch
Satz: dp DIGITAL PUBLISHERS GmbH
Druck und Bindung: Books on Demand GmbH, Norderstedt

*Für die Menschen von New Orleans und der Golf-
küste, die unter den Hurrikans Katrina und Rita so
sehr gelitten haben – und es noch immer tun.*

Danksagung

Der Mörder von West End wird für mich immer mein »Katrina-Buch« sein. Das erste Kapitel habe ich nur wenige Tage, bevor der Sturm in mein Haus in der New-Orleans-Region einbrach, angefangen zu schreiben. In den dunklen Monaten, die folgten, in denen wir von einer Flüchtlingsunterkunft zur nächsten zogen und dann den langen, schwierigen Weg des Wiederaufbaus beschritten, habe ich viele Male wirklich daran gezweifelt, dass das Manuskript jemals veröffentlicht würde. Ich habe dieses Buch in einer Baton Rouge-Wohnung geschrieben, in einer Hütte an einem See in Zentral-Louisiana, in einem Hinterzimmer im Haus meiner Mutter und im verwüsteten Büro meines erst halb wiedererbauten Zuhauses. Dass ich das so durchziehen konnte, verdanke ich vielen wundervollen Menschen, die mir zur Seite standen.

Besonders dankbar bin ich meiner Verlegerin Ellen Edwards und den großartigen Menschen bei NAL, die so hilfsbereit und verständnisvoll waren. Meiner Agentin Helen Breitwieser, die gutgelaunt »Du schaffst das« sagte, sooft ich den Glauben zu verlieren drohte. Den vielen Freunden, die für uns da waren, darunter Jon, Ben, Bruce und Emily, Laura, Elora und Charles. Und natürlich meiner unglaublichen, unverwüstlichen und unschlagbaren Familie – meinem Bruder, Penny, Samantha, Danielle und Steve. Ich danke euch allen.

Kapitel 1

Samstag, 14. September 1811

Auf der Straße zwischen Merton Abbey und London

Die Angst drehte Dominic Stanton den Magen um und presste seinen Brustkorb zusammen, bis sein Atem nur noch oberflächlich und schnell ging.

Er sagte sich, dass er ein Narr war. Ein Narr und ein Feigling. Er war ein Stanton, verdammt. In weniger als zwei Monaten würde er neunzehn Jahre alt werden. Männer seines Alters – sogar jüngere, viel jüngere – zogen in den Krieg. Und doch war er hier, nur wenige Meilen außerhalb von London, und benahm sich wie ein dummes Dorfmädchen. Jedes Mal, wenn der Donner grollte oder der auffrischende Wind das Eichenlaub über ihm zum Rascheln brachte, pinkelte er sich vor Angst fast in die Hosen.

Ein Wäldchen aus dichtstehenden Eichen und Kastanien umschloss ihn. Dominic trieb seine Stute mit den Knien zu leichtem Galopp an. Die Abenddämmerung würde bald hereinbrechen, aber schon jetzt sorgten die schweren, dichten Wolken und die Undurchdringlichkeit des Gehölzes für schauriges Zwielicht. Über den wehklagenden Wind hinweg konnte er das leise Hufklappern eines Pferds hören, das von irgendwo hinter ihm erklang. Oder bildete er sich das wieder nur ein? Er blickte über die Schulter auf den leeren Pfad, der sich in einer Kurve verlor. *»Jesus Christus«*, flüsterte er.

Es war die Schuld seiner Mutter, beschloss er für sich. Sie hatte darauf bestanden, dass er rechtzeitig zu ihrer dummen Abendgesellschaft zu Hause sein musste. Ohne ihren Wunsch wäre er mit Charlie und Burlington und dem ganzen Rest noch im Pub. Sie würden die nächste Runde bestellen und immer noch über jeden Hieb und Gegenhieb im Preisboxkampf sprechen, zu dem sie alle nach Merton Abbey geritten waren. Stattdessen war er hier alleine mit seinem Pferd auf der Rückkehr nach London unterwegs, dabei würde gleich ein Sturm losbrechen.

Er redete sich selbst ein, dass er sich nur so sputete, weil er spät dran war, und trieb seine Stute noch mehr zur Eile an ... da begann sein Sattel zu rutschen.

Mist. Der dämliche Stallknecht hatte vergessen, den Gurt strammzuziehen.

Dominic zog die Zügel an, sein Antlitz war klebrig von kaltem Schweiß. Er warf einen raschen Blick um sich, dann sprang er aus dem Sattel. Seine Finger zitterten ungeschickt. Er warf den Riemen des Steigbügels zur Seite und fummelte an der Schnalle herum, da hörte er Zaumzeug klappern und Räder rattern, die sich näherten.

Er wirbelte herum, sein Pferd warf den Kopf hoch und tänzelte nervös zur Seite. Ein Pferd und eine Kutsche schälten sich aus der Dunkelheit heraus. »Oh mein Gott«, flüsterte Dominic, als der Fahrer zu ihm aufholte.

Kapitel 2

Sir Henry Lovejoy, der leitende Untersuchungsrichter am Queen Square in Westminster, stand am Rand des Old Palace Yards. Die Hände tief in den Taschen seines Herrenmantels vergraben, zwang er sich, den verstümmelten Leichnam zu betrachten, der ausgestreckt vor ihm lag.

Dominic Stanton lag auf dem Rücken, die Arme weit ausgebreitet, und seine blickleeren Augen starrten in den trüben Himmel. Tropfen hatten sich wie Perlen in dem hellen, sanft gelockten Haar des Jungen gesammelt, während die Regennässe der vergangenen Nacht tief in den feinen Stoff seines blauen Mantels eingedrungen war und diesen fast schwarz erscheinen ließ. Von den Hüften aufwärts schien der Körper keinerlei Auffälligkeiten aufzuweisen, abgesehen von den Blutspuren auf seinem Halstuch und dem Gegenstand, den man ihm in den Mund gerammt hatte.

Was allerdings mit seinen Beinen geschehen war, entzog sich jeder Beschreibung.

»Um Himmels willen, decken Sie ihn wieder zu«, sagte Lovejoy, dem sich der Magen umdrehte. Der Wachtmeister streckte die Hand nach dem Tuch aus, um es wieder über den Leichnam zu ziehen. »Jawohl, Sir.«

Der frühe Morgennebel, der vom nahegelegenen Fluss heranzog, fühlte sich in Lovejoys Antlitz kühl und feucht an. Lovejoy hob den Blick und starrte die alten, rußgeschwärzten Wände des House of Lords neben sich an.

»Glauben Sie, es war derselbe Mörder, Sir?«

Es war erst drei Monate her, dass sie einen anderen jungen Mann, einen Bankierssohn namens Barclay Carmichael, in St. James's Park gefunden hatten. Sein Leichnam war auf die nahezu gleiche abscheuliche Weise verstümmelt gewesen. Lovejoy warf seinem stämmigen, rotgesichtigen Wachtmeister einen Blick zu. »Sie wollen nicht ernsthaft die Möglichkeit in Betracht ziehen, dass zwei solche Killer in London ihr Unwesen treiben, oder?«

Wachtmeister Higgins verlagerte unbehaglich das Gewicht von einem Bein auf das andere. »Nein, Sir. Gewiss nicht.«

Henry Lovejoy ließ den Blick über den Hof schweifen. Sie hatten das Gebiet mit Seilen abgesperrt, um die Mengen neugieriger Gaffer fernzuhalten, die sich bereits in kleinen Grüppchen einfanden. Etwa ein halbes Dutzend Wachtmeister ging in einer langsam vorrückenden Reihe, die Köpfe gebeugt, den Platz ab, um den Boden abzusuchen. Lovejoy erwartete nicht, dass sie irgendetwas finden würden. Sie hatten zuvor, bei Carmichaels Sohn, auch nichts gefunden.

»Sind Sie sicher, dass der Bursche Dominic Stanton ist?«, fragte Lovejoy.

»Scheint so, Sir. In seiner Tasche haben wir eine gravierte Uhr gefunden, und der Hausmeister, der die Leiche entdeckt hat, hat ihn wiedererkannt. Sagte, er ist als kleiner Bub immer mit seinem Paps hergekommen.«

Lovejoy presste die Lippen zusammen. Alfred, Lord Stanton war aktives Mitglied des House of Lords und ein enger Vertrauter des Prinzregenten. Hatten die Dinge schon im Juni, nach dem Mord am jungen Barclay Carmichael, schlimm gestanden, so würde dieses Mal alles *noch* schlimmer werden.

Der körperlose Klang eines Nebelhorns waberte mit dem Nebel vom Fluss herüber. Lovejoy schauderte zusammen. Es war zwar erst September, aber die Morgen hielten bereits eine Kälte bereit, die den Winter ankündigte.

»Lord Devlin ist da, Sir.«

Lovejoy schwang herum. Ein großer, aristokratisch aussehender Gentleman überquerte den Platz und kam auf sie zu. Seine Beinkleider waren von feinstem Rehleder, sein Herrenmantel unnachahmlich geschneidert und seine Weste von weißer Seide. Doch ein Bartschatten des vergangenen Tages lag auf dem attraktiven, klar und scharf geschnittenen Antlitz, und eine unangenehme Vorahnung befiel Lovejoy. Allem Anschein nach hatte Devlin diese Nacht nicht den Weg in sein eigenes Bett gefunden. Und Lovejoy war keineswegs sicher, wie der junge Viscount auf das reagieren würde, was ihm der Untersuchungsrichter gleich vorschlagen würde.

»Vielen Dank für Euer kommen, Mylord«, sagte Lovejoy, als Devlin heran war. »Ich entschuldige mich für diese gottlose Uhrzeit.«

Sebastian St. Cyr, Viscount Devlin, der Erbe und einzige überlebende Sohn des Earl of Hendon, blickte auf die mit einem Tuch bedeckte Gestalt zu ihren Füßen hinunter, dann wieder auf. »Warum genau bin ich hier?«, fragte er und verengte die Augen, während er die Reihe der langsam vorrückenden Polizisten betrachtete.

Der Mann hatte seltsame, bernsteinfarbene Augen, die Lovejoy selbst jetzt noch, nachdem sie sich fast acht Monate kannten, Unbehagen zu bereiten vermochten. Lovejoy räusperte sich. »Wir haben die ermordete Leiche eines weiteren jungen Gentlemans, Mylord. Er wurde teilweise verstümmelt. Genau wie Barclay Carmichael.«

Die Brauen des Viscounts zogen sich zusammen. »Zeigen Sie her.«

»Ich fürchte, es ist ein grässlicher Anblick, Mylord.«

Devlin ignorierte ihn, ging neben dem Leichnam in die Hocke und zog das Tuch zur Seite.

Ein Anflug von Ekel glitt über die Züge Seiner Lordschaft, aber das war auch schon alles. Lovejoy, der ihn beobachtete, vermutete, dass der Viscount in seinen Jahren im Krieg viele solcher Anblicke – und schlimmere – gesehen haben musste.

Devlins Blick wanderte über den taunassen Mantel zu der Stelle, an der die Kniehosen des Jungen weggeschnitten worden waren. Was von den Beinen des Stanton-Jungen noch übrig war, glich dem, was man in einer Metzgerei zum Kauf dargeboten erwarten würde: gehacktes und rohes Fleisch, die freigelegten Knochen weißschimmernd.

»Carmichaels Körper war auch so zugerichtet?«

Lovejoy förderte ein Schnäuztuch zutage, um sich das Antlitz abzuwischen. »Ja. Nur in Carmichaels Fall waren es die Arme. Nicht die Beine.«

Devlin studierte die weiche Haut im Gesicht des Jungen, das von blonden Locken eingerahmt war. »Wer ist das?«

»Ein junger Mann namens Dominic Stanton. Der älteste Sohn von Alfred, Lord Stanton. Erst achtzehn Jahre alt.«

Devlin nickte. »Ich verstehe immer noch nicht, warum ich hier bin.«

Lovejoy zog die Schultern hoch, um sich gegen die feuchte Kälte zu schützen. Er hatte nicht erwartet, dass diese Angelegenheit einfach würde. »Ich hatte gehofft, Ihr könntet uns vielleicht helfen, zu verstehen, was hier vor sich geht.«

Devlin hielt seinen Blick fest. »Warum ich?«

»Die jungen Männer stammen aus Eurer Welt, Mylord.«

»Und Sie nehmen an, der Killer könnte ebenfalls aus meiner Welt stammen? Wollen Sie das damit sagen?«

»Wir wissen es nicht, Mylord. Der Junge wurde offenbar woanders getötet und dann hierhergebracht.«

»Und das weggeschnittene Fleisch?«

»Wurde nicht aufgefunden, Mylord.«

Devlin blickte über den Platz zur Westminster Abbey, deren Apsis sich aus dem Nebel erhob. Dahinter konnte man nur das alte gedrungene Gemäuer von Westminster Hall ausmachen. »Warum wurde der Körper hier abgelegt, was denken Sie?«

»Es ist ein öffentlicher Ort«, mutmaßte Lovejoy. »Der Täter wollte offensichtlich, dass die Leiche gesehen wird. Und dass sie schnell gefunden wird.«

»Vielleicht. Oder vielleicht wollte er damit eine Art Botschaft hinterlassen.«

Lovejoy kämpfte ein Schaudern nieder. »Eine Botschaft? An wen?«

Vom nebelverhangenen Fluss, der etwa hundert Yard entfernt war, erklang erneut ein Horn, gefolgt vom Gelächter im Nebel verborgener Männer auf einem vorbeifahrenden Kahn. Devlin erhob sich auf die Füße. »Was sagt Lord Stanton über den Aufenthalt seines Sohnes letzte Nacht?«

»Wir haben noch nicht mit Seiner Lordschaft gesprochen.«

Devlin nickte, und seine Stirn krauste sich, als er das entstellte Antlitz des entweihten Körpers vor sich betrachtete. »Was steckt im Mund des Jungen?«

Lovejoy musste sich erneut abwenden und mehrmals schlucken, bevor er antworten konnte. »Wir sind noch nicht sicher, aber es scheint ein abgetrennter Bocksfuß zu sein.«

Kapitel 3

Als er den Hof verließ, ging Sebastian hinter die massiven Steinmauern des House of Lords, wo eine Treppe hinunter zum Ufer der Themse führte. Im stärker werdenden Sonnenschein begannen die Nebel sich zu lichten, und das Wasser lag ruhig und silbern im hellen Morgenlicht.

Er wollte das nicht noch einmal, dachte er, als er oben auf der Treppe innehielt und über den Fluss blickte, auf dem ein Ruderer seine Paddel in langsamen, rhythmischen Schlägen durchzog. Er wollte nicht noch einmal in diesen Sog quälender Emotionen gezogen werden, die das Leben eines Menschen zerstören konnten. Mord schien immer weitere Morde nach sich zu ziehen, und Sebastian war der Morde müde. Des Todes müde.

Er hatte die letzte Nacht in den Armen der Frau verbracht, die er zu seiner Gattin machen wollte, wenn sie ihn nur ließe. Aber das wollte sie nicht, und so hatte er ihr Bett vor dem Sonnenaufgang verlassen. Er war gerade zu Hause in der Brook Street angekommen, als Lovejoys Wachtmeister ihn fand. Nun rieb er sich mit der Hand über das unrasierte Kinn und wünschte sich, er wäre in Kats Bett geblieben.

Er hörte den Untersuchungsrichter Sir Henry, der hinter ihm herkam. »Erzählen Sie mir von dem anderen, von Barclay Carmichael«, sagte Sebastian und hielt seinen Blick auf den Fluss gewandt.

»Seine Leiche wurde ebenfalls am frühen Morgen gefunden«, sagte Sir Henry. »Kopfüber an einem Baum im

St. James's Park hängend. Aber es war offensichtlich, dass er nicht dort getötet worden war.«

»Sie sagen, dass er auch verstümmelt war?«

»Ja. Seine Arme.« Sir Henry blieb in einiger Entfernung am Ufer stehen. »Die Nacht zuvor hatte er mit Freunden verbracht. Er verließ sie beim *White's* und sagte, er werde nach Hause gehen. Seinen Freunden zufolge war er leicht angetrunken, aber nicht übermäßig.«

Sebastian blickte den Untersuchungsrichter an. »Das war vor fast drei Monaten. Was haben Sie herausgefunden?«

»Sehr wenig. Keiner erinnert sich, ihn gesehen zu haben, nachdem er das *White's* verlassen hatte.« Sir Henry schlug den Mantelkragen hoch, um sich gegen die Brise, die vom Fluss her wehte, zu schützen. »Als wir ihn fanden, war Mister Carmichaels Kehle aufgeschlitzt und sein Körper vollends ausgeblutet. An den Armen war kein Fleisch mehr.«

»Wer hat die Untersuchung der Leiche durchgeführt?«

»Ein Dr. Martin vom *St. Thomas.* Ich fürchte, er hat uns über das Offensichtliche hinaus kaum etwas sagen können.«

»Sie werden eine Obduktion Stantons anordnen?«
»Natürlich.«

»Schicken Sie ihn am besten zu Paul Gibson im *Tower Hill.*« Wenn es an Dominic Stantons Leiche irgendwelche Geheimnisse zu entdecken gäbe, würde Paul Gibson sie finden.

Sir Henry nickte.

Sebastian starrte hinunter auf das Wasser der Themse, das gegen die algenbewachsenen Steinstufen unter ihren Füßen schwappte. Der Geruch des Flusses war hier stark. Der Gestank toter Fische vermischte sich mit dem Gestank der Gerbereien am Flussufer. »Sie sagen, Stanton war achtzehn. Wie alt war Mr. Carmichael? Sechsundzwanzig?«

»Siebenundzwanzig.«

»Neun Jahre Unterschied. Ich bezweifle, dass Sie bei den beiden viele Gemeinsamkeiten finden werden.«

»Nicht viele Gemeinsamkeiten, Mylord? Aber ... beide waren wohlhabende, junge, aristokratische Männer aus dem West End.«

»Und Sie glauben, dass sie deshalb umgebracht wurden?«

»Ich befürchte, genau das werden die Leute sagen.«

Sebastian hob den Blick zur anderen Seite des Flusses, wo die wuchtigen Umrisse der Barge-Häuser gerade aus dem Nebel auftauchten. Tatsächlich waren die Vermögen beider Familien beträchtlich, aber es gab geringfügige Unterschiede. Denn während die Stantons eine der ältesten Familien Englands waren, war Sir Humphrey Carmichael als einfacher Sohn eines Webers geboren worden.

Sir Henry räusperte sich, und seine Stimme klang angespannt und besorgt. »Darf ich auf Eure Hilfe zählen, Mylord?«

Sebastian sah zu dem Untersuchungsrichter. Er war ein komischer kleiner Mann mit einer glänzenden Glatze, verkniffenen Gesichtszügen und einer fast lächerlich hohen Stimme. Ausgesprochen moralisch, aufrecht und anspruchsvoll, war er zugleich einer der ehrlichsten und engagiertesten Männer, denen Sebastian je begegnet war.

Der Drang, Nein zu sagen, war stark. Doch die Erinnerung an den Tau, der wie Perlen auf den hellen Locken des toten Jungen gelegen hatte, verfolgte ihn. Und die Art von Wiedergutmachung, die Sebastian diesem ernsten kleinen Untersuchungsrichter schuldete, würde er nie wirklich zahlen können.

»Ich werde darüber nachdenken«, sagte Sebastian.

Sir Henry nickte und wandte sich dem Hof zu.

Sebastians Stimme hielt ihn zurück. »Als Sie Barclay Carmichael fanden, hatte er da etwas im Mund?«

Der Magistrat drehte sich wieder um, und sein Adamsapfel bewegte sich sichtbar auf und ab, als er schluckte. »Wir haben tatsächlich etwas gefunden. Allerdings haben wir nie begriffen, was es bedeuten sollte.«

»Was war es?«

Der Mantelsaum des Untersuchungsrichters flatterte in der Brise, die vom Fluss her wehte. »Eine leere Seite, herausgerissen aus einem Schiffslogbuch. Datiert auf den 25. März.«

Kapitel 4

Als Sebastian an seinem Haus in der Brook Street ankam, fand er dort seinen Vater vor, Alistair St. Cyr, den
fünften Earl of Hendon, der sich gerade von der Tür ab-
wandte. Hendons eigenes Stadthaus lag am Grosvenor
Square. Er suchte das Zuhause seines Sohnes nur selten
auf, und niemals ohne einen Anlass.

Der Earl war ein großgewachsener Mann – größer als
Sebastian und kräftiger gebaut. Seine Brust glich einem
Fass, sein dicker Kopf erinnerte an einen Stier. Sein inzwischen weißes Haar war früher fast so dunkel wie
das von Sebastian gewesen. »Nun«, sagte Hendon, und
sein Blick wanderte von Sebastians unrasiertem Antlitz zu seinem nicht ganz tadellos geknoteten Halstuch,
»ich dachte, ich erwische dich, bevor du ausgehst. Stattdessen sehe ich, dass ich zu früh dran bin. Noch ehe du
heimgekommen bist.«

Sebastian spürte, wie seine Lippen in einem widerwil-
ligen Lächeln zuckten. »Willst du mir beim Frühstück
Gesellschaft leisten?«, fragte er und ging ins Esszimmer
voraus.

»Danke, aber ich habe schon vor Stunden gefrüh-
stückt. Ich nehme jedoch gern etwas Ale.«

Sebastian fing den Blick seines Hausmeiers Morey
auf, der sich diskret verbeugte.

»Deine Schwester sagte mir, du hast eine Suche nach
deiner Mutter in die Wege geleitet«, sagte Hendon und
zog einen Stuhl neben dem Tisch hervor.

Sebastian, der gerade dabei war, mit dem Löffel Eier
von dem Tablett auf der Anrichte auf seinen Teller zu

heben, hielt inne. »Die gute Amanda. Wie hat sie das nur wieder in Erfahrung gebracht?«

»Dann stimmt es also?«

Sebastian brachte seinen Teller an den Tisch. »Es stimmt.«

Hendon wartete, bis Morey das Bier vor ihm abstellte und sich zurückzog. Dann beugte er sich vor, stützte die Arme auf dem Tisch ab und richtete seinen lebhaften und strengen Blick aus blauen Augen auf Sebastians Antlitz. »Warum, Sebastian? Warum tust du das?«

»Warum? Weil sie meine Mutter ist. Als ich das erste Mal die Wahrheit darüber herausfand, was in jenem Sommer in Brighton geschehen ist, war ich wütend. Auf dich, auf sie. Vielleicht auch auf mich selbst, weil ich all die Lügen geglaubt hatte, die man mir erzählte. Ich bin immer noch wütend. Aber ich habe auch begriffen, dass ich sie gern manches fragen möchte.«

»Aber sie hält sich auf dem Kontinent auf.«

»Und genau dort lasse ich nach ihr suchen.«

Hendons buschige weiße Augenbrauen zogen sich zusammen. »Dort herrscht immer noch Krieg, das weißt du.«

»Ich gebe zu, das ist eine Komplikation, aber kein unüberwindbares Hindernis.«

Hendon grunzte und griff nach seinem Ale. Die Beziehung zwischen Vater und Sohn war noch nie einfach gewesen, auch vor Kat nicht, oder vor den Enthüllungen vom letzten Juni. Die Ehe des Earl of Hendon und seiner fröhlichen und schönen Countess Sophia hatte vier Kinder hervorgebracht: das älteste Kind, ein Mädchen namens Amanda, und drei Söhne – Richard, Cecil und Sebastian. Von ihnen allen glich der Jüngste,

Sebastian, seinem Vater am wenigsten. Doch den größten Teil von Sebastians Kindheit war es der Earl zufrieden gewesen, seinen jüngsten Sohn seiner Wege ziehen zulassen. Er war sich sicher gewesen, dass der eigenartige Junge mit den wilden Augen und einer Leidenschaft für Poesie und Musik niemals in die Lage käme, die Ländereien sowie den hohen Stand, der daran gebunden war, zu erben.

Doch dann hatte der Tod zuerst Richard St. Cyr und danach Cecil geholt, und Sebastian hatte sich in der Rolle des neuen Viscount Devlin wiedergefunden. Es hatte Zeiten gegeben, besonders während des langen, heißen Sommers nach Cecils Tod und Lady Hendons mysteriösem Verschwinden, in denen es schien, als ob Hendon seinen jüngsten Sohn hasste. Als ob er ihn dafür hasste, dass er noch lebte und seine beiden Brüder gestorben waren.

»Deine Tante Henrietta sagte mir, du hättest ihre Einladung zu dem Ball, den sie morgen Abend gibt, abgelehnt«, sagte Hendon. Sein schwerer Kiefer schob sich auf eine Weise vor, die Sebastian verriet, wie kampfbereit sein Vater war.

»Ich hatte bereits zuvor eine Verabredung.«

Hendon lachte höhnisch. »Wo? Im Covent Garden Theatre?«

Sebastian atmete tief ein und aus und ließ den Seitenhieb seines Vaters unbeachtet. »Wenn Tante Henrietta den Wunsch hat, dass ich ihren Ball besuche, dann deshalb, weil irgendeine Bekannte von ihr eine heiratsfähige Tochter hat, die sie mir unbedingt vor die Nase halten will.« Die Bemerkung mochte arrogant klingen, war es jedoch nicht. Sebastian wusste genau, dass ihn, wäre er der jüngste von drei Söhnen, keine ehrgeizige Mutter in London in die Nähe ihrer Tochter ließe.

»Du hast auch jemanden nötig, der dir heiratsfähige junge Damen vor die Nase hält«, sagte Hendon säuerlich. »In einem Monat wirst du neunundzwanzig.«

»Das letzte heiratsfähige Fräulein, das meine liebe Tante mir vorgesetzt hat, war eine Dame, die nichts anderes tat, als endlos über Alcibiades und die Sizilianische Expedition zu schwafeln.«

»Das liegt daran, dass du, als sie dir die Tochter des Duke of Bisley vorstellte, das Mädchen anschließend als hübsche Ente mit mehr Haaren als Verstand bezeichnet hast.« Hendon räusperte sich. »Ich höre, die junge Frau, die Henrietta diesmal im Auge hat, sei ganz anders als das Übliche.«

Sebastian legte seine Gabel hin. »Ich habe bereits eine Frau in meinem Leben, wie du sehr wohl weißt.«

»Ein Mann kann eine Geliebte *und* eine Gattin haben, um Himmels willen.«

Sebastian begegnete dem grimmigen Blick seines Vaters und hielt ihm stand. »Nicht der Mann, der hier vor dir sitzt.«

Hendon knurrte einen groben Fluch und stieß sich von seinem Stuhl ab. Er war schon fast an der Tür, als Sebastian ihn mit den Worten aufhielt: »Anstatt deine Zeit mit dem Versuch zu vergeuden, eine Gattin für mich zu finden, wünschte ich, du würdest einen neuen Hausdiener für mich suchen.«

Hendon drehte sich um. »Was? Ich dachte, du hättest letzten Sommer einen neuen Mann eingestellt?«

»Das habe ich. Er hat gekündigt.«

»Gekündigt? Warum?«

Sebastian zögerte. In Wirklichkeit hatte der Diener gekündigt, weil er Sebastians ersten Laufburschen und Vertrauten dabei beobachtet hatte, wie der dem zweiten Burschen die Tricks eines Taschendiebs beibrachte. Sebastian hatte nicht vor, *das* Hendon zu erzählen. Stattdessen sagte er: »Kennst du jemanden?«

»Ich lasse meinen Mann nach einem suchen.«

Nachdem sein Vater gegangen war, versuchte Sebastian, sich wieder seinem Frühstück zu widmen, gab es jedoch bald auf. Er dachte darüber nach, den Stapel von Empfehlungsschreiben für Hausdiener in seiner Bibliothek durchzugehen oder sich vielleicht der überfälligen Korrespondenz zu widmen. Aber er wusste, dass er nichts davon tun würde.

Er würde in die City gehen, um zu hören, was ihm Dr. Paul Gibson über den Tod des jungen Mister Dominic Stanton sagen konnte.

Kapitel 5

»Er ist an der Verletzung seiner Kehle gestorben«, sagte Paul Gibson und band sich etwas um die Taille, das aussah wie eine fleckige Metzgerschürze.

Sebastian und dieser einbeinige irische Chirurg mit dem Verstand eines Gelehrten, den Fähigkeiten eines Heilers und einem heimlichen, brennenden Hunger nach der süßen Erleichterung, die in Mohnblumen zu finden war, waren alte Freunde. Einander begegnet waren sie sich auf den Schlachtfeldern Europas. Ihre Freundschaft war die von Männern, die gemeinsam dem Tod ins Auge geblickt hatten und sowohl die größten Stärken als auch die inneren Dämonen des anderen kannten. Kein anderer in England konnte die Toten so analysieren wie Paul Gibson. Das wusste Sebastian genauso, wie er wusste, warum es so war. Der menschliche Körper war für Gibson eine Bibel; er nahm sich seiner Krankheiten und Verletzungen an, studierte ihn und lehrte darüber. Paul Gibson war für seine Verhandlungsbereitschaft mit Männern, die in dunklen Nächten mit abgedeckten Laternen auf den Kirchhöfen Londons umherschlichen, bekannt. Ihn interessierte immer, was sie zu verkaufen hatten.

Sie hielten sich in dem kleinen Steingebäude hinter Gibsons Praxis in der Nähe des Towers auf, in dem Gibson seine Autopsien und Sektionen durchführte. Der Nebel hatte sich längst verzogen und war einem klaren Morgen mit blauem Himmel gewichen. Durch die offene Tür konnte Sebastian den strahlenden, goldenen Sonnenschein eines warmen Septembertages sehen.

Dazu hörte er das süße Lied einer Lerche und das leise Summen der Bienen, die die wuchernden Rosenbüsche im Hof zwischen dem Nebengebäude und der Praxis umschwirrten. Hier drinnen jedoch war die Luft dick und klamm und trug den Geruch des Todes in sich.

Sebastian starrte auf den nackten, geschändeten Körper von Dominic Stanton hinunter, der vor ihnen auf der dicken Granitplatte lag. Gibson war bei seiner Leichenbeschau noch nicht über die ersten Schritte hinausgekommen. Aber selbst für Sebastians ungeschultes Auge sah der Schnitt durch die Kehle des Jungen sauber und präzise aus – ganz im Gegensatz zu dem, was mit seinen Beinen geschehen war.

»Ich hoffe um seinetwillen, dass das der erste Schnitt war.«

»Zumindest scheint es so.« Paul Gibson drehte sich unbeholfen auf seinem gesunden Bein und humpelte auf die andere Seite des Tisches. Er hatte den unteren Teil seines linken Beins auf einem Schlachtfeld auf dem Kontinent verloren. »Der Schnitt wurde von links nach rechts ausgeführt. Wahrscheinlich von hinten.«

Sebastian blickte auf in das hagere, dunkle Antlitz seines Freundes. »Aber es war kaum Blut auf dem Halstuch.«

»Ich vermute, dass es zusammen mit dem Mantel, der Weste und dem Hemd entfernt wurde, bevor ihm die Kehle aufgeschlitzt wurde. Dann hat man die Leiche ausbluten lassen und wieder angezogen.«

»Mein Gott. Genau wie bei Barclay Carmichael.«

Gibson runzelte die Stirn. »Meinst du den Mann, der im Juni umgebracht wurde?«

»Ich fürchte ja.« Sebastian studierte den Leichnam, der steif und starr vor ihnen lag. Seine Erfahrungen im Krieg hatten Sebastian mehr über die Veränderungen gelehrt, die die fortschreitenden Stunden an den Überresten der Toten hinterließen, als ihm lieb war. »Um wie viel Uhr wurde Stanton getötet, was würdest du sagen? Gegen Mitternacht?« Die Totenstarre schien bei dem jungen Mann bereits voll eingesetzt zu haben.

»Wahrscheinlich. Vielleicht ein paar Stunden früher oder später.«

»Gibt es Anzeichen eines Kampfes?«

»Eines Kampfes? Nein. Aber das hier ist interessant.« Gibson hob einen der Arme der Leiche an. »An den Handgelenken sind Abschürfungen. Siehst du? Und Spuren von Hautreizungen in den Mundwinkeln.«

»Er war gefesselt und geknebelt«, sagte Sebastian.

»Danach sieht es aus.«

Sebastian studierte die breiten Schultern und die große Statur des Jungen. Dominic Stanton mochte jung sein, trotzdem war er ein großer, kräftiger Bursche. Für einen einzelnen Mann wäre es nicht leicht gewesen, ihn zu überwältigen. »Irgendwelche Anzeichen einer Kopfverletzung?«

»Nein.«

Sebastian musste sich zwingen, auf das zu schauen, was von den Beinen des Jungen übrig war. »Kommt mir nicht wie die Arbeit eines Könners vor«, sagte er nach einer Weile.

»Nein. Das Ganze wirkt sogar ziemlich ungeschickt. Mit einer Art Hackbeil ausgeführt, würde ich sagen. Zum Glück post mortem.«

»Kennst du einen Dr. Martin im St. Thomas-Krankenhaus? Laut Lovejoy hat er letzten Juni die Autopsie an Barclay Carmichael durchgeführt.«

Der Mund des Iren verzog sich in einem schmalen, humorlosen Lächeln. »Der Mann ist ein verfluchter, aufgeblasener Hundsfott, aber ich werde versuchen, mit ihm zu reden. Mal sehen, ob ihm etwas aufgefallen ist, was nicht in seinem Bericht steht.«

Der Gestank im Raum begann, Sebastian zu schaffen zu machen. Er stellte sich in den offenen Türrahmen, um die saubere, frische Luft des Tages in seine Lungen zu saugen.

In seinem Rücken sagte Gibson: »Sir Henry Lovejoy sagte mir, dass er dich um Hilfe gebeten hat, und weshalb. Er sagte, du hättest nicht zugestimmt.«

»Habe ich tatsächlich nicht.« Sebastian kniff die Augen gegen die Sonne zusammen, die so hell schien, dass es ihm wehtat. »Der Junge wurde offensichtlich in den Old Palace Yard gebracht, nachdem er an einem anderen Ort umgebracht und zerstückelt wurde. Hast du eine Vorstellung, wo das gewesen sein könnte?«

Gibson wandte sich ab und griff nach einem Skalpell. »Frag mich morgen noch einmal danach.«

Kapitel 6

Sebastian überquerte Whitehall und eilte zum St. James's Park und der Stelle, an der die Leiche des ersten Opfers gefunden worden war, da hörte er eine befehlsgewohnte Stimme, die »Devlin« rief.

Er drehte sich um und sah Alfred, Lord Stanton auf sich zu kommen. Stanton, ein hochmütig wirkender Mann in den Vierzigern, hatte die gleichen breiten Schultern und ungewöhnliche Körpergröße wie sein Sohn. Als Sebastian allerdings in die braunen Augen des Barons blickte und seine knochigen, sonnengebräunten Gesichtszüge sah, dachte er bei sich, dass der Junge, Dominic, seine helle Haut und die vollen Wangen von seiner Mutter geerbt haben musste.

»Wie ich höre, seid Ihr dafür verantwortlich, dass mein Sohn in den Händen eines gewöhnlichen irischen Chirurgen gelandet ist.«

Sebastian blieb stehen und ließ den Baron auf sich zukommen. »Es liegt in der Zuständigkeit des Untersuchungsrichters, für die Obduktion eines Mordopfers einen Pathologen zu empfehlen.«

»Zur Hölle. Wir sprechen hier von meinem Sohn. Es geht um meinen Sohn, nicht irgendeine Gassenhure, die den Händen eines gewöhnlichen irischen Niemands überlassen wird.«

Sebastian blickte über die Guards hinüber zum Park und gab sich Mühe, für die Empörung eines Vaters Verständnis aufzubringen, der gerade erst seinen Sohn auf die schlimmste denkbare Art verloren hatte. Wobei es sich nicht so anhörte, als ob Stanton sich gegen die

Obduktion wehrte, sondern vielmehr gegen den sozialen Status des durchführenden Arztes.

»Paul Gibson kennt sich mit der menschlichen Anatomie und dem Tod von allen Ärzten Londons am besten aus. Wenn jemand dazu beitragen kann, herauszufinden, wer Euren Sohn ermordet hat, dann er.«

Stanton schob den Unterkiefer vor. »Und was geht es Euch an, wer meinen Sohn getötet hat?«

Es gab Menschen, das wusste Sebastian, die immer noch glaubten, er wäre der schrecklichen Vergewaltigungen und Morde schuldig, die im letzten Winter ganz London in Angst und Schrecken versetzt hatten. Möglicherweise war Stanton einer dieser Menschen, wenngleich Sebastian es bezweifelte.

»Wisst Ihr, ob Euer Sohn Feinde hatte?«, fragte er, um die Reaktion des Mannes zu sehen. »Gibt es jemanden, der ihm Böses wünscht?«

Stantons Antlitz wurde dunkel vor Wut. Sebastian erkannte in den schlaffen Gesichtsmuskeln und den geröteten Augen des Mannes die Trauer eines Vaters. Doch er entdeckte auch etwas anderes darin. Etwas, das sehr nach Angst aussah.

Stanton stieß mit einem fleischigen Finger zwischen ihnen beiden in die Luft. »Ihr haltet Euch da heraus, hört Ihr? Das geht Euch nichts an. Nicht im Geringsten!«

Sebastian sah dem großen Mann nach, der sich zu den Privy Gardens entfernte. Die Septembersonne lag golden auf seinen breiten Schultern.

»Nun, das war interessant«, sagte Sebastian.

Er ging den Kanal im St. James's entlang und eine leichte Steigung hinauf bis zu einem einzeln stehenden

Schwarzen Maulbeerbaum. Hier waren an einem warmen Sommertag vor drei Monaten die Strahlen der aufgehenden Sonne auf einen anderen verstümmelten jungen Mann gefallen.

Barclay Carmichael hatte man mit einem dicken Seil an den zusammengebundenen Fußgelenken an einem seitlichen, ausladenden Ast des Maulbeerbaums aufgehängt. Er war hochgezogen worden, sodass seine zerfleischten Arme auf das Gras hinunter baumelten. Man hatte ihn im ersten Licht des Morgens gefunden. Genau wie Dominic Stanton.

Zwei wohlhabende junge Männer, dachte Sebastian, der eine achtzehn, der andere siebenundzwanzig Jahre alt. Einer von beiden Sohn eines mächtigen Bankiers, der andere Nachkomme einer der ältesten Familien Englands. Beide Leichen waren zerfleischt und an öffentlichen Plätzen drapiert worden, wie um sie zur Schau zu stellen.

Auf der Anhöhe, auf der er stand, drehte sich Sebastian langsam im Kreis. Von hier aus konnte er den Palast von St. James's, das Ober- und Unterhaus, das Gebäude der alten Admiralität und die Parade der Horse Guards sehen.

Warum hier?, fragte er sich. Und dann dachte er: *Und wo als Nächstes?*

Er traf Sir Henry Lovejoy auf den Stufen des Public Office am Queen Square an, die er soeben hinunterging. Bei Sebastians Anblick hielt der Untersuchungsrichter inne und drehte sich auf dem Fuße um. »Bitte, Mylord, kommt herein.«

»Nein. Ich werde Sie nicht aufhalten«, sagte Sebastian. »Ich möchte Ihnen nur ein paar Fragen stellen. Wie ich gesehen habe, hatten Sie inzwischen Gelegenheit, mit Lord Stanton zu sprechen.«

Eine undefinierbare Regung glitt über Sir Henrys sonst ausdruckslose Züge. »Ja. Unglücklicherweise war Seine Lordschaft über die Wahl des Arztes für die Obduktion seines Sohnes äußerst aufgebracht.«

»Ebenso wie über meine mögliche Beteiligung bei den Ermittlungen zu den Todesumständen seines Sohnes, vermute ich?«

Sir Henry blinzelte. »Nun, in der Tat. Woher wisst Ihr das?«

Sebastian schüttelte nur den Kopf. »Was hat Seine Lordschaft gesagt, wo sein Sohn die letzte Nacht verbracht hat?«

»Allem Anschein nach ist sein Sohn mit mehreren Freunden nach Merton Abbey zum gestrigen Preisboxkampf geritten.«

Boxkämpfe mit bloßen Fäusten waren gegen das Gesetz und konnten offiziell von Richtern unterbunden werden, weshalb die Kämpfe normalerweise mehrere Fahrstunden von London entfernt abgehalten wurden. Der Kampf zwischen dem Champion und seinem schottischen Herausforderer McGregor allerdings war Gegenstand so intensiver Spekulationen gewesen, dass es keinen Untersuchungsrichter in der Gegend geben konnte, der nicht davon gewusst hätte.

»Sie brachen gestern kurz vor elf Uhr morgens in einer Gruppe von London nach Merton Abbey auf«, sagte Sir Henry.

»Was ist also geschehen?«

»Mister Stanton wurde zu Hause zu einer Abendgesellschaft erwartet, die seine Mutter gab. Er ist nie angekommen.« Sir Henry hielt inne. »Es heißt, Lady Stanton sei hysterisch.«

Die Glocken von Westminster Abbey läuteten zur vollen Stunde, und die satten Töne klangen durch die Stadt. »Haben Sie die Namen dieser Freunde?«

»Ja. Der junge Lord Burlington, dann Davis, der Sohn von Sir Miles Jefferies, und ein Charlie McDermott. Im Augenblick sind sie in einem Pub in der Fleet Street versammelt. Ich war gerade auf dem Weg dorthin, um sie zu befragen.«

Sebastian blinzelte gegen die helle Septembersonne. »Lassen Sie mich zuerst zu ihnen gehen.«

Er war sich bewusst, dass Sir Henry ihn genau betrachtete. »Ich dachte, Ihr wärt nicht an dem Fall interessiert, Mylord.«

Sebastian lächelte grimmig und wandte sich ab. »Ich habe meine Meinung geändert.«

Kapitel 7

Das *Boar's Head* in der Fleet Street war einer jener gemütlichen alten Pubs mit dunkler Wandtäfelung und niedrigen Decken. Es erinnerte seine Gäste an Winterabende, die sie eng zusammensitzend in den gemütlichen jakobinischen Gasthäusern von Leicester und Derby, Northampton und Worcestershire verbracht hatten. Sebastian vermutete, dass es diese heimelige Vertrautheit war, die es zu einem verlockenden Zufluchtsort für drei junge Männer machte, deren Seelen erschüttert waren und die unter ihren Erinnerungen litten.

Sebastian bestellte ein Pint Ale und blieb an dem niedrigen, alten Tresen stehen. Die drei Freunde saßen um einen Tisch in der Ecke gedrängt. Seine Anwesenheit bemerkten sie nicht. Sie gaben eine traurige Gruppe ab und saßen mit hängenden Schultern da, die Hände um die Zinnkrüge gelegt, die Köpfe über den sorgfältig geknoteten Halstüchern gesenkt. Ab und zu machte einer eine Bemerkung, und die anderen nickten. Keiner lachte.

Der Älteste der drei, Davis Jefferies, war erst zwanzig, ein schlanker, unglaublich hagerer junger Mann, der eher wie ein Sechzehnjähriger aussah. Zu seiner Linken saß Charlie McDermott, ein weiterer schlanker Jüngling mit der blassen Haut und dem flammend roten Haar aus dem hohen Norden. Nur Lord Burlington, der Sohn eines Barons aus Nottingham, der seinen Titel bereits im Kindesalter erworben hatte, ähnelte in Größe und Statur Dominic Stanton.

Sebastian beobachtete die Männer eine Zeit lang, dann ging er zu ihrem Tisch hinüber, zog einen Stuhl heraus und setzte sich. Drei erschrockene Augenpaare wandten sich ihm zu. »Auf ein paar Worte, Gentlemen«, sagte er leise, »wenn es Ihnen nichts ausmacht?«

Die drei wechselten hastige Blicke. »Nein. Natürlich nicht«, sagte Jefferies leicht stotternd. »Wie können wir Euch helfen, Mylord?«

»Wie ich hörte, haben Sie gestern die Mühle in Merton Abbey besucht?«

Jefferies zögerte einen Moment, dann sagte er: »Ja.«

»Mit Mister Dominic Stanton?«

Der rothaarige Schotte McDermott meldete sich zu Wort und sagte geschwind: »Ich bitte um Verzeihung, Mylord, aber worum geht es hier?«

Sebastian lehnte sich in seinem Stuhl zurück. »Ich frage mich, ob Sie jemanden kennen, den Stanton in letzter Zeit verärgert haben könnte. Etwa einen Gentleman, der sich über Mister Stantons Aufmerksamkeiten für seine Dame ärgerte? Oder vielleicht jemanden, den er in einem Glücksspiel oder bei einer Wette besiegt hat?«

Die drei schwiegen einen Augenblick und dachten nach. Dann schüttelte Jefferies den Kopf und sagte: »Dominic interessierte sich nicht sehr für die Welt der Petticoats. Und im Kartenspiel hatte er nie Glück mit dem Blatt. Bluffen konnte er auch nicht gut.«

»War er in irgendeiner Weise mit Mister Barclay Carmichael bekannt?«

»Wollen Sie mich auf den Arm nehmen? Ein eingefleischter Lebemann wie Carmichael? Nein. Wir bewunderten ihn alle, aber ... mehr nicht.«

Plötzlich ergriff Burlington das Wort. »Ihr versucht herauszufinden, wer es getan hat, nicht wahr?« Das Antlitz des jungen Mannes war blass und aufgedunsen. Als Sebastian in seine sanften grauen Augen sah, blickte Burlington schnell zur Seite.

»Haben Sie eine Vermutung, was ihm widerfahren ist?«

Alle drei Jungen schüttelten mit weit aufgerissenen Augen den Kopf.

»Wo sind Sie nach dem gestrigen Kampf noch hingegangen, Gentlemen?«

»Zum *White Monk*«, sagte McDermott. »Außerhalb von Merton Abbey.«

»Bis wann waren Sie dort?«

»Bis kurz vor Mitternacht. Aber Dominic verließ uns schon lange vorher. Seine Mutter hatte ihn für eine Abendgesellschaft, die sie gab, nach Hause beordert.«

»Also ist er allein aufgebrochen?«

Erneut wechselten die drei Blicke. Schließlich schluckte Burlington und leckte sich über die Lippen, bevor er antwortete: »Er hat mich gebeten, ihn zu begleiten. Er sagte, er wolle nicht allein nach London zurückreiten. Aber ich habe ihn nur ausgelacht. Habe mich über ihn lustig gemacht. Sagte ihm, er benehme sich wie ein greinendes kleines Dienstmädchen.« Die Stimme des Jungen brach, er sah wieder zur Seite und blinzelte heftig.

»Um wie viel Uhr ist er weggegangen?«

»Gegen halb sechs, würde ich sagen?« McDermott blickte Zustimmung heischend in die Tischrunde. Die anderen beiden nickten. »Ja. Halb sechs.«

»Fuhr er seinen Zweispänner selbst?«

»Nein. Wir sind alle geritten. Dominic hat – hatte«, korrigierte er sich rasch, »eine gutmütige, kleine Stute namens Roxanne. Wie ich zuletzt gehört habe, wird sie ebenfalls vermisst.«

»Wie sieht sie aus?«

»Ein Apfelschimmel. Mit vier weißen Socken und einer weißen Blesse.«

Sebastian schob seinen Stuhl zurück, dann zögerte er. »Sie sagten, Mr. Stanton sei nervös gewesen. War er das öfter?«

»Dominic? Nein. Bis vor Kurzem jedenfalls nicht.«

»Was genau meinen Sie mit ›bis vor Kurzem‹?«

Wieder gab es einen kurzen Augenblick, in dem die drei sich wortlos verständigten. »Den letzten Monat?«, sagte Jefferies. »Vielleicht länger.«

»Wissen Sie, was genau ihn nervös gemacht hat?«

Auf diese Frage breitete sich anhaltendes Schweigen aus. Nach einer Weile räusperte sich Burlington und sagte: »Er dachte, jemand würde ihn verfolgen. Ihn beobachten.«

»Hat er jemals jemanden gesehen?«

»Nein. Niemanden. Es war nur so ein Gefühl, das er hatte. Es war, als hätte er Angst vor einem Geist. Deshalb haben wir alle ihn ausgelacht. Gott steh uns bei. Wir haben ihn ausgelacht.«

Kapitel 8

Auf seiner freundlichen kleinen Araberstute ritt Sebastian die Straße von London nach Merton Abbey entlang und folgte damit in umgekehrter Richtung der Route, die Dominic in der Nacht zuvor genommen haben musste.

Es war ein heißer Nachmittag, und die Sonne hatte den goldenen Schimmer des Spätsommers. Die Spuren des nächtlichen Regens waren inzwischen auf verstreute kleine Matschpfützen zusammengeschrumpft, die in der Hitze rasch trockneten. Insekten summten, und die reifen, noch nicht abgemähten Weizen- und Roggenfelder standen bewegungslos, nicht der geringste Lufthauch regte sich. Als Sebastian in eine Ansammlung von Eichen und Kastanien in der Nähe eines Hügels ritt, hieß er den Schatten willkommen.

Es hatte sich erwiesen, dass dieser Weg kaum benutzt wurde. Sebastian vermutete, dass sogar bei der gestrigen Veranstaltung in der Mühle der Strom der London-Heimkehrer zu der Zeit, als Dominic Stanton das *White Monk* verließ, bereits durchgekommen war. Auch wenn Sebastian die Kühle in diesem schattigen Waldstück willkommen hieß, musste das düstere Dickicht für einen jungen Mann, der allein im Dunkeln ritt und vor einer unsichtbaren Bedrohung Angst hatte, alles andere als angenehm gewesen sein.

Sebastian ließ sein Pferd in Schritt fallen.

Der Boden fiel hier nach Osten hin ab und führte in eine tiefe, felsige Schlucht, in der die Bäume dicht standen und von Kletterpflanzen überwuchert waren.

Sebastian betrachtete sich genau, was neben dem Weg lag, und bemerkte, dass seine Stute die Ohren vor- und zurückbewegte. Er tätschelte ihren Kopf, sie wieherte leise. Sebastian zog die Zügel an und lauschte. Aus den Tiefen der Schlucht erklang ein leises Schnauben als Antwort.

Er fand den grauen Schimmel in der Schlucht, sein Zaumzeug hatte sich völlig in einem Dickicht verfangen. Er stieg ab und näherte sich dem Apfelschimmel mit leisen, beruhigenden Worten. »Ruhig, Mädchen, ruhig.«

Ein Zittern überlief die Stute, ihre Augen waren aufgerissen, dann ließ sie den Kopf hängen. Er streichelte ihren Hals und ließ es zu, dass sie sich an sein Kinn schmiegte. Langsam fuhr er mit der Hand auf der Suche nach Blutspuren über das Leder des Sattels. Seine Hand blieb sauber.

»Was ist geschehen, Mädchen? Hm? Weißt du es?«

Er überprüfte ihre Sprunggelenke und Hufe, aber sie schien gesund zu sein. Dann strich er mit den Fingern über den Sattelgurt und fand die Stelle, an der der Gurt mit einem scharfen Messer bearbeitet worden war. Nicht tief genug, um ihn komplett durchzuschneiden, aber weit genug, dass er sich irgendwann lösen würde, sodass der Reiter spüren würde, wie sein Sattel zu rutschen begann.

Sebastian führte den Schimmel am Zaumzeug und folgte der kaum erkennbaren Spur aus abgebrochenen Ästen und zertretenen Blättern hinauf zum Weg. Der Regen der letzten Nacht und die Durchreisenden des Tages hatten jede Spur verwischt, die auf dem Weg zurückgeblieben sein könnte. Aber am Rand unter den

Bäumen fand er eine Stelle, an der der Apfelschimmel die Erde mit nervösen Huftritten zertrampelt hatte, und etwas weiter Spuren, die ein zweirädriger Wagen oder Karren auf dem weichen Boden am Wegesrand hinterlassen haben konnte. Ob diese Spuren erst vergangene Nacht oder zu einem anderen Zeitpunkt zurückgeblieben waren, konnte er nicht wissen.

Er verbrachte weitere fünfzehn Minuten damit, die Gegend abzulaufen und nach weiteren Hinweisen zu suchen, was hier letzte Nacht passiert sein könnte. Er war bereits im Begriff aufzugeben, da erregte ein weiß schimmernder Gegenstand seine Aufmerksamkeit. Er griff in ein Gewirr von langen, verhedderten Grashalmen und hielt kurz darauf ein kleines Porzellanfläschchen mit blau-weißem Blumendekor in der Hand.

Er hatte solche Fläschchen schon einmal gesehen. Sie wurden zu Tausenden aus China und dem Fernen Osten importiert. Er hob das Fläschchen an seine Nase und schnupperte daran.

Der vertraute, stechende Geruch von Opium stieg ihm in die Nase.

Kapitel 9

Sebastian führte Dominic Stantons graue Stute an der Leine mit sich. Als er im *White Monk* in Merton Abbey ankam, musste er feststellen, dass Sir Henry Lovejoys Wachtmeister bereits ganze Arbeit geleistet hatten. Sämtliche Stallburschen und Dienstmädchen des *White Monk* hatten sie in Aufruhr versetzt.

Am Rand der Ortschaft gelegen, war das *White Monk* ein weitläufiger Landgasthof aus Fachwerk mit einem altmodischen, gepflasterten Hof und Ställen, in denen viel Durchgangsverkehr war. »Gestern nach dem Kampf sind hier bestimmt hundert Kutschen und Gespanne durchgefahren, vielleicht mehr«, sagte der Stallmeister und warf Sebastian einen hinterhältigen Blick zu. »Nach welchem Gefährt fragt Ihr genau?«

Sebastian ließ eine halbe Krone auf seiner Handfläche hüpfen. »Nach dem, dessen Fahrer sich auf irgendeine Art und Weise ungewöhnlich verhalten hat.«

Der Stallmeister beäugte die Münze mit unverhohlener Gier. Er war ein dünner, drahtiger Mann in den späten Fünfzigern. Graue Bartstoppeln beschatteten seine Wangen, und sein ausgeprägter Adamsapfel bewegte sich beim Schlucken auf und ab. »So einen hab' ich nicht gesehen.«

Sebastian warf die Münze in die Luft und fing sie auf. »Wissen Sie noch, welcher Stallknecht sich um diese Stute hier gekümmert hat?«

»Aye. Das war ich.«

»Wirklich? Ist Ihnen am Sattel irgendetwas aufgefallen?«

»'Türlich nich'. Warum fragt Ihr?«

»Schauen Sie ihn sich noch mal an.«

Der Stallmeister warf Sebastian einen fragenden Blick zu, dann fuhr er mit erfahrenem Griff über das Sattelgeschirr. Beim Anblick des Gurts erstarrte er. Er streckte den Rücken durch, fingerte an der sauber geschnittenen Kante herum, dann drehte er sich langsam zu Sebastian um.

»Denkt ihr, ich war das?«

»Nein. Ich denke, Sie wollen diese halbe Krone. Wer hat sich wirklich um die Stute gekümmert?«

Der Stallmeister zögerte, sein Brustkorb hob und senkte sich in mehreren schweren Atemzügen. Schließlich sagte er: »Ich war es. Aber ich schwöre, mit dem Sattelgurt war alles in Ordnung, als ich dem jungen Herrn das Pferd brachte.«

»War zu der Zeit, als Mr. Stanton seine Stute abholte, auf dem Hof viel los?«

»Ja. Ziemlich viel Betrieb. Warum?«

»Glauben Sie, einer der vielen Leute auf dem Hof könnte am Gurt herumgeschnitten haben?«

Der Stallmeister schielte über den gepflasterten Hof zum Stallteich, auf dem gerade ein Gänsepaar landete. Das satte Licht der Abendsonne schien ihre ausgestreckten weißen Flügel in Gold zu verwandeln. »Kann schon sein, schätze ich. Hab' aber nichts gesehen.«

»Haben Sie einen genauen Überblick darüber, wer zu diesem Zeitpunkt im Hof war?«

»Nein.« Er schüttelte den Kopf. Seine Miene schien echtes Bedauern auszudrücken. »Nicht, dass ich mich erinner'.«

Die Gänse erfüllten die Luft mit ihren klagenden Rufen. »Sie waren mir eine große Hilfe«, sagte Sebastian und drückte dem Stallmeister die Münze in die Hand. »Ich danke Ihnen.«

In der folgenden Stunde trank Sebastian im Schankraum des *White Monk* mehrere Pints dunkles Ale. An diesem Abend waren alle Gäste Einheimische. Aber der gestrige Kampf hatte eine Menge junger Männer wie Dominic Stanton und seine Freunde angelockt. Sebastian unterhielt sich mit einem rotgesichtigen Bauern mit Knollennase, der sich deutlich an die jungen Herren erinnerte.

»Habe selbst einen Sohn in dem Alter«, sagte der Bauer und wischte sich mit dem Handrücken den Schaum von der Oberlippe. »Die Burschen waren eindeutig in bester Stimmung. Aber das ist nicht schlimm. Man ist nur einmal jung, sage ich immer.«

»Haben sie sich mit jemandem gestritten?«, fragte Sebastian.

»Nicht, dass ich wüsste.«

Die nächste Stunde verbrachte Sebastian damit, Getränke auszugeben und mit den verschiedenen Gästen des Gasthauses zu sprechen. Aber sie alle erzählten ihm dieselbe Geschichte.

Er bat um sein Pferd, überprüfte den Sattelgurt und ritt dann zurück nach London. Dominic Stantons hübsche kleine Schimmelstute trabte zufrieden hinter ihm her.

Sebastian beschäftigte zahlreiche Bedienstete, sowohl in seinem Londoner Haus als auch in dem kleinen Gut in der Nähe von Winchester, das ihm eine unverheiratete Großtante hinterlassen hatte. Viele von ihnen dienten seit Langem in der Familie, und fast alle waren zuverlässige und unbescholtene Angestellte. Nur ein zwölfjähriger, ehemaliger Gossenjunge namens Tom, den Sebastian als seinen Laufburschen beschäftigte, war weder das eine noch das andere.

Als Sebastian zu den Stallungen in seinem Haus in der Brook Street kam, übergab er seine schwarze Araberstute in die Hände eines seiner Stallburschen. Aber Dominic Stantons Stute vertraute er Tom an.

»Ich gehe davon aus, dass du bereits alles über den Leichnam weißt, der heute Morgen im Old Palace Yard gefunden wurde«, sagte Sebastian.

»Aye.« Tom ließ seine kundige Hand an der Flanke der Stute entlangwandern und bückte sich, um eine Schnittwunde in Augenschein zu nehmen, die Sebastian nicht einmal bemerkt hatte. »Zugerichtet wie eine Rinderhälfte, hab' ich gehört. Nennen den Kerl, der's war, den ›Schlachter vom West End‹.«

»Hm. Das wird Sir Henry nicht gefallen.«

Toms fast wimpernlose graue Augen leuchteten erwartungsvoll. »Hat Euch um Hilfe gebittet, was?«

»Gebeten«, korrigierte Sebastian ihn abwesend. »Woher weißt du das?«

»Ich weiß es halt.«

Sebastian musterte den braunhaarigen Burschen mit dem aufgeweckten Blick neben sich. »Gibt's in den Straßen irgendwelche Mutmaßungen, wer dahinter stecken könnte?«

»Ach, gibt haufenweise Mut-ma-ßung-en«, sagte Tom und gab sich Mühe bei der Aussprache des Wortes. »Die Leute reden von allem Möglichen; von französischen

Teufelsanbetern bis Hexen is' alles dabei. Aber keiner weiß nix.« Er tätschelte den Hals der Grauen. »Sein Pferd, hä?«

Sebastian nickte. »Ich habe sie im Gelände neben der Straße nach Merton Abbey gefunden.«

Tom befingerte den abgeschnittenen Gurt und stieß einen leisen Pfiff durch die Zahnlücke zwischen seinen Schneidezähnen aus. »Sieh mal an.«

»Sieh mal an, allerdings.« Sebastian drehte sich zu dem Pferd. »Ich will, dass du die Stute zum Queen Square zu Sir Henry bringst. Sag ihm, dass ich in mehrere Richtungen ermitteln will.«

»Dann untersuchen wir diese Morde, was?«, sagte Tom mit sichtbarem Vergnügen.

Sebastian drehte sich nochmals um. »Wir?«

Tom lachte nur.

Kapitel 10

Eine Stunde später stieg Sebastian die Treppe des Theatereingangs von Covent Garden aus hinauf, zwei Stufen auf einmal nehmend. Der Haupteingang des Theaters mit seinem Säulenportikus und den klassischen Flachreliefs wies auf die Bow Street. Aber jener Eingang war noch verschlossen, denn das Theater öffnete offiziell erst am Montagabend seine Pforten für die Herbstsaison. Die heutige Aufführung war eine Kostüm- und Generalprobe.

Sebastian reichte dem Wärter eine Münze und eilte durch die verschnörkelte Logenhalle. Noch bevor er in die leere Logenreihe schlüpfte, hörte er, wie ein bedrängter Petruchio auf der Bühne rief: »»Ihr schneidet euch, Jungfer Trine, und zwar mit dem grossen Messer. Sie heissen euch schlecht weg, wie Matz, Trine, und zwar zum öftern die böse Trine, die zänkische Trine. Aber nu, du holdseliger Auszug aller Trinen in der Welt …'««

Sebastian setzte sich, lehnte sich zurück und beobachtete, wie die Frau auf der Bühne unten die Hände in die Hüften stemmte und den Kopf zurückwarf. »Esel seind gewohnt was anders zu tragen«, sagte sie zu ihrem theatralischen Verehrer mit einem verächtlichen Kräuseln der Lippen, »wie ihr seind.« Dann hob sie für einen kurzen Augenblick ihre Augen zu den Logen und lächelte in dem Wissen, dass Sebastian anwesend war.

Ihr Name war Kat Boleyn, und mit ihren dreiundzwanzig Jahren war sie die meistgefeierte Schauspielerin auf der Londoner Bühne, berühmt für ihr strahlendes, gutes Aussehen und ihre lebhaften blauen Augen ebenso wie für ihr beachtliches Talent auf den Brettern, die die Welt bedeuten. Einst, vor langer Zeit, hatte Sebastian sie gebeten, ihn zu heiraten. Seitdem war vieles geschehen, doch ihre Liebe zu ihm war ungebrochen. Dies wusste Sebastian. Schließlich war es die selbstlose Tiefe ihrer Liebe zu ihm, derentwegen Kat fest entschlossen war, niemals seine Gemahlin zu werden. In ihrem Kopf saß fest verankert die Vorstellung, eine Heirat würde ihn zerstören, und nichts, was Sebastian sagen oder tun konnte, würde ihre Meinung ändern.

Als die Generalprobe endete, begab sich Sebastian hinter die Bühne. Dort fand er Kat, die an ihrem Garderobentisch saß und damit beschäftigt war, sich die Schminke aus dem Antlitz zu wischen. Sie sah auf, ihre Blicke trafen sich im Spiegel. Sie lächelte. »Ich dachte, du wolltest vielleicht deine Einladung, mich heute Abend zum Essen auszuführen, absagen.«

Er küsste sie auf die zarte Wölbung ihres Nackens unterhalb des zum Knoten aufgesteckten, dichten, kastanienbraunen Haares. »Ich war in Merton Abbey«, sagte er und lehnte sich mit der Hüfte an die Kante ihres Schminktisches.

»Merton Abbey?« Sie runzelte die Stirn. »Aus welchem Grund?«

»Dort wurde ein junger Mann namens Dominic Stanton zum letzten Mal lebend gesehen. Seine verstümmelte Leiche wurde letzte Nacht im Old Palace Yard abgelegt, und Sir Henry hat mich um Hilfe gebeten.«

»Und du hast eingewilligt?« Er hörte ihre Besorgnis in ihrer Stimme und sah sie in der Art, wie sie sein Antlitz musterte. Von allen Menschen in Sebastians Umfeld verstand nur Kat - und vielleicht der Wundarzt Paul Gibson -, was ihn seine Beteiligung an diesem Mordfall kosten würde. »Warum?«

Sebastian schenkte ihr ein schiefes Lächeln. »Ich würde gerne glauben, dass ich nur zugestimmt habe, weil Sir Henry mich darum gebeten hat. Aber ich befürchte, ein weiterer Grund liegt darin, dass der Vater des Jungen mich gewarnt hat und sagte, diese Angelegenheit ginge mich nichts an.«

Kat runzelte die Stirn. »Warum könnte er das getan haben?«

»Höchstwahrscheinlich, weil er oder sein Sohn etwas zu verbergen hat.«

Später, als sie im *Steven's* in der Bond Street Hummersuppe und kaltes Hühnchen zu sich nahmen, erzählte er ihr von den Ereignissen des Tages. Sie hörte ihm schweigend zu, ihr wacher Blick war nachdenklich. Als er fertig war, sagte sie: »Worauf willst du nun also hinaus? Dass sich jemand an Dominic Stantons Sattelgurt zu schaffen gemacht hat, während er mit seinen Freunden im *White Monk* trank, und dem Jungen dann in der Kutsche gefolgt ist, bis sein Sattel zu rutschen begann?«

Sebastian griff nach seinem Weinglas. »Man kann nicht mit Sicherheit sagen, ob die Radspuren, die ich am Rand der Londoner Straße gefunden habe, tatsächlich letzte Nacht entstanden sind. Aber wenn ich vorhätte, eine Leiche zu transportieren, würde ich sicherlich eine Kutsche mitnehmen.«

»Wurde er dort, am Straßenrand, getötet?«

»Das bezweifle ich. Die Spuren, die Gibson an seinen Handgelenken fand, deuten darauf hin, dass der Junge gefesselt und woanders hingebracht wurde. Er wurde gewiss nicht dort abgeschlachtet.«

Sie schob ihren Teller von sich. Sebastian lächelte entschuldigend. »Verzeih. Das ist nicht gerade das richtige Gesprächsthema für ein Abendmahl.«

Sie streckte die Hand aus und legte sie auf seine, die auf der Tischplatte ruhte. »Wo vermutest du eine Verbindung zwischen Stanton und Carmichael? Abgesehen von der Tatsache, dass sie beide aus wohlhabenden Familien stammen, würde ich nicht sagen, dass sie vieles gemeinsam haben.«

»Auch ich würde das nicht sagen. Dominic Stanton war ein noch unbeleckter junger Mann, unerfahren in der feinen Gesellschaft, während Barclay Carmichael ein Schwerenöter war, ein rechter Hansdampf in allen Gassen. Laut Stantons Freunden bewunderte er Carmichael, aber das war auch alles.«

»Wie entsetzlich, dass jemand sie einfach zufällig ausgewählt haben soll.« Sie hielt inne. »Obschon ich eingestehen muss, dass ich nicht erklären kann, warum dies beängstigender erscheint als die Vorstellung, dass der Mörder seine Opfer kannte.«

»Vielleicht, weil reine Zufälligkeit gewissermaßen uns alle angreifbar machen würde.«

Ein Hauch von Belustigung leuchtete in ihren tiefblauen Augen auf. »Vielleicht ist es das.« Die Belustigung schwand rasch aus ihrem Blick. »Du sagst, Lord Stanton schien deine Beteiligung in den Ermittlungen zu fürchten. Glaubst du, Seine Lordschaft betreibt Händel, von denen niemand etwas erfahren soll?«

Sebastian griff nach der Weinflasche, um ihr Glas nachzufüllen. »Oder er weiß, dass sein Sohn in eine Sache verwickelt war. In eine Sache, die seine Familie in Unehre stürzen würde, wenn sie bekannt würde.« Sebastian goss den restlichen Wein in sein Glas, blieb einen Augenblick schweigend sitzen und betrachtete den Schimmer des Kerzenlichts durch die tief burgunderfarbene Flüssigkeit. »Ich halte es für möglich, dass Dominic Stanton im *White Monk* unbeabsichtigt die Aufmerksamkeit seines Mörders auf sich gezogen hat. Im Gegensatz zu der Aussage seiner Freunde halte ich es für wahrscheinlicher, dass der Mörder Stanton bereits seit einiger Zeit beobachtete. Er ist ihm gefolgt und wartete auf die Gelegenheit, seiner allein habhaft zu werden. Vergangene Nacht bot sich ihm diese Möglichkeit.«

Er war sich Kats Blicks bewusst, der auf ihm ruhte. Sie kannte ihn besser als jeder andere Mensch, kannte die dunklen Träume, die ihn des Nachts quälten und die dunklen Taten, die seine Vergangenheit beschatteten. »Du glaubst nicht, dass das schon das Ende ist, richtig?«, sagte sie.

Sebastian leerte sein Glas in einem einzigen Zug und stellte es zur Seite. »Nein, das ist noch nicht das Ende.«

Kapitel 11

Montag, 16. September 1811

Als Kat Boleyn erwachte, drückte die Angst ihre Brust so fest zusammen, dass sie nach Atem ringen musste. Das war nur ein Traum, sagte sie sich; dieses Mal war es nur ein Traum.

Ein dünner Lichtstreifen um die schweren Vorhänge an den Fenstern herum kündigte die einsetzende Morgendämmerung an. Als sie den Kopf drehte, fand sie Sebastian schlafend neben sich. Ein Lächeln umspielte ihre Lippen. Er war bei ihr geblieben. Er blieb nicht oft.

Ihr Lächeln verblasste, als das vage Gefühl des Unbehagens, das der Traum in ihr heraufbeschworen hatte, wieder anwuchs. In ihrem Traum war sie durch eine dunkle Gasse gegangen. Sie hatte niemanden sehen können, wusste aber, dass ein Mann hinter ihr her war. Sie hörte seine Schritte und sah seinen Schatten. Schon seit einer Woche hatte sie jede Nacht denselben Traum, und sie wusste, warum.

Jemand war ihr gefolgt.

Sie hatte ihn nie gesehen, aber sie spürte ihn oft. Im Theater, auf der Bond Street. In der abendlichen Stille, wenn sie die Vorhänge an den Fenstern zuzog, war er da. Er beobachtete sie. Er wartete. Aber warum?

Es bestand immerhin die Möglichkeit, dass er nur ein Bewunderer war. Ein Verehrer, der im Schatten lauerte und sie schweigend beobachtete, würde jeder Schauspielerin Angst machen. Aber eine Frau, die jahrelang für die Franzosen spioniert und Geheimnisse an

Napoleons Agenten weitergegeben hatte, kannte Ängste, die über die einer gewöhnlichen Schauspielerin weit hinausgingen.

Sie nannte sich Kat Boleyn, aber sie war mit einem anderen Namen geboren worden: als Tochter einer Frau, die einst die Berühmteste in ganz London gewesen war; einer Frau, die reiche, adlige Männer in ihr Bett genommen und dann alles zurückgelassen hatte, um in ihre Heimat Irland zurückzukehren. Dort, in Irland, begannen auch Kats Erinnerungen, in einem weiß getünchten Haus am Rand eines Parks in Dublin – ein gemütliches kleines Heim, erfüllt von Lachen und so viel Liebe. Dort, in Irland, endeten diese heiteren Erinnerungen jedoch auch in einer Nacht des Schreckens. Ein Trupp englischer Soldaten hatte Kat und ihre Mutter in jener Nacht schreiend aus ihren Betten gezerrt.

Sie zwangen Kat und ihren Stiefvater, zuzusehen, was sie Kats Mutter antaten. Kat hatte versucht, die Augen zu schließen, doch sie sagten ihr, wenn sie nicht zuschauen würde, würden sie mit ihr das Gleiche tun. Und so hatte Kat die Augen offengehalten. Nachdem sie Kats Mutter wie eine Hündin benutzt hatten, erhängten sie sie und Kats Stiefvater am Rand des Parks und ritten in der rauchgeschwängerten Morgendämmerung davon. Die Erhängten drehten sich sanft im Wind.

Im Andenken ihrer Eltern hatte Kat für Frankreich gearbeitet, um den Engländern zu schaden, damit Irland eines Tages frei sein konnte. Sie würde nie bereuen, was sie getan hatte, obgleich sie ihre Verbindungen zu den Franzosen schon vor Monaten gekappt hatte, als Devlin wieder in ihr Leben trat. Ihre Hingabe an Irland blieb bestehen, aber sie konnte nicht mit gutem Gewissen Devlins Liebe annehmen, während sie mit denjenigen kollaborierte, gegen die er gekämpft hatte.

Doch Kat wusste genau, dass ihre Aktivitäten in der Vergangenheit sie verletzlich gemacht hatten. Sie war angreifbar, und zwar sowohl von denjenigen, denen sie einst Informationen geliefert hatte, als auch von deren Feinden – *ihren* Feinden, den Engländern.

Der Mann, der jetzt neben ihr schlief, wusste nichts von den Taten, die sie in der Vergangenheit begangen hatte. Er selbst hatte Jahre in der Armee verbracht und gegen das Land gekämpft, das sie hatte unterstützen wollen. In der vergangenen Woche war sie manchmal versucht gewesen, ihm von dem Mann zu erzählen, der sie aus dem Verborgenen heraus beobachtete. Aber sie hatte begriffen, dass sie nicht alle Konsequenzen vorhersehen konnte, und sie fürchtete Devlins Reaktion, wenn er die Wahrheit über ihre Vergangenheit erfuhr, noch mehr als den Mann in den Schatten, der sie verfolgte.

Sie bemerkte, dass Sebastian aufgewacht war. Er lag da und beobachtete sie, seine Augen schimmerten schwach im zunehmenden Licht. Er hatte die seltsamsten Augen, bernsteinfarben wie die eines Wolfes und auch mit der Fähigkeit eines Wolfes, im Dunkeln zu sehen. Auch seine anderen Sinne waren scharf – so scharf, dass es sie manchmal verunsicherte.

»Habe ich dich geweckt?«, fragte sie. »Das tut mir leid.«

Einer seiner Mundwinkel zog sich in einem Lächeln nach oben. »Mir nicht.«

Er griff nach ihr, seine Finger verhedderten sich in ihrem schweren Haar im Nacken, als er sie an sich zog. Sie strich mit den Lippen über seine, fühlte seine Hände über ihren nackten Rücken gleiten. In seiner Berührung lag Frieden und Freude in seinem Kuss. Sie gab sich ihm hin und ließ den Frieden und die Freude seiner Liebe über sich hinweg und durch sich hindurch fließen.

Die Angst jedoch blieb als kalte und schwere Präsenz wie der Mann, der unbemerkt in der Nacht Ausschau hielt.

Kapitel 12

Um kurz nach sieben Uhr an diesem Morgen ritt Sebastian auf seiner schwarzen Stute durch das Tor in den Hyde Park. An diesem klaren und kühlen Morgen war der Park um diese Uhrzeit weitgehend menschenleer bis auf einen einzelnen Reiter, der mit seinem Schimmel die Row auf und ab ritt.

Der Earl of Hendon hatte es sich zur Angewohnheit gemacht, jeden Morgen, an dem er in London war, den Tag mit einem Ausritt im Hyde Park zu beginnen. Während Sebastian ihn beobachtete, machte der Wallach einen falschen Schritt, und mit einer leichten Brise klangen die mahnenden Worte seines Vaters herüber, die sich mit dem vertrauten Hufgeklapper vermischten.

Hendon selbst hatte Sebastian und seinen Brüdern das Reiten beigebracht. Schon damals war Hendon immer mit Staatsgeschäften beschäftigt gewesen. Die Aufgabe, seinen Söhnen das Reiten beizubringen, wollte er jedoch nicht einem einfachen Stallknecht überlassen. Der Graf war ein unerbittlicher Lehrmeister mit hohen Erwartungen und manchmal verletzenden Kommentaren gewesen. Aber auch Stolz auf die Leistungen seiner Söhne ließ er erkennen, wenn auch nur in einem zufriedenen Glanz seiner Augen oder in seltenen Lobesworten für eine gut ausgeführte Bewegung.

Sebastian erinnerte sich mit einem Lächeln an diese Tage und brachte den Araber neben dem Schimmel seines Vaters in Stellung. Sie blieben einen Augenblick schweigend Seite an Seite stehen. Dann warf der Earl

Sebastian unter gesenkten Brauen einen raschen Blick zu. »Du bist offensichtlich aus einem bestimmten Grund hier, und er muss verdammt wichtig sein, dass du zu so früher Stunde aus dem Bett gefallen bist. Was ist es? Hast du das Vermögen deiner Tante an der Börse verloren, oder was?«

Sebastian lachte. Es war ein nicht enden wollender Quell des Verdrusses für Hendon, dass sein Sohn und Erbe von einer Großtante ein kleines Landgut und damit eine komfortable Unabhängigkeit von seinem Vater geerbt hatte. Ein Erbe mit eigenem, von ihm unabhängigen Einkommen war schwer zu kontrollieren, und Kontrolle war dem Earl of Hendon wichtig. »Eigentlich wollte ich dich nach deiner Meinung über Sir Humphrey Carmichael fragen.«

»Carmichael?« Hendon stieß mit einem Laut des Ekels seinen Atem zwischen den Zähnen heraus. »Er ist ein verfluchter Emporkömmling. Sein Vater war Weber. Hast du das gewusst? Ein verdammter Weber.«

»Das habe ich schon gehört. Besitzt eine Reihe von Mühlen irgendwo im Norden, nicht wahr?«

»Yorkshire. Dort hat er angefangen. Jetzt ist nichts mehr vor dem Kerl sicher, von Kohlegruben bis zur Schifffahrt und dem Bankwesen.«

Sebastian musterte die düstere Miene seines Vaters. Hendon besaß all die Arroganz und Vorurteile seiner Klasse, aber seine schärfsten Urteile fällte er über diejenigen, die in politischer Opposition zu den regierenden Tories standen. Sebastian lächelte. »Carmichael ist ein Whig, richtig?«

»Angeblich nicht. Er behauptet, die Tories zu unterstützen. Aber in der Praxis ist der Mann ein verfluchter

Radikaler. Er baut Häuser für seine Arbeiter. Stell dir das nur vor! Stellt Ärzte ein, die ihre Krankheiten behandeln. Er gibt ihnen sogar eine Mittagsmahlzeit. Und er lässt kein Kind unter zwölf Jahren mehr als zehn Stunden am Tag in seinen Fabriken oder Minen arbeiten.«

»Was wird nur aus unserer Nation?« Hendon warf ihm einen finsteren Blick zu, aber Sebastian blickte starr geradeaus. »Gibt es irgendeine Verbindung zwischen Carmichael und Alfred, Lord Stanton?«

»Stanton ist Bankier. Er hat Beziehungen zu jedem wohlhabenden oder angesehenen Mann in der Stadt.« Nach einer Pause sagte Hendon: »Es ist wegen der Sache, die dem Verlauten nach mit Stantons Sohn passiert ist, oder? Deshalb fragst du. Weil Barclay Carmichael auf dieselbe Weise gestorben ist.«

»Ja.«

Hendon runzelte die Stirn, sagte aber nichts.

»Wie steht es um Stantons politische Orientierung?«, fragte Sebastian. »Ist er ein Tory?«

»Großer Gott. Ja, natürlich. Die Linie der Stantons geht auf den Eroberer zurück.«

Sebastian lachte. »Das impliziert wohl, dass ein so stolzes Geschlecht seinen Nachkommen Schutz vor allen radikalen Philosophien gewährt?«

»Mach dich nicht lächerlich.«

Wieder ritten sie schweigend nebeneinander her, wobei Hendons mahlender Unterkiefer verriet, dass er verärgert oder nachdenklich war. Nach einer Weile sagte er: »Es ist grässlich, was diesen beiden jungen Männern angetan wurde. Welche abscheuliche Bestie würde eine derartige Barbarei an wohlhabenden und gebildeten Männern vollziehen?«

Sebastian blickte über den Park hinweg, wo das ruhige Wasser des Sees Serpentine den klaren blauen Himmel reflektierte. Die offensichtlichste Verbindung zwischen den beiden Ermordeten war ihr Wohlstand, eine Verbindung, die vermuten ließ, dass ihr Mörder eine bösartige Abneigung gegen Männer mit Reichtum und Privilegien hegte. Nur war Sebastian nicht so sicher, ob es so einfach war. Barclay Carmichael war wohlhabend gewesen, aber seine Familie stammte aus bescheidenen Verhältnissen. »Was weißt du über Carmichaels Sohn, Barclay?«

Hendon zuckte mit den Schultern. »Ich bin ihm in den Klubs begegnet. Er schien hoch angesehen zu sein.«

»Obwohl ihm der Gestank der Weberei anhaftete?«

»Sir Humphrey Carmichael heiratete die Tochter des Marquis von Lethaby, Caroline.«

»Ah. Und hat zweifellos teuer für sie bezahlt.«

Hendon grunzte. »Diese Ehe hat Lethaby aus dem Fluss Tick gezogen.«

Es war eine alte Geschichte: Einst stolze Adelsfamilien, die durch Pech, Ausschweifung oder schlechtes Management an den Rand des Ruins gebracht wurden und gezwungen waren, ihre Töchter an reiche Bürger zu verheiraten, um ihr prekäres Ansehen und ihre Respektabilität zu steigern. Reichtum allein konnte seinem Besitzer niemals die wahre Aufnahme in die innersten Kreise der guten Gesellschaft erkaufen. Aber er konnte die Tochter eines Lords und durch sie das gesellschaftliche Ansehen für die eigenen Söhne erkaufen.

Plötzlich kam Sebastian ein Gedanke. »Gibt es eine Verbindung zwischen den Stantons und dem Marquis von Lethaby?«

»Das müsstest du deine Tante Henrietta fragen. Die Frau ist ein wandelnder Almanach der englischen Adelstitel, quasi ein Burke's Peerage. Du könntest sie heute Abend danach fragen, wenn du auf ihren Ball gehst.«

Sebastian lachte laut auf und zog den Kopf seines Pferdes zum Gehen zur Seite.

»Sebastian ...«

Sebastian zögerte, die schwarze Araberstute warf den Kopf hin und her.

Hendons Kiefer mahlten in offensichtlicher Wut. »Dieser Mörder ... Wer es auch sein mag, der Mann ist gefährlich. Gefährlich und geistig verwirrt. Nimm dich in Acht.« Es war ein Befehl, keine Bitte.

Sebastian maß den alten, weißhaarigen Mann auf dem großen Schimmel und spürte, wie der Ärger, den frühere Bemerkungen seines Vaters in ihm ausgelöst hatten, aus ihm herauszufließen begann. In Sebastians Erinnerung war sein Vater eine gebieterische, einschüchternde Gestalt, deren lebhafte blaue Augen blitzten. Sein Körper war einst groß und kräftig, Hendon unversöhnlich, gnadenlos und furchtlos gewesen. Er war immer noch unversöhnlich und gnadenlos, aber wann hatte der Alterungsprozess eingesetzt?, fragte sich Sebastian. Alt und ängstlich wirkte er.

»Ich werde vorsichtig sein.«

Kapitel 13

Mit seinen siebenundzwanzig Jahren zählte Barclay Carmichael nur ein Jahr weniger als Sebastian. Er war ein zierlich gebauter Mann mit hellbraunem Haar und attraktiven, ebenmäßigen Gesichtszügen gewesen. Sebastian hatte ihn nur oberflächlich gekannt, denn während Sebastian nach Eton und Oxford geschickt worden war, hatte Carmichael seine Ausbildung in Harrow und Cambridge erhalten. Dennoch war er in den Klubs von St. James's, Menton's, Crib's Parlor, Angelo's und in Ascot ein bekanntes Gesicht gewesen. Sebastian kannte keine Gerüchte, die zu seinem Nachteil gereicht hätten, und die diskreten Nachforschungen eines Morgens förderten nichts zutage, das sein Ansehen erschüttert hätte.

Das Bild, das sich herausschälte, war das eines unbekümmerten, leutseligen Mannes, der sowohl für seine Fähigkeiten bei der Jagd als auch für seine Hilfsbereitschaft gegenüber Freunden bekannt war. Das Schlimmste, was man über ihn sagte, war, dass er die Rechnungen seiner Schneider immer pünktlich bezahlte.

Zunehmend verwirrt lenkte Sebastian seine Schritte in Richtung des imposanten steinernen Bauwerks der *Bank of England*.

Die Bank, ein privates Geldinstitut, wurde von einigen der reichsten Männer Englands kontrolliert. Ihre Verbindungen in die Regierung waren sowohl wohlwollender als auch eigennütziger Natur, und Sebastian bezweifelte, dass es unter den vierundzwanzig

Direktoren der Bank einen einzigen Mann gab, der kein überzeugter Tory war. Der nicht enden wollende Krieg mit Frankreich war sehr gut für das Geschäft gewesen – oder zumindest gut für das Geschäft dieser Männer. Sebastian hatte gehört, die Bank hätte im Jahr 1790 nur zweihundert Angestellte beschäftigt; dieser Tage waren es über eintausendeinhundert.

Er entdeckte Sir Humphrey Carmichael, der zügig durch die Rotunde auf eines der Bankbüros zuging. »Sir Humphrey«, rief Sebastian. »Dürfte ich Sie kurz sprechen?«

Sir Humphrey drehte sich um. Ein Ausdruck von Verärgerung glitt über sein Antlitz, wurde jedoch gleich darauf von etwas anderem überschattet. Er sah aus wie ein Mann in den späten Fünfzigern oder frühen Sechzigern, hager, mit blassen, verhangenen Augen und einer ungewöhnlich ausgeprägten Oberlippe. Einen Augenblick saugte er an seiner Lippe, die Lider gesenkt, als wolle er seine Gedanken verbergen. Dann schob er das Kinn vor und sagte knapp: »Nun, einen Augenblick«. Er ging ihm voraus in ein Büro, das reich mit grünem Samt und poliertem Mahagoni ausgestattet war und die Threadneedle Street überblickte.

»Man sagte mir, ich müsse Sie aufsuchen, wenn ich an Investitionen interessiert bin«, sagte Sebastian und lehnte das Angebot des Bankiers ab, sich zu setzen.

»Ja. Aber ich glaube nicht, dass Ihr hier seid, um über Investitionen zu sprechen, nicht wahr, Mylord?«

Sebastian begegnete dem strengen Blick des älteren Mannes. Seine hellgrauen Augen waren vollkommen unergründlich. Das war ein Mann, mit dem man rechnen musste, dachte Sebastian. Innerhalb von etwa dreißig Jahren war Carmichael vom Sohn eines Webers zu einem der reichsten Männer Londons aufgestiegen, mit der Tochter eines Marquis als Gattin an seiner Seite. Es war ein Weg, den niemand beschreiten konnte, der nicht brillant, gerissen und vollkommen rücksichtslos war. Hendons Ausführungen von Fabrikwohnungen und Mittagsmahlzeiten hatte das Bild eines Philanthropen gezeichnet, doch dieses Porträt schien schwer mit dem Mann in Einklang zu bringen, der in diesem Augenblick vor Sebastian stand.

Sebastian lächelte. »Nun gut. Lassen Sie uns zur Sache kommen, nicht wahr? Sir Henry Lovejoy hat mich bei den Ermittlungen zu den Geschehnissen um Dominic Stanton um Hilfe gebeten. Ich habe mich gefragt, ob Sie von einer möglichen Verbindung zwischen dem jungen Mister Stanton und Ihrem Sohn Barclay wissen.«

Sir Humphrey Carmichael nahm auf der anderen Seite seines breiten, glänzenden Schreibtisches Aufstellung und verschränkte die Hände hinter dem Rücken. Seine Züge waren völlig unbewegt. Sie hätten sich ebenso gut über den Baumwollpreis unterhalten können oder über den jüngsten Angriff der amerikanischen Seemacht gegen die britische Vorherrschaft auf diesem Feld und nicht über den brutalen Mord und die Verstümmelung seines Erstgeborenen vor nur drei Monaten. Nur ein Aufblitzen von Schmerz in den Augen des Bankiers, den er rasch mit seinen schweren Lidern überspielte, verriet die Seelenqual, unter der er durch seinen Verlust als Vater litt.

»Abgesehen von der Art ihres Todes«, sagte Carmichael langsam, »nein. Ich weiß von keiner Verbindung zwischen ihnen.«

Sebastian ließ den Blick durch das Büro schweifen. Es war ein eleganter Raum, an den Wänden hingen dunkle Ölgemälde von stattlichen Pferden und Rennhunden. Sie waren zwischen massiven Bücherregalen verteilt. Die unzähligen Bücher und kuriosen Kunstgegenstände in den Regalen kündeten von einer lebenslangen Reiselust. »Gibt es eine Verbindung zwischen Ihnen und Lord Stanton?«

»Ich habe geschäftlich mit den meisten wohlhabenden und einflussreichen Männern in dieser Stadt zu tun, und Lord Stanton bildet da keine Ausnahme.«

Was seine Frage nicht geradeheraus beantwortete, wie Sebastian bemerkte.

»Wie ich höre, sind Sie ein Anhänger von Robert Owen und den Reformern.«

Carmichael schnaubte. »Nicht ich. Meine Frau.«

Dies kam überraschend für Sebastian. Dann war es also eher die Tochter des Marquis als der Sohn des Webers, die sich für die Bedürfnisse der arbeitenden Armen interessiert hatte und die Häuser gebaut, Ärzte eingestellt und für eine warme Mittagssuppe gesorgt hatte. Dies verriet etwas über die Beziehung zwischen dem Bankier und seiner Ehegattin, das er nicht erwartet hätte. Nämlich, dass Carmichael ihr erlaubt hatte, sich der Belange seiner Arbeiter anzunehmen, obwohl er selbst die Begeisterung für diese Art der Fürsorge nicht teilte.

»Trotzdem ermutigen Sie sie«, sagte Sebastian.

»Ihre Projekte haben sich als erstaunlich gut für das Geschäft erwiesen. Ich ermutige alles, was gut für das Geschäft ist.«

»Und Barclay? Hat er sich für die Projekte seiner Mutter interessiert?«

»Mit siebenundzwanzig? Wohl kaum.«

Sebastians Blick fiel auf eine dunkle Holzstatue, die auf einem Tisch in der Nähe des Fensters aufgestellt war. Sie war etwa zwanzig Zentimeter hoch und schien eine Frauengestalt darzustellen. Die Gestalt war allerdings in einen orientalischen Mantel gehüllt, wodurch es schwierig war, genau zu erkennen, ob es eine Frau war. Sie saß auf einem Löwen und streckte acht oder zehn Arme in der Luft aus. »Ein interessantes Stück«, sagte Sebastian und ging zum Tisch, um es genauer in Augenschein zu nehmen.

»Es stammt aus Ceylon.« Carmichaels Zunge schnellte hervor, als er in einer schnellen Geste seine Lippen befeuchtete. Sebastian dachte: *Er ist nervös. Warum?*

»Ich halte Anteile an einer Firma, die Tee importiert«, sagte Carmichael. Er ging zum Tisch und nahm die Statue in seine großen Hände, die so sorgfältig geschrubbt waren, dass sie rosig schimmerten. Seine Fingernägel waren sorgsam manikürt. Dennoch waren es nicht die Hände eines Gentlemans; die Finger und Handflächen trugen noch die Schwielen, die die Arbeit in seiner Jugend hinterlassen hatte. »Es ist eine Statue der Hindu-Göttin Shakti.«

»Waren Sie schon in Indien?«

»Mehrere Male.«

Sebastian dachte an die Seite aus einem Schiffslogbuch, die Barclay Carmichael von seinem Mörder in den Mund gesteckt worden war. »Und Ihr Sohn, ist er jemals mit euch gereist?«

»Ich reise rein geschäftlich. Mein Sohn war ein Gentleman der feinen Gesellschaft«, schnappte Carmichael. Schließlich war das der Grund, warum Sir Humphrey Carmichael für das Privileg, die Tochter eines Marquis zu heiraten, tief in die Tasche gegriffen hatte: damit sein Sohn sich einen Gentleman nennen konnte. Der Wohlstand eines Gentlemans stammte von Grundstücken, Investitionen oder Erbschaften; er beteiligte sich niemals direkt am vulgären Geschäft des Geldverdienens.

»Ihr Sohn war ein auffallend beliebter junger Mann«, sagte Sebastian. »Kennen Sie irgendjemanden, der ihm Böses gewollt haben könnte?«

»Nein.« Carmichaels Augen verengten sich. »Wenn es allerdings so wäre, glaubt Ihr dann wirklich, dass ich es Euch sagen würde?« Er sagte es ohne sichtbare Erregung. Nur ein Aufflackern war in seinen verhangenen Augen zu sehen, das jedoch einen Augenblick darauf bereits wieder verschwunden war.

Sebastian sah unverwandt in das traurige, fleischige Antlitz seines Gegenübers. »Es könnte dabei helfen, aufzuklären, was in dieser Stadt gerade vor sich geht.«

»Und inwieweit sollte dies für mich zu diesem Zeitpunkt von Interesse sein?«

»Um sicherzustellen, dass so etwas nicht nochmals geschieht?«, schlug Sebastian vor.

»Mein Sohn ist tot. Glaubt Ihr, es kümmert mich, wenn das Gleiche dem Sohn eines anderen Mannes widerfährt?« Er wischte mit einer großen, schwieligen Hand in einer schnellen, abwinkenden Geste durch die Luft. »Nun, das tut es nicht.«

Sebastian berührte mit den Fingern den Rand seines Huts. »Sollten Sie Ihre Meinung ändern, wissen Sie, wo Sie mich finden. Einen Guten Tag, Sir«, sagte er und verließ den Raum.

Hinter ihm schloss sich Sir Humphrey Carmichaels Hand fest um den Kopf der Shakti. Mit einem plötzlichen Fluch wirbelte er herum und holte mit dem Arm aus, um die Statue quer durch den Raum zu schleudern.

Kapitel 14

»Was für eine eigenartige Unterredung«, meinte Dr. Paul Gibson, den Sebastian später am Tag aufsuchte.

Sie saßen an einem alten, abgewetzten Tisch, von dem aus sie den vernachlässigten Garten des Arztes überblickten, tranken Bier und aßen kalten Schinken. »Sie erinnerte mich an meine Begegnung mit Loft Stanton gestern Morgen«, sagte Sebastian. »Hier geht es um mehr als bloße Arroganz, um mehr als Misstrauen oder Vorbehalte gegen meine Mitarbeit. Ihre Reaktionen sind einfach nicht … normal.«

»Trauer kann Männer auf die eigenartigste Weise verändern.«

Sebastian trank sein Ale aus und stellte den Krug ab. »Möglich.«

Gibson erhob sich ungeschickt auf die Füße. »Komm mit und sieh dir an, was ich gefunden habe … auch wenn es nicht viel ist, fürchte ich.«

Sebastian folgte dem Arzt durch den unkrautüberwucherten Garten zu dem kleinen Steingebäude hinter der Praxis. Der Geruch nach Blut und verwesendem Fleisch überflutete sie, als sie den Garten zur Hälfte durchquert hatten. Sebastian atmete durch den Mund.

Die Überreste von Dominic Stanton lagen auf dem Altar-ähnlichen Tisch und waren mit einem Tuch bedeckt. Sebastian starrte die große, stille Gestalt an und sagte: »Ich glaube in aller Aufrichtigkeit, dass niemand wirklich erfassen kann, wie es sein muss, wenn dem eigenen Sohn etwas Derartiges angetan wurde.«

»Wahrscheinlich.« Gibson schlug das Tuch zurück. »Unglücklicherweise kann ich dir zu seinem Tod nicht viel mehr sagen. Ich bin immer noch der Ansicht, dass die Wunde an seiner Kehle ihn getötet hat ... was ich für eine verhältnismäßig gnädige Todesart halte, wenn man bedenkt, was ihm danach angetan wurde.«

»Auf diese Weise würde man ein Lamm abschlachten«, sagte Sebastian, den Blick auf das Antlitz des jungen Mannes gerichtet. Dominic Stantons Züge waren im Tod entspannt; er sah aus, als würde er schlafen.

»Nur war das kein Lamm, sondern ein großer und gesunder junger Mann. Ich würde sagen, man hätte mehrere Angreifer gebraucht, um ihn zu überwältigen.« Gibson rollte das Tuch auf und schob es in einer harschen Geste zur Seite. »Obschon es kaum vorstellbar ist, dass auch nur ein Mann einen solchen Akt der Barbarei verüben würde, geschweige denn zwei.«

Sebastian ließ die Hand in seine Tasche gleiten und zog die kleine blau-weiße Phiole heraus, die er auf dem grasbewachsenen Randstreifen der Straße nach Merton Abbey aufgehoben hatte. »Dies habe ich an der Stelle gefunden, an der der Junge meiner Meinung nach überwältigt wurde.«

Gibson nahm das Fläschchen, hob es an seine Nase und schnupperte. Er sah auf und zog eine Braue hoch. »Opium?«

Sebastian beobachtete, wie Gibsons Hand das Fläschchen fest umschloss und sich dann entspannte. Die düstere Liebesgeschichte des Arztes mit Opium datierte drei oder mehr Jahre zurück. Dort, im blutbesudelten Zelt des Wundarztes in Portugal, hatte er den übel zugerichteten Rest seines linken Beins verloren, den ihm der Einschlag einer französischen Kanonenkugel beschert hatte.

»Gibt es eine Möglichkeit, herauszufinden, ob Stanton die Droge eingenommen hat, bevor er starb?«, wollte Sebastian wissen.

Gibson seufzte und streckte ihm die Phiole entgegen. »Leider nicht. Glaubst du, er war ein gewohnheitsmäßiger Konsument?«

»Ich halte es für möglich, wenngleich ich nichts gefunden habe, das darauf hindeutet. Ich denke, die Droge wurde verwendet, um ihn leichter überwältigen zu können.«

»Dafür wäre sie auf jeden Fall hilfreich. Besonders, wenn der Bursche nicht an ihre Auswirkungen gewöhnt war. Es wäre allerdings nicht leicht gewesen, sie ihm einzuträufeln, wenn er sich wehrte.«

»Nein, aber wenn ihm jemand eine Pistole an die Schläfe hielte und ihn vor die Wahl zwischen Opium und Erschießen stellte, würde er es doch trinken.«

So schlimm der Raum gestern bereits gestunken hatte – an diesem Tag war es noch unfassbar viel schlimmer. Sebastian stellte sich in die offene Tür und atmete durch. »Laut den Freunden von Mister Stanton war der junge Mann seit ein paar Wochen unruhig und davon überzeugt, dass ihn jemand verfolgte. Wer auch immer ihn ermordet hat, muss ihn beobachtet haben. Sie haben ihn sogar ausgelacht, weil er Angst hatte.«

»Aye, er hatte Angst. Armer Teufel. Irgendwann, bevor er starb, hat er sich eingenässt.«

»Nicht in dem Moment, in dem er starb?«

»Nein. Das passierte, als er noch sein Hemd trug.«

Sebastian drehte sich um und betrachtete die hellen Locken und die vollen Wangen des stillen Antlitzes auf Gibsons Granitplatte. Dominic Stanton hatte sich vermutlich für einen aufgeweckten Burschen gehalten, dabei war er kaum mehr als ein Kind gewesen. Ein verängstigtes Kind. »*Großer Gott.*«

Sein Blick wanderte zu einer emaillierten Schüssel auf einem Tisch, der daneben stand. Darin erkannte er etwas Blutiges, das ihm vage bekannt vorkam. »Der Gegenstand, den man ihn den Mund gesteckt hatte – was war es?«

Gibson folgte seinem Blick. »Ein Bocksfuß. Wahrscheinlich aus dem Stall eines Metzgers. Wer auch immer die Ziege zerlegt hat, verstand viel mehr von dem Umgang mit einem Hackmesser als der Mann, der Stantons Beine zerfleischt hat. Hast du eine Vorstellung, was es bedeutet?«

Sebastian schüttelte den Kopf. »Nein. Laut Lovejoy steckte in Barclay Carmicheals Mund die Seite eines Schiffslogbuchs.«

Gibson nickte. »Ich habe mit Martin gesprochen, dem Arzt, der die Obduktion am jungen Carmichael durchgeführt hat.« Seine Lippe verzog sich vor Abscheu. »Der Kerl ist ein verfluchter Narr. Ich fragte ihn, ob der Leichnam Spuren aufwies, die auf Fesseln und Knebeln, bevor er ermordet wurde, hinwiesen. Er sagte, er hätte nie dran gedacht, auf so etwas zu achten. Aber du hattest recht: Carmichaels Kehle war durchschnitten, und sein Körper war ausgeblutet. Das Fleisch war ihm von den Armen gehackt worden.«

»Und von den Beinen nicht?«

»Nein, nur von den Armen.«

Sebastian umrundete den Tisch. Er musste sich dazu zwingen, den verstümmelten jungen Mann wirklich anzuschauen. »Barclay Carmichaels Leiche wurde im Morgengrauen in St. James's Park gefunden«, sagte er. »Er hing kopfüber in einem Maulbeerbaum. Dominic Stanton wurde im Old Palace Yard gefunden, ebenfalls bei Morgengrauen. Beides sind sehr öffentliche Plätze. Beide jungen Männer wurden zum letzten Mal von Freunden gesehen, mit denen sie den vorherigen Abend verbrachten und die sie dann etwas früher verlassen hatten. Irgendwann zwischen dem Zeitpunkt, als sie zum letzten Mal gesehen wurden, und der Morgendämmerung, in der sie gefunden wurden, wurden beide von mindestens einem Angreifer überwältigt, vielleicht auch von mehreren. Sie wurden an einen unbekannten Ort gebracht, man zog ihnen die Leinenunterhemden aus und schlitzte ihnen die Kehle auf, damit sie ausbluteten. Dann hackte der – oder die – Mörder das Fleisch von Carmichaels Armen und von Stantons Beinen und legte die Leichen an einem Platz ab, an dem sie am nächsten Morgen schnell gefunden würden.« Er sah auf in Gibsons wachsame Augen. »Klingt das richtig?«

»Würde ich so sagen, ja.«

Sebastian stieß einen langen Atemzug aus. »Gibt es keinerlei Hinweis darauf, wo Stanton ermordet worden sein könnte?«

»Nur das hier.« Gibson ging zum Tisch und hob etwas hoch, das wie Stücke von Strohhalmen aussah. »Die habe ich in seinem Haar gefunden und mehrere weitere Halme in seinem Hemd und dem Mantel.«

Sebastian nahm die zerbrechlichen Halme in die Finger und schnupperte daran. »Das ist Heu.«

»Ich fragte Martin, ob Barclay Carmichael Heu in den Haaren und der Kleidung hatte. Er sagte ja – obschon er sich nicht vorstellen könne, warum das von Bedeutung sei.« Gibson griff nach dem Tuch und schüttelte es über dem Leichnam auf. Mit einer unerwartet sanften Bewegung legte er die Decke über die verstümmelten Beine des Jungen. Er blieb einen Augenblick still stehen und ließ den Blick auf der regungslosen, abgedeckten Gestalt vor sich ruhen. Als er sprach, klang seine Stimme belegt. »Was für ein Mensch würde so etwas tun? Einen menschlichen Körper wie ein Stück Fleisch zerlegen?«

»Du machst so etwas.«

Gibson sah hoch, die Lippen so fest zusammengepresst, dass zwei weiße Linien seinen Mund wie eine Klammer umschlossen. »Ich seziere Leichen, um zu Erkenntnissen zu gelangen, um Menschenleben zu retten, und ich behandle jeden Leichnam, der auf meinen Tisch kommt, mit Respekt. Wer auch immer diese beiden jungen Männer getötet hat, hat aus einem verdrehten Hassgefühl heraus gehandelt, nicht aus wissenschaftlichem Interesse. Er hat die Körper auf eine Art und Weise entehrt, die jeglichen Anstand, jede Errungenschaft der Zivilisation, die wir kennen, verletzt.«

»Und doch haben wir beide schon Männer solche Dinge tun sehen – und sogar schlimmere. Gut erzogene junge Männer von hohem Stand und Vermögen.«

Schweigen breitete sich aus, als die Gedanken beider Männer sich einer anderen Zeit und einem anderen Ort zuwandten, wo ein Offizierskollege Genuss aus den

Schmerzen und dem Abschlachten seiner Feinde gezogen hatte.

»Das war zu Kriegszeiten«, sagte Gibson. »Wir sind nicht im Krieg. Abgesehen davon ist *er* nicht hier.«

»Nein, wir sind nicht im Krieg. Aber er ist hier in London.«

»Quail?«, fragte Gibson.

Sebastian nickte. »Captain Peter höchstpersönlich.«

Captain Peter Quail war die Art von Offizierskollege, die man nicht leicht vergaß. Ein großer, schlaksiger Anwaltssohn aus Devon mit kornblumenblauen Augen und einem Schopf glatten, blonden Haares. Er lachte oft, laut und gern. Er hatte mit Gibson und Sebastian in Portugal gedient. Mit seinem herausragenden Kricketspiel und seiner geradezu poetischen Erscheinung auf dem Pferderücken hatte er den Traum eines jeden Regiments verkörpert. Und er hatte eine abgründige, böse Lust daraus gezogen, Spione zu verstümmeln – oder Menschen, die er für Spione hielt. Er hatte die Angewohnheit, die zerstückelten Leichen seiner Opfer auf den Türschwellen ihrer Familien abzulegen. Mit der Zeit entwickelte er das, was er als seine Visitenkarte bezeichnete: Unterschiedliche Körperteile seiner Opfer schnitt er ab und stopfte sie ihnen in den Mund.

»Ich hatte gehört, er hätte in Ciudad Rodrigo einen Arm verloren.«

»Das hat er. Aber er konnte eine Erbschaft aus der Familie seiner Frau verwenden, um sich eine Kommission der Horse Guards zu kaufen.« Offizierspatente der Horse Guards waren die kostspieligsten in der britischen Armee.

Gibson starrte die stille Gestalt vor ihnen an. »Welchen Grund könnte er haben, so etwas zu tun?«

»Ich weiß es nicht«, sagte Sebastian. »Vielleicht hat er einfach Geschmack daran gefunden.«

»Ich will, dass du jemanden für mich findest«, sagte Sebastian zu seinem Laufburschen Tom, als dieser seinen Einspänner vor der Praxis vorfuhr.

Tom übergab ihm die Zügel des Fuchses und kletterte nach hinten auf seinen Sitz. »Wen?«

»Einen Hauptmann der Horse Guards namens Quail. Peter Quail.«

Kapitel 15

Kat setzte sich den Hut in schrägem Winkel auf den Kopf und drehte sich hierhin und dorthin, um sich im Spiegel des Ladens zu betrachten. Früher hatte sie sich in Lumpen gekleidet, ein verängstigtes, einsames Kind in den Straßen von London, das zu stehlen und zu betteln gelernt hatte, um zu überleben. Nun besaß sie eine ganze Kammer voller Kleider, aber es waren noch nicht genug. Es würden nie genug sein, um sie vergessen zu lassen.

Nach dem Tod ihrer Mutter und ihres Stiefvaters war Kat kurze Zeit bei der Schwester ihrer Mutter untergekommen, einer frömmlerischen Frau namens Emma Stone. Festentschlossen, Kat vor dem Pfad ihrer Mutter in Sünde und Verdammnis zu bewahren, hatte Tante Emma die Peitsche mit brutaler Zielstrebigkeit eingesetzt. Doch erst die lüsternen Annäherungsversuche von Mister Stone hatten Kat schließlich dazu gebracht, bei Nacht und Nebel zu verschwinden. Diese Erfahrung hatte ihre eine bittere Verachtung für scheinheilige Frömmigkeit und eine kindliche Freude an weichen Stoffen und feiner Kleidung beschert.

Die Krempe dieses besonderen Huts war aus kirschrotem Samt, und ein Sträußchen Seidenblumen war unter einem dunkleren Band daran befestigt, was dem Ganzen einen Effekt von ...

»Reizend«, sagte eine tiefe männliche Stimme hinter ihr.

Kat wirbelte herum und sah einen großen, dunkelhaarigen Mann, der sie durch ein Monokel betrachtete.

Adrett in büffelfarbige Kniehosen, einen olivfarbenen
Mantel und glänzende Hessische Stiefel gekleidet,
lehnte er lässig im Rahmen der offenen Ladentür. In
seinem Rücken sah sie den leuchtenden Sonnenschein
eines schönen Septembernachmittags. Die Straße war
von Witwen und Matronen in eleganten Kutschen sowie jungen Galanen zu Pferde bevölkert. Trotzdem
fühlte sie sich völlig allein – und nach ihrem Verständnis war sie das auch.

Natürlich kannte sie ihn. Sein Name war Colonel
Bryce Epson-Smith. Als ehemaliger Offizier der Husa-
ren stand er seit drei oder vier Jahren als persönlicher
Agent in den Diensten von Charles Lord Jarvis, dem
Vetter des Königs, und war eine allseits anerkannte
Macht im Rücken des Regenten.

»Nun, Dankeschön.« Kat setzte das kecke Hütchen ab
und griff nach einem runden Strohhut mit waldgrü-
nem Samtband und passendem kurzen Schleier. »Oder
finden Sie diesen schöner?«

»Warum nehmen Sie nicht beide?«

Kat lächelte. »In der Tat, warum nicht?« Sie wandte
sich der Frau hinter dem Tresen zu, einem dünnen
Ding, das plötzlich sehr still geworden war. »Packen Sie
sie für mich ein.«

Epson-Smith ließ sein Monokel fallen, drückte sich
vom Türrahmen ab und machte einen Schritt auf sie
zu. »Miss Boleyn wird jemanden schicken, um sie abzu-
holen.« Er sprach mit der jungen Frau hinter dem Tresen, hielt den Blick jedoch auf Kat geheftet.

Kat hielt seinem unverwandten Blick stand. »Ich
möchte sie lieber jetzt gleich mitnehmen.«

»Das wird unglücklicherweise nicht möglich sein. Lord Jarvis bittet um eine Unterredung, und er schätzt es nicht, wenn man ihn warten lässt.«

Obwohl sie es nicht wollte, verspürte Kat einen Anflug von Angst. Es gab Gerüchte von Menschen, die einfach verschwunden waren, nachdem Jarvis seinen Wunsch bekundet hatte, sie zu sehen. Andere waren später tot aufgefunden worden, in Feldern außerhalb der Stadt abgelegt, nachdem man ihren gequälten Körpern erschreckende Dinge angetan hatte. »Und wenn ich mich weigere?«

Epson-Smiths Blick aus grauen Augen war unnachgiebig. Kat musste allen Mut und alle Entschlossenheit aufbieten, um ihm standzuhalten.

»Ich glaube nicht, dass Sie so dumm sind.«

Kapitel 16

An diesem Nachmittag folgte Sebastian nach einem Hinweis von Tom Hauptmann Peter Quail zur Tattersalls-Pferdeauktion.

Selbst in dieser Menschenmenge war Captain Quail leicht auszumachen: ein großer, blonder Mann, dessen linker Ärmel seiner Uniformjacke verdächtig leer hinunterhing. Er inspizierte gerade ein Kutschpferd, eine Braune mit glänzendem Fell und anmutig geschwungenem Hals, die ihren Schweif königlich reckte, als Sebastian sich ihr näherte.

»Ein Vorzeige-Pferd«, sagte Sebastian. »Allerdings mit etwas niedrigem Stockmaß, meint Ihr nicht?«

Quail drehte sich mit verschlossenem, doch wachsamem Gesichtsausdruck zu ihm um. »Nein, das würde ich nicht sagen. Andererseits hattet Ihr immer die besten Pferde im ganzen Regiment.«

»Wie ich höre, habt Ihr ein Patent für die Horse Guards erworben. Wie angenehm für Eure Gattin, Euch wieder an ihrer Seite zu wissen.«

Quails Augen verengten sich. In ihrer gemeinsamen Dienstzeit auf der Halbinsel hatte Quail sich immer eine portugiesische Mätresse gehalten, manchmal sogar zwei zur gleichen Zeit. »Worauf wollt Ihr hinaus, Devlin? Ich bilde mir nicht ein, dass Ihr mich um alter Zeiten willen aufgesucht habt.«

Sebastian streichelte mit einer Hand den Hals der Braunen. Sie war wirklich ein wunderbares Tier. »Ich nehme an, ich bin neugierig. Ihr kanntet nicht zufällig einen jungen Gentleman namens Dominic Stanton?«

»Ihr meint den Sohn des Lords, den, der kürzlich abgeschlachtet wurde?« Quail stieß ein abgehacktes Lachen aus. »Kaum.«

»Und doch habt Ihr schon gehört, was mit ihm geschehen ist.«

»Wer in ganz London hat das nicht?«

Die Braune schnupperte auf der Suche nach einer Karotte an Sebastians Taschen. »Und Barclay Carmichael? Kanntet Ihr ihn?«

Ein Muskel zuckte an der attraktiven Kinnpartie des Mannes, und seine Nasenflügel bebten in einem scharfen Atemzug. »Ich weiß, worauf Ihr hinauswollt.«

»Ich nehme doch sehr an, dass Ihr das wisst«, sagte Sebastian, dessen ganze Aufmerksamkeit scheinbar dem Pferd galt. »Das ist die Folge davon, wenn man sich einen Ruf als Folterknecht und Schlachter erwirbt. Jemand findet junge, verstümmelte Männer, und der Verdacht fällt natürlich auf Euch.«

Quails Brustkorb schwoll an, das Messing seiner Uniform leuchtete im Licht der Nachmittagssonne. »Was ich in Portugal tat, tat ich für König und Vaterland.«

»Und Ihr habt jede Minute davon genossen, nicht wahr?« Sebastian drehte sich um, um den Mann neben sich in Augenschein zu nehmen. »Was ist dann geschehen? Habt Ihr Geschmack daran gefunden und festgestellt, wie sehr Ihr es vermisst? Da Ihr jetzt nichts weiter zu tun habt, als in der Parade auf der Mall auf und ab zu reiten, um dem Prinzen eine dekorative Kulisse zu bieten?«

Quail erwiderte heftig atmend seinen starren Blick, schwieg jedoch.

Die Nachmittagssonne flutete durch den Staub, der in der Luft hing und verwandelte ihn in Gold. Der satte Geruch von Pferden und deren Mist wehte in der Nachmittagsbrise. »Wo wart Ihr in der Nacht von Samstag auf Sonntag?«, fragte Sebastian.

»Zu Hause. Bei meiner Frau im Ehebett.« Quail beugte sich nahe zu ihm, seine blauen Augen blickten eiskalt. »Warum? In wessen Bett habt Ihr gelegen? *Mylord*.«

Sebastian lächelte. »Nicht in dem meiner Gattin.« Er wandte sich ab.

Quail hielt ihn auf und hob die Stimme. »Ihr irrt Euch in dieser Sache. Hört Ihr mich, Devlin? Ihr irrt Euch. Ich hatte weder mit Carmichael noch mit Stanton etwas zu tun.«

»Tatsächlich?« Sebastian griff nach dem Zügel der Braunen und schlug damit gegen die Brust des Captains. »Warum lügt Ihr dann?«

Sebastian stand im Schatten des im Stil des Palladianismus erbauten Auktionshauses und beobachtete Quail, der rasch um sich blickte und dann in einem der Auktionsbüros verschwand.

»Folge ihm«, sagte Sebastian zu Tom. »Ich will wissen, wohin er geht und mit wem er sich trifft.«

Tom zog sich die Mütze tief über die Augen und grinste. »Aye, Meister.«

Kapitel 17

Charles Lord Jarvis hob eine Prise Schnupftabak an seine Nasenlöcher und sog sie ein. Er war ein kräftiger, großer und fleischiger Mann, mit gutem Appetit und mehr Macht, als irgendein anderer Mann in England besaß.

Obwohl er sich einer entfernten Verwandtschaft zum König rühmen konnte, verdankte Jarvis seine Machtposition nicht so sehr seiner Abstammung als vielmehr der fast unvergleichlichen Brillanz seines Intellekts, seinem Geschick, Männer zu manipulieren, und einer leidenschaftlichen Hingabe an König und Vaterland, die niemand in Frage stellen konnte. Ohne Jarvis hätten die Hannoveraner ihren zerbrechlichen Anspruch auf den Thron von England schon vor langer Zeit verloren, und sowohl der Regent als auch der alte König wussten das. Oder zumindest wusste es der König, wenn er bei klarem Verstand war, was in diesen Tagen selten genug vorkam.

Jarvis unterhielt sowohl im St. James's Palace als auch in Carlton House Büros, verbrachte allerdings seit der Ausrufung der Regentschaft etwa sieben Monate zuvor die meiste Zeit in Carlton House. Sein eigenes Heim am Berkeley Square besuchte er so selten wie möglich. Dort wimmelte es von Frauen, einer Spezies, für die Jarvis wenig Geduld und noch weniger Zärtlichkeit aufbrachte.

Seine Mutter war eine übellaunige, habgierige Harpyie, seine Frau eine Närrin, während seine Tochter Hero ... Jarvis spürte ein Brennen in der Brust und stand auf, um sich einen Brandy einzuschenken. Im Alter von fünfundzwanzig Jahren war Hero eigensinnig und stur, beschäftigte sich die gesamte Zeit mit nervtötenden Wohltätigkeiten, und es war unwahrscheinlich, dass sie jemals heiraten würde.

Einst hatte Jarvis einen Sohn gehabt, einen willensschwachen Weichling namens David. Doch David war tot, und so blieb nur Hero übrig. Wäre sie als Sohn geboren, wäre Jarvis mächtig stolz auf sie – abgesehen von ihren radikalen Vorstellungen natürlich. Doch wie die Dinge lagen, war sie nichts als eine ständige, schmerzliche Provokation für ihn.

Er nahm einen Schluck von seinem Brandy. Die Frau, die er heute zu sich beordert hatte, war von einer Sorte, die er gut verstand. Eine Hure, die ihre Schönheit und die Ekstase, die die Männer zwischen ihren Beinen fanden, dazu nutzte, sie zu verführen und zu umgarnen. Es spielte keine Rolle, ob sie den Franzosen aus Überzeugung oder aus Habgier gedient hatte. Sie würde Jarvis sagen, was er wissen wollte und sich von ihm benutzen lassen, oder er würde sie vernichten. Sie und Devlin, wenn es sein musste.

Bei einem leisen Pochen an seiner Tür fuhr er mit dem Kopf herum. Er sah Kat Boleyn in königlicher Haltung in sein Gemach eintreten. Prinzessin Caroline und ihre pferdegesichtige Tochter Charlotte täten gut daran, dieser Haltung nachzueifern. Sie hielt den Kopf hoch und gab vor, keine Angst zu haben, obgleich er wusste, dass das Gegenteil der Fall war. Nur eine Närrin hätte keine Angst, und diese kleine Schauspielerin war keine Närrin.

Sie war eine schöne Frau, auch wenn sie nicht seinem üblichen Gusto entsprach. Jarvis' Geschmack tendierte zu zarten, hellhäutigen Frauen, während Kat Boleyn dunkel und groß war. Sie fixierte ihn mit einem grimmigen Blick aus blauen Augen und sagte: »Man sagte mir, Ihr wolltet mich sehen.«

»Bewundernswert«, sagte er und sah, wie sich ihre Augenbrauen fragend und überrascht hochzogen. »Aber unnötig. Wir wissen beide, warum Sie hier sind. Ich vertraue darauf, dass Sie weder meine noch Ihre Zeit mit Unschuldsbeteuerungen verschwenden werden.«

»Es ist schwierig, meine Unschuld zu beteuern, wenn ich nicht weiß, wessen ich beschuldigt werde.« Sie hatte ihre Stimme vollkommen unter Kontrolle.

Jarvis nahm einen weiteren Schluck von seinem Brandy. Er bot ihr keinen Wein an; auch lud er sie nicht ein, sich zu setzen. »Ihre Verbindung zu den Franzosen ist bekannt. Eigentlich ist sie schon seit geraumer Zeit bekannt.«

»Tatsächlich? Wenn das ein Köder ist, beiße ich nicht an.« Sie wandte sich der Tür zu. »Darf ich jetzt gehen?«

Er ließ sich auf einem Stuhl neben der leeren Feuerstelle nieder und schlug die Beine vor sich übereinander. »Nein.«

Sie zögerte, dann drehte sie sich langsam um und blickte ihn erneut an.

»Uns liegt ein Bericht zweier Agenten vom letzten Winter vor. Eine Abschrift davon liegt hier auf dem Tisch.« Er deutete mit dem Kinn auf ein schwarzes Notizbuch, das auf einem Beistelltisch aus Ebenholz lag.

»Sehen sie es sich ruhig an. Ich bin sicher, Sie werden die Lektüre äußerst fesselnd finden.«

Sie nahm das Buch mit einer Hand, die nicht zitterte, auf und blätterte durch die Seiten. Ein oder zwei Mal hielt sie inne, ihre Lippen öffneten sich, als sie scharf den Atem einsog. Als sie fertig war, legte sie das Buch beiseite und sah zu ihm auf, ihre berühmten blauen Augen standen groß in dem blassen Antlitz.

»Ich leugne alles.«

»Das spielt keine Rolle. Ich habe Sie nicht herbringen lassen, um den Inhalt dieses höchst interessanten kleinen Buches zu besprechen.«

»Warum bin ich dann hier?«

Jarvis faltete die Hände und legte sie auf seiner breiten Brust ab. »Wie Sie zweifellos wissen, waren uns Monsieur Pierreponts Aktivitäten für Paris durchaus bekannt. Wir ließen ihn unbehelligt, weil es unseren Zwecken diente. Aber seine überstürzte Abreise im letzten Februar hat eine angenehme und geordnete Situation aus dem Gleichgewicht gebracht. Unsere Agenten sagen uns, dass Napoleon einen neuen Kopf an die Spitze seiner Spione in London gesetzt hat. Wir wollen seinen Namen. Sie werden ihn uns geben.«

Sie wollte etwas sagen, aber er hob die Hand, um sie zu unterbrechen. »Es ist unerheblich, ob Sie seinen Namen jetzt kennen oder nicht. Aber wenn Sie ihn nicht kennen, schlage ich vor, Sie finden ihn heraus. Und zwar schnell. Sie haben bis Freitag Zeit.«

Sie starrte ihn an, den Kopf hoch erhoben, die Haltung trotzig. Er wusste, was sie dachte. Er lächelte.

»Sie denken, dass ich Ihnen so etwas wie eine Gnadenfrist gegeben habe. Dass Sie, sich selbst überlassen, bis Freitag einfach nach Frankreich fliehen werden. Das wäre nicht klug. Wir beobachten Sie. Wenn Sie versuchen zu fliehen – oder den Herrn, dessen Namen ich brauche, zu warnen –, wird man Sie ergreifen.« Er erhob sich vom Stuhl und ging auf sie zu. »Ich habe Männer in meinen Diensten, denen es Spaß macht, Menschen zu quälen, und sie sind sehr gut in dem, was sie tun. Es würde nicht lange dauern, bis sie Ihnen die Informationen entlocken, über die Sie vielleicht verfügen. Nur fürchte ich, dass sie damit nicht aufhören würden. Bevor sie mit Ihnen fertig wären, wäre Ihre Schönheit dahin. Ihr Wohlergehen ebenfalls. Sie würden sie um Ihren Tod anflehen, und die Männer würden Ihre Bitte erfüllen. Zuletzt.«

Er streckte die Hand aus und berührte ihre Wange. Unwillkürlich zuckte sie zusammen.

»Und wenn das immer noch nicht ausreicht, um Sie von der Klugheit einer Kooperation zu überzeugen, dann schlage ich vor, dass Sie über die Konsequenzen für Viscount Devlin nachsinnen, sollte bekannt werden, dass seine Mätresse eine französische Spionin ist. Sie denken, er würde nicht in diese Sache verwickelt, aber glauben Sie mir, wenn meine Männer mit Ihnen fertig sind, wäre er es doch.«

Sie starrte ihn mit einer kalten, tödlichen Wut an, die ihn fast innehalten ließ. Er nahm seine Hand von ihrer Wange und ließ sie fallen, achtete aber darauf, ihr nicht den Rücken zuzuwenden. »Sie haben bis Freitag Zeit.«

Kapitel 18

Sebastian legte in seiner Garderobe mit der unbeholfenen Hilfe seines Kammerdieners Andrew gerade seine schwarze Abendgarderobe an, als Tom kam, um Bericht zu erstatten.

»Hast du irgendetwas von Interesse herausgefunden?«, fragte Sebastian und entließ seinen Lakaien mit einem Nicken.

»Quail hat den größten Teil des Nachmittags in sei'm Club in St. James's verbracht, dann ging er heim.«

»Zu seiner Frau? Das ist ungewöhnlich. Meinst du, er wusste, dass du ihn beschattest?«

»Glaub' nich', nein. Soll ich ihm morgen wieder hinterher?«

Sebastian strich sich das Revers glatt. »Ja. Ich brauche dich morgen früh nicht. Ich befrage ein paar Herren, von deren Antworten ich mir viel verspreche.«

Tom grub die Spitze seines Schuhs in den Teppich und versuchte, unschuldig auszusehen.

Lächelnd griff Sebastian nach einer kleinen Steinschlosspistole und schob sie in seine Tasche. Pistolen gehörten nicht gerade zur Ausgehgarderobe, aber die Schuhe mit niedrigem Schaft, die bei Bällen vorgeschrieben waren, erlaubten es nicht, ein Messer in seinem Stiefelschaft zu verstecken.

Toms Augen weiteten sich. »Rechnet Ihr mit Ärger?«

»Wenn es um Mord geht, rechne ich immer mit Ärger.«

Henrietta, verwitwete Duchess of Claiborne, stand, die geballten Fäuste in die Taille gestemmt, am oberen Ende der imposanten Treppe ihres Stadthauses in der Park Street. Sie hatte ihre Gäste begrüßt, aber die Reihen der Ankömmlinge hatten sich längst gelichtet, und Henrietta musste sich eingestehen, dass ihr hübscher, wenn auch eigensinniger junger Neffe, Viscount Devlin, nicht kommen würde. Sie wandte sich ab und stieß ein ungebührlich lautes, angeekeltes Schnauben aus.

Neben ihr beugte sich ihr Sohn, der jetzige Duke of Claiborne, näher zu ihr und sagte: »Du hast doch nicht wirklich erwartet, dass er auftaucht, oder?«

»Natürlich nicht. Aber trotzdem bin ich über ihn verärgert.« Mit ihren siebzig Jahren war die ehemalige Lady Henrietta St. Cyr eine der Grandes Dames der Gesellschaft. Sie war nie eine Schönheit gewesen, aber modisch immer auf der Höhe. Und ausgesprochen scharfsinnig.

Sie wusste, dass sie zwei Mal einen Fehler begangen hatte, indem sie Devlin zunächst Bisleys Tochter und dann das Fenton-Mädchen vorgestellt hatte; die eine war zu frivol, die andere zu streng. Aber sie hegte große Hoffnungen in Bezug auf diese neueste junge Dame, die Tochter der Dillinghams. Lady Julia war atemberaubend schön und einigermaßen intelligent, ohne eine Langweilerin zu sein. Wie Devlin feststellen würde, wenn er sich nur herabließe, die bedauerliche junge Dame kennenzulernen.

Henrietta verließ ihren Posten auf dem oberen Treppenabsatz und mischte sich mit der geübten Leichtigkeit der versierten Gastgeberin unter ihre Gäste. Sie wollte gerade einen eigensinnigen jungen Pfau einer schüchternen jungen Dame in elfenbeinfarbener Seide vorstellen, da nahm sie eine Bewegung um sich herum wahr, vergleichbar mit dem aufgeregten Flattern von Hühnern, wenn ein Wolf den Hühnerstall bedroht.

Als sie sich umdrehte, sah sie eine einsame Gestalt die Marmorstufen heraufsteigen. Devlin.

Er trug die übliche männliche Abendgarderobe aus schwarzseidenen Kniebundhosen, schwarzem Frack und schwarzer Seidenweste mit einer anmutigen Leichtigkeit, die auf geheimnisvolle Weise zugleich nachlässig und exquisit wirkte. Als er oben auf der Treppe ankam, hielt er inne und ließ seinen Blick über die überfüllten Räume schweifen. Seine Größe und das feingliedrige gute Aussehen hatte er von seiner Mutter, ebenso das dunkle Haar und das seltsamste Paar gelber Augen, das Henrietta je gesehen hatte. Augen, die in einem Lächeln aufleuchteten, als er auf sie zukam.

»Tante«, sagte er und verbeugte sich tief über ihre Hand.

Sie klopfte ihm mit ihrem Fächer auf die Knöchel, hart. »Denk nicht daran, mir Honig um den Mund zu schmieren. Ich bin überrascht, dass du so spät überhaupt noch auftauchst.«

Devlin grinste. »Das war auch nicht meine Absicht, aber ich habe ein paar Fragen, die ich dir stellen will.«

Anstatt Wut spürte Henrietta einen Anflug von Neugierde. »Fragen? Wozu?«

»Nicht hier.« Er nahm ihren Arm und lotste sie in Richtung eines kleinen Rückzugsraums.

»Aber ich habe Gäste«, protestierte sie.

Sein Lächeln wurde breiter und maliziös. »Ich kann morgen wiederkommen. In aller Herrgottsfrühe.«

Henrietta seufzte. Es war allgemein bekannt, dass sie ihre Schlafkammer nie vor ein Uhr mittags verließ. »Du unnormaler junger Mann. Ich weiß nicht, in welche schmutzigen Angelegenheiten du dich diesmal verstrickt hast, aber ich weigere mich, dir etwas zu sagen, bevor du nicht versprichst, wenigstens die Quadrille mit Lady Julia zu tanzen.«

»Mit wem?«

»Lady Julia Dillingham.«

Sie dachte, er würde sich sträuben, doch er lachte nur und sagte: »Ein angemessener Tausch. Die Quadrille also. Und jetzt erzähl mir, was du über die Stantons und die Carmichaels weißt.«

Henrietta spürte, wie ihr das Lächeln aus dem Antlitz glitt. »Was hast du mit dieser grässlichen Sache zu tun?«

»Ein Freund hat mich um Hilfe gebeten.« Er schloss die Tür hinter sich und lehnte sich dagegen. »Ich habe gehört, dass Sir Humphrey Carmichael die Tochter des Marquis of Lethaby geheiratet hat. Ist Lethaby in irgendeiner Weise mit den Stantons verwandt?«

»Nur sehr entfernt.« Sie ließ sich in einen geschwungenen Sessel aus violettem Samt sinken und seufzte. »Barclay Carmichael war so ein charmanter junger Mann. Jede junge Frau im heiratsfähigen Alter in London hat sich um ihn gerissen. Wie schade.«

»Weißt du von einer Verbindung zwischen Stanton und Carmichael?«

»Den Vätern oder den Söhnen?«

»Sowohl als auch.«

Henrietta tippte nachdenklich mit einem Finger gegen ihre Lippen. »Ich meine mich zu erinnern, dass sie beide vor ein paar Jahren in eine Sache verwickelt waren, aber ich könnte nicht mehr genau sagen, was es war.«

»Einen Skandal?«

»Nein. Ich glaube nicht. Wenn ich mich richtig entsinne, war auch Russell Yates in irgendeiner Weise involviert.«

Devlin hob eine Augenbraue. »Russell Yates? Na, das ist ja interessant.«

Russell Yates war eine der schillerndsten Figuren der Gesellschaft, ein geborener Gentleman, der sein Vermögen als Freibeuter gemacht hatte. Es hatte immer Gerüchte über Yates gegeben, über seine mörderische Vergangenheit und die Beziehungen, die er noch immer zu Schmugglern und Freihändlern unterhielt. Aber in letzter Zeit hatte es andere Gerüchte gegeben, düstere Andeutungen über bestimmte Aktivitäten, die seinem starken männlichen Ruf zu widersprechen schienen und die in gemischter Gesellschaft nicht besprochen wurden. Natürlich auch sonst nur hinter vorgehaltener Hand, denn in einem Zeitalter, in dem Laster und Sünde alltäglich waren, gab es immer noch dieses eine Tabu, dieses eine Verbot, dessen Verletzung nicht nur zur Ächtung, sondern zur Todesstrafe führen konnte.

Henrietta studierte das Antlitz ihres Neffen, aber er gab nichts preis. »Sind dir die Gerüchte über ihn zu Ohren gekommen?«

»Ja, die habe ich gehört.«

»Glaubst du, es ist etwas daran?«

»Ich weiß es nicht. Aber es ist ein neuer Ansatzpunkt für die Ermittlungen.«

»Das kann nicht dein Ernst sein. Ich weiß nicht, wie es dem jungen Stanton geht, aber niemand hat jemals Barclay Carmichaels Interesse an den Damen in Frage gestellt.«

Devlin zuckte mit den Schultern.

Henrietta presste die Lippen zusammen, und tief in ihrer Kehle erklang ein missfälliger Laut. »Hendon hat mir erzählt, dass du in die Ermittlungen zu den Morden verwickelt bist. Findest du das nicht ein bisschen, nun ja, *gewöhnlich*, Devlin?«

Seine Brauen zogen sich kurz zu einem Stirnrunzeln zusammen, dann glätteten sie sich wieder. »Gewöhnlich? Gewöhnlich und *grausam*. Wenn du dich auch nur im mindesten um den Ruf dieser Lady Julia sorgtest, würdest du ihr ganz bestimmt davon abraten, mit mir die Quadrille zu tanzen.«

Henrietta erhob sich mit einem Stöhnen auf die Füße. »Ich fürchte, es wäre weit mehr als ein unnatürliches Interesse an Mordfällen nötig, um dich zu etwas anderem als einem neiderregenden Fang zu machen, mein Lieber.« Sie hakte sich bei ihm unter. »Jetzt bring mich zurück zu meinem Ball, du anstrengendes Kind. Ich glaube, die Quadrille kommt als Nächstes.«

Kapitel 19

Kat stand neben den mit schweren Vorhängen versehenen Fenstern ihres Schlafzimmers, die Arme vor der Brust verschränkt. Die Kammer hinter ihr lag im Dunkeln. Der Nachtwächter hatte längst gerufen, *zwei Uhr in einer schönen Nacht und alles ist ruhig*, aber sie trug immer noch ihre *robe en caleçon*, ein Kleid aus blauem, weiß gepaspeltem Satin, das sie nach der Abendvorstellung angelegt hatte. Sie war noch nicht im Bett gewesen.

Sie wollte nicht nachsehen, aber sie konnte nicht anders. Sie berührte den Rand des Vorhangs und schob ihn so weit zur Seite, dass sie auf die Straße hinunterblicken konnte. Die Nacht war ungewöhnlich hell, der Mondschein vermischte sich mit dem Licht der Straßenlaternen und tauchte das Pflaster in einen sanften Schimmer. Sie suchte die Schatten ab, hielt Ausschau nach einer Gestalt, die nicht da sein sollte, nach einer kaum wahrnehmbaren Bewegung in einer ruhigen Nacht.

Sebastian hätte die Gestalt sofort gesehen; Kat brauchte mehrere Minuten. Sie hatte schon fast aufgegeben zu suchen, da hob er die Hand zum Mund, wie ein Mann, der ein Gähnen unterdrückt.

Sie ließ den Vorhang zurückfallen und stand dann einfach da, ihr Atem ging schwer und schnell. Sie machte sich keine Illusionen über die Lage, in der sie sich befand. Jarvis war kein Mann, der zu leeren Drohungen neigte; er hatte alles ernst gemeint, was er gesagt hatte. Sie hatte bis Freitag Zeit.

Zuerst hatte sie es seltsam gefunden, dass er ihr mehrere Tage gegeben hatte, um ihm den Namen des Kopfs des Spionagenetzes zu liefern. Dann war ihr klar geworden, dass er sie wahrscheinlich seit Monaten von Agenten beschatten ließ; seit Pierreponts Flucht im Februar. Erst als Jarvis sich frustriert hatte eingestehen müssen, dass er die Identität des führenden Geheimagenten nicht herausfand, musste er sich entschlossen haben, Kat direkt anzusprechen. Überzeugt davon, dass sie den Namen des neuen Meisterspions tatsächlich nicht kannte, hatte er dann beschlossen, ihr diese kurze Zeitspanne einzuräumen, in der sie ihn herausfinden sollte.

Kat presste die Fingerspitzen einer Hand auf ihre Lippen und drehte sich vom Fenster weg. Sie brauchte den Namen des neuen Kopfes von Napoleons Spionagenetz in London nicht herauszufinden, denn sie kannte ihn bereits. Aiden O'Connell war Ire und kooperierte mit den Franzosen aus demselben Grund wie sie einst: zum Wohle von Irland. Er hatte sich im Sommer in der Hoffnung an sie gewandt, die Verbindung, die sie früher mit seinem Vorgänger Leo Pierrepont gehabt hatte, wieder aufleben zu lassen. Sie hatte ihm gesagt, dass sie aus dem Spiel aussteigen wollte, aber das würde sie jetzt nicht vor Jarvis retten.

Ihre Möglichkeiten waren begrenzt, das wusste sie. Sie könnte versuchen zu fliehen, aber Jarvis war berüchtigt für sein Spionagenetzwerk, und ihr Magen zog sich bei dem Gedanken an die Dinge zusammen, die seine Handlanger ihr antun würden, wenn sie sie erwischten. Sie könnte bis Freitag warten und sich edelmütig weigern, O'Connells Namen zu verraten, doch dann würde Jarvis sie durch Folter zum Reden bringen. Ihr war klar, dass sie ihnen alles sagen würde, was sie hören wollten – alles, auch wenn sie wusste, dass es nicht genug wäre, um sie zu retten. Oder ...

Oder sie könnte O'Connell gleich verraten und darauf hoffen, dass ihnen das reichen würde.

Mit einem Stöhnen sank Kat auf den Boden, umfasste ihre Knie mit den Armen und zog sie an die Brust. Jarvis hatte ihr keine wirkliche Wahl gelassen, und das wusste er. Am Freitag würde sie ihm den Namen von Aiden O'Connell nennen. Der Trick würde darin bestehen, wie sie dabei ihre eigenen Bedingungen stellen konnte. Denn sie gab sich keinen Illusionen hin: Jetzt, da Jarvis sie am Haken hatte, würde sie nie wieder frei sein, nie wieder sicher sein.

Und Devlin genauso wenig.

Als Sebastian den Ball seiner Tante Henrietta verließ, stieg er die fackelbeleuchteten Stufen hinunter und entdeckte einen Mann in einem groben Mantel und einem Schlapphut, der, die Hände in den Taschen vergraben, an der Wand neben Sebastians Kutsche lehnte. Als Sebastian sich ihm näherte, richtete sich der Mann auf und machte einen Schritt nach vorne.

Sebastians Lakaien wollten ihn aufhalten, aber Sebastian winkte sie zurück.

»Schöner Abend«, sagte der Mann, und die Haut neben seinen Augen kräuselte sich in einem Lächeln. Er war breitschultrig und schien etwa dreißig Jahre alt zu sein. Er wirkte auf eine Weise innerlich aufgewühlt, die Sebastian an Männer erinnerte, die er in der Armee im Geheimdienst kennengelernt hatte.

Sebastian ließ lässig eine Hand in seine eigene Tasche gleiten und ertastete den glatten, geschmeidigen Holzgriff seiner Pistole. »Warum dann dieser schwere Mantel?«

Diesmal zeigte der Mann beim Lächeln seine Zähne. »Ihr wisst, warum.« Seine Aussprache war nicht die eines Gentleman, aber auch nicht von der Straße.

Mit einer bedächtigen Bewegung holte Sebastian die kleine Steinschlosspistole aus seiner Tasche und hielt sie locker an seiner Seite.

Er achtete darauf, einen bestimmten Abstand zu dem Mann einzuhalten. »Was wollen Sie?«

Für einen Augenblick löste der Mann den Blick von Sebastians Antlitz und betrachtete die Steinschlosspistole. Sein Gesichtsausdruck änderte sich nicht. »Ich bin gekommen, um euch einen freundschaftlichen Rat zu geben.«

»Einen Rat?«

»Einen Rat. Ich wurde angeheuert, Euch zu warnen. Ihr wisst schon, auf welche Art: Eine tote Katze auf Eurer Türschwelle. Ein Ziegelstein, der mitten in der Nacht durch Euer Fenster fliegt. Aber dann dachte ich, warum Spielchen spielen? Der Gentleman soll etwas begreifen, also warum es ihm nicht einfach erklären?«

»Daher also der Rat.«

»Richtig.« Der Mann mit dem Schlapphut hob die linke Hand, um sich an der Nase zu kratzen. »Die Sache ist die, dass Ihr zu viele Fragen stellt. Der Herr, der mich angeheuert hat, möchte, dass Ihr damit aufhört.«

»Sie meinen, ich stelle Fragen über Barclay Carmichael und Dominic Stanton.«

Der Mann lächelte wieder. »Richtig. Seht Ihr? Ich wusste, Ihr würdet es begreifen.«

»Wer hat Sie angeheuert? Lord Stanton oder Sir Humphrey Carmichael?«

Das Lächeln des Mannes entglitt ihm. »Jetzt fangt Ihr schon wieder an, Fragen zu stellen. Keine gute Idee, schon vergessen?«

Der Mann begann, Sebastian zu nerven. »Wer sind Sie eigentlich?«

»Mein Name ist nicht wichtig. Ich bin nur der Bote.«

»Und der Ratgeber.«

»Sozusagen.«

»Und wenn ich Ihren Rat nicht beherzige?«

Das Lächeln des Mannes war jetzt völlig verschwunden. »Das wäre unklug.«

Sebastian gab seinem Lakaien ein Zeichen. Der sprang vor, um die Kutschtreppe herunterzuklappen. »Geben Sie doch Ihrem Auftraggeber einen Ratschlag von mir, einverstanden?«, sagte Sebastian.

Der Mann drehte sich so, dass sein Antlitz Sebastian zugewandt blieb, als dieser an ihm vorbei zur Kutsche ging. Die rechte Hand des Mannes blieb die ganze Zeit in seiner Tasche vergraben. Sebastian nahm nicht die Pistole von seiner Seite hoch. »Sagen Sie Ihrem Auftraggeber, dass ich Menschen, die Katzen töten, nicht mag. Ich habe wirklich etwas dagegen, wenn schwere Steine durch meine Fenster geworfen werden. Und wenn er noch einmal jemanden hinter mir herschickt, werde ich ihn töten.«

In den Augen des Mannes glitzerte etwas auf, das zugleich Warnung und Versprechen war. »Dann bis wir uns wiedersehen«, sagte er und verschwand in der Nacht.

Sebastian ließ sich in der Ecke seiner Kutsche nieder, die Hand mit der Steinschlosspistole legte er auf dem Knie ab. Aus der Ferne hörte er die Musik aus dem Ballsaal seiner Tante und aus größerer Nähe das Lachen einer Frau.

Offensichtlich bereiteten seine Fragen jemandem Unbehagen. Die Drohung gegen ihn war ernst gemeint und der Mann, der sie ausgesprochen hatte, erfahren. Sebastian beugte sich vor und gab seinem Kutscher das Zeichen, loszufahren. Natürlich hatte er nicht die Absicht, die Warnung des Mannes zu beherzigen. Was bedeutete, dass er den Herrn mit dem Schlapphut wiedersehen würde.

Nur würde er den Mann beim nächsten Mal nicht kommen sehen, das wusste Sebastian.

Kapitel 20

Dienstag, 17. September 1811

Am nächsten Morgen bekam Sebastian unerwartet Besuch von einem kleinen, verstohlen auftretenden Mann mit sonnengebräunter Haut. Er konnte spielerisch vom Newcastle-Dialekt zu Cockney-Englisch oder von Französisch zu Spanisch zu Italienisch und wieder zurück wechseln. Sein Name war Emmanuel Jones, und er hatte einst für Sebastian in der Armee gearbeitet. Jetzt arbeitete er wieder für Sebastian, allerdings in einer ganz anderen Funktion: Er suchte nach Sebastians Mutter.

»Das Schiff, nach dem Ihr gefragt habt«, sagte Jones, »die *San Remo* ... Ihr hattet recht. Sie ist vor siebzehn Jahren nicht gesunken. Sie lief im Hafen von Den Haag ein und ist von dort aus in kleinen Etappen die Küste entlang gesegelt, durch die Meerenge von Gibraltar und um die Spitze Italiens herum nach Venedig.«

Sebastian stützte die Ellbogen auf dem breiten Schreibtisch in seiner Bibliothek ab und musterte die rätselhaften Züge des Mannes, der vor ihm stand. »Und die Engländerin, die mitgereist ist?«

»Sie nennt sich jetzt Lady Sophia Sedlow.«

Sebastian nickte. Sedlow war der Mädchenname seiner Mutter. »Und?«

»Sie lebte eine Zeit lang mit einem Dichter in Venedig. Er ist gestorben. Vor neun Jahren.«

»Wo ist sie jetzt?«

»Sie verließ Italien um 1803 in Begleitung eines Franzosen. Er war ein General Napoleons.«

»Welcher?«

»Becnel.«

Sebastian stand hinter seinem Schreibtisch auf und trat zu einem Regal in der Nähe des Kamins. Er nestelte an der marokkanischen Holzschachtel mit Einlegearbeiten herum, die dort stand. Er brauchte einen Moment, bis er sicher war, dass er sprechen konnte. »Also ist sie jetzt in Frankreich?«

»Ja. Aber ich weiß nicht genau, wo.«

Sebastian drehte sich um und sah ihn an. »Warum sind Sie dann hier?«

Eine Regung flackerte über das ansonsten ausdruckslose Antlitz des Mannes. »Mit Becnel lege ich mich nicht an.«

Sebastian ging zu seinem Schreibtisch, öffnete eine Schublade und zog einen Umschlag heraus, aus dem er einen Stapel Geldscheine zählte. »Wenn Sie jemandem etwas davon erzählen«, sagte er und schob die Scheine über den Schreibtisch, »werde ich Sie töten. So einfach ist das.«

Jones faltete die Geldscheine zusammen und steckte sie weg. Er schnaufte. »Ich kann meinen Mund halten.«

Nachdem er gegangen war, stellte sich Sebastian wieder neben die kahle Feuerstelle, den Blick unverwandt auf den kalten, leeren Rost gerichtet. Er würde einen anderen Agenten finden müssen, jemanden, der sowohl vertrauenswürdig war als auch furchtlos und der sich in das Herz von Napoleons Frankreich wagte.

Es würde nicht leicht sein. Aber es war machbar.

Er verbrachte einen Großteil des restlichen Vormittags damit, Vorstellungsgespräche für die Stelle des Hausdieners zu führen.

»Wir kommen mit den besten Empfehlungen«, sagte einer der Bewerber, ein leicht fülliger Mann namens Flint, der einen dünnen schwarzen Schnurrbart trug und seine Worte mit einem leichten Wedeln seiner makellos manikürten weißen Hände unterstrich. »Mit besten Empfehlungen, in der Tat.«

Sebastian warf einen Blick auf die hervorragenden Arbeitszeugnisse des Dieners und verspürte einen Anflug von vorsichtigem Optimismus. Unter einer Gruppe von Bewerbern, die sich nur durch Mittelmäßigkeit auszeichneten, sah der Mann vielversprechend aus. »Das sehe ich. Ihre Arbeit erfüllt Sie mit Stolz, wie ich sehe.«

»Wir betrachten unsere Arbeit mehr als eine Berufung«, sagte Flint, der kerzengerade auf dem Stuhl gegenüber von Sebastians Schreibtisch saß. »Für uns ist es wie eine Berufung, uns um unseren Dienstherrn zu kümmern. Keine Maßnahme ist zu extrem, um ihn immer ins beste Licht zu rücken. Ist ein Gentleman etwas mager in der Wade, polstern wir die Strümpfe auf. Wenn ein Gentleman im fortgeschrittenen Alter korpulent wird, wissen wir diskret mit dem Korsett umzugehen. Und für die unglückliche Tendenz mancher Herren, auf den Fingerrücken Haarwuchs zu entwickeln, kennen wir uns mit der Anwendung heißen Wachses bestens aus.«

Sebastians Reaktion auf diese Rede musste sich in seinem Antlitz abgezeichnet haben, denn der Hausdiener fügte hastig hinzu: »Nicht, dass Eure Lordschaft eine dieser extremen Maßnahmen benötigte.«

»Gott sei Dank.«

Der Hausdiener legte den Kopf schief und unterzog Sebastian einer intensiven Musterung, so dass er sich wie ein alter Klepper fühlte, der bei Tattersalls zum Verkauf angeboten wurde. »Wir würden natürlich auf ein bisschen mehr Sorgfalt in der Aufmachung achten. Sportliche Gentlemen können manchmal etwas zu nachlässig in ihrer Kleidung sein, wenn Sie wissen, was wir meinen? Ein paar zusätzliche Stunden bei der Morgentoilette können den entscheidenden Unterschied bewirken.«

»Ein paar zusätzliche Stunden?«

Flint nickte. »Nicht mehr als zwei oder drei.«

Sebastian lehnte sich in seinem Stuhl zurück und legte die Fingerspitzen aneinander. »Ich bin etwas exzentrisch, fürchte ich. Es gibt Zeiten, in denen ich es für zweckdienlich halte, die Art von Kleidung anzulegen, die man üblicherweise an Orten wie der Rosemary Lane zum Verkauf sieht. Ich gehe davon aus, dass Sie damit keine Schwierigkeiten haben?«

Flint gab ein nervöses Kichern von sich. »Eure Lordschaft belieben zu … spaßen.«

»Im Gegenteil, es ist mir vollkommen ernst.«

Das gequälte Lächeln des Hausdieners erlosch, als Tom in den Raum platzte und den Geruch der sonnendurchfluteten Straßen, wilder Jungen und den durchdringenden, erdigen Geruch der Ställe mitbrachte.

»Hab' ne Nachricht von Sir Henry«, sagte der Laufbursche und atmete schwer. »Hat 'nen weiteren Mord entdeckt, von dem er glaubt, dass er was mit den beiden jungen Gentlemen hier in London zu tun hat. Sie fanden letztes Jahr im April eine Leiche auf einem Friedhof in Kent. Ausgenommen wie'n verdammter Fisch ...«

»Gütiger Himmel«, sagte der Diener und presste ein Taschentuch an seine Lippen.

»Und Sir Henry«, fuhr Tom fort und warf dem Diener einen neugierigen Blick zu, »... er will wissen, ob Ihr Interesse dran habt, heute Morgen mit ihm dorthin zu fahren.«

Sebastian schob seinen Stuhl zurück und wandte sich an den Hausdiener. »Wenn Sie mich entschuldigen würden, Mr. Flint ...«

Aber der kleine Mann mit dem gepflegten schwarzen Schnurrbart und den weichen weißen Händen war bereits verschwunden.

»Der Name des Jungen war Thornton«, sagte Sir Henry Lovejoy, eine Hand erhoben, um seinen runden Hut tiefer auf seine Glatze zu setzen, mit der anderen hielt er sich an der Kante des Sitzes neben ihm fest. »Nicholas Thornton.«

Lovejoy bereute bereits seinen Entschluss, die Reise nach Avery, einer Stadt in Kent, in Viscount Devlins Zweispänner zu unternehmen, mit dem unverbesserlichen Taschendieb Tom hinten auf dem Dienstbotensitz. Lovejoy hatte weder eine Vorliebe für Pferde, noch teilte er die offensichtliche Freude Seiner Lordschaft an hoher Geschwindigkeit. Lord Devlin raste nur so um die Kurven, und die blitzenden Hufe seiner Pferde fraßen die Meilen. Lovejoy schloss die Augen.

»Wie alt war er?«, fragte der Viscount.

Lovejoy zwang sich, die Augen zu öffnen. Es war nicht zu leugnen, dass der Viscount seine Pferde perfekt im Griff zu haben schien. Lovejoy lockerte seine Hand um den Sitz und holte tief Luft. »Gerade neunzehn. Er war Theologiestudent in Cambridge. Studierte, um in die Kirche einzutreten, wie sein Vater.«

»In die Kirche?«, fragte Devlin erstaunt.

Lovejoy nickte. »Der Vater des Jungen ist Rektor in St. Andrews. Reverend William Thornton.«

»Wie kommen Sie darauf, dass es einen Zusammenhang zwischen seinem Tod und den Morden in London gibt?«

Lovejoy selbst fand die Ähnlichkeiten in den Todesfällen schwer nachvollziehbar. Ein Rektor war zwar wesentlich angesehener als ein Pfarrer oder ein einfacher Kurator, hatte aber einen ganz anderen sozialen Rang als Stanton oder Carmichael. »Soweit ich weiß, wurde der Körper des Jungen aufgehackt und seine Organe entnommen. Darüber hinaus weiß ich wenig. Ich fürchte, die Ermordung des jungen Mister Thornton erregte wesentlich weniger Aufmerksamkeit als die jüngsten Morde in London. Avery ist ja auch ein gutes Stück von der Stadt entfernt.«

»Und der Vater des Jungen war nur ein Geistlicher«, sagte der Viscount.

Lovejoys Antlitz blieb unbeweglich. »Ganz genau.«

Vor ihnen tauchte die weiße Schranke einer Zollstelle auf. Der Gossenjunge Tom pfiff durch die Zähne, als Devlin die Zügel anzog und darauf wartete, dass der Wärter aus seinem Häuschen kam.

»Sie sagen, der Junge wurde im April umgebracht?«, fragte Devlin, nachdem der Zoll abgefertigt war.

»Als er in den Osterferien nach Hause kam. Er ging mit einer Angelrute irgendwann am späten Nachmittag zum Fischen.«

»Allein?«

»So scheint es. Später fand man seine Angelrute neben einem Bach, der hinter dem Pfarrhaus verläuft.«

»Und die Leiche?«

»Wurde erst am nächsten Morgen bei Tagesanbruch entdeckt. Der Mörder hat den Jungen auf dem Kirchhof von Thorntons Pfarrei auf einem der Gräber abgelegt.«

Kapitel 21

Avery erwies sich als verschlafenes Marktstädtchen in Kent mit einer breiten High Street, die sich einen sanften Hügel hinunter zu den Ufern des Medway schlängelte. Die alte normannische Kirche St. Andrews ragte über den Dächern auf. Sie stand inmitten eines alten, aber gepflegten Kirchhofs mit kurz geschnittenem Rasen und verwitterten, grauen Grabsteinen. Südlich der Kirche lag das Pfarrhaus, ein wohlproportioniertes Haus aus rotem Backstein, das Ende des vorangegangenen Jahrhunderts erbaut worden war, mit zwei zweistöckigen Erkerfenstern, die anmutig auf beiden Seiten einer kleinen weißen Veranda hervorragten.

Reverend William Thornton empfing sie in einem Arbeitszimmer mit Blick auf die weitläufigen, ungepflegten Gärten, die sich von der Rückseite des Pfarrhauses aus erstreckten. Das Arbeitszimmer war das Refugium eines Gelehrten: übersät mit Stapeln von Manuskriptseiten und alten, in Leder gebundenen Bänden, die nicht nur die vielen überquellenden Bücherregale, sondern auch die Tische und den Boden füllten.

Sie trafen Reverend Thornton in einem grünen Ledersessel neben der leeren Feuerstelle sitzend an. Er war ein gebrechlich aussehender Mann mit schütterem grauem Haar und einer markanten Nase, die durch die Hagerkeit seiner Wangen noch stärker hervortrat. Eine Decke lag auf seinen Beinen. Er stand nicht auf, als sie eintraten.

»Ihr müsst mir verzeihen, dass ich mich nicht erhebe, um Euch zu begrüßen«, sagte er, als die stämmige

Hauswirtschafterin mittleren Alters mit Spitzenhaube sie zu ihm einließ. »Ich fürchte, meine Beine tragen mich nicht mehr. Aber bitte zieht aus meiner Gebrechlichkeit nicht den Schluss, Ihr seiet mir nicht willkommen. Es kommt nicht oft vor, dass ich Besucher aus London empfange. Bitte, setzt Euch. Misses Ross, etwas Tee.«

»Bitte entschuldigt die Störung«, sagte Lovejoy und nahm auf einem bequemen, abgewetzten Sofa Platz. »Aber wir müssen Euch einige Fragen zu Eurem Sohn stellen.«

Sebastian blieb stehen und lehnte sich mit der Hüfte an die niedrige Fensterbank eines Fensters, das auf den Garten hinausging. Er beobachtete, wie Thorntons blasse Wangen erschlafften und seine Lippen einen Augenblick zitterten, bevor er sie fest zusammenpresste.

»Es ist wegen dieser Morde in London, nicht wahr? Glauben Sie, es gibt einen Zusammenhang?«

»Das wäre möglich«, sagte Lovejoy.

Eine der knochigen, stark geäderten Hände des Reverends schloss sich fest um den Saum der Decke in seinem Schoß. »Misses Ross hat mir von diesem letzten Fall erzählt, dem jungen Stanton. Es ist schrecklich, einfach schrecklich.«

»Was könnt Ihr uns über den Tag erzählen, an dem Euer Sohn verschwand, Reverend Thornton?«

Der Rektor schwieg einen Augenblick. Als er schließlich antwortete, klang seine Stimme gedämpft und seltsam flach, als könne er nur sprechen, wenn er jede Emotion aus der Geschichte, die er erzählte, herausnahm. »Nicholas war in Cambridge, aber er kam in den Osterferien her. Wenn er zu Hause war, verbrachte er jede freie Minute im Wald hinter dem Haus, auch an jenem Morgen. Es war ein Mittwoch. Er sollte ein paar Tage später nach Cambridge zurückkehren.«

»Er ging zum Angeln?«

»Er nahm eine Angel mit, aber ich glaube, es war eher eine Requisite, damit es so aussah, als ob er etwas arbeiten würde.« In seinem Blick blitzte es ganz kurz amüsiert auf. »Er sagte, er wolle eine oder zwei Stunden später zurück sein, rechtzeitig zum Mittagessen.«

»Aber er ist nicht zurückgekommen?«

»Nein. Zuerst war ich nicht weiter beunruhigt. Ihr wisst ja, wie junge Burschen so sind. Aber im Laufe des Nachmittags fing ich an, mir Sorgen zu machen. Normalerweise war Nicholas nicht so gedankenlos. Als die Schatten gegen Abend länger wurden, beschloss ich schließlich, nach ihm zu suchen. Ich fand seine Angelrute und seine Schuhe neben dem Bach, in der Nähe seiner Lieblingsangelstelle. Aber sonst nichts. Es war, als ob er sich in nichts aufgelöst hätte.«

»Gab es Anzeichen eines Kampfes?«

»Nein. Einige Männer aus der Stadt haben sich freiwillig gemeldet, um mir beim Durchsuchen des Waldes und der Umgebung zu helfen.« Thornton schob unruhig die Füße hin und her. »Damals war ich noch nicht so gebrechlich, müsst Ihr wissen. Wir schwärmten über das ganze Gebiet aus, aber wir fanden nichts. Erst am nächsten Morgen.«

»Als seine Leiche auf dem Kirchhof entdeckt wurde.«

Die Unterlippe des Reverends bebte. »Ja.«

Sir Henry zögerte, er schien nur ungern fortzufahren. Er warf einen Blick auf Sebastian, der sagte: »War Euer

Sohn vielleicht mit Dominic Stanton oder Barclay Carmichael bekannt?«

Thorntons Augen weiteten sich. »Nein. Nicht, dass ich wüsste. Nicholas studierte in Cambridge Theologie. Ich kann mir nicht vorstellen, dass er einem von beiden begegnet sein könnte.«

»Erzählt uns von Eurem Sohn, Hochwürden«, sagte Sir Henry mit ungewöhnlich sanfter Stimme. »Wie war er?«

Ein trauriges Lächeln umspielte die Lippen des Pfarrers und brachte kurz einen Funken Leben in die müden alten Augen. »Er war eines der neugierigsten Kinder, die ich je gekannt habe, hat immer Fragen gestellt und wollte wissen, wie die Dinge funktionieren.«

»Und als junger Mann?«

»Er hatte sich kaum verändert. Er war in vielerlei Hinsicht immer noch wie ein Kind. Nicht verstandesmäßig«, fügte der Geistliche schnell hinzu. »Er war immer sehr klug. Aber in seiner Art und seinen Interessen.«

»Haben Sie noch mehr Kinder?«

»Nein.«

Sebastian ließ seinen Blick über den vernachlässigten Garten zu der kleinen Wiese und dem Waldstück dahinter schweifen, in dem der Junge verschwunden war.

»Fällt Euch jemand ein, der einen Groll gegen Euren Sohn gehegt haben könnte?«, fragte Sir Henry. »Egal, ob aus einem echten oder eingebildeten Grund?«

Die Brust des Reverends hob sich in einem tiefen Atemzug, dann stieß er einen Seufzer aus. »Nicht, dass ich wüsste. Nicholas war ein sehr ruhiger Junge. Ruhig und ernsthaft. Meine Frau hat sich immer Sorgen um ihn gemacht. Sie sagte immer, dass er sich mit seinen

Büchern wohler fühlte als mit Menschen.« Wieder deutete sich dieses wehmütige Lächeln auf seinen Lippen an, nur um dann zu verschwinden und ihn noch mitgenommener aussehen zu lassen als zuvor. »Ich danke Gott jeden Tag dafür, dass sie nicht miterlebt hat, was aus ihm geworden ist.«

»Eure Frau ist tot?«

Der Reverend nickte traurig. »Sie ist im Januar gestorben, gleich nach Weihnachten.«

Sebastian achtete darauf, Lovejoy nicht anzuschauen. Er hatte gehört, dass der Untersuchungsrichter einst eine Frau gehabt hatte. Eine Frau und ein Kind, beide schon lange tot.

»Ihr habt unser tiefstes Beileid«, murmelte der Untersuchungsrichter.

Sebastian richtete seinen Blick wieder auf die Szenerie vor dem Fenster. Nördlich des Gartens mit seinen gemauerten Wegen und üppigen Büschen aus Ringelblumen und Heiligenkraut, Lavendel und Rosen lag die Kirche von St. Andrews. Durch eine Lücke in der hohen Eibenhecke konnte er die klobigen, mittelalterlichen Strebepfeiler der Kirche und den alten quadratischen Turm sehen, der sich dumpf vor dem blauen Septemberhimmel abhob. Der Kirchhof wirkte mit seiner weitläufigen, sorgfältig gepflegten Grünfläche viel ordentlicher als der Garten des Pfarrhauses. Darauf standen dicht an dicht alte graue Grabsteine und Gräber. Sebastian fragte sich, ob der Reverend selbst auf die Leiche seines Sohnes gestoßen war. Allerdings schrak er davor zurück, diese Frage zu stellen.

»Dürfen wir fragen, wer die Leiche Eures Sohnes untersucht hat?«, sagte Sebastian.

Der Reverend schien von der Frage überrascht zu sein, beantwortete sie jedoch bereitwillig. »Gewiss. Es war Dr. Newman. Dr. Aaron Newman. Er wohnt hier in Avery, gleich auf der anderen Seite des Dorfangers. Vielleicht kann er Euch noch etwas weiter helfen, als es mir möglich war.« Der Reverend hielt inne. »Ich halte es mir immer wieder vor: ›Die Rache ist mein, spricht der Herr.‹ Aber es hilft nicht. Der Mann, der meinem Sohn das angetan hat ...« Seine Stimme brach. Er schluckte schwer, dann sagte er leiser: »Wer auch immer meinem Sohn dies angetan hat, war böse. Einem armen, unschuldigen Jungen von neunzehn Jahren ein solches Ende zu bereiten ...« Wieder versagte ihm die Stimme, und diesmal machte er keine Anstalten, fortzufahren.

Lovejoy erhob sich unbeholfen. »Bitte verzeiht uns die Störung, Hochwürden. Wir werden Euch nicht länger belästigen.«

Der Reverend fuhr sich mit zitternder Hand über die Augen. »Aber bleibt doch noch zum Tee.«

Der Untersuchungsrichter machte eine seiner eigenartigen, zackigen Verbeugungen. »Danke, aber nein.«

Sebastian löste sich vom Fenster, ein Gefühl der Frustration überkam ihn. Welcher Zusammenhang bestand zwischen dem ernsten, fleißigen Sohn dieses Pfarrers und einem verwöhnten Aristokratensohn wie Dominic Stanton oder einem mondänen Lebemann wie Barclay Carmichael? Er erinnerte sich, was Kat darüber gesagt hatte, dass die scheinbare Zufälligkeit der Morde alle Menschen als mögliche Opfer erscheinen ließ. Er fragte sich, ob er deshalb so darauf bedacht war, irgendeine Verbindung zwischen den drei ermordeten

Männern zu finden: weil das Fehlen einer Verbindung bei diesen grausamen Morden die Tat in gewisser Weise noch viel schrecklicher machte.

»Stammt Ihr von hier, Reverend Thornton?«, fragte er plötzlich.

Der Pfarrer schüttelte den Kopf. »Ich komme aus Nayland in East Suffolk, in der Nähe von Ipswich. Diese Wohnung wurde mir vom Onkel meiner Frau geschenkt. Als ich ein junger Mann war, war es immer meine Absicht, mein Leben der Missionsarbeit zu widmen. Ich wollte die gute Nachricht unseres Herrn zu den unglücklichen Heiden tragen, die in Sünde und Dunkelheit in den benachteiligten Regionen der Welt leben. Ich hätte nie gedacht, jemals eine eigene Pfarrei zu haben, geschweige denn eine Pfründe von dieser Größe.«

Sebastians Interesse war geweckt. »Seid Ihr jemals auf eine Missionsreise gegangen?«

Reverend Thornton richtete sich in seinem Stuhl auf. »Das bin ich tatsächlich. Ich habe sechs Jahre am Horn von Afrika verbracht, bevor ich geheiratet habe. Und dann hatten Misses Thornton und ich vor neun Jahren Gelegenheit, auf eine weitere Missionsreise zu gehen, als ich meine Gemeinde in die Obhut eines Kurators geben konnte.«

Vor neun Jahren, dachte Sebastian, wäre Nicholas Thornton zehn Jahre alt gewesen. »Und Nicholas?« fragte er. »Hat er Euch begleitet?«

»Oh, nein. Nicholas war zu der Zeit schon in Harrow. Er kam nicht zu uns, nicht einmal für einen Besuch. Misses Thornton war sehr um die Gesundheit des Kindes besorgt, und sie fürchtete, er würde in einem so ungesunden Klima krank werden. Er verbrachte seine Schulferien bei ihrem Bruder.«

»Wohin genau seid Ihr und Misses Thornton gegangen?«, fragte Sir Henry, obgleich Sebastian die Antwort schon kannte, bevor Thornton sie gab.

»Indien.«

»Sicherlich ein Zufall«, sagte Sir Henry, als Sebastian ihm von dem Gespräch mit Sir Humphrey Carmichael erzählte. Sie überquerten den Dorfanger und gingen auf das weitläufige weiße Fachwerkhaus des Arztes zu. Als sie einherschritten, stob vor ihnen eine Schar weißer Gänse auf und beschwerte sich lauthals. Die Sonne glänzte auf dem schimmernden Gefieder der Vögel. »Ich wage zu behaupten, dass Tausende von Engländern den indischen Subkontinent irgendwann in ihrem Leben besucht haben. Wie steht es mit Euch?«

»Ja.«

»Na bitte. Seht Ihr? Außerdem wissen wir nicht, ob Lord Stanton je in Indien war.«

»Nein, das wissen wir nicht.« Sebastian starrte über eine Ansammlung von Steinhäusern hinweg, die halb unter einem Gewirr von Kletterrosen in ihrer Herbstblüte verborgen waren. »Jedenfalls würde ich mir, wenn ich einen Sohn hätte, wohl Sorgen machen.«

Kapitel 22

Dr. Aaron Newman, ein schlanker Mann etwa Mitte, Ende vierzig, hatte das vorzeitig ergraute Haar sowie das freundliche, aber erschöpfte Aussehen eines Mannes, dessen Beruf ihm abverlangte, die privaten Freuden und Leiden zu vieler Menschen mitzuerleben.

Er empfing sie in einem schlicht mit guten, alten Möbeln eingerichteten Salon und hörte zu, während Sir Henry den Grund ihres Besuchs erläuterte. Er bot ihnen Brandy an, den Sebastian gerne annahm, Sir Henry hingegen, wie erwartet, ablehnte.

»Es liegt nun schon über fünf Monate zurück, aber ich habe immer noch nicht überwunden, was Nicholas widerfahren ist«, sagte der Arzt und schenkte sich selbst einen Drink ein. »Was für eine Tragödie. Reverend Thornton und seine Frau waren lange Jahre kinderlos, und dann haben sie den Jungen bekommen. Er schien ein besonderes Gottesgeschenk zu sein, ein Kind, das sie erst so spät im Leben empfangen hatten.« Newman nahm seine Brille ab und rieb sich mit der Hand über die Augen. Sein Antlitz war von Emotion gezeichnet. »Aber der Herr hat ihn zurückgenommen, nicht wahr?«

Sir Henry räusperte sich unbehaglich. »Wie lange kennen Sie den Reverend schon?«

»Seit er sich hier im Dorf niedergelassen hat, mehr als zwanzig Jahre also. Ich habe Nicholas auf die Welt geholt, müssen Sie wissen.« Dr. Newman setzte seine Brille wieder auf und ließ sich auf einem der gut gepolsterten Stühle nieder, die um den Teetisch standen. »Ich habe ihn bei allen Kinderkrankheiten behandelt.«

Sir Henry nickte verständnisvoll. »Ich hörte, der Reverend hat den Jungen gefunden?«

Die Lippen des Arztes verzogen sich in einer Grimasse. »Ich fürchte ja. Er hob Nicholas auf und versuchte, ihn auf seinen Armen herzutragen. Er brach in der Hälfte des Dorfangers zusammen.«

»Erlitt er einen Schlaganfall?«, fragte Lovejoy.

Der Arzt nickte. »Linksseitig. Er hat nach und nach die Bewegungsfähigkeit seines Arms zurückerlangt, aber ich fürchte, er kann noch immer nicht gut gehen.«

»Man sagte uns, der junge Mann war auf dem Kirchhof abgelegt worden?«

Eine Regung des Abscheus glitt über die Züge des Arztes. »Ja. Reverend Thornton fand ihn, als er an dem Morgen die Kirche aufschließen wollte. Es war schrecklich, einfach schrecklich. Der Mörder hatte die Leiche auf einem der alten Gräber neben dem Portal des südlichen Querschiffs abgelegt. Das ist der Eingang, den der Reverend immer benutzt.«

»Interessant«, sagte Sebastian. »Wer auch immer den Jungen getötet hat, muss die Gewohnheiten des Reverends gekannt haben.«

Die Augen des Arztes weiteten sich. »Ich nehme es an. Daran hatte ich noch gar nicht gedacht.«

»Was können Sie uns über die Obduktion der Leiche sagen?«, fragte Sir Henry.

Dr. Newman stand auf, trat zu einem Schreibtisch, der voller Bücher und Notizen lag, und blätterte mit einer Hand hektisch durch die Seiten eines abgenutzten Bandes am Rand des Tisches. Einen Augenblick später sagte er: »Nicholas' Kehle wurde durchgeschnitten.«

»Von hinten?«, fragte Sebastian.

Der Arzt zögerte. »Das kann ich nicht genau sagen.« Er nahm einen tiefen Atemzug und ließ die Luft langsam wieder entweichen. »Ich tröste mich mit dem Gedanken, dass es ein vergleichsweise gnädiger Tod war, gemessen an dem, was danach noch geschah.«

»Gab es noch andere Verletzungen?«

Der Arzt nickte. »Der Torso wurde aufgeschnitten und Herz, Lunge und Leber entnommen. Ausgesprochen stümperhaft, möchte ich hinzufügen.«

»Wurde es in Wut ausgeführt?«, fragte Sebastian.

Newman sah nachdenklich aus, dann schüttelte er den Kopf. »Nein, das würde ich nicht sagen. Dem Körper wurden keine zusätzlichen Wunden zugefügt. Nur der Schnitt durch die Kehle, dann das Eröffnen der Körperhöhle und die Entnahme der Organe.«

Lovejoy drückte ein ordentlich gefaltetes Taschentuch gegen seine fest geschlossenen Lippen.

»Hatte man den Körper ausbluten lassen?«, fragte Sebastian.

»In der Tat, ja. Woher wusstet Ihr das?«

»Anhand des Zustandes der letzten, in London gefundenen Opfer.«

»Ihr denkt, es gibt einen Zusammenhang?«

»Es sieht sehr danach aus, meint Ihr nicht auch?«

»Ja, ich nehme es an. Aber ... Habt Ihr eine Vorstellung davon, wer so etwas tut? Irgendeine Vorstellung?«

»Wir arbeiten noch daran«, sagte Lovejoy und verstaute sein Taschentuch. »Wurde der junge Thornton gefesselt und geknebelt, bevor er getötet wurde?«

»Ich bin Arzt, Sir Henry, nicht Chirurg. Ich fürchte, solche Details gehören nicht zu meinem Aufgabengebiet.« Er sagte es mit zurückhaltendem Stolz, denn in der Hierarchie der medizinischen Berufe waren Ärzte Gentlemen. Mit ihren Ausbildungen in Oxford und Cambridge waren sie in der Lage, auf Lateinisch ausführlich über die medizinischen Abhandlungen aus der Antike zu referieren. Sie stützten sich auf ihre Studien und ihre Beobachtungen des Patientenpulsschlags und -urins, um Drogen oder Arzneien zu verordnen. Sie belasteten sich nicht mit solch vulgären Tätigkeiten wie körperlichen Untersuchungen und gaben sich auch nicht mit gebrochenen Gliedmaßen ab. Ganz sicher führten sie keine Operationen aus oder schnitten Leichen auf, um etwas über die Geheimnisse des Lebens zu lernen. Aufgrund der ungewöhnlichen Tätigkeit ihrer Ehemänner konnten Arzt- wie auch Rechtsanwaltsgattinnen vor Gericht berufen werden, die Ehefrauen von nichtplädierenden Anwälten oder Chirurgen wie Paul Gibson hingegen nicht.

Der Arzt zog eine Taschenuhr aus seiner Westentasche und lächelte entschuldigend. »Ich fürchte, die Herren müssen mich entschuldigen, aber ich habe einem älteren Patienten versprochen, ihn vor zwei Uhr zu besuchen. Ich bitte meine Hauswirtschafterin, Euch etwas Tee zu bringen, ist das recht?«

»Danke sehr, aber nein.« Lovejoy erhob sich auf die Füße. »Wenn Ihnen noch etwas einfällt, das Sie für wichtig halten, melden Sie sich bitte am Queen Square?«

»Ja, gewiss.« Anstatt nach der Hausdame zu läuten, begleitete Dr. Newman sie selbst zur Haustür. Als sie an der Treppe vorbeigingen, erhob sich ein alter Beagle auf die Füße und tappte herüber an die Seite des Arztes.

»Ach, noch etwas«, sagte Sebastian, der gerade Lovejoy hinaus in den hellen Sonnenschein folgen wollte. »Hatte Nicholas Thornton etwas im Mund, als man ihn fand?«

»Das hatte er tatsächlich.« Newman beugte sich mit besorgter Miene hinunter und zog abwesend an den Ohren des Hundes. »Ich weiß nicht, wie ich vergessen konnte, es zu erwähnen. Es ... es sah aus wie ein Stern. Ein silberner Stern aus Pappmaché.«

Kapitel 23

Auf Friedhöfen war es möglich, Frieden zu finden. Sebastian fand ihn immer darin, das Vergehen der Zeit und die verschiedenen Lebenszyklen anzunehmen. Ein Frieden, der vielleicht von Trauer geprägt war, aber selten von Gewalt.

Er stand unter einer uralten Ulme in der Nähe des südlichen Querschiffs der alten normannischen Kirche St. Andrews und blickte auf einen Kirchhof mit ordentlich gemähtem Gras, übersät mit moosbewachsenen Grabsteinen und bröckelnden grauen Grabstätten. Bienen summten um einen Stock scharlachroter Rosen in der Nähe, deren verwelkte Blütenblätter über das Gras verstreut waren. Doch hier war kein Frieden zu finden, dachte Sebastian; die Luft schien aufgeladen mit Erwartung und unbewältigter Wut.

Sir Henry räusperte sich. »Dieser ist es, meint Ihr nicht auch?«

Sebastian drehte sich um und sah, dass der Magistrat auf ein niedriges Grab starrte, das direkt neben dem ausgetretenen Pfad lag, der vom Pfarrhaus zur alten, eisenbeschlagenen Tür des südlichen Querschiffs führte. Sebastian ging hinüber und starrte auf die einfache Grabstätte, deren Einfassung aus grauem Stein etwa fünfundvierzig Zentimeter hoch war und die von einer rissigen flachen Steinplatte bedeckt war. Ihre Inschrift war so verwittert und von Flechten verkrustet, dass man sie kaum noch lesen konnte.

»Wahrscheinlich.« Er blickte auf. Von hier aus konnte er die High Street und den Dorfanger sehen, und dahinter die Steinbrücke, die sich über den Bach wölbte. »Ein recht öffentlich zugänglicher Ort für einen Mord, finden Sie nicht auch?«

Sir Henry nickte. »Nach den Worten des Reverends verschwand der Junge am Nachmittag beim Angeln. Sie durchsuchten die Wälder und Felder hinter dem Pfarrhaus – ohne Erfolg. Erst am frühen Morgen des nächsten Tages wurde seine Leiche hier entdeckt. Das deutet darauf hin, dass der Junge getötet und dann an einen abgelegenen Ort gebracht wurde, um ausgeschlachtet zu werden, bevor er hierher zurückgebracht wurde, wo der Reverend ihn bei Tagesanbruch finden musste.«

Sebastian schüttelte den Kopf. »Nicholas Thornton wurde die Kehle durchgeschnitten. Wäre der Junge am Bach getötet worden, hätten die Männer, die an jenem Abend nach ihm suchten, Blut sehen müssen. Das haben sie aber nicht. Wer auch immer den Jungen getötet hat, könnte ihn im Wald überwältigt haben, aber ich vermute, dass er dort getötet wurde, wo man ihn ausgenommen hat.«

»Ja, natürlich.« Sir Henry starrte über den Kirchhof hinweg, tief in Gedanken versunken. »Ich frage mich, wie viele solcher Morde es wohl gegeben hat«, sagte er nach einer Weile, mehr zu sich selbst. »Ein Dutzend oder mehr solcher Mordfälle könnten verübt worden sein, in ganz England oder sogar darüber hinaus. Woher sollen wir das wissen? Von diesem einen Fall habe ich nur zufällig erfahren.«

»Ich vermute, dieser war der erste«, sagte Sebastian.

Sir Henry wandte sich um und sah ihn an. »Und wieso vermutet Ihr das?«

Sebastian blinzelte gegen das helle Sonnenlicht. »Kennen Sie die Gedichte von John Donne?«

»So einigermaßen. Aber warum? Was hat Donne mit all dem hier zu tun?«

»Die Gegenstände, die in den Mündern der Opfer zurückgelassen wurden«, sagte Sebastian.

Sir Henry schüttelte den Kopf. »Ich verstehe immer noch nicht.«

»Sie sind aus einem Gedicht.« Sebastian kauerte sich hin und durchsuchte das Gras neben dem verwitterten Grab. »›Fang dir einen Stern, der fällt‹. Kennen Sie es?«

»Ich glaube nicht, nein.«

»Ich erinnere mich nicht an alle Strophen. Nur an den Anfang. Aber hören Sie zu ...

> ›Fang dir einen Stern, der fällt
> In Hoffnung such Alraunenfuß,
> Zeig mir der Jahre Lauf in der Welt,
> Oder wer spaltet' des Teufels Huf,
> Lass mich Meermädchen singen hören
> Oder dem Neid seinen Stachel verwehren,
> Und find'
> Den Wind,
> Der macht ehrlich gesinnt.‹«

»Gütiger Gott«, sagte Sir Henry. »Der Mörder folgt dem Gedicht. Zuerst der Stern, dann die Seite aus dem Schiffslogbuch und jetzt der Bocksfuß. Nur eine Alraunwurzel fehlt noch.« Seine Lippen bildeten eine grimmige Linie. »Es muss noch einen Mord gegeben haben. Einen Mord, der irgendwann zwischen April und

Juni begangen wurde, und den wir noch nicht entdeckt haben.«

Sebastian streckte die Hand aus und fuhr mit den Fingerspitzen über das eingemeißelte, verblasste Kreuz auf dem Grabmal. »Vielleicht. Oder vielleicht hat der Mörder diese Zeile aus irgendeinem Grund einfach übersprungen.«

»Übersprungen? Aus welchem Grund könnte er das wohl getan haben?«

»Ich vermute, er hat für alles, was er tut, einen Grund.« Sebastian wischte sich die Fingerspitzen ab und richtete sich auf. »Die Gegenstände, die in den Mündern der Männer zurückgelassen wurden, die unterschiedliche Art, auf die jeder verstümmelt wurde, die Weise, wie jede Leiche nach dem Tod zur Schau gestellt wurde – das war alles wohl überlegt. Der Mörder hat einen Grund für all das. Und wenn wir ihn aufhalten wollen, müssen wir herausfinden, was der Grund ist.«

Kapitel 24

Die Salons und Ballsäle von Mayfair würden für Frauen wie Kat Boleyn für immer verschlossen bleiben – für Frauen, die ihre Reize auf der Bühne zur Schau stellten und die eine Reihe von Männern in ihr Bett gelassen hatten. Aber Kat war ein häufiger und gern gesehener Gast in den Salons von Bloomsbury und Richmond, wo der Zutritt nicht von Herkunft oder Reichtum abhing, sondern vom Besitz eines wachen Geistes und eines scharfen Intellekts; wo sich die Konversation nicht so sehr um Mode, Pferde und die Jagd drehte, sondern um Kunst und Philosophie, Literatur und Wissenschaft.

Am Nachmittag nach ihrem schicksalhaften Treffen mit Jarvis erschien Kat im erlesenen Salon der Tochter eines Generals, Annabelle Hershey. Miss Hershey war eine kleine Frau mit blasser Haut und dunklem Haar, grünen Augen und einem Verstand, der sie vielleicht zu einem Oxford-Dozenten gemacht hätte, wäre sie als Mann geboren worden.

Sie begrüßte Kat mit einem glockenhellen, fröhlichen Lachen. »Miss Boleyn, Sie wurden von den Göttern gesandt! Wir brauchen dringend eine Shakespeare-Expertin, um unseren Disput zu lösen. Sagen Sie uns bitte: Ist Shylock oder Tubal in *Der Kaufmann von Venedig* Jessicas Vater?«

Kat warf rasch einen Blick in den überfüllten Salon. Die versammelte Gesellschaft reichte von Wissenschaftlern wie Humphrey Davy über die bekannte literarische Gastgeberin Miss Agnes Berry bis hin zu einem launischen, brillanten, aber wenig bekannten Dichter namens Lord Byron. Der Mann, den Kat suchte, war nicht da. »Shylock«, sagte sie. »Tubal ist sein Freund.«

Annabelle Hershey warf in gespielter Kapitulation die Hände hoch. »Sie hatten recht, Miss Berry! Für mich geht's zurück ins Schulzimmer.«

Von da an ging das Gespräch unbeschwert in eine Diskussion über den Wiederaufbau des Drury Lane Theatres über. Kat beteiligte sich noch etwa eine Viertelstunde am Gespräch und wollte sich gerade verabschieden, als Aiden O'Connell in den Raum geschlendert kam. Kat warf ihm ein strahlendes Lächeln zu, sah dann aber sofort wieder weg.

Ein paar Minuten später näherte er sich ihr. Ein schlanker Mann in den späten Zwanzigern, hatte er betörend grüne Augen, und wenn er lächelte, bildeten sich Grübchen in seinen Wangen. Dieses Lächeln machte ihn zum Liebling der Damenwelt, obschon er nur der zweitgeborene Sohn in seiner Familie war. »Jeder andere Mann in diesem Raum wäre entzückt, ein solch einladendes Lächeln von der schönsten Frau Londons erhalten zu haben. Warum also verspüre ich Beklemmung?«

»Vielleicht, weil Ihr nicht der Narr seid, für den andere Euch halten?"

Er riss die Augen weit auf. »Spiele ich der Welt einen Narren vor?«

»Nun, nun.« Sie lachte kokett und beugte sich näher zu ihm. »Ich muss dringend mit Euch sprechen. Allein.«

Sein Blick traf den ihren, und das, was er in ihren Augen wahrnahm, ließ die Belustigung aus seinem Blick weichen. »Wann und wo?«

»Ich werde beobachtet. Kommt zu meiner Garderobe im Theater. Morgen Abend, nach der Vorstellung.«

Er schwieg einen Moment und dachte darüber nach. »Nun gut. Bis dann.« Er entfernte sich von ihr und ging dorthin, wo Sir Thomas Lawrence eine kleine Gruppe mit einer Geschichte über die Possen des wilden Haustierpapageis seines letzten Modells unterhielt.

Kat beobachtete den Iren aus den Augenwinkeln. Ihr war klar geworden, dass sie mit der Warnung an Aiden O'Connell ein großes Risiko eingegangen war. Wenn er erfuhr, dass sie ihn auffliegen lassen wollte, konnte er sich durchaus dazu entschließen, sie selbst umbringen zu lassen. Dennoch war es ein Risiko, das sie eingehen musste. Sie konnte den Iren nicht an Jarvis verraten, ohne ihm vorher eine Gelegenheit zur Flucht zu bieten.

Wie sie mit Jarvis' Wut umgehen würde, wenn er entdeckte, dass seine Beute geflohen war, war ein Dilemma, für das sie noch keine zufriedenstellende Lösung gefunden hatte.

An diesem Abend wehte der Wind aus Nordosten und brachte die beißende Kälte der Nordsee mit sich. Devlin saß in Kats Schlafzimmer in einem Ohrensessel neben dem Kamin und hielt einen aufgeschlagenen Gedichtband von John Donne auf dem Schoß. Er blätterte gerade durch die Seiten, als Kat hinter ihn trat und ihre Arme um seine Schultern schlang.

»Wonach suchst du?«, fragte sie.

»Hör dir das an«, sagte er und begann zu lesen:

»Fang dir einen Stern, der fällt
In Hoffnung such Alraunenfuß,

»Nun«, sagte Kat. »Mister Donne hat Frauen nicht sehr geschätzt, nicht wahr?«

Devlin lächelte. »Er war ein Geistlicher. Das ist wohl eine Berufskrankheit.«

Kat fuhr mit den Fingern durch die dunklen Locken in seinem Nacken und spürte die Spannung, die sich sogleich in ihm aufbaute. »Der junge Mann, der im April in Kent getötet wurde …« Sie ließ den Rest der Frage unausgesprochen.

»Wurde mit einem Pappmaché-Stern im Mund gefunden.«

»Du lieber Gott.« Sie kam um ihn herum und kauerte sich zu seinen Füßen auf den Teppich, legte die Hände auf sein Knie und den Kopf nach hinten, damit sie ihm ins Antlitz sehen konnte. »Was hat das alles zu bedeuten?«

Er klappte das Buch zu und legte es beiseite. »Ich wünschte, ich wüsste es.«

Sie lehnte ihre Wange an sein Bein. »Erzähl mir von heute.«

Er berichtete in sanftem, sachlichem Ton. Als er geendet hatte, hob sie den Kopf und sagte: »*In Hoffnung such Alraunenfuß*. Das ist die zweite Zeile des Gedichts. Warum sollte der Mörder eine Zeile eines Gedichts auslassen, dem er offensichtlich ganz bewusst folgt?«

»Lovejoy denkt, dass es irgendwo in England zwischen April und Juni einen ähnlichen Mord gegeben haben muss, von dem er einfach noch nichts gehört hat.«

»Aber du denkst das nicht?«

»Ich weiß nicht, was ich denken soll.«

Sie lehnte sich zurück, ihre Hände wanderten in einer sanften Liebkosung sein Bein hinab. Dann drehte sie den Kopf und starrte in das Feuer. Einen Augenblick lang dachte sie an den Pfarrerssohn in Avery, und die

Zeilen von Donnes Gedicht klangen in ihrem Kopf immer wieder nach. Aber es dauerte nicht lang, bis ihre Gedanken zu ihren eigenen Schwierigkeiten wanderten, zu Jarvis' Drohung und ihrem morgigen Treffen mit O'Connell.

Devlin berührte ihr Haar, dann umfasste er ihr Kinn mit der Hand, um ihr Antlitz wieder zu sich zu drehen. »Was hast du?«, fragte er.

Sie lachte erschrocken auf und schüttelte den Kopf. »Was meinst du?«

»Etwas beunruhigt dich. Etwas, das du vor mir zu verbergen suchst.«

Sie legte ihre Hand auf seine und gab ihm einen Kuss auf die Handfläche. Sie wahrte ihr Lächeln und sagte leichthin: »Willst du andeuten, dass ich eine schlechte Schauspielerin bin?«

»Ich will damit sagen, dass ich dich kenne.«

»Tust du das?« Sie nahm seine Hand und legte sie auf den Ansatz ihrer Brüste. »Was sagt dir das?«

Sanft verstärkte er den Druck seiner Hand auf ihrer Brust und streichelte sie durch den dünnen Musselin ihres Kleides. Sie sah in seinen Augen die Begierde erwachen und schloss die Lider. Sie legte den Kopf in den Nacken und sog erregt den Atem ein.

Er glitt vom Sessel zu ihr auf den Teppich, seine Lippen lagen warm auf dem nackten Fleisch ihres Nackens. Seine Hände fanden die Bänder ihres hochtaillierten Kleides und lösten sie. Er schob das Kleid und die leichte Chemise, die sie darunter trug, von ihren Schultern.

Ihre Lippen schlossen sich über seinen, sie war hungrig. Sie drängte ihren nackten Körper gegen seinen bekleideten und verbannte alle Gedanken aus ihrem Kopf, ließ nur noch das Jetzt zu – diesen Mann, diese Liebe, diesen Augenblick – und sie gab sich ihm ganz hin.

Später, als sie nackt und erschöpft in seinen Armen lag, zeichnete er sanft mit der Fingerspitze ihre Gesichtszüge nach und sagte: »Heirate mich, Kat.«

In ihrer Brust schwoll ein Schmerz des Verlangens und der Sehnsucht, der nie gelindert werden konnte. Doch sie war eine Schauspielerin, und so gelang es ihr, ein Lächeln auf ihr Antlitz zu zaubern, obgleich ihre Stimme leicht zitterte. »Du weißt, warum ich das nicht kann.«

Er stützte sich auf einen Ellbogen, seine grimmigen Augen blitzten im ersterbenden Licht des Feuers. »Meine Tante Henrietta hat schon wieder eine passende Braut für mich gefunden. Eine Lady Julia Irgendwas oder so ähnlich.« Er verschränkte seine Hand mit ihrer und behielt seinen leichten Tonfall bei, obwohl sie wusste, dass er es sehr ernst meinte. »Wenn du mich wirklich lieben würdest, würdest du mich vor den Verkupplungsversuchen meiner Familie retten, indem du mich selbst heiratest.«

»Du brauchst eine Lady Irgendwas oder so ähnlich als Gattin an deiner Seite.«

»Nein. Ich brauche dich.«

»Ich würde dich zerstören.« Ihre Stimme war ein dünnes Flüstern.

Er schob seine Hände um sie herum und zog sie dicht an sich heran, so dass er sein Antlitz in ihrem Haar vergraben konnte. »Nein«, sagte er, und jeder Anflug von

Leichtigkeit war aus seiner Stimme verschwunden. »Dich nicht in meinem Leben zu haben, würde mich zerstören.«

Kapitel 25

Mittwoch, 18. September

Am folgenden Morgen klopfte in aller Frühe einer von Sir Henrys Wachtmeistern an seine Tür, als er gerade aus dem Bett aufstand.

»Was ist los, Bernard«, fragte Henry ihn, als er hereingestapft kam und die kalte Morgenfeuchte mit sich brachte.

»Wissen Sie noch, der Fall, von dem Sie uns gestern berichtet haben? Von dem Sie annehmen, dass er auf ein Gedicht über Meerjungfrauen und Alraunwurzel zurückgeht?«

Henry spürte tief in sich einen Anflug von Furcht. »Ja.«

Bernard rieb sich mit der Hand über das bärtige Antlitz. »Ich glaub', unten bei den Docks ist was, das Sie sich anschau'n sollten.«

Im schummrigen Licht der Morgendämmerung schien der Wald aus Masten über dem Fluss geisterhaft, wie Dinge ohne feste Gestalt und ohne Funktion. Die Hände tief in den Taschen seines Herrenmantels vergraben, unterdrückte Sir Henry Lovejoy ein Schaudern. Der Nebel stieg vom Wasser auf und umwaberte ihn, kalt und feucht und gesättigt vom Geruch nach Hanf, Teer und totem Fisch.

»Hey! Sie da.« Die stämmige Gestalt eines Wachtmeisters schälte sich aus dem Dunst. »Hier ist keiner erlaubt. Befehl aus der Bow Street.«

»Sir Henry Lovejoy vom Queen Square«, versetzte Henry. Er eilte am Wachtmeister vorbei, seine Schritte hallten auf den Holzplanken der Docks wider.

Weiter oben konnte er eine Ansammlung von Männern neben einem alten Speicherhaus sehen. Henry blieb stehen und wurde sich der Leere bewusst, die tief in ihm aufklaffte, und er versuchte, den Kloß hinunterzuschlucken, der sich in seinem Hals gebildet hatte. Der Anblick gewaltsamen Todes war für Henry nie leicht. Er musste sich vor dem Anblick eines weiteren Toten, der wie ein Rind abgeschlachtet worden war, wappnen.

Als Henry näherkam, straffte einer der Männer neben dem Speicherhaus die Schultern und kam zu ihm. Sir James Read, ein massiger Mann mit vorstehenden, wassergrauen Augen und dicken, feuchten Lippen, war einer der drei Haftrichter der Bow Street. Henry kannte den kleingeistigen Mann als sowohl ehrgeizigen als auch glühend auf die angemessene Würdigung seines Amtes und seiner Zuständigkeiten bedachten Menschen.

»Sir Henry«, sagte der Magistrat gespielt gutgelaunt. »Es war nicht nötig, dass Sie an einem so trüben Morgen in die Kälte herauskommen. Der hier war so freundlich, sich weit weg von Westminster um die Ecke zu schaffen.«

Die Docks an der Themse im Stadtbereich unterlagen der Zuständigkeit der Bow Street, und Sir James hatte seine Worte sorgsam gewählt, um Henry klarzumachen, dass seine Anwesenheit hier weder nötig noch willkommen war. Henry blickte hinter den Magistraten, in die Schatten des Speicherhauses. »Wie ich hörte, wurde dem Opfer eine Alraunwurzel in den Mund gestopft.«

Sir James' vorgespielte gute Laune verpuffte. »Nun, ja. Aber wo soll da irgendein Zusammenhang sein?«

»Ich glaube, der Tod dieses Gentlemans könnte in Verbindung zu der Ermordung von Mister Barclay Carmichael und der des jungen Dominic Stanton stehen.«

»Sie meinen mit dem Schlachter vom West End?« Sir James stieß ein schnaubendes Lachen aus. »Kaum. Den Gentleman hier hat keiner aufgeschlitzt.«

Henry war einen Augenblick verwirrt. »Der Leichnam wurde nicht verstümmelt?«

»Nein, nur eine saubere Stichwunde an der Seite ... und natürlich diese verfluchte Alraunwurzel in seinem Mund.«

Henry ließ den Blick über die Docks wandern. Im zunehmenden Licht konnte er jetzt die dunklen Hüllen der Schiffe ausmachen, die auf dem Fluss vor Anker lagen. Er musste sich dazu zwingen, den Blick wieder auf die ausgestreckt vor dem Speicherhaus liegende Gestalt zu richten.

Der Mann lag auf dem Rücken, ein Bein in eigenartigem Winkel zur Seite gestreckt, so als wäre er dort zurückgelassen worden, wo er zusammengebrochen war. Es gab keine Verstümmelungen an der Leiche. Keine sorgsame Anordnung und Zurschaustellung der Überreste. Die Todesursache war auch eine andere; man hatte ihm eine Messerwunde an der Seite beigebracht, anstatt ihm von hinten mit einem schnellen Schnitt die Kehle zu durchtrennen. Und doch stellte die Alraunwurzel im Mund des Mannes eine klare Verbindung zur Ermordung von Thornton, Carmichael und Stanton her. Warum gab es also diese Unterschiede?

Henrys Schritte hallten dumpf wider, als er sich der Leiche näherte. Niemand hatte den Mann zugedeckt. Er lag mit blicklos starrenden Augen da, seine Gesichtszüge hatten sich im Tod entspannt.

Er war jung, wie Henry es erwartet hatte; wahrscheinlich Anfang zwanzig. Ein attraktiver junger Mann mit hellbraunem Haar und gleichmäßigen Zügen. Die sonnengebräunte Haut ließ auf einen Mann schließen, der auf der See zu Hause war. Er trug die Uniform eines Leutnants der königlichen Marine. Die Messingknöpfe und -schnallen waren glänzend poliert.

»Er ist ein Leutnant zur See?«, fragte Henry.

»Das ist richtig. Leutnant Adrian Bellamy von der *HMS Cornwall.* Ganz anderes Kaliber als die Leute von eurem Bankierssohn und dem zukünftigen Peer.«

Henry ignorierte den Spott, der in der Äußerung mitschwang. »Seit wann liegt die *Cornwall* im Hafen?«

»Ist Montagabend eingelaufen, glaube ich. Sie sollte Ende der Woche wieder Anker lichten.«

Lovejoy runzelte die Stirn. Seit Mister Stantons Ermordung war weniger als eine Woche vergangen. Das bedeutete, dass der Mörder nach einer Lücke von mehreren Monaten zwischen seinen anderen Taten jetzt nach weniger als einer Woche wieder zugeschlagen hatte. Warum?

»Haben Sie mit dem Kapitän der *Cornwall* bereits gesprochen?«, fragte Henry.

»Natürlich. Laut Kapitän ist der Bursche gestern an Land gegangen, nachdem er eine Nachricht erhalten hatte.«

»Von wem?«

»Von seiner Familie anscheinend. Jedenfalls sagte er dem Kapitän, er würde sie in Greenwich besuchen.« Sir James starrte auf die Leiche zu ihren Füßen. Für einen Augenblick verschwand die gespielte Gefühllosigkeit aus seinen Zügen, und ein Muskel zuckte in der fleischigen Wange des Mannes. »Ist nicht weit gekommen, was?«

»Nein«, sagte Henry. »Das ist er nicht.«

Kapitel 26

Sebastian traf Sir Henry im Büro am Queen Square hinter seinem Schreibtisch sitzend an. Der Untersuchungsrichter hatte den Kopf gesenkt, und mit gefurchter Stirn schrieb er hektisch in ein Notizbuch.

»Ich habe die Sache von Leutnant Bellamy gehört«, sagte Sebastian, sobald sich der Büroangestellte, Collins, verbeugt und den Raum verlassen hatte.

Sir Henry nahm die kleine Brille, die auf der Spitze seiner Nase saß, ab und rieb sich den Nasenrücken. »Das ist verwirrend. Überaus verwirrend. Der Leichnam war nicht verstümmelt, und der junge Mann wurde durch einen Messerstich in die Seite getötet. Und dennoch stellt die Alraunwurzel einen klaren Zusammenhang zu den anderen dreien her.«

»Das würde ich auch so sehen.«

Sir Henry griff nach einem Buch von seinem Schreibtisch und erhob sich aus dem Stuhl. »Als ich mir die Leiche auf den Docks angesehen habe, hat Sir James geringschätzig auf meine Folgerungen reagiert. Dann sprach ich mit seinen Kollegen Aaron Graham und Sir William und machte sie mit meinen Notizen zu dem Fall vertraut. Beide stimmten mir zu, dass die Beweismittel einen Zusammenhang zwischen dem Tod von Mister Nicholas Thornton und den Morden an Mister Carmichael und Mister Stanton nahelegen. Allerdings stehen sie der Bedeutung des Gedichts von John Donne skeptisch gegenüber. Deshalb stimmen sie Sir James zu, dass der Mord in den Docks nicht mit den anderen dreien in Zusammenhang steht.«

Sebastian sah dabei zu, wie der Magistrat das Buch in einen Vitrinenschrank neben der Tür sperrte. »Und sie haben die Untersuchung übernommen.«

»Ja. Das war unvermeidlich, wenn man den Umfang des Falles betrachtet.«

Sebastian nickte. Bow Street war die erste öffentliche Polizeibehörde in London gewesen. Sie war 1750 gegründet worden. Der erste Untersuchungsrichter der Bow Street war Henry Fielding, dem sein Bruder John ins Amt gefolgt war. Die Brüder waren gemeinsam so erfolgreich darin gewesen, das um sich greifende Verbrechen auf dem Gebiet der wachsenden Metropole einzudämmen, dass 1792 noch ein halbes Dutzend weiterer Polizeiwachen eingerichtet wurden, darunter auch die Behörde am Queen Square. Doch von allen waren nur die Untersuchungsrichter der Bow Street befugt, in der gesamten Stadt und darüber hinaus zu agieren. Die berühmten *Bow Street Runners* waren für ganz England zuständig.

»Meine richterlichen Befugnisse sind auf Westminster begrenzt«, sagte Sir Henry. »Genau genommen hätte ich die Bow Street nach unseren Entdeckungen in Kent bereits informieren müssen.«

Sebastian beobachtete, wie Sir Henry seinen Platz hinter dem Schreibtisch wieder einnahm. »Was können Sie mir zu Adrian Bellamy sagen?«

»Nur wenig, das Ihr nicht in den Zeitungen nachlesen könnt, fürchte ich. Der junge Mann stammte aus Greenwich. Sein Vater ist ein Captain Edward Bellamy.«

»Auch ein Angehöriger der Marine?«

»Nein. Er ist ein pensionierter Handelskapitän.« Sir Henry zögerte, bevor er fortfuhr. »Die Unterschiede in den Mordfällen sind beträchtlich. Nicht nur, was die Mordart und das Weglassen der Verstümmelungen betrifft, sondern auch in anderer Hinsicht. Bellamy wurde dort zurückgelassen, wo er gefallen ist, im Schatten eines der Speicherhäuser auf den Docks. Seine Überreste wurden nicht öffentlich drapiert, es gab keine Zurschaustellung der Tat.«

»Vielleicht stand der Mörder unter Zeitdruck«, schlug Sebastian vor.

Lovejoy setzte sich die Brille wieder sorgfältig auf. »Ihr könntet recht haben. Gewiss war Eure Annahme zur Alraunwurzel korrekt. Es scheint, als hätte der Mörder diese Zeile des Gedichts übersprungen, um später wieder gezielt darauf zurückzukommen. Aber warum?«

»Weil Bellamys Schiff nicht im Hafen lag. Das erklärte Mordopfer war außer Reichweite.«

Sir Henry blicke Sebastian über den Rand seiner Brille an. »Ihr denkt, er hat seine Opfer in eine bestimmte Reihenfolge eingeteilt?«

»So scheint es.«

»›Lass mich der Meermädchen Gesang doch hören‹«, flüsterte Sir Henry.

»Bitte?«

»Das ist die nächste Zeile des Gedichts. ›Lass mich der Meermädchen Gesang doch hören‹. Wenn er seine Opfer in eine Reihenfolge einteilt, muss er das nächste schon ausgewählt haben.«

Sebastian stieß in einem missfälligen Seufzen die Luft aus. »Und die Bow Street glaubt nicht daran.«

Kapitel 27

Sebastian betrachtete sein Spiegelbild, beugte sich vor und schmierte noch etwas Asche in seine Haare, um wie ein Mann auszusehen, der gerade ergraute.

Er trug einen ausgesprochen altmodischen Mantel und grobe Kniehosen von einem Schnitt, der seiner Tante Henrietta einen Schlaganfall beschert hätte. Die Hosen stammten nämlich nicht aus den exklusiven Läden der Bond Street, sondern von einem Händler für abgelegte Kleidung in der Rosemary Lane. Es gab Situationen, in denen Sebastians aristokratisches Auftreten und die Insignien des Reichtums ihm einen entscheidenden Vorteil verschafften. Zu anderen Zeiten jedoch diente es seinen Zwecken besser, so zu tun, als wäre er jemand anderes.

Er schob gerade ein schmales, aber todbringendes Messer in den Schaft seines rechten Stiefels, da stürmte Tom in das Boudoir und brachte den Geruch nach Regen mit sich, der sich bereits den ganzen Morgen angekündigt hatte.

»Gibt was Neues über diesen Captain der Horse Guards, das wollt Ihr vielleicht wissen. Dieser Captain Quail, dem ich auf den Fersen bleiben sollte. Ich glaub', der ist verschuldet. Seine Frau hat wohl gedroht, ihn zu verlassen, wenn er nicht mehr Zeit mit ihr verbringt. Und da ihr Vater den ganzen Zaster hat, hat Quail sich was in der Nähe von zu Hause gesucht.«

Sebastian konzentrierte sich darauf, sein dunkles Halstuch zu knoten. »Bleib ihm auf der Spur, sooft du Gelegenheit hast. Ich habe keinen Zweifel, dass der

Mann etwas verbirgt. Ich bin mir nur nicht sicher, wo der Zusammenhang liegt.«

Tom beäugte Sebastians altmodische Aufmachung. »Wofür ist das denn?«

Sebastian zupfte an seinem bescheidenen Hemd herum. »Greenwich.« Er wandte sich vom Spiegel ab. »Wie würde es dir gefallen, auf einem Lastboot zu fahren?«

»Ui«, sagte Tom fast schon ekstatisch, als das Lastboot am Tower von London und den Docks dahinter vorbeiglitt, vorbei an Handelsschiffen, die schwer im Wasser lagen mit ihren Ladungen aus Zucker und Tabak, Indigo und Kaffee. Ihre Masten hoben sich dick vorm wolkenverhangenen Himmel ab.

Sebastian stand an der Reling; der feuchte Wind kühlte sein Antlitz, während er beobachtete, wie der Laufbursche von einer Seite des Bootes zur anderen wuselte, wobei er geschickt aufgerollten Leinen, verstreut stehenden Kisten und einem halben Dutzend Mitreisender auswich. Sebastian lächelte vor sich hin. »Warst du schon einmal in Greenwich?«

Tom schüttelte den Kopf. Das Lastboot glitt an der Isle of Dogs mit der eindrucksvollen Front des India House und an den Docks und Lagerhäusern der West India Trading Company dahinter vorbei. Toms Augen weiteten sich bei diesem Anblick.

»Wir sollten genug Zeit haben, das Queen's House und die Naval Adacemy zu besichtigen, falls dich das interessiert.«

»Das Observatorium auch?«

Sebastian lachte. »Das Observatorium auch.«

Tom blinzelte zu dem rotbraunen Segeltuch mit Rost-
flecken hinauf, das im Wind flatterte. Die Jolle war mit
Sprietsegeln getakelt, mit einem Toppsegel über einem
riesigen Großsegel und einem großen Focksegel. Mit ihrem flachen Boden war sie perfekt für die seichten Ge-
wässer und schmalen Flüsse der Themsemündung ge-
eignet, die sie befuhr. »Dieser Kerl, den ich beschatten
soll, dieser Captain Edward Bellamy, was erwartet Ihr
denn bei dem zu finden?«

»Ich hoffe auf etwas, das mir einen Zusammenhang
entweder zwischen dem Kapitän oder seinem Sohn
und Carmichael, Stanton und Thornton aufzeigt.«

Tom verzog das Gesicht. »Ziemlich unwahrscheinlich.
Ein Geistlicher, ein Schiffskapitän, ein Bankier und ein
Lord?«

»Du wärst überrascht, welche Fäden einen Mann an
den nächsten binden können, und zwar quer durch alle
Schichten der Gesellschaft. Oder eine Frau an die
nächste.«

»Soll ich mich mal nach Tratsch über Misses Bellamy
umhör'n, wenn ich schon dabei bin? Falls es eine Misses gibt?«

Eine Zeile aus dem Gedicht von Donne ging Sebastian
immer wieder durch den Kopf. *Sahst so nirgendwo ein
Weib, welches treu und froh.* Es war ihm aufgefallen,
dass er wenig an die *Mütter* dieser ermordeten jungen
Männer gedacht hatte: die kürzlich verstorbene Frau
des Pfarrers, Mary Thornton; Lady Stanton, die darauf
bestanden hatte, dass ihr Sohn früher zu ihrer Abendgesellschaft zurückkehrte und nun angeblich so hysterisch war, dass die Ärzte sie mit Sedativa ruhiggestellt
hatten; und Barclay Carmichaels Mutter, die Tochter

des Marquis – die Frau, die sich um die Bedürfnisse der armen Arbeiter kümmerte und sich bei ihrem Mann dafür stark machte, die Arbeitszeit der Kinder in seinen Fabriken und Minen zu reduzieren. Er hatte sich darauf konzentriert, eine Gemeinsamkeit zwischen den Vätern der jungen Männer zu finden. Doch könnte der Zusammenhang nicht genauso zwischen den Müttern der Opfer bestehen?

Sebastian lehnte sich zurück an die Reling. »Ich denke, das könnte ein kluger Gedanke sein.«

Kapitel 28

Captain Edward Bellamy lebte in einem weitläufigen, weißen Fachwerkhaus mit dunkelgrünen Fensterläden und einem ausgedehnten Garten mit Blick auf den Fluss.

Sebastian schlüpfte in die Rolle von Mister Simon Taylor aus der Bow Street, stieg die kurze Treppe zur Haustür hinauf und betätigte den Klopfer. Ein schmächtiges Hausmädchen mit einem wirren Lockenkopf, das nicht älter als vierzehn oder fünfzehn Jahre zu sein schien, öffnete die Tür. Zunächst verleugnete sie sowohl ihren Herrn als auch ihre Herrin, zögerte aber, als Sebastian seinen Hut abnahm und hochmütig sagte: »Mister Simon Taylor aus der Bow Street. Bitte melden Sie mich an.«

Das kleine Hausmädchen riss die Augen weit auf und huschte davon.

Kapitän Bellamy erwies sich als ein über zwei Meter großer, stattlicher Mann, der trotz seiner über sechzig Jahre sehr vital wirkte. Das Leben auf See hatte ihm ein wettergegerbtes, von Falten durchfurchtes Antlitz und seinem flachsfarbenen Haar viele weiße Strähnen verliehen. Seine fassungslose Trauer über den Tod seines Sohnes stand ihm ins Gesicht geschrieben.

Er empfing Sebastian in einem geräumigen Wohnzimmer mit Blick auf die Gärten und den Fluss dahinter. Eine kleine Frau mit olivfarbener Haut, dunklem Haar und hellbraunen Augen, deren hübsches, ungeschminktes Antlitz tränenfeucht war, leistete ihm Gesellschaft. Als Sebastian sie ansah, hielt er sie zunächst für die Schwester des Ermordeten, aber Bellamy stellte sie als seine Gattin vor.

»Verzeihen Sie, dass ich Sie zu einem solchen Zeitpunkt störe«, sagte Sebastian und beugte sich tief über ihre Hand.

»Bitte, setzen Sie sich«, sagte sie auf Englisch mit portugiesischem Akzent.

»Brandy?«, bot der Kapitän mit rauer Stimme an, ging zu einem Tisch in der Nähe und zog den Stopfen aus einer Kristallkaraffe.

Sebastian nahm auf einer anmutigen Couch Platz, die mit grün- und cremefarben gestreifter Seide bespannt war. »Danke, nein.« Er ließ seinen Blick durch den Raum schweifen, der elegant eingerichtet war mit schweren Mahagonitischen und Vitrinen, die mit allem Möglichen gefüllt waren, von chinesischen Jadeschnitzereien über zarte Elfenbeinstatuen bis hin zu Muranoglas aus Venedig. Kapitän Bellamy war auf seinen Reisen offensichtlich zu Wohlstand gekommen.

»Der Wachtmeister, der heute Morgen hier war, kündigte schon an, es würde später jemand vorbeikommen.« Bellamy füllte sich selbst ein Glas mit einem großzügig bemessenen Brandy. »Aber ich muss zugeben, dass ich nicht erwartet hätte, Sie so bald zu sehen.«

»Die Bow Street ist sehr bemüht, diese schreckliche Mordserie besser zu verstehen.«

Bellamy hob sein Glas an die Lippen und hielt auf halber Strecke inne. »Eine *Serie* von Morden? Auf welche anderen Morde beziehen Sie sich?«

»Die jüngsten Morde an Barclay Carmichael und Dominic Stanton.«

Bellamy nahm einen langen Schluck von seinem Drink. Auch die restliche Farbe schien aus seinem Antlitz zu weichen. »Was lässt Sie annehmen, dass der Tod meines Sohnes in irgendeiner Weise mit dem Tod dieser anderen jungen Männer zusammenhängt? Mein Sohn wurde auf dem Dock schlicht erstochen. Was dem jungen Carmichael und Stanton zugestoßen ist, war eine Abscheulichkeit.«

»Wer immer Ihren Sohn tötete, ließ eine Alraunwurzel in seinem Mund zurück. Mister Stanton wurde mit dem abgetrennten Fuß einer Ziege im Mund gefunden, während Mister Carmichael mit einer aus einem Schiffslogbuch gerissenen Seite aufgefunden wurde. Ein weiterer junger Mann, ein Student der Theologie in Cambridge namens Nicholas Thornton, wurde mit einem Stern aus Pappmaché im Mund gefunden. Wir glauben, dass alle vier Morde in irgendeiner Weise zusammenhängen.«

Bellamy kippte den Rest seines Brandys in einem Schluck hinunter und drehte sich um, um sich mit einer nicht ganz ruhigen Hand einen weiteren Drink einzuschenken. »Ich habe gehört, was mit Carmichael und Stanton passiert ist, aber nicht mit Thornton. Wann war das?«

»Im April.«

»Und er wurde abgeschlachtet? Wie die anderen?«

»Nicht genau so. Einige seiner inneren Organe wurden entfernt.«

»*Mãe de Deus*«, flüsterte Misses Bellamy und führte ein schwarz umrandetes Taschentuch an ihre Lippen.

Sebastian wandte sich ihr zu. »Ich bitte um Verzeihung, Madam. Aber ich muss über diese Dinge sprechen.«

»Ich verstehe nicht«, sagte sie und ballte die Faust um ihr Taschentuch. »Was hat das alles zu bedeuten?«

»Wir glauben, die Gegenstände beziehen sich auf ein Gedicht von John Donne. *Fang dir einen Stern, der fällt.* Kennen Sie es?«

»Ich kenne es«, sagte Bellamy. Er stellte sich ans Fenster und blickte über die grüne Weite des Gartens und den Fluss dahinter. »Aber ich verstehe nicht, was das alles mit meinem Sohn zu tun hat.«

»Sind Sie in irgendeiner Weise mit Sir Humphrey Carmichael oder Alfred, Lord Stanton, bekannt?«

»Nein.«

»Und was ist mit Reverend William Thornton?«

Ein Muskel in der Wange des Kapitäns spannte sich an. »Wer ist das?«

»Ein Geistlicher in Avery, Kent. Der Vater des ersten Ermordeten.«

Bellamy schüttelte den Kopf. »Nein. Ich wüsste auch nicht, wie Adrian einen von ihnen hätte kennen können. Er war noch ein kleiner Junge, als er zum ersten Mal zur See fuhr. Er war Fähnrich auf der *Victory*, wissen Sie.« Der Stolz eines Vaters zeigte sich durch die schwere Trauer hindurch. »Er hat Gefechte mit Lord Nelson bei Trafalgar miterlebt.«

»Ich hörte, sein Schiff hat diese Woche erst in London angedockt?«

»Das ist richtig. Am Montag.«

»Haben Sie ihn getroffen?«

»Gleich, nachdem er angelegt hatte. Er hat mich auf der *Cornwall* herumgeführt. Das Schiff wurde letzten Monat beschädigt, als die *Cornwall* versuchte, einen amerikanischen Kaufmann zu fangen, der die Blockade durchbrechen wollte. Deshalb ist sie in den Hafen eingelaufen.«

»Haben Sie gestern Abend eine Nachricht geschickt, in der Sie Ihren Sohn baten, nach Greenwich zu kommen?«

Der Kapitän zog die Mundwinkel herunter. »Nein, natürlich nicht. Warum? Hat er eine solche Nachricht bekommen?«

»Das hat man uns gesagt. Allerdings wurde die Nachricht selbst nicht gefunden.«

Sebastian beobachtete Kapitän Bellamy, der sich einen weiteren Drink einschenkte. Er bewegte sich mit der bedachten Haltung eines Mannes, der den Alkohol gut verträgt, aber seit geraumer Zeit große Mengen konsumiert.

»Stammen Sie aus Greenwich, Captain Bellamy?«

Bellamy schüttelte den Kopf und setzte den Stopfen auf die Karaffe. »Aus Gravesend. Mein Vater war schon Kapitän zur See, und sein Vater ebenfalls.«

»Aus welchem Grund sind Sie nach Greenwich gezogen?«

»Meine erste Frau stammte von hier.«

»War sie Adrians Mutter?«

»Ja. Sie ist vor fünfzehn Jahren gestorben.«

Das war kurz bevor der junge James der Navy beigetreten sein musste, dachte Sebastian. Er betrachtete die temperamentvolle, schöne Portugiesin, die jetzt ruhig dasaß, den Blick auf ihren Gatten gerichtet. Er fragte sich, ob die zweite Heirat des Kapitäns stattgefunden hatte, bevor dessen Sohn dann ebenfalls in die Navy eingetreten war.

»Haben Sie noch mehr Kinder?«

»Eine Tochter«, sagte Misses Bellamy sanft. Sebastian bemerkte, dass auch sie den Brandykonsum ihres Mannes beobachtete. Zwischen ihren Brauen zeichnete sich eine steile Falte ab. »Francesca. Sie ist zwölf.«

»Sie kommen aus Brasilien«, bemerkte er und schenkte ihr ein Lächeln.

Sie erwiderte es schüchtern. »Ja. Woher wissen Sie das?«

»Ich war eine Zeit lang dort, als ich bei der Armee war.« Er sah zurück zu Bellamy. »Sie haben Südamerika und die Westindischen Inseln bereist, vermute ich?«

»Oft. Und China, die Ostindischen Inseln, Afrika und das Mittelmeer. Es gibt nur wenige Orte, an denen ich noch nicht war.«

»Haben Sie viel Zeit in Indien verbracht?«, fragte Sebastian angelegentlich.

Bellamys Brauen zogen sich zusammen, und er nahm einen Schluck seines Drinks, bevor er antwortete: »Dort war ich viele Male. Warum fragen Sie?«

»Seine letzte Reise hat ihn nach Indien geführt«, sagte seine Frau.

Sebastian wandte sich ihr zu. »Wann war das?«

Die Frau stockte unter dem intensiven Blick ihres Gatten. »Vor fünf Jahren«, sagte sie leise.

»Das alles war für meine Frau sehr belastend.« Bellamy trat hinter sie und legte ihr eine Hand auf die

Schulter. »Können wir die Unterhaltung vielleicht ein anderes Mal fortsetzen, Mister Taylor?«

Sebastian hielt seinem intensiven Blick stand. »Gewiss.« Sebastian erhob sich. »Jemand von der Bow Street wird erneut auf Sie zukommen.« *Und zweifellos einige sehr heikle Fragen stellen*, dachte Sebastian, als er sich zum Gehen umwandte. »Misses Bellamy.«

Das nervöse kleine Hausmädchen führte ihn zur Tür, und Sebastian ging allein zum Gartentor. Da wurde ihm bewusst, dass er beobachtet wurde. Er legte den Kopf in den Nacken und blickte in ein Paar großer, brauner Augen, die von dunklen Schatten umgeben waren. Ein halbwüchsiges Mädchen saß auf einem ausladenden, dicken Ast der Eiche neben dem Gartentor. Ihre braunen, zerkratzten Beine baumelten unter dem zerrissenen Saum eines Musselinkleides herunter, das sicher mal sehr niedlich gewesen war.

»Du musst Francesca sein«, sagte er und schob sich den Hut aus der Stirn. »Wie geht es dir?«

Sie sah ihn einen Augenblick lang ohne eine Regung genau an. »Gilly sagt, Sie kommen von der Bow Street.«

Gilly, nahm Sebastian an, musste das Hausmädchen mit dem krausen Haar sein, das ihm die Tür geöffnet hatte. »Das ist richtig.« Er führte einen flüchtigen Diener aus. »Mister Simon Taylor zu Ihren Diensten, Miss Bellamy.«

Sie runzelte die Stirn. »Woher wissen Sie, dass ich Miss Bellamy bin?«

»Ich bin Polizist. Es ist meine Aufgabe, solche Dinge zu wissen.«

»Wo ist Ihre Plakette?«

»Die trage ich nur, wenn ich Verbrecher jage.«

Sie dachte über seine Erklärung eine Weile nach und schien sie nicht weiter fragwürdig zu finden. »Adrian ist etwas zugestoßen, oder?«

Sebastian spürte einen Stich in der Brust. Sie hatten es ihr noch nicht gesagt. Wie konnten sie ihr dies vorenthalten?

»Ich fürchte, diese Frage musst du an deinen Papa richten«, sagte er.

»Ich weiß, dass es stimmt. Sein Schiff ist da, aber er ist nicht gekommen.«

»Kommt Adrian für gewöhnlich her, wenn sein Schiff im Hafen liegt?«

Sie nickte. »Er bringt mir Geschenke.« Sie fischte aus dem gekräuselten Kragen ihres Kleids eine silberne Kette hervor, von der die filigrane Nachbildung einer Hand baumelte. Die Hand der Fatima. »Die hat er mir mal aus Nordafrika mitgebracht.«

»Aber dieses Mal hat er dir nichts mitgebracht?«

»Ich weiß es nicht. Papa nahm mich nicht mit, als er Adrian traf.«

»Hat dein Papa dir gesagt, dass Adrian nicht nach Hause kommt?«

»Er sagte, Adrian müsste auf dem Schiff bleiben.«

»Sagte er auch, warum?«

Sie schüttelte den Kopf, dass die Locken, die ihr Antlitz einrahmten, sprangen. »Nur, dass es besser wäre.«

Sie glitt in einer raschen Bewegung vom Baum und stand plötzlich vor ihm. Sie schien nur aus dünnen Armen und Beinen und riesigen braunen Augen zu bestehen. »Ich habe Misses Clinton einen schwarzen Kranz binden sehen. Er ist tot, oder nicht? Adrian ist tot.«

»Du bist rausgerannt und hast dich versteckt, als du den schwarzen Kranz gesehen hast, ist es so?«

Sie nickte. »Mama denkt, ich bin in meinem Zimmer.«

»Ich glaube, du solltest zu deiner Mama gehen und mit ihr sprechen.«

Ihre Augen füllten sich mit Tränen, eine löste sich und rann ihre Wange hinunter. Sebastian sah hilflos zu, wie eine weitere Träne sich löste, um über ihr Antlitz zu laufen, und dann noch eine.

»Sind Sie wirklich ein Bow Street Runner?«, fragte sie mit leiser, brechender Stimme.

»Nein.«

»Aber Sie finden heraus, wer Adrian ermordet hat, ja?«

»Woher weißt du denn, dass ihn jemand getötet hat?«

»Ich weiß es eben«, sagte sie, und Sebastian bezweifelte nicht, dass sie es wusste. Irgendwie.

Kapitel 29

Sebastian bemerkte den Mann sogleich.

Er stand mit einer Schulter an den Stamm einer Kastanie in der Nähe des Flussufers gelehnt, den Kopf halb abgewandt, so dass Sebastian nur sein Profil sehen konnte. Der Mann war jung, von mittlerer Größe und Statur und trug einen olivgrünen zweireihigen Mantel mit weit schwingenden Aufschlägen, weiten Ärmeln und einem lang geschnittenen Rock. Ursprünglich musste der Mantel von einem Schneider in der Bond Street stammen. Aber Sebastian vermutete, dass das Kleidungsstück ebenso wie der breitkrempige Hut und die glänzenden Lederhosen des Mannes bereits ein- oder zweimal den Träger gewechselt hatten, bevor sie ihren jetzigen Besitzer erreichten.

Sebastian hatte den Mann schon einmal gesehen, und zwar unter der Handvoll Mitreisender auf der Jolle. Dort hatte er ihm wenig Beachtung geschenkt. Nun schloss Sebastian, ohne ihn noch einmal anzusehen, das Gartentor von Bellamys Haus hinter sich und wandte sich der Ansammlung eleganter Gebäude aus dem achtzehnten Jahrhundert zu, die das Herz von Greenwich bildeten. Der Mann im olivfarbenen Mantel blieb eine Weile wo er war und blickte über den breiten Fluss hinweg. Dann stieß er sich vom Baum ab und folgte Sebastian in einigem Abstand.

Der Tag war kühl, hohe weiße Wolken türmten sich am Himmel. Sebastian durchquerte den Park und suchte mit dem Blick den baumbeschatteten Hang nach seinem Laufburschen ab. Schließlich fand er den

Jungen in einer Gruppe lachender Kinder, die sich vor einem Kasperletheater versammelt hatten. Tom warf einen letzten Blick auf die Puppen, dann kam er angelaufen, einen Ellbogen zum Himmel gereckt, weil er sich gerade seine Schiebermütze auf den Kopf setzte.

»Komm mit mir den Hügel hinauf«, sagte Sebastian, als Tom auf ihn zukam. »Wir werden von einem Mann verfolgt – nein, dreh dich nicht um«, fügte er hastig hinzu, als Tom mit dem Kopf ruckte, um genau das zu tun.

»Wer ist es?«

»Ich weiß es nicht. Er ist uns von London aus gefolgt.«

Auf der Spitze des Hügels hielten sie inne und blickten zurück zum Fluss. Von hier aus konnten sie das weiße Juwel sehen, das als *Queen's House* bekannt war, und dahinter den imposanten Gebäudekomplex des *Wren's Naval College* am Ufer des Flusses. Im westlichen Teil war London dicht bebaut, und alles wurde von Türmen und Spitzen überragt. »Siehst du ihn jetzt?«, fragte Sebastian, den Blick auf die ferne Stadt gerichtet.

»Aye.«

»Ist er dir vorhin aufgefallen, als du dich in der Stadt umgehört hast?«

Tom schüttelte den Kopf. »Nein.«

»Hast du bei deinen Streifzügen etwas Interessantes über Captain und Misses Bellamy erfahren?«

»Bei meinen was?«

»Streifzügen. Begehungen oder Besichtigungen zu Fuß.«

»Oh. Nun, ich habe gehört, dass diese Misses Bellamy nicht die Mutter des toten Leutnants ist. Sie ist die zweite Frau von Captain Bellamy. Die erste Frau des Kapitäns starb siebzehnhundertsiebenundneunzig an Schwindsucht. Es ist ihr Haus, in dem das Ehepaar jetzt lebt. Es gehörte ihrem Vater.«

»Und die Nachbarn sind misstrauisch gegenüber der neuen Misses Bellamy, weil sie eine Ausländerin ist.«

Tom sah überrascht auf. »Woher wusstet Ihr das?«

»Ein Glücksgriff. Was sagen sie noch über sie?«

»Nich' viel, außer, dass die Leute meinen, der Kapitän hat unter seinem Stand geheiratet.«

»Weil sie aus Brasilien kommt?«

»Weil sie nich' lesen und schreiben kann.«

»Wirklich? Das ist ja interessant.«

»Sie haben 'n kleines Mädchen. Die heißt Francesca. Scheint, der Leutnant war ganz angetan von ihr, auch wenn sie 'ne Ausländerin is'.«

»Was sagen sie über den Leutnant selbst?«

»Scheint als junger Bursche 'n netter Kerl gewesen zu sein. Man hat ihn nich' mehr oft gesehen, seit er bei der Navy is'.«

»Und der Kapitän?«

»Ich glaub', er hat was Komisches an sich, auch wenn's keiner direkt sagen würde. Er hat sich vor fünf Jahren oder so zur Ruhe gesetzt. Als er sein letztes Schiff verloren hat.«

Sebastian richtete seine volle Aufmerksamkeit wieder auf den Laufburschen. »Wirklich? Was ist passiert?«

»Ist in einem Sturm abgesoffen. Es war 'n Schiff der Ostindischen Kompanien, der Name war *Harmony*.«

Tom wippte unruhig von einem Fuß auf den anderen, wobei sein Blick von dem Mann im olivfarbenen

Mantel, der jetzt das Kasperletheater beobachtete, zu den Zwillingstürmen von *Flamsteed House* wanderte. »Was machen wir mit dem Kerl?«

»Soll er uns zum Observatorium folgen, wenn er will.«

Toms Augen leuchteten vor Aufregung.

Sie drehten sich gemeinsam um und stiegen den Hügel hinunter zu dem schmucken Haus aus dem siebzehnten Jahrhundert, das von Wren selbst entworfen worden war. Sebastians Blick verengte sich, als er die Gewitterwolken studierte, die sich im Westen zusammenballten. »Laut Adrian Bellamys kleiner Schwester kam der Leutnant immer zu ihr, wenn er im Hafen war. Doch dieses Mal kam er nicht. Stattdessen ging Captain Bellamy zu ihm, sobald sein Schiff angedockt hatte. Ich frage mich, ob Kapitän Bellamy seinen Sohn vielleicht davor gewarnt hat, das Schiff zu verlassen und ihm sagte, dass sein Leben in Gefahr war.«

»Aber der Lieutenant *hat* sein Schiff verlassen.«

»Jemand schickte ihm eine Nachricht, dass er zu Hause gebraucht würde.«

Tom machte einen kleinen Hüpfer. »Vielleicht hat der Mörder es satt, diesen jungen Herren überallhin zu folgen.«

»Vielleicht«, sagte Sebastian. »Oder vielleicht hat er das Gefühl, dass ihm die Zeit davonläuft.«

Als sie die Jolle für die Rückfahrt auf der Themse bestiegen, frischte der Wind auf, die Wolken hingen tief und bedrohlich. Der Fluss war ein tanzender Kessel aus wirbelnden Wellen, die die Luft mit Gischt füllten und das kleine, achtzig Fuß lange Boot dazu brachten, in seinen Verankerungen zu schaukeln und zu stampfen.

Tom stürmte den Steg hinauf und lachte, als sich das Deck hob und dann steil abfiel. Während der Junge über das Deck flitzte, sich pausenlos mit dem Skipper und seinem Maat unterhielt und den Bootshund mit seiner Aufregung zum Bellen brachte, stellte sich Sebastian in der Nähe der vorderen Luke auf, das Antlitz dem Wind zugewandt.

Der Mann im olivgrünen Mantel war einer der letzten Passagiere, die an Bord kamen. Er machte es sich am Heck bequem, den Kragen gegen den nebelfeuchten Wind hochgeschlagen, als der Maat ablegte und die Jolle sich vom Kai entfernte. Der Wind spannte das braune Segeltuch und ließ die Segel im grauen Himmel knattern. Ihr Verfolger stellte sich breitbeinig hin, um das heftige Auf und Ab des Decks auszugleichen, wie ein Mann, der schon viel Zeit auf See verbracht hatte.

Etwa zehn Minuten später bemerkte Sebastian, dass Tom immer stiller geworden war. Seine Mundwinkel hingen schlaff herunter, und seine Haut hatte eine grünliche Färbung angenommen. Sebastian zog den Jungen hinter der Kiste hervor, in der er Schutz gesucht hatte, und schob und trug ihn abwechselnd zum Bug.

»Du brauchst Luft. Ganz viel Luft. Nein, schau nicht auf das Deck. Halte den Blick auf den Horizont gerichtet. Such dir einen Punkt in der Ferne und konzentriere dich darauf. Es ist nicht anders, als in einer gut gefederten Kutsche zu fahren.«

»Ich wollte mein Frühstück auch noch nie in eine Kutsche spucken«, sagte Tom und wischte sich mit dem Ärmel über den Mund.

Sebastian warf einen Blick zurück auf das Heck. Ihr Verfolger stand immer noch da, seine Aufmerksamkeit schien auf das stattliche Schiff der Ostindischen Kompanie gerichtet zu sein, das sich gerade an ihrer Backbordseite den Weg flussabwärts bahnte.

»Wie lange noch?«, fragte Tom kleinlaut.

Sebastian legte dem Jungen eine Hand auf die Schulter und drückte sie. »Eine Weile. Die Seitenschwerter der Jolle erlauben es, ziemlich effektiv nach Windseite zu fahren, aber sie liegt tief im Wasser. Ihre Ladung ist schwer.«

Tom stöhnte.

Der Junge übergab sich ein paar Mal über die Reling, aber er blieb dort stehen, grimmig und beherzt, bis die Jolle an ihren Londoner Kai stieß. Die Luft war erfüllt vom Sirren der Leinen, die abgerollt wurden, von der rauen Stimme des Skippers, der seine Befehle rief, und vom Knarren der Planke, die mittschiffs herausgeschoben wurde.

»Kann ich jetzt von Bord gehen?«, fragte Tom.

Sebastian blickte auf die aschfahlen Wangen des Jungen. »Du gehst vor. Ich bleibe zurück und passe auf unseren Freund im olivgrünen Mantel auf. Sei nur vorsichtig auf dem Kai. Die Gischt wird ihn rutschig gemacht haben.«

Tom nickte, sein Schritt war unsicher, als er zum Mittschiff taumelte.

Sebastian hielt sich zurück und ließ die meisten der anderen Passagiere an sich vorbeiziehen. Er war sich seines Schattens bewusst, der das Gleiche tat und hinter ihm zurückblieb, als Sebastian auf die Gangplanke zuging. Sebastian hatte wenige Schritte auf die Planke getan, als er eine Hand grob auf seine Schulter schlagen spürte.

»*Er hat ein Messer!*«, schrie Tom vom Kai aus.

Sebastian ließ sich auf ein Knie fallen und wirbelte herum, seine Hände schlossen sich um den ausgestreckten Arm des Mannes und rissen ihn zur Seite. Aus dem Gleichgewicht gebracht, taumelte der Mann, seine Füße rutschten auf dem nassen Holz aus, und das Messer fiel ihm klappernd aus der Hand.

Sebastian ließ ihn los und zuckte zurück. Für einen unvergesslichen Moment trafen sich ihre Blicke. Die grauen Augen des jungen Mannes weiteten sich im Begreifen. Erschrocken ruderte er mit den Armen im Versuch, das Gleichgewicht zu halten. Sebastian richtete sich auf und griff nach ihm, doch zu spät. Der Mann kippte seitlich vom Steg und stürzte in das schmale Wasserdreieck zwischen dem Kai und dem Rumpf der Jolle.

Die Luft war plötzlich erfüllt vom Reißen der Segeltücher und dem Knarren der Balken, als der Wind die Jolle erfasste und sie auf den Kai zutrieb. Der Kopf des Mannes schnellte aus dem Wasser, er riss die Augen auf und fuchtelte mit den Armen, um sich in Sicherheit zu bringen. Der schwarze Rumpf der Jolle jedoch schob sich über ihn, schmetterte ihn gegen die hölzerne Schalung des Kais und ließ mit einem knirschenden, ekelerregenden Aufprall den Kai erzittern und den Schrei des Mannes abrupt enden.

»Verfluchte Scheiße!«, flüsterte Tom.

Kapitel 30

»Deine Befragungen lösen offenbar bei jemandem Nervosität aus.« Paul Gibson lehnte sich in seinem Stuhl zurück. Er und Sebastian saßen in einem Kaffeehaus in der Nähe der Mall. Der Morgennebel war wieder zurück und senkte sich wie eine kalte, nasse Decke über die Stadt herunter. Er verriet das nahende Ende des Sommers und der milden Tage mit weichem Sonnenlicht.

»Offensichtlich«, sagte Sebastian mit einem schiefen Lächeln. »Die Frage ist: bei wem?«

Der Wundarzt sah dem heißen Dampf, der von seinem Kaffee aufstieg, hinterher. »Bist du so sicher, dass dieser letzte Mord in eine Reihe mit den anderen gehört? Die Docks sind zu jeder Zeit ein gefährlicher Ort.«

»Welcher Dock-Mörder nimmt sich die Zeit, eine Alraunwurzel in den Mund seines Opfers zu stecken, macht sich dann aber nicht mehr die Mühe, den Toten um seine Uhr und seine Geldbörse zu erleichtern?«

»Das ist ein Argument. Aber die Mordmethode ist völlig anders. Und man hat das Opfer weder ausbluten lassen noch wurde die Leiche verstümmelt.«

Sebastian beugte sich vor. »Hast du mit dem Arzt gesprochen, der Bellamys Leichenschau durchgeführt hat?«

Ein lässiges Lächeln erfasste Gibsons Augen. »Ich dachte, das könnte dich interessieren.«

»Und?«

»Der zuständige Arzt fand nichts außer der Stichwunde. Und der Alraunwurzel natürlich.«

Sebastian runzelte die Stirn. »Vielleicht ist der Mörder gestört worden. Den anderen jungen Männern – Thornton, Carmichael und Stanton – wurde aufgelauert, und sie wurden für den eigentlichen Mord an einen anderen Ort gebracht. Wenn Bellamy versucht hat, sich gegen seinen Angreifer zu wehren, war der Killer vielleicht gezwungen, ihn an Ort und Stelle zu töten. Er hätte dann den Leichnam an einem so öffentlichen Platz nicht noch zerstückeln können, also ließ er nur die Alraunwurzel zurück und ist geflohen.«

Der Klang marschierender Schritte ließ Sebastian den Kopf drehen. Durch das Schaufenster des Kaffeehauses sah er eine Gruppe dicht gedrängter Männer, die im Gleichschritt die Straße hinunter zu den Docks und in ein Leben im Dienst der Seestreitkräfte Seiner Majestät marschierten. Die Männer, die durch den Marsch im Presskommando eng zusammengedrängt waren, schienen zwischen fünfzehn und fünfzig Jahre alt zu sein. Ihre hageren Gesichter waren von Furcht gezeichnet, ihre Handgelenke wie bei Kriminellen gefesselt.

»Die armen Hunde«, murmelte Gibson, der Sebastians Blick folgte. »Diese bedauernswerten Gestalten kann ich nie ansehen, ohne an die eine Zeile aus *Rule Britannia* zu denken. Du weißt schon ... ›*Briten werden niemals, niemals, niemals Sklaven sein*‹«

Sebastian schluckte mühsam den Kaffee, den er im Mund hatte, als Gibson sich plötzlich vorbeugte und ihn gespannt ansah. »Das Gedicht, von dem du mir erzählt hast, von Donne ... Darin geht es um ein Leben, das auf Reisen verbracht wird. Vielleicht ist dieser Leutnant Adrian Bellamy der Schlüssel zu allem.«

Sebastian schüttelte den Kopf. »Der Mann war die halbe Zeit seines Lebens auf der See, schon seit er ein Junge war. Wie hätte er mit den anderen dreien Kontakt halten können? Nein, ich glaube, dass die Antwort bei den Vätern oder Müttern der Ermordeten zu finden ist.«

»Eine untreue Frau?«

»Oder untreue Frauen.«

Gibson rieb nachdenklich mit dem Finger an der Seite seiner Tasse auf und ab. »Du sagtest, Reverend Thornton, Sir Humphrey Carmichael und Captain Edward Bellamy haben alle Indien bereist. Wie steht es mit Lord Stanton?«

»Das weiß ich noch nicht. Aber es ist offensichtlich, dass sie alle drei etwas verbergen. Und zumindest einer von ihnen scheint mich töten zu wollen, um dieses Etwas weiterhin zu verstecken.«

»Welche Art Mann wahrt ein Geheimnis auch dann noch, wenn seine eigenen Kinder dadurch in Gefahr geraten?«

»Alle Sorten von Männern, so scheint es zumindest.«

Gibson starrte hinaus auf die Straße, die nun leer im fahlen Licht des späten Nachmittags lag. »Das muss ein grausiges Geheimnis sein«, sagte er und leerte seine Tasse bis zum Satz. »Ein wirklich grausiges Geheimnis.«

Sebastian ging die Mall hinauf zum Büro am King Square, als er eine elegante Stadtkutsche bemerkte, die neben ihm langsamer wurde. Er blickte zur Seite und erkannte das Wappen von Charles Lord Jarvis, das auf der Kutschentür prangte. Er ging weiter.

»*Mylord*.« Ein Lakai sprang ab, um ihm hinterherzueilen. »Lord Devlin! Lord Jarvis wünscht mit Euch zu sprechen.«

Sebastian ging weiter. »Sag Seiner Lordschaft, dass ich nicht interessiert bin.«

Er bog um die Ecke. Er bemerkte, dass die Kutsche ebenfalls um die Ecke bog, dann hörte er, wie ein Fenster aufgeklappt wurde. Lord Jarvis sprach mit gedämpfter Stimme, doch Sebastian hatte keine Schwierigkeiten, seine Worte über das Klappern der Pferdehufe und das Rumpeln vorbeifahrender Kutschräder hinweg zu verstehen. »Ich weiß von Eurem Besuch in Greenwich. Ich weiß, dass Sir Henry Lovejoy Euch um Unterstützung in den Ermittlungen zu dieser schrecklichen Mordserie gebeten hat, und ich weiß, dass Ihr offenbar immer noch fest entschlossen seid, diesen Mörder zu fangen, obgleich Sir Henry von den Ermittlungen abgezogen wurde.«

Sebastian drehte sich zu ihm. »Und weiter?«

Jarvis lächelte grimmig. »Und ich weiß etwas, das Euch helfen kann.«

Kapitel 31

Die beiden Männer maßen sich quer durch die große Bibliothek in Lord Jarvis' stattlichem Stadthaus am Berkeley Square mit Blicken.

»Warum?«, wollte Sebastian wissen. »Wieso interessiert Ihr Euch für diese Angelegenheit?«

Jarvis zog eine goldene Schnupftabakdose mit Emailauflage aus der Tasche. »Nehmt Platz.«

»Danke. Wieso interessiert Ihr Euch für diese Angelegenheit?«, fragte Sebastian erneut.

Jarvis ließ das Tabakdöschen geschickt mit einem Finger aufschnappen. »Ich habe Euch herbringen lassen, weil ich mir Sorgen um meine Tochter Hero mache.«

»Um Miss Jarvis?« Die Antwort überraschte Sebastian. »Was hat sie mit alledem zu tun?«

Jarvis hob eine Prise Schnupftabak an ein Nasenloch und sog sie ein. »Einst hatte ich einen Sohn, David. Er war ein Jahr jünger als Hero.« Jarvis verstaute sein Tabakdöschen und rieb seine Finger ab. »Er war ein eigenartiges Kind. Sehr ... verträumt. Mit acht Jahren verkündete er, dass er Dichter werden wolle, mit zehn beschloss er dann, lieber Künstler zu sein.«

Sebastian betrachtete die gekräuselte Lippe und die zusammengekniffenen Augen des großen Mannes, sagte jedoch nichts. Sebastian wusste nur zu gut, wie es war, wenn man als Sohn seinen Vater enttäuschte und dessen Erwartungen nie ganz erfüllte.

»Er war mehrere Jahre in Oxford«, sagte Jarvis nun, »doch nichts konnte sein Interesse lange fesseln. Vor sechs Jahren schickte ich David zum jüngeren Bruder meiner Frau, Sidney Spencer. Spencers Regiment lag in Indien, und ich dachte, das wäre eine gute Erfahrung. Würde ihn etwas abhärten.«

Interessiert rutschte Sebastian ein Stück vor. »Und?«

»Das Klima bekam David nicht gut. Als Kind war er kränklich, wobei ich der Meinung war, dass seine Mutter und seine Großmutter ihn verzärtelten.« Jarvis' Kiefer spannte sich an. »Nach acht Monaten beschloss Spencer, ihn nach Hause zu schicken.«

Sebastian dachte sich bereits, wohin diese Geschichte führen würde. »Lasst mich raten. Das Schiff war die *Harmony* unter Kapitän Edward Bellamy.«

»Richtig. Zu Beginn ging alles gut. Doch als sie drei Tagesreisen von Cape Town entfernt waren, geriet das Schiff in einen wüsten Sturm, der mehrere Tage anhielt. Die Segel waren zu Fetzen zerrissen, die Masten gebrochen, der Schiffsrumpf war undicht, es sickerte Wasser hinein. Allen an Bord schien es offensichtlich, dass das Schiff sank. Kapitän Bellamy ließ die Männer sich bereitmachen, das Schiff zu verlassen. Doch die meisten Beiboote waren im Sturm verlorengegangen. Als die Besatzung erkannte, dass es nicht genug Platz für alle Überlebenden gab, meuterte sie.«

»Und nahm das letzte Boot?«

Jarvis nickte. »Mit dem größten Teil der Nahrung und des Trinkwassers. Den Kapitän, seine Offiziere und die Passagiere ließen sie zum Sterben zurück.«

»Was geschah dann?«

Jarvis stand auf und ging zum leeren Kamin, wo er einen Arm auf der Umrandung ablegte. »Das Schiff sank doch nicht. Der Kapitän und seine Offiziere konnten einen behelfsmäßigen Mast und Segel errichten, doch das war nutzlos. Sie gerieten in eine Flaute.«

»Wie lange hat es gedauert, bis das Essen und das Trinkwasser zur Neige gingen?«

»Nicht lang. Sie hatten noch einen oder zwei Tage zu leben, da wurden sie von einer Fregatte der Marine gerettet, die zufällig vorbeikam. Die *HMS Sovereign*.«

»Und Euer Sohn?«

Jarvis drehte den Kopf und starrte auf die leere Feuerstelle. »David wurde in der Meuterei verletzt. Er starb wenige Stunden nach der Rettung.«

Sebastian studierte das Profil des großen Mannes. Seine Trauer schien ehrlich zu sein. Und dennoch waren bei diesem Menschen die Dinge selten so, wie sie schienen. »Ich sehe die Verbindung zu Adrian Bellamy. Aber was hat das alles mit der Ermordung von Dominic Stanton, Barclay Carmichael und Nicholas Thornton zu tun?«

Jarvis hob den Kopf. »Von Thornton weiß ich es nicht, aber Lord Stanton und Sir Humphrey Carmichael waren beide Passagiere der *Harmony*.«

Sebastian zog die Brauen herunter. Als er Bellamy gefragt hatte, ob er Stanton oder Carmichael kannte, hatte der Kapitän verneint. »Seid Ihr sicher?«

»Natürlich bin ich sicher. Beide haben bei der Gerichtsverhandlung zur Meuterei ausgesagt.«

»Die Crew wurde gefangen?«

»Gefangen und erhängt. Vor vier Jahren. Die Verhandlung hat für einiges Aufsehen gesorgt.«

Sebastians Augen verengten sich. Vier Jahre zuvor war er auf dem Kontinent in der Armee gewesen.

»Warum denkt Ihr, dass Miss Jarvis in Gefahr ist? Ihr wart doch nicht auf dem Schiff, sondern ihr Bruder.«

»Es sind auch nicht Captain Bellamy, Sir Humphrey oder Lord Stanton, die gestorben sind, sondern ihre Söhne. David hat keinen Sohn, aber eine Schwester. Hero.«

Von der Straße drangen die Rufe eines Hausierers herein: »Stühle zu flicken! Alte Stühle zu flicken!«

»Woher wusstet Ihr, dass ich mich für die Mordfälle interessiere?«

»Ich wusste es eben«, sagte Jarvis schlicht.

Sebastian wandte sich zur Tür. »Dann würde ich empfehlen, dass Ihr einige Eurer Spione von der Straße wegholt und sie zum Schutz Eurer Tochter einsetzt. Guten Tag, Mylord.«

Er erwartete, dass Jarvis ihn aufhielte. Doch das tat er nicht. Dann wurde Sebastian klar, dass der große Mann wahrscheinlich alles gesagt hatte, was er hatte sagen wollen. Jetzt war es an Sebastian, die Information zu nutzen oder eben nicht.

Er durchquerte gerade die Eingangshalle, da begegnete er Miss Jarvis selbst. Sie war eine großgewachsene Frau mit glattem braunem Haar, einem direkten Blick und der Adlernase ihres Vaters. Wenn es je eine Frau gegeben hatte, die sich um sich selbst kümmern konnte, so hatte Sebastian oft gedacht, dann war es die patente Tochter von Jarvis.

»Gütiger Himmel«, sagte sie und hielt bei seinem Anblick inne. »Was macht Ihr denn hier?« Sie bewegte den Kopf und betrachtete ihn von oben bis unten. »Und keine Schusswaffe oder ein Messer zu sehen.«

Beim ersten Mal, als er ihr hier, im Haus ihres Vaters begegnet war, hatte er ihr eine Pistole an den Kopf gehalten und sie entführt. Er hielt die leeren Hände hoch und lächelte sie breit an. »Nichts zu sehen.«

Sein Lächeln wurde nicht erwidert. Die vor Intelligenz blitzenden Augen verengten sich. »Und was tut Ihr nun hier?«

»Ich schlage vor, das fragt Ihr Euren Vater.«

»Ich denke, das werde ich.« Sie ging zur Tür der Bibliothek und hielt nur kurz inne, um über ihre Schulter zu sagen: »Ach. Könntet Ihr freundlicherweise darauf verzichten, auf Eurem Weg hinaus eines der Dienstmädchen zu entführen, bitte?«

Kapitel 32

Seit einigen Jahren lebte Sir Henry Lovejoy nun bereits in seinem Reihenhaus am Russell Square. Es war eine freundliche Wohngegend, jedoch alles andere als modern, was Henry durchaus entgegenkam. In früheren Zeiten war Henry ein einigermaßen erfolgreicher Kaufmann gewesen. Doch der Tod seiner Frau und seiner einzigen Tochter hatte sein Leben verändert. Henry hatte einen spirituellen Erkenntnisprozess durchlaufen, der ihn zur Kirche der Reformisten bekehrt hatte, und er hatte sich entschieden, sein restliches Leben in den Dienst an der Öffentlichkeit zu stellen.

Er saß jetzt im Wohnzimmer in seinem Lieblingssessel am Kamin, eine Decke um die Beine geschlungen, um sich warmzuhalten, während er las. Es brannte kein Feuer; Henry ließ es nicht zu, dass in seinem Haus vor dem ersten Oktober und nach dem einunddreißigsten März der Kamin angefacht wurde, egal, wie das Wetter war. Die Kälte spürte er jedoch furchtbar, und gerade wollte er aufstehen und nach einer schönen Kanne heißem Tee läuten, als er an der Tür unten ein Pochen hörte, gefolgt von Stimmengewirr in der Halle.

Misses Mc Coy, seine Hausdame, erschien in der Wohnzimmertür. »Ein Lord Devlin möchte Sie sehen, Sir Henry.«

»Gütiger Himmel«. Henry schob die Decke zur Seite. »Bringen Sie ihn sofort hoch, Misses Mc Coy. Und bringen Sie uns Tee, bitte.«

Lord Devlin erschien auf der Türschwelle zum Wohnzimmer, seine schlanke Gestalt war elegant in wildlederne Kniehosen, eine hervorragend geschnittene Seidenweste und den dunkelblauen Übermantel eines Gentlemans gekleidet.

»Nun«, sagte Henry. »Wie ich sehe, habt Ihr Eure Bow Street-Kluft abgelegt.«

In den seltsam gelben Augen des Viscounts glomm Belustigung auf. »Das haben Sie von Sir James gehört, nehme ich an?«

»Und von Sir William. Bitte nehmt Platz, Mylord.«

»Bezweifeln die beiden immer noch die Bedeutung von Donnes Gedicht?«, fragte Devlin und machte es sich in einem der Sessel gemütlich.

»Im Augenblick würden die Beamten der Bow Street sogar gegen den Erzbischof von Canterbury ermitteln, glaube ich, sofern jemand andeuten würde, es würde für diese Morde eine Rolle spielen. Es scheint, als hätte Lord Jarvis Interesse für den Fall entwickelt. Ein beträchtliches Interesse.«

»Ah. Ich hatte soeben selbst eine ausgesprochen bemerkenswerte Unterhaltung mit besagtem Mann.«

»Lord Jarvis?«

Sebastian nickte. »Wie es scheint, war sein Sohn Passagier auf einem Schiff, das vor etwa fünf Jahren von Indien in See stach. Ein Handelsschiff mit dem Namen *Harmony* unter Kapitän Bellamy. Unter den anderen Passagieren waren Sir Humphrey Carmichael und Lord Stanton.«

»Großer Gott.« Henry setzte sich aufrechter hin. »Ich erinnere mich an die *Harmony*. Es stand in allen Zeitungen.«

Seine Lordschaft zögerte, als Misses Mc Coy mit einem Serviertablett in der Tür erschien, das mit einer

Teekanne, Tassen und einem kleinen Teller mit Kuchenstücken beladen war. Lord Devlin wartete, bis sie den Tee eingeschenkt und sich zurückgezogen hatte, dann gab er eine knappe Zusammenfassung seines Gesprächs mit Jarvis.

»Ich war vor vier Jahren nicht in England«, endete er. »Aber Sie erinnern sich sicherlich an den Vorfall?«

»Oh ja. Das war eine riesige Sensation.« Henry stellte seinen Tee zur Seite, ohne ihn gekostet zu haben und erhob sich, um nachdenklich den Raum zu durchmessen. Eine furchtbare Erklärung für die Geschehnisse formte sich in seiner Vorstellung. Er versuchte beständig, den Gedanken aus seinem Kopf zu verbannen, doch die Verbindung zwischen den Morden und der entsetzlichen Geschichte der *Harmony* ließ eine grausige Möglichkeit aufscheinen, die er offenbar nicht beiseiteschieben konnte. Schließlich sagte er: »Ihr wisst, was sich daraus schließen lässt, nicht wahr?« Er drehte sich zum Viscount um. »Das Zerstückeln der Leichen ... das Ausbluten ...« Seine Stimme verlor sich.

Devlin begegnete seinem Blick und hielt ihm stand. »Engländer haben auch früher schon Zuflucht zum Kannibalismus genommen, wenn sie mit Verhungern und dem Tod konfrontiert waren.«

Henry zog ein Taschentuch hervor und hustete in die Falten. »Ich glaube nicht, dass damals der Verdacht bestand, die Offiziere und Passagiere der *Harmony* hätten, als sie in die Flaute gerieten ...«

»Das heißt nicht, dass es nicht so geschah«, sagte Sebastian, als Henry seinen Satz nicht zu Ende führte. »Es ist ein ungeschriebenes Gesetz der See, dass das Verbot des Kannibalismus aufgehoben werden kann, wenn es um Überlebende eines Schiffsunglücks oder einer Flaute geht. Denken Sie an die *Peggy* oder das Floß der *Medusa*. Manchmal gestehen die Überlebenden ein, was sie getan haben. Manchmal entsteht nur der Verdacht, der dann an ihnen hängen bleibt.«

»Für gewöhnlich essen sie die Körper derjenigen Gefährten, die zuerst sterben werden, ist es nicht so?«

»Gewöhnlich. Aber wenn es diese Möglichkeit nicht gibt, kann auch gelost werden, und der Verlierer wird zum Wohl seiner Gefährten geopfert. Ich kann mir nur irgendwie nicht vorstellen, dass Sir Humphrey Carmichael oder Lord Stanton ihre Namen in einen Hut werfen, um möglicherweise das Abendessen für ihre Gefährten zu werden.«

»Nein«, stimmte Henry zu.

»Das legt den Verdacht nahe, dass das Opfer, sofern es eines gab, willkürlicher ausgewählt wurde. Wir brauchen die Namen aller anderen Passagiere, die bei dieser Fahrt an Bord der *Harmony* waren, ebenso wie die der Schiffseigner und der Eigentümer der Fracht.«

»Die Ermittlungsberichte sollten beim Board of Trade hinterlegt sein«, sagte Henry.

Devlin stellte seine Tasse ab und stand auf. »Gut. Lassen Sie mich wissen, was Sie herausfinden.«

»Ihr vergesst, Mylord: Bow Street hat den Fall übernommen.«

Devlin lächelte und wandte sich zur Tür, dann zögerte er. »Noch eine Sache: Bei den Horse Guards gibt es einen Captain mit dem Namen Peter Quail. Als er mit mir im Regiment auf dem Kontinent diente, ergötzte er sich daran, Gefangene zu foltern und zu verstümmeln. Ich sehe keinen Zusammenhang zwischen ihm und der

Harmony, aber vielleicht wollen Sie einen Ihrer Wachmänner darauf ansetzen, herauszufinden, wo er in den Mordnächten war. Guten Abend, Sir Henry.«

Henry dachte an die knappe Unterhaltung, die er an diesem Morgen mit den Beamten der Bow Street geführt hatte, und seufzte.

Später an diesem Abend saß Kat in ihrer Theatergarderobe vor dem Spiegel. Im flackernden Kerzenlicht sah ihr Spiegelbild blass und erschöpft aus. Der Geruch nach Orangen, Theaterschminke und Ale hing noch schwer in der Luft, aber um sie herum breitete sich Ruhe im Theater aus. Die Vorstellung war schon längst beendet.

Aiden O'Connell war nicht gekommen.

Mit einer Hand, die nicht ganz ruhig war, sperrte sie ihr Kostüm weg und stand auf. Noch zwei Tage. Sie hatte noch zwei Tage Zeit, und wenn überhaupt, war sie weiter als je zuvor davon entfernt, einen Weg aus ihrem Dilemma zu finden.

In dieser Nacht träumte Sebastian von gebrochenen Gliedmaßen und zerfetztem Fleisch. Neuere Bilder von jungen Männern mit zerstückelten Gliedmaßen mischten sich mit älteren Erinnerungen an endloses blutiges Schlachten auf den Kriegsfeldern Europas. Er wachte auf und griff nach Kat. Erst, als seine Hand über das kühle, leere Betttuch neben ihm strich, fiel ihm ein, dass er in seinem eigenen Bett schlief, allein.

Er setzte sich auf, sein Herz schlug unruhig, und er spürte die Sehnsucht, sie in den Armen zu halten. Er glitt von seinem Bett und ging zum Fenster, um die Vorhänge aufzuziehen.

Der abnehmende Mond warf groteske Muster aus Licht und Schatten über die Straße unten. Er hatte vorgehabt, Kat nach der Vorstellung im Theater zu treffen, aber sie hatte ihm gesagt, sie fühle sich nicht gut. Sie sah tatsächlich nicht gut aus, ihre Wangen waren blass und die Augenlider schwer. Aber an der Art, wie sie seinem fragenden Blick auswich, erkannte er, dass sie ihn anlog. Ein anderer Mann wäre vielleicht misstrauisch und eifersüchtig gewesen. Sebastian empfand nur die tiefe und starke Gewissheit, dass etwas schrecklich falsch lief.

Er ließ sie im Stich, das wusste er. Sie war in Schwierigkeiten, und aus bestimmen Gründen konnte er nicht verstehen, dass sie sich ihm nicht anvertraute. Oder hatte sie versucht, sich um Hilfe an ihn zu wenden, fragte er sich, und ihn dann so beschäftigt damit gefunden, diesen Mörder aufzuhalten, dass sie am Ende gedacht hatte, er hätte keine Zeit für sie? Er erkannte, dass er sich nicht sicher sein konnte.

Und das war wohl eine fatale Schlussfolgerung.

Kapitel 33

Donnerstag, 19. September 1811

Sebastian blieb an diesem kühlen Morgen zögernd im Schatten der alten Arkade stehen. Sein Blick ruhte auf der Dame, die am anderen Ende des Hofes an einem gedeckten Tisch mit der Schöpfkelle Porridge ausgab.

Die Armen und Hungernden der Stadt drängten sich hier, ihre mageren Gestalten waren in schmutzige Decken gehüllt, ihre Gesichter abgehärmt und verzweifelt. Der Gestank nach ungewaschenen Körpern, Krankheit und baldigem Tod vermischte sich mit dem klammen, erdigen Geruch der alten Steine um sie herum. Bevor Henry der VIII. seine gierigen Augen auf den Wohlstand der Kirche gerichtet hatte, war dies der Kreuzgang eines großen Konvents gewesen. Heutzutage war es halb verfallen und diente als ein Hilfszentrum unter freiem Himmel. Es gehörte zu einem weit gespannten, aber beklagenswert unzureichenden Netzwerk von privaten Wohltätigkeitsorganisationen, die sich abmühten, die schlimmsten Leiden der stetig wachsenden Anzahl der Armen in Londons Bevölkerung zu lindern.

Ein junges Mädchen mit einem weinenden Baby auf dem Arm warf Sebastian einen neugierigen Blick zu, doch er betrachtete weiterhin aufmerksam die Dame, die ruhig Porridge verteilte: Lady Carmichael. Die hochgewachsene, auffallend dünne Frau Ende vierzig trug eine schlichte schwarze Schürze über einem ebenfalls tiefschwarzen feinen Tages-Ausgehkleid, denn sie war in tiefer Trauer. Das Antlitz unter dem einfachen, schwarzen Hut über ihrem stark ergrauenden dunklen Haar sah ebenso eingefallen und abgehärmt aus wie die Gesichter der Männer und Frauen, die sich um sie scharten und in verzweifeltem Eifer angeschlagene, schäbige Schalen mit den Händen umklammerten.

Sebastian hatte schon andere Frauen kennengelernt, die sich der guten Tat verschrieben hatten. Die meisten von ihnen waren ekelerregend herablassend und selbstgerecht im Wissen um ihre ostentativ zur Schau gestellte Mildtätigkeit. Nicht so Lady Carmichael. Sie arbeitete mit einer ruhigen Selbstlosigkeit, die Sebastian an die Nonnen erinnerte, die er auf der iberischen Halbinsel und in Italien kennengelernt hatte. Sie ging mit ihren lächelnd geäußerten Worten der Ermutigung ebenso großzügig um wie mit ihrem Porridge. Und dennoch erschien sie Sebastian nicht als lieblich und sanft. Vielmehr erkannte er in ihr eine Festigkeit gepaart mit ruhigem Selbstbewusstsein, die sie auf ihn wie eine starke und patente Frau wirken ließen.

Sebastian hielt sich weiter im Hintergrund und beobachtete sie, bis der letzte Porridge verteilt war und die Menge sich zu zerstreuen begann. Erst dann ging er auf sie zu.

»Lady Carmichael?«

Bei seinen Worten drehte sie sich zu ihm und blickte ihn an. Er hatte den Eindruck, dass sie ihn bereits bemerkt hatte, als er sie noch aus dem Schatten beobachtete. »Ja?«

Sebastian berührte mit den Fingern seine Hutkrempe. »Ich bin Lord Devlin. Ich würde gern mit Euch sprechen, wenn Ihr erlaubt?«

Bedachte man Sir Humphrey Carmichaels Reaktion auf Sebastian, war es riskant, sich ihr mit Namen vorzustellen. Sie sah ihn eine Weile unverwandt an, dann sagte sie: »Ihr wollt mit mir über meinen Sohn sprechen.« Es war keine Frage.

»Ja.«

Ihre Nasenflügel weiteten sich, als sie einen tiefen Atemzug nahm, bevor sie knapp nickte. »Nun denn.« Sie bedeutete ihrem Dienstmädchen, alles zu verstauen, und wandte sich um, um mit Sebastian unter der alten Arkade spazieren zu gehen.

»Warum mischt Ihr euch in diese Angelegenheit ein, Mylord? Was genau veranlasst einen wohlhabenden jungen Adligen, an einer Mordermittlung teilzunehmen, hm? Eine morbide Neugier? Arroganz? Oder ist es die schlichte Langeweile?«

»Tatsächlich war es die Bitte eines Freundes.«

Sie warf ihm einen Seitenblick zu, eine Augenbraue fragend hochgezogen.

»Sir Henry Lovejoy.«

»Ah, ich verstehe. Aber wie ich gehört habe, hat Bow Street die Ermittlungen übernommen. Dennoch macht Ihr weiter. Ist das keine Arroganz?«

Sebastian musste lächeln. »Ich nehme an, in gewisser Weise ist es das. Aber das ist nur ein Teil des Ganzen.«

»Und was ist der andere Teil? Erzählt mir nicht, der Wunsch nach Gerechtigkeit steht dahinter. In dieser Welt gibt es nur sehr wenig Gerechtigkeit, wie Ihr sehr wohl wisst.«

»Vielleicht. Aber ich kann nicht zulassen, dass so etwas weitergeht, wenn ich es beenden kann.«

Erneut wanderte die Braue nach oben. »Ihr denkt, Ihr könnt es beenden?«

»Ich kann es versuchen.«

Ein kurzer Anflug von Belustigung schien die strenge Linie ihrer Lippen zu mildern, doch der Eindruck verschwand sofort wieder. »Und habt Ihr etwas herausgefunden, Mylord?«

»Ich denke ja.« Sebastian musterte das fein geschnittene Profil der Dame. »Habt Ihr zufällig Sir Humphrey vor fünf Jahren auf seiner Indienreise begleitet?«

»Indien?« Sie schwang herum, um ihn anzublicken. Die dunklen Röcke ihres Trauergewands wogten sacht. »Was hat denn Indien mit dem Tod meines Sohnes zu tun?«

»Sowohl Sir Humphrey als auch Lord Stanton waren Passagiere auf einem Schiff mit dem Namen *Harmony* unter Kapitän Edward Bellamy.«

Er beobachtete, wie ihre Lippen sich in einem raschen Atemzug öffneten. »Ihr denkt, das ist die Verbindung zwischen dem Tod von Nicholas Stanton und dem meines Sohnes? Die *Harmony*?«

»In Anbetracht dessen, was Adrian Bellamy Dienstagnacht widerfahren ist, ja.«

Sie hob eine Hand, um die Finger gegen ihre Lippen zu drücken. »Ihr meint den jungen Leutnant, der in den Docks getötet wurde? Das war der Sohn von Kapitän Bellamy?«

»Ja.«

»Aber sein Körper wurde nicht ...« Ihre Stimme verlor sich.

»Nein. Aber dennoch gibt es Hinweise darauf, dass sein Tod mit den Morden zusammenhängt. *Wart* Ihr Passagier auf diesem Schiff?«

Sie schüttelte den Kopf. »Nein. Ich reise tatsächlich manchmal mit meinem Mann zusammen, aber dankenswerterweise nicht bei dieser Reise.« Sie drehte sich um und ging weiter. Die weichen Sohlen ihrer Schuhe glitten fast geräuschlos über die abgetretenen Steine. »Habt Ihr gehört, was mit ihnen dort geschehen ist?«

»Ja.«

»Sir Humphrey war noch Monate nach seiner Rückkehr krank. Manchmal denke ich, dass er sich nie ganz von dieser Tortur erholt hat.«

»Wisst Ihr, wer außer Eurem Ehemann und Lord Stanton noch auf dem Schiff war?«

»Sie zögerte, und beim Nachdenken vertieften sich die Falten zwischen ihren Augenbrauen. Dann schüttelte sie den Kopf. »Nein. Es waren noch sechs oder sieben weitere Personen dabei, aber ich erinnere mich nicht an ihre Namen.«

»War einer von ihnen Geistlicher?«

»Ja, tatsächlich. Ein Missionar und seine Frau, die von einem mehrjährigen Aufenthalt in Indien zurückkehrten. Ich erinnere mich daran, weil er Sir Humphrey fürchterlich geärgert hat.« Ihr Blick huschte zu Sebastian. »Warum?«

»An Ostern wurde in Kent, in Avery, ein junger Mann ermordet. Der Sohn eines Reverend William Thornton.«

»Und dieser Reverend Thornton war auch auf der *Harmony*?«

»Ich weiß es noch nicht sicher, aber ja, ich vermute es. Ich weiß mit Sicherheit, dass er und seine Frau einige Jahre bei der Mission in Indien verbracht haben.«

Sie gingen eine Weile schweigend weiter, ihre Schritte hallten auf dem Steinboden des Gangs. Schließlich sagte sie: »Das ergibt keinen Sinn. Warum sollte jemand die *Kinder* der Passagiere der *Harmony* töten?«

»Jemand, der Rache will vielleicht.«

»Rache wofür?«

Sebastian hielt ihrem Blick stand, und die Luft zwischen ihnen summte von allem, was unausgesprochen blieb. Die verzweifelten, hungernden Männer und Frauen auf der *Harmony* mochten ihr Geheimnis fünf lange Jahre gewahrt haben, aber nun gab es kein Entrinnen vor den Andeutungen, die die verstümmelten Leichen ihrer Kinder heraufbeschworen hatten.

Lady Carmichaels Augen weiteten sich. Sie schüttelte heftig den Kopf, und ihre Kehle bewegte sich, als wäre sie gezwungen, aufsteigende Galle zu schlucken. »Nein. Ihr irrt euch. Nichts dergleichen ist auf dem Schiff geschehen.«

»Könnt Ihr Euch da so sicher sein?«

Ihre Stimme zitterte von Emotionen. »Mein Gatte ist ein harter Mann, Lord Devlin. Ein harter, brillanter Mann, der im Geschäftsleben brutal sein kann, wenn er muss. Aber nur im Geschäftsleben. Er hätte niemals tun können, was Ihr da andeutet. Niemals.«

Sebastian blickte über das jetzt ruhige, halb zerfallene Kloster und alles, was von einer einst lebendigen Gemeinschaft übrig war, hinweg in die Ferne. »Die meisten von uns denken wahrscheinlich, dass sie niemals so etwas tun könnten«, sagte er. »Wenn wir dann jedoch vor der harten Wahl zwischen dem Tod und solchem Handeln stehen, schätze ich, wären wir unangenehm überrascht, wie wenige von uns sich für den Tod entscheiden würden.«

»Ihr habt unrecht«, sagte sie erneut. Aber sie sah ihn nicht mehr an, und Sebastian vermutete, dass sie die Worte in dem sinnlosen Versuch, sich selbst zu überzeugen, laut aussprach.

Kapitel 34

Kat saß an dem eleganten kleinen Schreibtisch in ihrem Morgenzimmer und versuchte, eine kurze Nachricht an den Iren Aiden O'Connell zu verfassen, als sie unten in der Halle Devlins volle Stimme hörte, die sich mit dem aufgeregten Geplapper ihres Dienstmädchens Elspeth vermischte. Kat schob den Zettel schnell zur Seite, stand auf und drehte sich um, als er gerade den Raum betrat.

Er trug hohe Stiefel zu einer Kniehose aus Rindsleder und brachte den frischen Duft des Septembermorgens mit herein. Er zog sie für einen raschen Kuss an sich und sagte: »Komm, reite mit mir in den Park aus.«

Sie hielt ihn einen Augenblick zu lange fest, dann lachte sie. »Ich bin zum Ausreiten nicht passend gekleidet.«

»Dann zieh dich um.« Er berührte mit den Fingern ihre Wange, seine Miene war plötzlich unerwartet ernst. »Ich habe dich in den letzten Tagen kaum gesehen. Und *wenn* ich dich dann einmal sehe, wirkst du ... angespannt.«

In ihr stieg heiß und verzweifelt der Drang auf, ihm die Wahrheit zu sagen. Doch mehr als vor Jarvis fürchtete sie sich nur davor, die Liebe in Devlins Augen in Hass umschlagen zu sehen. Und so schwieg sie, wenngleich das Bedürfnis, sich ihm anzuvertrauen, bestehen blieb und sie mit einem bittersüßen Schmerz erfüllte.

Sie berührte seine Lippen mit den ihren und schaffte es irgendwie, ein Lächeln zustande zu bringen. »Gib mir fünfzehn Minuten.«

»Fünfzehn Minuten?«, sagte er gespielt ungläubig, dann warf er die Hände hoch, um den Schlag abzufangen, den sie ihm spielerisch versetzen wollte.

Etwa eine halbe Stunde später, als sie Seite an Seite durch die Straßen der Stadt trabten, erzählte er ihr von Captain Bellamy, seiner schönen jungen brasilianischen Frau und der kleinen Francesca. Kat bekam es mit der Angst zu tun, als er ihr von dem messerschwingenden Attentäter an der Themse erzählte. Und dann berichtete er von dem gestrigen Treffen mit Charles Lord Jarvis.

Sie hörte ihm schweigend zu. »Und du hast ihm geglaubt?«, fragte sie, als Devlin geendet hatte.

Er blickte zu ihr und runzelte leicht die Stirn. »Sir Henry ist dabei, die Einzelheiten in der Geschichte der *Harmony* zu überprüfen. Aber ja, ich glaube ihm. Es passt einfach zu gut. Ich nehme an, selbst Jarvis muss manchmal die Wahrheit sagen.«

Ein undamenhaft klingender Laut entrang sich aus der Tiefe ihrer Kehle. »Ohne Hintergedanken? Niemals.«

Sie war sich bewusst, dass er sie beobachtete, als sie durch die Tore des Parks ritten und eine Weile Schweigen zwischen ihnen herrschte, und sie fühlte sich unbehaglich. Ganz London konnte sie etwas vorspielen, wenn sie auf der Bühne stand, aber diesen Mann konnte sie nicht täuschen.

Er sagte: »Warum willst du mir nicht sagen, was los ist?«

Sie überlegte, ob sie mit einem Lachen über die Frage hinweggehen sollte, aber sie wusste, dass sie ihn niemals überzeugen würde. Sie zwang sich, seinem grimmigen Blick aus gelben Augen standzuhalten, und sagte leise und gepresst: »Es tut mir leid. Ich kann nicht darüber sprechen.«

Er hielt ihren Blick weiterhin fest, sein Antlitz war von Sorge gezeichnet. Doch er sagte nichts mehr.

Sie blickte weg, und ihre Aufmerksamkeit wurde von einem kleinen Mann mit einem runden Hut und einer Brille erregt, der durch den Park auf sie zu eilte. Er hob eine Hand in dem diskreten Versuch, ihre Blicke auf sich zu lenken.

Devlin zog die Zügel an und wandte sich dem Mann zu.

»Mylord«, sagte Sir Henry Lovejoy und kam näher. Er wandte sich zu Kat und machte einen unbeholfenen Diener. »Miss Boleyn. Ich entschuldige mich für die Störung. Euer junger Laufbursche sagte mir, dass ich Euch hier finden könnte, und ich dachte, es würde Euch interessieren zu hören, dass ich bei der Handelskammer war.«

»Und?«, fragte Devlin.

»Ihre Aufzeichnungen über die Untersuchung der Havarie der *Harmony* scheinen verschwunden zu sein. Der Beamte versicherte mir, sie seien nur falsch einsortiert worden, und er habe eine gründliche Suche eingeleitet, aber es ist merkwürdig. Sehr merkwürdig.«

Kat hörte Devlin leise fluchen. »Sie glauben, dass jemand die Unterlagen gestohlen haben könnte?«, fragte sie.

»Sicherlich nicht«, sagte Sir Henry. Der Untersuchungsrichter griff in seine Manteltasche und zog einen Zettel hervor. »Ich war jedoch in der Lage, die

Namen der Eigentümer des Schiffes und der Ladung zu ermitteln.«

»Was hat sie transportiert?«, fragte Devlin und nahm das Papier.

»Tee. Kapitän Bellamy erlaubte der Mannschaft, die gesamte Ladung über Bord zu werfen. Er war dazu gezwungen, wenn er eine Meuterei verhindern wollte. Mit dieser Maßnahme sollte der Untergang des Schiffes verzögert werden. Der Besitzer der Ladung, Mister Wesley Oldfield, wurde dadurch ruiniert. Völlig ruiniert. Er sitzt im Schuldnergefängnis, im Marshalsea.«

»Das ist interessant.« Devlin blickte auf das Papier in seiner Hand hinunter und lächelte schief.

»Was ist das?«, fragte Kat und sah ihn an.

Devlin reichte ihr das Papier. »Der Besitzer des Schiffes. Es ist Russell Yates.«

Sir Henry räusperte sich. »Sie kennen Mister Yates?«

»Mister Yates ist im West End eine bekannte Figur«, sagte Kat. »Der Mann war früher Pirat.«

»Pirat?«

Sie lächelte. »Nun ja, ein Freibeuter. Er war der jüngere Sohn eines Adligen aus East Anglia, fuhr aber schon als Junge zur See und kehrte als reicher Mann nach Hause zurück. Er trägt immer noch einen goldenen Reif im Ohr und spricht wie ein Pirat. Die feine Gesellschaft gibt vor, empört zu sein, aber sie toleriert ihn, weil ... Nun, weil er Yates ist. Er wurde als Gentleman erzogen, und er ist sowohl amüsant als auch sehr, sehr reich.«

Sir Henry blickte ernst. »Sie glauben, er könnte etwas mit diesen grausamen Morden zu tun haben?«

»Yates?« Kat dachte darüber nach. »Ich denke, dass er wild sein kann, wenn er dazu gereizt wird. Aber vier junge Männer ermorden für etwas, das ihre Väter getan haben? Nein, ich glaube nicht, dass er das tun könnte.«

»Was ist am Ende aus der *Harmony* geworden?«, wollte Devlin wissen. »Wissen Sie das?«

Sir Henry nickte. »Ich habe herausgefunden, dass ein Teil der Crew von der *HMS Sovereign* versuchte, sie abzuschleppen und mit ihr im Tau zurück nach London zu segeln, aber sie war schon zu sehr beschädigt. Schließlich mussten sie das Schiff aufgeben, als sie vor Lissabon in schwere See gerieten.«

»Also hat auch Mister Yates einen Verlust erlitten.«

»So scheint es. Aber das Schiff war vermutlich versichert. Ich habe vor, den Nachmittag in den Büros der Stadtzeitungen zu verbringen und ihre Archive nach weiteren Einzelheiten zu dem Vorfall zu durchsuchen.«

»Ich dachte, Sie sind von dem Fall abgezogen?«, sagte Devlin mit einem Lächeln.

In den sonst immer so ernsten grauen Augen des Magistrats glomm ein Hauch von Belustigung auf. »Das bin ich auch.«

Kapitel 35

Nachdem Sebastian die schwarze Araberstute gegen seinen Zweispänner eingetauscht hatte, rumpelte er darin über die abgenutzten Steine der London Bridge nach Southwark. Die warme Septembersonne lag golden auf dem Fluss, aber die Gassen rund um das Marshalsea-Gefängnis waren dunkel und feucht, die Luft schwer vom fauligen Gestank nach Müll, Zersetzung und Verzweiflung.

»Wesley Oldfield«, sagte Devlin und drückte einem alten Mann, dem er zwischen den hohen grauen Ziegelmauern des Gefängnisses begegnete, eine Münze in die zitternde Hand. »Wo kann ich ihn finden?«

»Die Treppe hinauf. Letzte Tür zu Ihrer Rechten«, sagte der Mann mit überraschend kultiviert klingender Stimme.

»Danke.«

Sebastian hielt sich ein Taschentuch vor die Nase, während er die schmuddelige, urinbefleckte Treppe hinaufstieg und dann einen kalten, feuchten Gang entlangging. Der Klang einer Geige, die eine melancholische, süße Melodie spielte, drang von der anderen Seite der verschrammten alten Tür am Ende des Ganges zu ihm heraus. Die Musik hörte auf, als Sebastian anklopfte.

»Wer ist da?«, rief eine feste, aber besorgt klingende Stimme.

»Viscount Devlin.«

Die Tür schwang auf.

Dahinter stand ein ungepflegter Mann, der nach Sebastians Informationen Ende dreißig sein sollte. Wesley Oldfield, der nun vor ihm stand, sah jedoch gut zwanzig Jahre älter aus. Sein langes, verfilztes Haar hatte die Farbe des Winterhimmels, sein graues Antlitz war eingefallen und von Krankheit gezeichnet. Er stand vornübergebeugt da, eine Hand an die Türkante gelegt, als müsse er sich abstützen. Im anderen Arm hielt er eine ramponierte Geige. Er sah Sebastian aus wässrigen, blassblauen Augen an, sein Kiefer hing herunter. »Kenne ich Sie?«

»Mister Wesley Oldfield?«, fragte Sebastian.

In einer selbstbewussten Geste strich sich der Mann mit einer Hand über die Bartstoppeln am Kinn. »Das ist richtig.«

»Darf ich reinkommen?«

Oldfield zögerte, dann trat er einen Schritt zurück und machte eine schwungvolle Verbeugung. »Aber sicher. Kommen Sie nur herein. Bitte entschuldigen Sie die eher bescheidene Natur meiner Unterkunft.«

Sebastian trat in ein enges, niedriges Zimmer mit einem kleinen, leeren Kamin und einem einzigen vergitterten Fenster. Der Raum war so ungepflegt wie der Mann selbst. Es roch übel nach schalem Schweiß und Exkrementen und dem sich langsam einschleichenden Wahnsinn, den ein einst vielversprechendes Leben auslösen konnte, wenn es hoffnungslos aus der Bahn geriet.

Oldfield bewegte sich unbeholfen in dem Bemühen, ein Durcheinander von Papieren und Büchern von der abgenutzten Sitzfläche eines einstmals prächtigen Stuhls zu räumen. »Bitte. Setzen Sie sich. Ich bekomme dieser Tage so selten Besuch, dass ich fürchte, ich vergesse meine Manieren. Darf ich Ihnen einen Brandy anbieten?« Er griff nach einer Flasche, die offen auf einem klapprigen Tisch stand, sagte »Oh je« und schnalzte mit der Zunge, während er auf die leere Flasche hinunterstarrte. »Ich muss sie gestern Abend ausgetrunken haben.«

»Ich habe kein Bedürfnis nach einer Erfrischung, danke.« Als er den gebrochenen Mann vor sich betrachtete, fiel es Sebastian schwer zu glauben, dass Oldfield etwas mit den Morden zu tun haben könnte. Er war sich nicht sicher, ob der Mann überhaupt noch in der Lage war, sich an irgendetwas von Bedeutung über die *Harmony* oder ihre letzte, tödliche Fahrt zu erinnern.

»Sie sind der Sohn des Earls of Hendon, nicht wahr?«, sagte Oldfield und wandte sich um, um seine Geige mit fast ehrfürchtigen Bewegungen wieder in den Kasten zu legen.

»Sie kennen meinen Vater?«

»Ich *weiß* von ihm.« Der Mann drehte sich um und fixierte Sebastian mit einem unerwartet festen Blick. »Warum seid Ihr hier?«

»Ich wollte mit Ihnen über die *Harmony* sprechen.«

Die Reaktion des Mannes auf diese unverblümte Aussage kam vollkommen unerwartet. Die *Harmony* hatte ihn zwar in den Ruin geführt, aber bei der Erwähnung des Schiffsnamens ließ er sich auf der Kante seines ungemachten Bettes nieder, und eine seltsame, erwartungsvolle Erregung belebte seine Züge, als er sich nach vorne beugte. »Ihr habt es auch bemerkt, nicht wahr?«

»Was bemerkt?«

»Diese Morde. Zuerst der Sohn von Reverend Thornton ...«

»Sie wissen über Nicholas Thornton Bescheid?«

»Oh ja, das tue ich. Erst Thornton, dann Carmichael und Stanton. Und jetzt Bellamy. Jemand tötet ihre Söhne.«

Sebastian starrte in die gequälten, irren Augen des Mannes. »Wissen Sie, warum?«

»Warum? Das weiß ich nicht genau. Aber wenn man mal darüber nachdenkt, wie diese jungen Männer abgeschlachtet wurden, bringt einen das schon auf Ideen, was?« Er unterbrach sich und warf Sebastian einen Blick aus dem Augenwinkel zu. »Seid Ihr deshalb hier? Denkt Ihr etwa, ich stecke dahinter?«

»Sie sind im Gefängnis«, sagte Sebastian.

Ein unheimliches Lächeln umspielte die Lippen des Mannes. »Ja. Aber manchmal dürfen wir raus, wie ihr wisst.«

»Nur tagsüber«, bemerkte Sebastian. »Carmichael, Stanton und Bellamy wurden alle nachts umgebracht. Wenn Sie eingesperrt sind.«

Oldfields Lächeln verschwand. »Stimmt.« Dann hellte sich seine Miene auf. »Ich hätte jemanden anheuern können.«

»Sie sind bankrott.«

»Das ist Tatsache.« Oldfield seufzte. »Außerdem habe ich kein Motiv.«

Sebastian blickte sich in der kalten Gefängniszelle um. »Nicht?«

Oldfield schnalzte erneut mit der Zunge und schüttelte den Kopf. »Es war die Schiffscrew, die darauf bestand, dass meine Fracht über Bord geworfen wird. Sie dachten, das Schiff würde sinken.«

Sebastian wollte ihn bereits daran erinnern, dass das Schiff am Ende tatsächlich gesunken war, doch dann ließ er es.

»Die Besatzung hat mich ruiniert«, sagte Oldfield. Seine Nasenflügel bebten, der Hass ließ seine Lippen bei jedem Wort grausam zucken. »Dreckiges, unwissendes Pack. Sie verfielen in Panik und gaben das Schiff auf. Nahmen das ganze Essen und das Trinkwasser mit und ließen die anderen zum Sterben zurück. Ich würde mit Freuden jeden einzelnen dieser gottverlassenen Hunde abschlachten. Aber ...« Er unterbrach sich, und seine Stimme sowie seine Züge wirkten schlagartig wieder vollends normal. »... sie sind schon tot.«

»Sie sind tot?«

»Richtig. Die meisten von ihnen wurden von Eingeborenen umgebracht, als ihr Boot an der Westküste von Afrika strandete. Die paar, die überlebten, wurden von der Marine Seiner Majestät eingefangen und zum Hängen zurück nach London gebracht.«

»Waren Sie bei ihrer Gerichtsverhandlung anwesend?«

Oldfield warf ihm einen zornigen Blick zu. »Was denkt Ihr denn? Jede einzelne Minute. Bei ihrer Verhandlung und bei der Vollstreckung. Einer aus der Besatzung – ich glaube, sein Name war Parker – machte einen schlechten Abgang. Wehrte sich noch und brüllte herum, nachdem sie ihm schon die Schlinge um den Hals gelegt hatten. Er schwor Stein und Bein, dass die Männer, die bei der Verhandlung aussagten, gelogen hätten.«

Sebastian rutschte auf dem Sitz vor. »Gelogen? Worüber?«

Oldfield zog die Schultern hoch. »Das weiß ich nicht mehr so genau. Es hatte nichts mit meiner Sache zu tun.« Er kratzte sich nachdenklich hinter dem Ohr. »Aber ich weiß noch, dass der Mann einen Bruder hatte. Einen Hafenarbeiter. Er war bei der Verhandlung und bei der Hinrichtung dabei. Er schwor, er würde dafür sorgen, dass die Schweine für den Tod seines Bruders zahlen würden.«

»Dass wer zahlen würde?«

»Na, die Zeugen bei der Gerichtsverhandlung natürlich.«

»Und wer war das?«

Oldfield lächelte. »Bellamy, Stanton, Carmichael.« Das Lächeln verschwand. »Thornton aber nicht.« Er wirkte verwirrt. »Jedenfalls glaube ich nicht, dass Thornton auch da war.«

»Wer noch?«, fragte Sebastian, als Oldfield sich wegdrehte, um aus dem Fenster zu starren.

Der Mann antwortete nicht.

Sebastian versuchte es noch einmal mit lauterer Stimme: »Wer war noch bei der Verhandlung?«

Oldfield schwang mit dem Kopf herum und starrte Sebastian direkt an. Die wässrig-blauen Augen weiteten sich verwirrt. »Welcher Verhandlung?«

Sebastian fand Tom außerhalb des Gefängnisses, wo er die Pferde die Straße auf und ab führte.

»Irgendwas rausgefunden?«, fragte Tom, als Sebastian auf den Sitz des Zweispänners sprang.

»Vielleicht. Vielleicht auch nicht. Ich fürchte, Mister Oldfields Unglück hat ihm das Gehirn vernebelt.« Sebastian nahm die Zügel in die Hand. »Ich möchte, dass du jemanden für mich findest. Einen Hafenarbeiter namens Parker. Er hatte einen Bruder, der wegen der Meuterei auf der *Harmony* vor fünf Jahren erhängt wurde.«

Tom trat von den Pferden zurück und hob eine Hand, um seine Mütze festzuhalten. »Glaubt Ihr, *er* könnte der Kerl sein, der die Morde begeht?«

»Er könnte es sein. Andererseits könnte er auch nur ein Hirngespinst von Mister Wesley Oldfield sein.«

Sebastian ließ die Zügel schnalzen. Er verspürte einen starken Drang, sowohl Lord Stanton als auch Sir Humphrey Carmichael mit dem zu konfrontieren, was er soeben erfahren hatte. Doch er wusste, dass es ein Fehler wäre, sich jetzt einem der beiden Männer zu nähern, bevor er die ganze Geschichte der letzten Fahrt der *Harmony* kannte.

Es war Zeit für einen weiteren Besuch bei Reverend Thornton in Kent, wurde Sebastian klar.

Kapitel 36

Als sie von ihrem Ausritt mit Devlin zurückkehrte, zerriss Kat ihren halb geschriebenen Brief an den Iren Aiden O'Connell und verbrannte die Papierfetzen.

Ihr war klargeworden, dass es töricht wäre, irgendeine schriftliche Nachricht zu verschicken, egal, wie sorgfältig sie sie verfasste. Die Gefahr, dass eine solche Notiz Jarvis' Agenten in die Hände fiel, war einfach zu groß.

Ihr blieben kaum mehr als vierundzwanzig Stunden. Sie klappte ihren Schreibtisch zu, zog sich ein strohfarbenes Tageskleid an, das an Mieder und Taille gefältelt war, und machte sich selbst auf die Suche nach dem Iren.

Der Meisterspion war weiterhin schwer zu fassen. Aber als sie sich unter die Menge der gut gekleideten Zuschauer mischte, die ihre Lieblingsteams bei der letzten Regatta des Sommers auf der Themse anfeuerten, fand sich Kat in der Gesellschaft von Russell Yates wieder, dem ehemaligen Freibeuter und Besitzer der unglückseligen *Harmony*.

Für eine Frau mit Kats Talenten war es ein Leichtes, sich neben Yates zu manövrieren und ihn in ein Gespräch zu verwickeln. Er war eine imposante Erscheinung, groß und kräftig, mit breiten Schultern und einem muskulösen Körperbau, den er im *Jackson's and Angelo's* gut trainiert hatte. Er trug die chamoisfarbenen Kniehosen, die gestreifte Seidenweste und den dunkelblauen Herrenmantel eines Gentlemans.

Trotzdem sah er mit seiner kantigen Nase, seiner sonnengebräunten Haut und seinem dunklen Haar, das er nur eine Nuance zu lang trug, noch immer wie ein Pirat aus.

»Ich habe Sie gestern Abend im Covent Garden Theatre gesehen«, sagte er, als er sich über ihre Hand beugte, wobei der goldene Reif an seinem linken Ohr das Licht einfing. »Ich muss sagen, Sie geben ein charmantes Dienstmädchen ab. Aber genauso überzeugend verkörpern Sie auch eine königliche Kleopatra und eine unvergleichliche Julia.«

Kat lächelte. »Wir überlegen, ob wir als nächstes *Othello* aufführen. Ich musste an Sie denken, als ich den Text las. Ihnen gehörte ein Schiff, das auf See verloren ging, nicht wahr? Die *Helpmate* oder die *Handsome* oder so etwas in der Art.«

Er hob ein Glas Wein vom Tablett eines Dieners, der an ihm vorbeischwebte, und nahm gemächlich einen langen Schluck. »Die *Harmony*. Ein äußerst unpassender Schiffsname, wenn man ihr Schicksal bedenkt.«

»Sie haben die Gerüchte gehört, nehme ich an? Dass diese grässlichen Morde irgendwie mit der Schreckensgeschichte des Schiffes zusammenhängen?«

»Nein. Davon habe ich nicht gehört. Aber es überrascht mich nicht. Das war eine teuflische Angelegenheit. Ehrlich gesagt, bin ich froh, dass das Schiff vor Portugal gesunken ist. Es wäre unmöglich gewesen, eine Crew dafür zu finden – bei der Geschichte. Und was hätte ich dann damit gemacht?«

Eine kühle Brise vom Fluss zerrte an Kats Strohhut. Sie hob eine Hand, um ihn festzuhalten. »Das Schiff war doch versichert, oder?«

Yates lachte. »Oh, ja. Ich glaube an den Sinn von Versicherungen – im Gegensatz zu Wesley Oldfield, dem armen Teufel.«

»Oldfield?«

»Die *Harmony* transportierte eine Ladung Tee für ihn. Er hat alles verloren. Die dritte Schiffsladung in drei Monaten. Das und seine Unterbringung im *Marshalsea* haben ihm das Hirn verdreht, fürchte ich.«

Ein Aufschrei ging durch die Menge der Zuschauer. Kat drehte sich um und blickte über das Wasser, wo die Führungscrew hart darum kämpfte, ihren Vorsprung zu halten, während die Gischt, die ihre Ruder aufwirbelten, im Sonnenschein glitzerte. »War Oldfield Passagier auf der *Harmony*?«

»Oldfield? Nein.«

Sie warf einen Blick auf den Mann neben sich. »Und Sie?«

Ein gelassenes Lächeln legte sich auf sein Piratengesicht. »Wissen Sie, ich habe den deutlichen Verdacht, dass Sie mich heute Nachmittag nur deshalb in ein Gespräch verwickelt haben, um so viel über die *Harmony* in Erfahrung zu bringen, wie Sie können.«

»Sehr scharfsinnig.« Kat erwiderte sein Lächeln.

Er lachte, dann wurde er schlagartig ernst. »Es ist wegen Devlin, nehme ich an. Ich habe gehört, dass er sich mit diesen Morden befasst. Ich muss zugeben, dass ich nicht an eine mögliche Verbindung zur *Harmony* dachte, solange es nur um Carmichael und Stanton ging. Aber jetzt, wo sie auch den Sohn von Captain Bellamy tot aufgefunden haben ...«

Kat studierte sein hübsches, sonnengebräuntes Antlitz. »Haben Sie Söhne, Mister Yates?«

»Nein. Gott sei Dank, wenn man die Umstände bedenkt.« Er legte eine Hand auf seine Brust und stieß einen übertriebenen Seufzer aus. »Ich habe nie eine Frau gefunden, die mir das Herz gestohlen hat.«

Sie lachte höflich, wie er es von ihr erwartete, und sagte dann: »Wer ist außer Lord Jarvis' Sohn David noch auf dem Schiff gestorben?«

»Lassen Sie mich nachdenken ...« Yates ließ die Hand wieder fallen und starrte nachdenklich auf den Fluss hinaus. »Zwei oder drei der Besatzungsmitglieder sind im Sturm ums Leben gekommen, glaube ich; der Rest starb entweder durch den Wurfspeer eines Afrikaners oder an einem Seil baumelnd. Aber das war's. Das Logbuch des Schiffes ging in der Havarie verloren, also gibt es keine Aufzeichnungen mehr.«

»Keiner der anderen Passagiere ist gestorben?«

Er schüttelte den Kopf. »Neben Stanton und Carmichael waren es nur etwa ein halbes Dutzend. Und nein, ich erinnere mich nicht an ihre Namen«, fügte er hinzu, als sie den Mund öffnete, um ihn genau danach zu fragen. »Wissen Sie, wenn Sie jemals genug von der Bühne haben, sollten Sie in Erwägung ziehen, sich in der Bow Street zu bewerben. Sie sind ein Naturtalent.«

»Soweit ich weiß, stellen sie keine Frauen ein.«

»Diese Narren. Ich hörte Aiden O'Connell sagen, dass niemand schneller und zuverlässiger an Informationen gelangt als eine Frau. Ich fange an zu glauben, dass er damit recht hat.«

Kat wandte ihre Aufmerksamkeit wieder seinem Antlitz zu. Es schien nicht zu ihm zu passen, so etwas zu sagen, und sie war auch nicht überzeugt, dass es so beiläufig war, wie er es geäußert hatte. »Sie sind mit Aiden O'Connell bekannt?«

Einen Augenblick leuchtete sein Gesicht in einer Regung auf, die jedoch im Nu wieder verschwand, bevor sie sie einordnen konnte. »Wir haben einander aus geschäftlichen Gründen kennengelernt.«

Kat ließ ihre Stimme gelassen und desinteressiert klingen. »Hat er die Stadt verlassen? Ich habe ihn schon seit ein paar Tagen nicht mehr gesehen.«

»Nicht, dass ich wüsste. Haben Sie vor, auch ihn wegen der *Harmony* zu befragen? Wenn ich ihn sehe, werde ich ihm sagen, dass Sie sich nach ihm erkundigt haben.«

Kat gab ein leises Lachen von sich. »Was hat Aiden O'Connell mit der *Harmony* zu tun?«

»Nichts, soweit ich weiß.«

Sie blieb noch einige Minuten bei ihm, um Belangloses zu plaudern, dann ging sie weiter. Etwa eine Viertelstunde später schickte sie sich an, die Terrasse zu verlassen, da näherte sich Yates ihr wieder.

»Mir ist wieder eingefallen, dass es tatsächlich noch einen Toten auf der *Harmony* gab«, sagte er und beugte sich nahe zu ihr, sodass niemand seine Worte mithören konnte. »Bellamys Schiffsjunge. Im Sturm stürzte eine Spiere auf ihn und verletzte ihn böse. Er starb einige Tage, bevor die *Sovereign* auftauchte.«

»Der Schiffsjunge? Wie hieß er?«, fragte Kat, und ihre Stimme klang schärfer als beabsichtigt.

»Daran erinnere ich mich nicht. Aber wenn es mir wieder einfällt, lasse ich es Sie wissen.«

Kat hatte fast die Stufen ihres Hauses in der Harwich Street erreicht, als sie einen großen, gut gekleideten Gentleman bemerkte, der auf sie zukam und dessen Stiefelabsätze bedrohlich auf dem leeren Pflaster klapperten.

»Miss Boleyn«, sagte Colonel Bryce Epson-Smith und verbeugte sich spöttisch. »Was für ein ... glücklicher Zufall.«

Kats Hand um den Griff ihres Sonnenschirms verkrampfte sich, doch dann entspannte sie sich wieder. Sie legte den Kopf schief und schenkte dem Mann ein kleines, gelangweiltes Lächeln. »Colonel.«

»Eine sanfte Erinnerung an den morgigen Abend«, sagte er und ließ seinen Blick auf eine Weise über ihre Gestalt wandern, die ihr eine Gänsehaut bescherte. »Nach dem Theaterstück natürlich. Wir möchten London nicht eines letzten Blickes auf die göttliche Miss Kat Boleyn berauben, falls Sie sich dazu entschließen sollten ... sagen wir mal, stur zu sein.«

Kapitel 37

Es war bereits mitten am Nachmittag, als Sebastian in das Dorf Avery in Kent fuhr. Nachdem er Tom zurückgelassen hatte, der in den Docks von London nach einem Mann namens Parker suchte, war Sebastian gezwungen, die beiden Füchse im Mietstall in die Obhut eines Burschen zu geben und über die Wiese zum Pfarrhaus zu gehen.

Im sanften Sonnenschein wirkten die roten Backsteinmauern des Pfarrhauses düsterer denn je, die schweren Vorhänge an den Fenstern waren fest zugezogen. Sebastian betätigte den Messingklopfer an der Tür und hörte, wie das Pochen in der Stille bis in die Tiefen des Hauses widerhallte.

Er wollte gerade ein zweites Mal klopfen, als er schnelle Schritte in der Halle vernahm. Die Tür wurde von der Haushälterin, Misses Ross, aufgerissen. Bei seinem Anblick erbleichte sie und hob eine Hand, um ihre schiefe Haube zurechtzurücken.

»Mylord«, sagte sie mit einem Keuchen. »Ich bitte um Verzeihung, dass ich Euch habe warten lassen. Ich dachte, das Hausmädchen Bess würde die Tür öffnen, aber ich vermute, sie ist noch nicht aus der Apotheke zurück. Wir sind hier ziemlich aufgeschmissen, seit es dem Reverend schlechter geht.«

»Reverend Thornton ist krank?«, fragte Sebastian irritiert nach.

Misses Ross nickte energisch. »Er hat eine Verschlimmerung erlitten, kurz nachdem Ihr gegangen wart. Und nun seht mich an, ich lasse Euch auf der

Türschwelle stehen.« Sie öffnete die Tür weiter und trat einen Schritt zurück. »Bitte, kommt herein, Mylord.«

»Darf ich ihn sehen?«, fragte Sebastian und trat in den schattigen Flur.

»Wenn Ihr es wünscht, Mylord. Aber ich glaube nicht, dass er Euch erkennen wird. Er scheint nicht einmal Dr. Newman zu erkennen, und sie sind seit zwanzig oder mehr Jahren befreundet.«

Sie führte ihn die Treppe hinauf in ein abgedunkeltes Schlafzimmer, das nur von einer einsamen, heruntergedrehten Lampe beleuchtet wurde. Die Gestalt in dem riesigen Himmelbett wirkte geschrumpft. Das schüttere graue Haar auf der Kopfhaut war feucht vom Schweiß, seine offenen Augen blickten aber starr.

»Reverend Thornton?«, fragte Sebastian.

Kein Schimmer des Erkennens zeichnete sich in den halb geöffneten Augen des Mannes ab. Sebastian sah, wie Speichel aus dem Mundwinkel des Geistlichen sickerte und sein Kinn hinunter rann. Er machte keine Anstalten, ihn wegzuwischen.

»Es ist schrecklich, ihn so zu sehen«, sagte Misses Ross. »Er war so ein brillanter Mann, so gut und gottesfürchtig.« Der Klopfer an der Haustür ertönte erneut, und mit einer raschen Entschuldigung eilte sie hinaus.

Allein gelassen, trat Sebastian näher an den Rand des Bettes heran. Der Rektor starrte weiterhin stumm ins Leere.

»Was ist auf diesem Schiff geschehen?«, fragte Sebastian leise. »Hm, mein Freund? Es war etwas Schreckliches, nicht wahr? Habt Ihr versucht, es zu verhindern, frage ich mich? Guter, gottesfürchtiger Mann, der Ihr seid? Oder wart Ihr ein williger Erfüllungsgehilfe?«

Stimmen von der Treppe drangen an sein Ohr: Misses Ross' besorgte, in hohem Ton vorgebrachte Äußerungen wurden von Aaron Newmans beruhigenden Floskeln beantwortet. Einen Augenblick später betrat der Arzt allein den Raum.

»Gibt es Anzeichen, dass er Euch wiedererkennt?«, fragte er Sebastian.

Sebastian schüttelte den Kopf. »Wie lange geht es ihm schon so?«

»Es begann kurz nachdem Ihr gegangen seid.« Der Arzt blieb neben seinem Patienten stehen. Er zog ein Schnäuztuch aus der Tasche und wischte seinem alten Freund vorsichtig die Spucke vom Kinn. »Misses Ross fand ihn zusammengebrochen auf dem Boden seines Arbeitszimmers.«

»Hat er etwas gesagt?«

»Nein, nichts.« Der Arzt sah auf. »Wenn Ihr gehofft habt, ihm noch mehr Fragen stellen zu können, tut es mir leid.«

Sebastian ließ den Blick durch den Raum wandern. Es war eine altmodische Kammer, eingerichtet mit soliden Eichenmöbeln und ein paar hübschen, mit abgewetzten Tapisseriestoffen gepolsterten Stühlen, die man vor den leeren Kamin gezogen hatte. Neben einem der Stühle stand ein Handarbeitskorb mit dem Stickrahmen einer Frau – als hätte ihre Besitzerin ihn gerade erst dort abgelegt. »Hat er je mit Ihnen darüber gesprochen, was an Bord der *Harmony* geschehen ist?«, fragte Sebastian und sah dem Arzt wieder ins Antlitz.

»Ihr meint, auf seiner Heimreise aus Indien?« Der Arzt zog einen Stuhl mit gerader Rückenlehne näher zum Bett und setzte sich. »Nur sehr wenig. Warum?«

»Ich glaube, dass das, was auf dem Schiff vorgefallen ist, auf irgendeine Art und Weise mit den Morden an Nicholas Thornton und den anderen im Zusammenhang steht. Sir Humphrey Carmichael und Lord Stanton waren ebenfalls Passagiere bei dieser Fahrt.«

»Guter Gott.« Dann musste auch ihm die unvermeidliche Schlussfolgerung klarwerden, denn die Augen des Arztes weiteten sich. »Ihr wollt damit sicherlich nicht andeuten, dass ...« Er unterbrach sich, unfähig, seinen Gedanken in Worte zu fassen.

»Wir können es nicht wissen«, sagte Sebastian. »Aber was den Leichen der Opfer angetan wurde, legt es wohl nahe, dass zumindest der Mörder annimmt, die Überlebenden der *Harmony* haben nur durch Kannibalismus überlebt.«

Der Blick des Arztes fiel auf den zusammengesunkenen, ins Leere starrenden Mann auf dem Bett. »Nein. Das kann ich nicht glauben. Ich kann nicht glauben, dass er so etwas tun würde. Ihr kanntet ihn nicht. Er war ein Mann, der sein Leben Gott gewidmet hat. Er konnte alle Werke Ciceros und Senecas zitieren, er arbeitete an einer neuen Übersetzung der *Confessiones* des Augustinus Aurelius ... Wie könnte dieser Mann etwas tun, das eines der grundlegenden Prinzipien unserer Zivilisation verletzt?«

»Manche Menschen würden alles tun, um zu überleben.«

»Aber nicht er«, sagte der Arzt und schloss seine Faust um die lasche Hand seines alten Freundes. »Das glaube ich nicht.«

»Hat er vielleicht einmal die Namen anderer Mitreisender erwähnt? Außer Carmichael und Stanton?«

Newman spitzte die Lippen. »Ich glaube, es war noch ein Mann mit seiner Gattin dabei. Ich erinnere mich, dass Mary Thornton sie ein- oder zweimal erwähnte. Ein Ehepaar aus dem Norden.«

Nachdenklich hielt er inne. »Außerdem eine Jungfer in einem bestimmten Alter und ein jüngerer Mann, der der Ostindischen Handelsgesellschaft angehörte. Vielleicht gab es noch andere, aber es tut mir leid, ich erinnere mich an keinen einzigen Namen.«

»Das ist zumindest ein Anfang«, sagte Sebastian und wandte sich zur Tür.

Der Arzt blieb auf seinem Platz und blickte auf den stillen Mann im Bett. »Wenn das stimmt«, sagte Newman nach einem Augenblick, »wenn der Reverend das getan hat, was Ihr andeutet ... Dann würde er es als seine Schuld ansehen, was Nicholas zugestoßen ist. Wie könnte ein Vater mit einer solchen Schuld leben?«

»Offensichtlich kann er es nicht«, sagte Sebastian und ließ den Arzt dort zurück, an der Seite seines sterbenden Freundes.

Kapitel 38

»Kümmer dich besonders gut um sie«, sagte Sebastian, als er die müden Füchse einige Stunden später in Toms Obhut übergab. »Der Bursche im Mietstall in Avery war ein Idiot mit zwei linken Händen. Lass mich nie wieder ohne dich dorthin fahren.«

Tom grinste und nahm die Zügel. »Ich päpple sie ein bisschen, soviel ist klar.«

»Hattest du Glück mit Parker?«

»Aye. Sein Name ist Matt. Matt Parker. Arbeitet in den Docks der East India Company. Die Abende bringt er in so 'ner Kneipe zu, dem *Hare and Hound* am Ratcliffe Highway.«

Sebastian sah seinen Laufburschen bewundernd an. »Wie hast du das denn herausgefunden?«

Toms Grinsen wurde breiter. »Wollt Ihr nich' wissen.«

»Vielleicht hast du recht.« Sebastian wandte sich zum Gartentor, dann hielt er inne und sagte: »Wenn du mir jetzt noch einen Hausdiener besorgen könntest ...«

Tom lachte. »Ich bin dran, Meister. Ich bin dran.«

Das *Hare and Hound* war ein unscheinbarer, schäbiger Pub, zu dem man durch eine enge Gasse zwischen einer Apotheke und dem Laden eines Kerzenziehers gelangte.

Sebastian drängelte sich durch eine lärmende Menschenmenge zur Theke vor. Er hatte sich für den Anlass sorgfältig gekleidet: in einen vornehmen Herrenmantel, der schon bessere Tage gesehen hatte, Hut und Kniehosen, die allesamt seiner Ausstattung aus der

Rosemary Lane entstammten. Und trotzdem bemerkte er neugierige, zum Teil feindselige Blicke, als er ein Pint Bier orderte. In Lokalen wie diesem waren Fremde nicht gern gesehen.

Sebastian trank sein Bier in kleinen Schlucken und ließ nachdenklich schweigend den Blick durch den düsteren Raum schweifen. Das *Hare and Hound* schien bei Hafenarbeitern beliebt zu sein: Seemänner in blauen Flanellhemden und Dockarbeiter in derben Kitteln. Sebastian setzte gerade sein zweites Pint Ale an die Lippen, als eine Gruppe Dockarbeiter hereinkam, große Männer mit breiten Schultern und fleischigen Armen. Sebastian lauschte ihrem gut gelaunten Geplänkel und machte bald einen blonden Riesen mit einer stark vernarbten Wange aus, den die anderen Männer mit »Parker« anredeten.

Sebastian wandte sich wieder seinem Bier zu. Die Hafenarbeiter spielten eine Partie Dart, die Parker gewann. Sebastian bestellte sich noch ein Pint und drehte sich wieder um – um Parker neben sich stehen zu sehen.

»Beobachten Se mich aus ’nem bestimmten Grund?«, wollte Parker wissen, die hellbraunen Augen feindselig zusammengekniffen.

»Ja, allerdings.« Mit einer Armbewegung bestellte Sebastian noch ein Pint. »Ich würde gern mit Ihnen über Ihren Bruder sprechen.«

»Jack?« Parkers Brauen zogen sich misstrauisch zusammen.

»Ja.«

»Und wer zur Hölle sindse wohl?«

»Mein Name ist Devlin«, sagte Sebastian und gab sich keine Mühe, seinen bissigen, vornehmen Tonfall zu verändern.

Parker stieß einen harschen Ton aus. »Klingst wie 'n verdammter Adliger. Was will 'n Adliger von 'nem Galgenvogel wie Jack?«

Sebastian dachte darüber nach, dem Mann Geld anzubieten, entschied sich dann jedoch dagegen. Im Verhalten des Dockarbeiters sah er eine Spur von Stolz, die Sebastian verriet, dass die Geste nicht gut aufgenommen würde. »Ihr Bruder hat auf dem Weg zur Hinrichtung darauf bestanden, dass die Männer, die bei der Verhandlung als Zeugen aussagten, gelogen hätten. Habe ich gehört.«

»So? Das ist vier Jahre her. In all der Zeit hat keiner was drum gegeben.«

Die Kellnerin setzte einen beschlagenden Krug Bier vor ihnen auf die Bohlen der Theke. Sebastian schob ihn zu Parker. »Das war vorher.«

Der Mann rührte das Bier nicht an. »Is' wegen der Morde, was? Zuerst Carmichael, dann Stanton. Jetzt Bellamy.«

»Sie vergessen Nicholas Thornton.«

»Thornton?« Ein Hauch von Verwirrung schien in den Augen des Mannes auf.

»An Ostern, unten in Kent.«

»Hab' nichts von ihm gehört. Kann mich auch an keinen Thornton bei der Verhandlung erinnern.« Parkers Zunge glitt hervor, um seine Lippen zu befeuchten. Abwesend griff er nach dem Krug, hob das Ale an den Mund und trank in tiefen Zügen.

»Ihr kommt von der Bow Street, oder?«, sagte er und setzte den Krug mit einem Knall ab. In seinen Augen lagen jetzt beginnendes Begreifen und Angst – die Angst eines Mannes, dessen Worte zurückkehrten, um ihn zu verfolgen. »Ihr seid hier wegen dem Zeugs, das ich bei der Hinrichtung gesagt hab' – über Rache und so. Das war nur so hingesagt. Hört Ihr? Dummes Geschwätz. Jack war mein kleiner Bruder. Er hat nie was falsch gemacht. Die Meuterei war doch nich' seine Idee. Er hat nich' mal mitgemacht. Die anderen Seeleute, die ham ihn vor die Wahl gestellt – komm mit oder bleib da und verreck. Wer würde nich' mitgeh'n? Ist das vielleicht ein Grund, 'nen Mann aufzuknüpfen?« Parker hielt inne, sein Gesicht verzog sich in Trauer. »Er war erst siebzehn Jahre alt, wisst Ihr? Siebzehn.«

»Nein, das wusste ich nicht.« Sebastian beugte sich vor. »Ihr Bruder hat bis zum Schluss darauf beharrt, dass die Zeugen gelogen haben. Worüber gelogen?«

Matt Parker leerte seinen Krug, schüttelte aber den Kopf, als Sebastian einen weiteren ordern wollte. »Dieser David Jarvis – der, von dem der Vater Cousin des Königs is. Sie sagten, der Junge wär in der Meuterei verletzt worden. Sagten, einer der Matrosen hätte ihm das Entermesser in die Seite gestoßen.« Parker schüttelte den Kopf. »War nich' so. Dem jungen Edelmann ging's bestens, als die Crew von Bord ging.«

Parker senkte die Stimme und beugte sich näher zu Sebastian. »Auf dem Schiff is was passiert, als sie auf dem Meer rum trieben. Wenn Ihr dran denkt, was man mit den Leichen der ermordeten jungen Herren angestellt hat, wisst Ihr, von was ich rede.«

Er richtete sich auf und schwieg eine Weile, drehte den Kopf, als würde er etwas in der Ferne anstarren. Dann spannte er den Kiefer an und wandte den Blick wieder Sebastian zu. »Mit einem habt Ihr recht: Ich hab' echt geschworen, dass ich diese Schurken mit ihren Adelstiteln für das zahlen lassen wollte, was sie Jack angetan haben. Aber ich bin ein gottesfürchtiger Mann, und irgendwie konnt' ich mich nich' dazu überwinden, es zu tun. Ich denk' mal, der liebe Gott wird sich auf seine Weise drum kümmern.« Ein angeekeltes Schaudern lief über die narbigen Züge des Dockarbeiters. »Wer auch immer das macht – wer auch immer die Kinder dieser Leute schlachtet – ich würd' sagen, er hat den Zorn eines Vaters in sich. Und den Schmerz eines Vaters.«

Parker legte seine Fäuste aneinander und hielt sie hin, als würde er sich dem Gesetz ergeben. »Könnt mich jetzt gleich verhaften und verknacken, aber das Schlachten wird nich' aufhör'n. Wer auch immer das macht, hat sich selbst zur Hölle verdammt, und der weiß das. Er wird erst aufhör'n, wenn er sie alle gekillt hat.«

»Wie viele waren noch dabei?«

»Weiß ich nich'«, sagte Parker mit unerwartet bleichem Antlitz. »Nur Stanton, Carmichael und Bellamy ham bei der Verhandlung ausgesagt. Aber dort waren noch mehr, Passagiere und Offiziere, beides. Gott steh' ihren Kindern bei.«

»Jetzt weißt du es also«, sagte Kat sanft, als sie später am Abend Arm in Arm im Bett lagen und miteinander sprachen. »Du wolltest wissen, welches Geheimnis so schrecklich ist, dass Menschen eher die eigenen Kinder in Gefahr bringen, als es zu enthüllen. Wenn es stimmt, was Matt Parker sagt, haben die Überlebenden der *Harmony* nicht nur Kannibalismus betrieben, sondern sie verursachten auch den Tod von Jarvis' einzigem Sohn.«

Sebastian verschränkte seine Hand mit ihrer und hob sie zu den Lippen. Sie hatten sich zärtlich und langsam geliebt, und trotzdem ließ ihn das Gefühl, das er seit Tagen hatte, nicht los – die nagende Gewissheit, dass irgendetwas schrecklich falsch lief. Er wusste nur nicht, was es war. Außerdem belastete ihn die Angst aller Liebenden: dass er sie verlieren könnte. Abermals.

»Was willst du jetzt tun?«, fragte sie, und er brauchte einen Moment, um zu begreifen, dass sie von den Ermittlungen sprach.

Er verlagerte das Gewicht. »Ich denke, ich werde Edward Bellamy erneut aufsuchen.«

»Glaubst du allen Ernstes, er wird dir erzählen, was passiert ist?«

»Nein. Aber er kann doch nicht den Namen seines eigenen Kabinenjungen vergessen haben – wenn es stimmt, was Yates uns erzählt hat.«

»Du meinst also, der Mörder ist der Vater des Jungen?«

Sebastian fuhr mit der Hand zärtlich ihre nackte Seite entlang. »Entweder er oder Jarvis.«

Kat war einen Augenblick still. Dann sagte sie mit eigenartig gepresster Stimme: »Ich kann mir vorstellen, dass Jarvis veranlasst hat, diese jungen Männer zu töten und zu verstümmeln.«

Sebastian hob den Kopf, um sie anzusehen. Selbst im weichen Licht der flackernden Kerzenflammen sah sie blass und mitgenommen aus. Doch er konnte nichts sagen oder tun, um sie dazu zu bringen, sich ihm anzuvertrauen. »Ja. Nur passt es irgendwie nicht recht zusammen. Wie soll Jarvis herausgefunden haben, was an Bord dieses Schiffes geschehen ist? Und warum hat er nicht sofort etwas gegen die Männer unternommen? Gott weiß, dass er genug Macht hat.«

»Jarvis hat Spione im ganzen Land«, konterte Kat und setzte sich auf. »Wie hätte der einfache Vater eines toten Schiffsjungen denn herausfinden sollen, was auf dem Schiff geschehen ist?«

Sebastian seufzte und zog sie wieder näher zu sich. »Ich weiß es nicht. Vielleicht erhalten wir die Antwort, wenn wir herausfinden, wer er ist.«

Kapitel 39

Freitag, 20. September 1811

Am nächsten Tag las Sebastian die *Morning Post* beim Frühstück in seiner Morgenkammer, als er plötzlich einen harschen Fluch ausstieß.

»Stimmt etwas nicht mit den Eiern?«, fragte sein Majordomus und eilte herbei.

»Was?« Sebastian sah irritiert auf. »Oh. Nein, die Eier sind vorzüglich, Morey. Danke.«

Sebastian schob den Teller zur Seite und wandte seine Aufmerksamkeit dem Zeitungsartikel auf Seite drei zu: *Schiffskapitän im Ruhestand tot in Fluss aufgefunden.*

Die Totenglocke läutete vom Kirchturm, als Sebastian in die Randbezirke von Greenwich fuhr.

Er überließ die Füchse Toms Obhut und ging durch das Gartentor am Ende des langen Pfads. Er blickte nach oben in die ausladenden Äste der alten Eiche, aber das Kind Francesca war heute nicht da.

Mit eigenartig schwerem Herzen stieg er die Stufen zum Haus hinauf. Er rechnete halb damit, dass die junge Witwe des Kapitäns sich weigerte, ihn zu empfangen. Aber er ließ sich mit dem Namen melden, den er ihr beim letzten Mal genannt hatte, Mister Simon Taylor, und nach wenigen Augenblicken kam das kleine Hausmädchen Gilly zurück, um ihm zu sagen, dass Misses Bellamy ihn empfangen werde.

Halb saß, halb lag sie auf einem Sofa, das so gestellt
worden war, dass sie auf den breiten, im Licht gleißen-
den Fluss draußen blicken konnte. Bei Sebastians Erscheinen verstaute sie das schwarzumrandete Taschentuch, das sie umklammert hatte, in ihrem Ärmel.
Die Spuren, die die Tränen hinterlassen hatten, waren
nicht zu übersehen.

»Bitte entschuldigen Sie, dass ich Sie zu einer solchen
Zeit störe«, sagte Sebastian, als er sich über ihre Hand
beugte. »Meine aufrichtige Anteilnahme zu Ihrem neuesten Verlust.«

Sie schien den leichten Unterschied in seiner Erscheinung und seiner Haltung nicht zu bemerken. Sie nickte
einfach und schluckte, als wäre sie im Augenblick unfähig zu sprechen, dann deutete sie auf einen Stuhl.
»Bitte nehmen Sie doch Platz, Mister Taylor. Was kann
ich für Sie tun?«

Sebastian zögerte. Dem Artikel in der *Post* zufolge
ging man allgemein davon aus, dass Bellamy ins Was-
ser gefallen und ertrunken war, nachdem er bei einem
Spaziergang an der Themse einen Anfall gehabt hatte.
Sebastian hielt diese Version für unwahrscheinlich.
Aber wie kann man eine Frau fragen, ob ihr Gatte
Selbstmord begangen hatte?

Stattdessen sagte er: »Was können Sie mir über die
letzte Fahrt Ihres Mannes auf der *Harmony* sagen?«

Die Frage schien sie nicht zu überraschen. Sie hob
eine Faust und presste sie gegen ihre Lippen, und Sebastian fragte sich, wie viel von der Wahrheit der Kapitän seiner Frau wohl anvertraut hatte. »Diese Reise hat
ihn immer verfolgt«, sagte sie mit gepresster Stimme.
»Nicht nur der Verlust des Schiffs, sondern auch die

Meuterei der Besatzung und die langen, furchtbaren Tage ohne Nahrung. Er hat es nie überwunden.«

»Seine Karriere wurde dadurch vernichtet«, sagte Sebastian.

»Ja. Aber ich dachte oft, dass an der Geschichte noch mehr dran war. Er hatte solch schreckliche Träume. Er wachte schreiend auf, als ob er in die Abgründe der Hölle geblickt hätte, und rief den Namen dieses armen Jungen.«

»Welches Jungen?«, fragte Sebastian scharf.

»Gideon, der Schiffsjunge.« Sie zögerte, dann schüttelte sie den Kopf. »Wenn ich je seinen Nachnamen kannte, habe ich ihn vergessen. Er starb, bevor sie gerettet wurden, wissen Sie?«

»Und der andere junge Mann, der starb? David Jarvis. Hat Ihr Gatte ihn jemals erwähnt?«

»Manchmal. Aber längst nicht so oft. Ich glaube, Gideon erinnerte meinen Mann an Adrian, als er in dem Alter war. Ich dachte oft, dass mein Mann sich die Schuld am Tod des Jungen gab.«

»Warum das?«

Sie sah verwirrt aus. »Weil er den Jungen nicht vor Schaden bewahren konnte, nehme ich an.«

Mit zitternden Fingern glättete sie die Röcke ihres Morgenkleids. »Er war in den letzten Monaten von dem Tod des Schiffsjungen geradezu besessen.« Sie zögerte, bevor sie leise hinzufügte: »Er begann, viel mehr zu trinken als früher.«

»Hat er letzte Nacht viel getrunken?«

Sie nickte, die Lippen zusammengepresst. Sebastian sah, wie sie den Kopf wegdrehte, um über den Fluss zu blicken. Er hielt es für möglich, dass der alte Kapitän in das Wasser gestapft und zu betrunken gewesen war, um wieder herauszuklettern. Doch er bezweifelte es.

»Was wollen Sie nun tun?«, fragte er sie. »Nach Brasilien zurückkehren?«

Sie schüttelte den Kopf. »Mein Vater hat mich enteignet, als ich Bellamy heiratete und ihm hierher nach England folgte. Außerdem ist dies das einzige Heim, das Francesca kennt.«

»Wie trägt sie es?«

Die Witwe seufzte. »Schlecht. Zuerst Adrian und jetzt ihr Vater. Es ist zu viel.«

Sebastian richtete sich auf, zog eine seiner Karten aus der Tasche und legte sie auf den Tisch. »Wenn ich irgendetwas tun kann, bitte zögern Sie nicht, mich zu benachrichtigen.« Natürlich passte der Name auf der Karte – sein eigener Name und Titel – nicht zu dem Namen, den er ihr genannt hatte. Aber es war nicht der richtige Zeitpunkt, ihr dies zu erklären.

»Ich finde selbst hinaus«, sagte er und ließ sie zurück; sie sah schweigend aus dem Fenster.

Am Gartentor blickte er zurück zur mit Tüchern verhangenen Fassade des Hauses. Er sah etwas am Fenster eines der Dienstbotenzimmer im dritten Stock – das Antlitz eines Kindes, das sich einen Augenblick gegen die Scheiben presste. Dann war es wieder weg.

Kapitel 40

Sebastian sah in seiner Bibliothek die Empfehlungsschreiben weiterer Bewerber um die Stella als Hausdiener durch, als Morey diskret an der Tür pochte.

»Eine junge Dame wünscht Euch zu sehen, Mylord.«

Sebastian sah überrascht auf. »Eine junge Dame?«

»Jawohl, Mylord.«

Es galt als schwerwiegender Verstoß gegen die Etikette, wenn eine junge Dame von Stand einen unverheirateten Mann aufsuchte. Sebastian erhob sich. »Führen Sie sie sogleich herein.«

Eine große junge Frau mit einem dichten Schleier glitt in den Raum. Sie wartete, bis der Majordomus sich mit einer Verbeugung wieder entfernte, bevor sie den Schleier lüftete und die zu keinerlei Scherzen aufgelegten Gesichtszüge von Miss Hero Jarvis enthüllte.

Die Worte »Gütiger Gott« entglitten Sebastian.

Ein Hauch von Erheiterung huschte über ihr Antlitz. »Allerdings«, sagte sie trocken und zog ihre feinen Glacéhandschuhe aus. »Glaubt mir, Lord Devlin, ich bin von meiner Anwesenheit in diesem Raum ebenso irritiert wir Ihr. Wie auch immer, als ich die Alternativen bedachte, zeigte sich, dass dieses Vorgehen bei weitem am einfachsten ist. Niemand, der uns beide kennt, wird auch nur einen Augenblick lang ernstlich möglichen Gerüchten glauben, die entstehen könnten, wenn mein Besuch hier bekannt würde, was nicht geschehen wird. Meine Zofe wartet in der Eingangshalle.«

Sebastian blinzelte, dann deutete er mit der ausgestreckten Hand auf das Sofa, das ihm am nächsten stand. »Bitte, nehmt Platz.«

»Danke, aber ich habe nicht die Absicht, mich länger als nötig aufzuhalten.« Sie öffnete die Bänder ihres Retiküls und zog mehrere Blätter Papier heraus, die gefaltet und abgegriffen wirkten, als wären sie viele Male gelesen worden.

»Was ist das?«, fragte er wachsam.

Sie streckte ihm die gefalteten Seiten entgegen. »Ein Brief, den mir mein Bruder David geschrieben und von Cape Town aus geschickt hat. Die *Harmony* dockte auf der Heimfahrt von Indien für einige kleinere Reparaturen dort an, und David vertraute den Brief dem Offizier einer Fregatte an, die früher ablegte und nach Hause segelte. Seht ihn Euch an«, sagte sie ungeduldig, als er zögerte.

Er nahm den Brief aus ihrer Hand entgegen und klappte ihn auf. *Liebste Hero*, las er und hielt inne, um zu ihr aufzusehen. »Warum gebt Ihr mir das?«

Zu seiner Überraschung zog sie ihm den Brief aus den Händen. »Das tue ich gar nicht. Ich hielt es nur für das Beste, dass Ihr ihn wirklich seht, damit Ihr keine Zweifel an der Existenz dieses Briefes habt. Was ich Euch allerdings gebe, ist das hier.« Sie zog einen weiteren Papierbogen aus ihrem Retikül. Dieses Mal nahm er ihn sogleich.

Wie sich zeigte, blickte er auf eine Namensliste, die in der eigensinnigen Handschrift von Miss Jarvis selbst geschrieben war. Er warf ihr einen irritierten Blick zu, bevor er sich rasch die Liste ansah. Einige der Namen – Lord Stanton, Sir Humphrey Carmichael, Reverend und Misses Thornton – erkannte er. Andere jedoch nicht.

»Mein Bruder war ein leidenschaftlicher und genauer Beobachter seiner Mitmenschen«, sagte sie. »Sein Brief enthielt unterhaltsame Bemerkungen über jeden einzelnen seiner Mitreisenden und der Offiziere auf der *Harmony*. Dies ist eine Auflistung ihrer Namen.«

Sebastian wandte den Blick erneut ihrem Antlitz mit der Adlernase zu. »Woher wusstet Ihr, dass ich sie brauche?«

»Ich bin die Tochter meines Vaters«, sagte sie rätselhaft.

Mit einem Schnauben las er die Liste nochmals durch. Sie war in zwei Spalten unterteilt – *Passagiere* und *Offiziere*. Unter den Namen der Passagiere, die er bereits kannte, standen vier weitere, die ihm noch unbekannt waren: Elizabeth Ware, Mister und Misses Dunlop und Felix Atkinson.

Elizabeth Ware musste die Jungfer unbekannten Alters gewesen sein, wurde ihm klar. Mister und Misses Dunlop mussten das Paar mit dem Grundbesitz im Norden sein, während Mister Felix Atkinson sicherlich der Gentleman der East India Company war.

Unter der Überschrift *Offiziere* standen drei Namen: Joseph Canning, Elliot Fairfax und Francis Hillard. Ganz unten stand *Gideon, Schiffsjunge*. Sebastian fluchte leise.

»Was ist los?«, fragte Miss Jarvis.

»Der Nachname des Schiffsjungen. Kennt Ihr ihn?«

»Nein. David bezeichnete ihn nur als ›Gideon‹.« Sie zog leicht die Augenbrauen zusammen. »Er ist wichtig. Warum?«

Sebastian sah in ihr hochmütiges, missbilligendes Antlitz und überwand den Drang, ihre Frage zu beantworten. Er faltete die Liste zusammen und verstaute sie in seiner Tasche, dann betrachtete er Miss Jarvis skeptisch. »Ich verstehe immer noch nicht, warum Ihr mir eigens diese Liste brachtet, anstatt sie einfach Eurem Vater zu übergeben.«

Überraschenderweise wirkte sie, als fühle sie sich recht unbehaglich. Sie knetete den Rock ihres mattblauen Tageskleids und sagte leichthin: »Zufällig weiß mein Vater nichts von der Existenz des Briefes. Es hätte keinerlei Nutzen, wenn er jetzt davon erführe. Ich vertraue darauf, dass Ihr ihn ihm gegenüber nicht erwähnen werdet.«

Sebastian lehnte sich gegen seinen Schreibtisch und verschränkte die Arme vor der Brust, den Blick fest auf Miss Jarvis' Antlitz gerichtet. Während er sie so betrachtete, stieg ihr unerwarteterweise die Röte in die Wangen. Und er fragte sich unwillkürlich, was David Jarvis sonst noch in diesem Brief an seine Schwester geschrieben hatte, dass sie weder Sebastian noch ihren Vater den Inhalt lesen lassen wollte.

Als wäre ihr klar, worüber er nachdachte, sagte sie: »Mein Bruder war ein sehr sensibler junger Mann. Er wusste, dass mein Vater von ihm ... enttäuscht war. Ich denke, mehr brauche ich dazu nicht zu sagen.«

Ihre Worte weckten in ihm unangenehme Erinnerungen an seine eigene Jugend. Erinnerungen an Hendons offenkundige Enttäuschung von seinem Erben in den langen, schmerzlichen Jahren, die den Toden von Cecil und Richard folgten. »Nein«, sagte Sebastian und stieß sich vom Schreibtisch ab. »Ihr braucht nicht mehr zu sagen. Und ich werde den Brief Seiner Lordschaft gegenüber nicht erwähnen. Und nun, denkt Ihr nicht, dass es an der Zeit ist, Eure Zofe aufzulesen und zu verschwinden?«

Sie ließ den Schleier über ihr Antlitz fallen und wandte sich um, dann zögerte sie jedoch und sagte: »Ich weiß, dass mein Vater der Meinung ist, ich sei in Gefahr.«

»Seid Ihr nicht seiner Meinung?«, sagte Sebastian überrascht.

»Wenn ich diese Situation richtig interpretiere, nein.«

»Warum seid Ihr dann hier?«

»Ich habe ein paar der Namen auf der Liste überprüft. Mister Felix Atkinson hat zwei Kinder, einen Sohn namens Anthony und eine kleinere Tochter. Mister und Misses Dunlop haben drei Kinder. Sie sind der Grund, weshalb ich hier bin. Und weshalb ich hoffe, dass Ihr alles in Eurer Macht Stehende tut, um diesen Irren zu fangen, wer es auch immer ist. Bevor er erneut zuschlägt.«

Kapitel 41

Sir Humphrey Carmichael saß im Bankgebäude an seinem eleganten Schreibtisch, den Kopf über Kontobücher gebeugt, als Sebastian eintrat und ein Blatt Papier vor ihm auf die Unterlage legte.

»Was zur Hölle ist das?«, wollte Carmichael wissen und sah auf.

Sebastian stellte sich mit dem Rücken zu dem Fenster, das zur Straße hinausging. »Es ist eine Liste der Passagiere und Offiziere, die auf der *Harmony* waren. Sie erkennen darin ein Muster, nehme ich an?«

An Carmichaels Kiefer trat ein Muskel hervor, doch er schwieg.

Sebastian lehnte sich gegen den Rand der Fensterbank und verschränkte die Arme vor der Brust. »Sie sagten mir nicht, dass Sie und Lord Stanton einst Schiffskameraden waren.«

Carmichael lehnte sich in seinem Stuhl zurück, und seine Unterlippe kräuselte sich missfällig. »Was denkt Ihr denn? Dass ich Einzelheiten meines Privatlebens mit jedem berede, der zufällig ein Interesse daran bekundet?«

»Ich denke, dass Sie sich zum ersten Mal im Leben in einer Lage wiederfinden, die Sie nicht kontrollieren können.«

»Ich weiß nicht, wovon Ihr sprecht.«

»Nicht? Haben Sie gehört, dass Captain Bellamy tot ist?«

»Ich hatte davon gehört.«

»Die Geschichte besagt, er sei in die Themse gefallen. Ich nehme an, das ist sogar möglich, wenn man bedenkt, wie er in letzter Zeit getrunken hat. Aber ich habe den Verdacht, dass Selbstmord die wahrscheinlichere Erklärung ist. Es muss schwer sein, im Wissen zu leben, dass die eigene Handlungsweise in der Vergangenheit unmittelbar zum Tod des einzigen Sohns geführt hat.«

»Raus hier«, sagte Carmichael mit zornbebender Stimme. »Raus aus meinem Büro.«

Sebastian blieb, wo er war, den Blick auf das wütende Antlitz seines Gegenübers gerichtet. »Was ist auf dem Schiff wirklich passiert?«

»Das ist kein Geheimnis. Die Geschichte war in allen Zeitungen.«

»Ihre Version der Geschichte.«

»Es gibt keine andere.«

»Wirklich nicht? Jack Parkers Bruder sagt etwas anderes. Sie erinnern sich noch an Jack Parker, nicht wahr? Ihre Zeugenaussage hat dazu beigetragen, dass er erhängt wurde. Nur sieht es laut den Worten von Jack Parker so aus, als wäre der Sohn von Lord Jarvis, David, gar nicht in der Meuterei verletzt worden. David Jarvis lebte und war wohlauf, als die Crew von Bord ging.«

Carmichael sprang auf. »Sie ließen uns zum *Verhungern* zurück. Wie könnt Ihr auch nur ein Wort von dem, was einer dieser Verbrecher sagt, glauben?«

»Männer mit dem Hals in der Schlinge neigen für gewöhnlich nicht dazu, Lügengeschichten zu erzählen.«

Carmichael setzte sich ruhig wieder hin und zog das Kontobuch zu sich. »Ich bin ein sehr beschäftigter

Mann, Mylord. Schließt freundlicherweise die Tür hinter Euch, wenn Ihr geht.«

Sebastian stieß sich von der Fensterbank ab. Doch an der Tür hielt er inne, blickte zurück und sagte: »Ach, noch etwas. Sie erinnern sich nicht per Zufall an den Namen des Schiffsjungen auf der *Harmony*, oder doch?«

Carmichaels Kopf hob sich, und langsam verließ alle Farbe sein Antlitz. Er atmete tief ein, doch alles, was er sagte, war: »Nein. Nein, tue ich nicht.«

Sebastian verließ das Bankgebäude und eilte die Threadneedle Street entlang, da hörte er den tiefen Bariton seines Vaters, der bestimmt »Devlin« rief.

Sebastian drehte sich um und sah die prächtige Stadtkutsche des Earls anhalten. Die geschwungene Tür öffnete sich. »Steig ein«, sage Hendon. »Ich möchte mit dir reden.« Als spürte er Sebastians Zögern, grummelte er: »Es geht nicht um deine Tante Henrietta und ihre vermaledeiten Verkupplungsversuche. Jetzt steig schon ein.«

Sebastian lachte und sprang in die Kutsche, um sich neben seinen Vater zu setzen.

»Warum hast du mir nicht gesagt, dass neulich jemand an der Themse versucht hat, dich umzubringen?«, wollte Hendon übergangslos wissen.

»Woher hast du davon gehört?«

Hendon presste die Lippen fest aufeinander. »Das ist eine Folge deiner Befragungen von neulich. Zu den Morden. Richtig?«

»Ja.«

Hendons Brustkorb schwoll an. »Verdammt, Devlin. Was für ein Zeitvertreib ist das für einen Mann von deiner Abstammung und deinem Status? Gibst dich mit dem untersten Abschaum der Gesellschaft ab. Schnüffelst nach Informationen herum wie irgendein ordinärer Dorfpolizist.«

Sebastian hielt seine Stimme unter Kontrolle. »Diese Themen hatten wir alle schon einmal, Sir.«

Hendons Kiefer mahlten, während er nachdachte. »Oder bist du gelangweilt – ist das der Grund?«

»Nicht direkt ...«

»Denn wenn es so ist: Das Foreign Office könnte einen Mann mit deinen Talenten zweifellos gut gebrauchen. Dazu bräuchte ich nicht mal viel beizutragen. Ich weiß, was du in der Armee geleistet hast.« Er hielt inne. Als Sebastian nichts sagte, fügte er brummig hinzu: »Wir sind immer noch im Krieg, erinnerst du dich?«

»Ich erinnere mich.«

»Napoleon hat einen neuen Meisterspion in London, der Pierrepont abgelöst hat. Wusstest du das?«

»Ich hatte es erwartet.«

Hendon rutschte auf dem Sitz ein Stück vor. »Ja, aber während wir über Pierrepont Bescheid wussten und ein Auge auf diejenigen haben konnten, die er kontaktierte, entzieht sich uns die Identität dieses Mannes noch immer.«

Sebastian sah aus dem Fenster einem ärmlichen Jungen zu, der Mist von der Kreuzung fegte. Sein nächster Schritt, hatte Sebastian entschieden, würde sein, Lord Stanton einen Besuch abzustatten ...

»Devlin. Hast du gehört, was ich sagte? Selbst wenn es Jarvis gelingt, diese Schauspielerin zu überzeugen, dass sie Napoleons Mann verrät, ist dein Beitrag zu ...«

»Was?« Sebastian sah wieder zu seinem Vater. »Welche Schauspielerin?«

»Ich kenne ihren Namen nicht. Soweit ich es verstanden habe, hat sie Informationen an Pierrepont weitergeleitet, bevor er im letzten Winter aus dem Land geflohen ist. Jarvis hat ihr bis heute Abend Zeit gegeben, den Namen des Mannes zu liefern oder die Konsequenzen zu tragen.«

Sebastians Hand krallte sich um das schwingende Zugband neben ihm. Er bekam nur dunkel mit, dass sein Vater weiter redete. Eine Folge von Bildern aus dem Monat Februar flackerte durch Sebastians Erinnerungen: Kat, die ein in rotes Leder gebundenes Buch festhielt, das sie irgendwie aus seinem Versteck hatte retten können ... Kat in schwarzen Gewändern und mit blassem Antlitz nach Rachel Yorks Bestattung ...

Kat in den letzten paar Tagen, nervös und verängstigt.

»*Devlin*. Hörst du mir zu?«

Sebastian setzte sich abrupt vor. »Sag deinem Kutscher, er soll anhalten.«

»Was? Was machst du denn?«, wollte Hendon wissen, als Sebastian die Kutschtür aufstieß. »*Devlin*.«

Kapitel 42

Charles Lord Jarvis beugte sich vor, um die Reihe der Hieroglyphen zu studieren, die sich von den brillant gemalten Rot- und Grüntönen des Sarkophags abhoben. »Spätes siebtes oder sechstes Jahrhundert vor Christus, meinen Sie nicht auch?«

Er wandte sich an den Kurator neben sich, einen krankhaft dünnen Mann, dessen schrumpelige Haut und knochigen Züge Jarvis an die ägyptischen Mumien erinnerten, deren Studium der Gelehrte sein Leben gewidmet hatte. »Ich würde sagen, ja«, stimmte der Kurator zu und räusperte sich.

Der Sarkophag war Teil einer Ladung ägyptischer Artefakte, die erst kürzlich im Britischen Museum eingetroffen waren, und Lord Jarvis gehörte zu den Ersten in London, die sie zu sehen bekamen. Seine Leidenschaft für Ägyptologie war eine der wenigen Abwechslungen von den Staatsgeschäften, die sich Jarvis zugestand.

Er wandte sich der rätselhaften Statue einer Katze zu, die in der Nähe auf einem Sockel ausgestellt war und deren Augen, Ohren und Halsband vergoldet waren. »Ah. Reizend. Einfach reizend.«

Das Geräusch von Schritten, die durch die leeren Korridore hallten, ließ den Kopf des Kurators herumrucken. Seine Gesichtszüge verzerrten sich in einem Ausdruck von Verärgerung gemischt mit Nervosität. Wenn Jarvis um eine private Führung bat, ließ er sich nicht gern stören. »Sir. Das Museum öffnet für die Öffentlichkeit erst wieder im Okt-«

»Lassen Sie uns allein«, sagte Viscount Devlin, hielt in der Tür zum Raum inne und richtete einen grimmigen Blick aus seinen gelben Augen auf den Kurator.

Der Kurator klappte mehrmals den Mund auf und zu, dann huschte er davon.

Jarvis stieß einen gelangweilten Seufzer aus. »Ich hoffe, Ihr habt einen guten Grund für diese Unterbrechung, Lord Devlin.«

Er wandte sich bereits wieder dem Sarkophag zu, als der Viscount sich bewegte – so schnell, dass er nur noch verschwommen am Rande von Jarvis' Sichtfeld zu sehen war.

Jarvis war ein großer Mann, groß und korpulent durch viele Jahre eines üppigen Lebensstils. Doch indem Devlin mit der Hand nach Jarvis' Weste griff, schaffte er es, ihn ins Wanken zu bringen. Jarvis sah das Blitzen einer Klinge und spürte kalten Stahl an seiner Kehle.

»Nun gut«, sagte er trocken. »Ihr habt meine volle Aufmerksamkeit. Also, worum geht es?«

»Ich weiß, dass Ihr Kat Boleyn bedroht habt.« Devlin spuckte jedes Wort mit gebleckten Zähnen aus. »Und ich weiß, warum. Aber wenn Ihr den Namen von Napoleons neuem Meisterspion in London haben wollt, werdet Ihr einen anderen Weg finden müssen, ihn zu bekommen.«

»Wenn Ihr denkt ...«, begann Jarvis.

Devlin unterbrach ihn mit einem schnellen Ruck des Messers, der die Schneide der Klinge in Jarvis' Fleisch schneiden ließ. »Nein. Die Angelegenheit steht nicht zur Diskussion. Ich bin hier, um Euch die neue Situation zu erklären. Was Ihr jetzt tut, ist zuhören.«

Jarvis spürte, wie heiße und ohnmächtige Wut in ihm hochkochte. Er hielt sie im Zaum.

»Nächste Woche um diese Zeit wird Kat Boleyn meine Frau sein. Wenn Ihr ihr etwas antut oder sie noch einmal bedroht, bringe ich Euch um. So einfach ist das. Ihr wisst, ich stehe zu meinem Wort, und Ihr wisst, ich werde es tun. Ich hoffe, ich habe mich klar ausgedrückt.«

Jarvis erwiderte den harten Blick des Mannes.

»Natürlich«, fuhr Devlin fort, »könntet Ihr versuchen, mich töten zu lassen. Aber ich glaube nicht, dass Ihr so dumm seid. Die Konsequenzen für Euch wären fatal, wenn Euer Lakai versagen würde.«

Mit einer geschmeidigen Bewegung nahm Devlin das Messer von Jarvis' Kehle und trat zurück. Nur mit Mühe widerstand Jarvis dem Drang, die Hände an seinen Hals zu legen.

Der Viscount durchmaß bereits den Raum. Jarvis hielt ihn auf, bevor er die Tür erreichte. »Das würdet Ihr tun? Ihr würdet diese verräterische Hure heiraten?«

Die Hand des Viscounts bewegte sich. Jarvis spürte einen Lufthauch neben dem Gesicht, gefolgt von einem hässlichen *Plonk*, als die Klinge in das Holz des Sarkophags hinter ihm stach.

»Nennt sie noch einmal so«, sagte Devlin, »und das nächste Messer trifft ins Fleisch.«

Sebastian fand sie in den Schatten nahe der Bühnentür. Die Luft war schwer vom Geruch nach Staub und Schminke. Sie hatte die Kapuze ihres Mantels hochgezogen, als fröre sie. Ihr blasses Antlitz und ihre gequälten Augen waren die einer Frau ohne Hoffnung, ohne Zukunft.

Er ging auf sie zu und legte seine Hände auf ihre Schultern. Was sie in seinen Augen gesehen haben musste, ließ die restliche Farbe aus ihrem Antlitz weichen.

»Ich weiß, warum du Angst hattest«, sagte er. »Es ist jetzt vorbei. Jarvis wird dich nicht mehr bedrängen.«

Er spürte, wie sie unter seinen Händen zitterte. »Gott steh uns bei. Bitte sag mir, dass du ihn nicht getötet hast.«

»Noch nicht. Aber ich denke, ich habe ihn davon überzeugt, welche Torheit es wäre, meine Ehefrau zu bedrohen.«

»Deine *Ehefrau*?«

»Ich habe einen Bischof gefunden, der uns am Montagabend um 19 Uhr mit Sondergenehmigung trauen will. Ich drängte auf früher, aber er bestand darauf, dass er noch andere Verpflichtungen hat.«

»Du kannst mich nicht heiraten.«

»Das sagst du schon seit Monaten, und ich habe es akzeptiert. Aber jetzt nicht mehr. Deshalb hast du mich vorher abgewiesen, nicht wahr? Wegen deines Arrangements mit den Franzosen.«

Sie sog einen Atemzug ein, der ihre Brust erzittern ließ. »Oh Gott! Teilweise. Aber nur teilweise, Devlin. Du weißt, was ich bin, was ich gewesen bin. Eine Schauspielerin. Eine Hure ...«

Er presste seine Finger auf ihre Lippen. »Nein, sag es nicht.«

Sie blickte zu ihm auf. »Warum nicht? Es ist die Wahrheit. Würdest du wollen, dass ich eine Lüge lebe?«

»Nein. Ich möchte, dass du ein Leben lebst, das nicht durch das definiert wird, was du gewesen bist, sondern durch das, was du bist.«

»Meine Vergangenheit ist ein Teil von dem, was ich bin.«

»Ein Teil. Aber nur ein Teil.«

Er ließ seine Hände über ihre Schultern gleiten und nahm ihre Finger in seine. »Heirate mich, Kat. Nur so kann ich dich wirklich beschützen. Als Kat Boleyn, Schauspielerin, wirst du immer angreifbar sein. Als zukünftige Gräfin von Hendon wird niemand es wagen, sich gegen dich zu stellen.«

»Dein Vater ...«

»Wird sich mit der Zeit daran gewöhnen. Oder auch nicht.«

Ihre Hände krümmten sich in den seinen. »Wie kann ich wissentlich eine Entfremdung zwischen euch beiden herbeiführen?«

Er schenkte ihr ein schiefes Lächeln. »Falls du es noch nicht bemerkt hast, es gibt bereits eine Entfremdung zwischen uns.«

»Die feine Gesellschaft ...«

»Die feine Gesellschaft soll verdammt sein. Denkst du, mich kümmert es, was die feine Gesellschaft von mir denkt?«

»Nein. Ich weiß, dass es dich nicht kümmert. Aber mir ist es nicht egal.«

»Warum?«

»Diese Ehe würde dich ruinieren.«

»Dich zu verlieren, würde mich ruinieren. Ich akzeptiere kein Nein als Antwort, Kat«, fügte er leise hinzu, als sie ihn schweigend mit großen, gequält wirkenden

Augen anstarrte. »Ich habe dich schon einmal angehört und dich fast verloren. Ich kann nicht riskieren, dich noch einmal zu verlieren.«

»Du glaubst, diese Heirat wird mich vor Jarvis schützen?«

»Ja. Nichts, was ich tun oder sagen könnte, würde ihm deutlicher meine Absicht signalisieren, dich zu beschützen.«

Sie schwieg so lange, dass er ein leises Aufkeimen von Angst spürte. Dann schluckte sie hart, ihr Kinn ruckte hoch. »Es ist wahr, weißt du. Ich habe Informationen an die Franzosen weitergegeben. Jahrelang.«

»Tust du das noch immer?«

»Nein. Seit Februar nicht mehr.«

»Dann ist es mir egal.«

Ihr Mund öffnete sich stumm, ihre Stirn legte sich vor Verwirrung in Falten. Er wusste, dass sie ihn nicht verstehen konnte, dass sie nie in der Lage sein würde, zu begreifen, wie seine Erfahrungen im Krieg ihn in dieser Hinsicht beeinflusst hatten.

Er strich mit einem Daumen über ihren Handrücken. »Du hast es für Irland getan, nicht wahr?«

»Ja.«

»Wie konntest du dann denken, dass ich dir deine Liebe zu deinem Land übelnehmen würde?« Er führte ihre Hände an seine Lippen. »Ich bin verängstigt, weil du dich selbst in Gefahr gebracht hast. Und ich bin verletzt, weil du mir nicht genug vertraut hast, um mir die Wahrheit zu sagen, auch schon vor der Drohung von Jarvis. Aber meine Liebe zu dir ist ungebrochen, Kat. Das wird sie immer sein.«

Eine Träne löste sich aus ihrem Augenwinkel und kullerte über ihre Wange. »Diese Art von Liebe habe ich nicht verdient«, flüsterte sie. »Diese Art von Hingabe.«

Er schenkte ihr ein zärtliches, schiefes Lächeln. »Ich werde mein ganzes Leben damit verbringen, dich davon zu überzeugen, dass du es verdienst. Die Ankündigung unserer bevorstehenden Hochzeit wird in den Morgenzeitungen stehen.«

Ein Schatten glitt über ihr Antlitz. »Dann gibt es noch etwas, das du heute Abend tun musst.«

»Und das ist?«

»Es deinem Vater sagen.«

Kapitel 43

An diesem Abend brachte der dichte Nebel den Duft nach frisch gepflügten, brachliegenden Feldern und den leichten Salzgeruch der fernen Nordsee mit sich. Da Sebastian seinen Vater in seinem Haus am Grosvenor Square nicht angetroffen hatte, ging er durch den gesamten, belebten St. James's District – eine zielstrebige, einsame Gestalt. In der Straße hallten Hufgeklapper, das Lachen von Gentlemen, die in Abendgarderobe die Fußwege entlanggingen und die Rufe von solchen, die sich aus ihren Kutschen heraus im Vorbeifahren Grüße zuriefen, wider. Er besuchte einen Herrenklub nach dem anderen, bis er Earl Hendon im Lesesaal des *White's Club* vorfand, ein geöffnetes Buch auf einem Knie und ein Glas Brandy auf dem Tisch neben sich.

Sebastian blieb einen Augenblick auf der Türschwelle stehen. Sein Vater saß mit gesenktem Kopf da, ganz in das Buch vor sich vertieft. Hendon hatte keine Geduld für die Schriften eines Plato oder Plautus, eines Euripides oder Virgil. Hingegen brachte er römischen Staatsmännern von Cicero und Plinius dem Älteren bis zu Julius Cäsar großen Respekt entgegen, und so verbrachte er seine Abende oft auf diese Weise – lesend. Im sanften, goldenen Lichtkranz der Öllampe neben ihm sah er sehr wie der Vater aus Sebastians Kindheit aus, in den Jahren vor dem Tod seiner beiden Brüder und vor dem Verschwinden seiner Mutter.

Die Erinnerung an diese Tage ließ in Sebastians Brust nun einen Schmerz wachsen, den er mit einem Seufzer abzuschütteln versuchte. Die Beziehung zwischen dem

Earl of Hendon und seinem letzten noch lebenden Sohn war niemals unbeschwert gewesen. Trotz alledem – durch Wut und Verletzung und Verwirrung hindurch – hatte Sebastians Liebe zu seinem Vater fortbestanden.

So ging Sebastian nach einem tiefen, sorgenvollen Seufzer und mit schlimmen Erwartungen über den Teppich zu seinem Vater hinüber. »Lass uns ein bisschen spazieren gehen. Ich muss etwas mit dir besprechen.«

Hendon blickte auf und seinem Sohn einen langen Augenblick in die Augen, dann legte er ein Lesezeichen in sein Buch und stand auf. »Ich hole meinen Mantel und meinen Stock.«

Seite an Seite gingen sie über die gepflasterten Wege, die von Laternen beleuchtet wurden, und drückende Stille lag zwischen ihnen. Schließlich sagte Sebastian: »Ich möchte dir persönlich mitteilen, dass ich eine Anzeige an die *Morning Post* geschickt habe.«

Hendons Blick huschte zu ihm, und daran, wie sein Vater die Augen verengte und sein Antlitz sich plötzlich verzog, erkannte Sebastian, dass Hendon verstand, was Sebastian ihm gleich sagen würde.

Die plötzliche, laute Stimme des Earls schreckte einen grauen Schecken im Gespann einer vorbeifahrenden Droschke auf. »Großer Gott. Sag nicht, dass du es wirklich getan hast.«

»Noch nicht. Am Montagabend um sieben Uhr, mit Sondergenehmigung. Ich erwarte nicht, dass du uns deinen Segen gibst. Aber ich wünsche mir deine Anerkennung unserer Ehe.«

»Meine Anerkennung?« Hendons Lippen verzogen sich missbilligend. »Niemals.«

Sebastian spannte den Kiefer an. »Es wird dennoch so kommen, ob du es akzeptierst oder nicht. Du kannst nichts tun, um uns aufzuhalten.«

»Ich schwöre bei Gott, dass ich dich enterbe. Du bekommst nur das von mir, was ich dir gesetzlich nicht vorenthalten kann. Den Titel und den damit verbundenen Grundbesitz.«

»Das habe ich erwartet.«

»Bei Gott, hast du das?«

Sebastian musterte die düstere, verzerrte Miene seines Vaters. »Und würde ich deinen Respekt gewinnen, das frage ich mich, wenn ich mich durch eine diesbezügliche Überlegung von meinem Vorhaben abbringen ließe?«

Hendons Faust verkrampfte sich um seinen Spazierstock. Dann entspannten seine Züge sich zu Sebastians Überraschung für einen kurzen Augenblick. Es war, als ob die Wut vorübergehend abebbte und einen Blick auf die Verletzung und die Enttäuschung freigäbe, die sie speisten.

»Sebastian«, sagte sein Vater und brachte ihn damit aus dem Konzept, denn Hendon nannte seinen Sohn nur selten bei seinem Geburtsnamen anstatt bei seinem Titel. »Um Himmels willen, denk noch einmal darüber nach.«

»Denkst du, das hätte ich nicht getan? Ich will dies schon seit Jahren. Wie du sehr wohl weißt.«

Hendons Züge verhärteten sich. »Ich werde nie bereuen, was ich vor sieben Jahren getan habe.«

Sebastian erwiderte den kämpferischen Blick seines Vaters. »Du hast getan, was du für richtig hieltest. Das verstehe ich jetzt.«

»Tatsächlich?«

»Ja. Aber das bedeutet nicht, dass es richtig *war*. Du hast dich in Kat geirrt – wie sie bewies, als sie das Geld ausschlug, das du ihr angeboten hast.«

»Ich habe mich in ihr geirrt? Warum zur Hölle hat sie dann eingewilligt? Versteht sie nicht, was diese Ehe dir antut? Großer Gott, Devlin! Denk an die Folgen. Du wirst von allem, was du kennst, ausgeschlossen werden. Die Klubs werden dich ablehnen, deine Freunde werden dich meiden. Und wofür? Für die Liebe einer Frau? Glaubst du, deine Liebe ist stark genug, um auch die Erkenntnis, dass du ihretwegen dein Leben ruiniert hast, zu überleben?«

»Ja«, sagte Sebastian fest.

Hendon wischte in einer wütenden Geste mit einer behandschuhten Hand durch die Luft. »Hältst du dich für den ersten Mann, der eine Frau liebt, die er nicht lieben ›darf‹? Ich weiß, was du durchmachst, Devlin. Du denkst, du würdest nie darüber hinwegkommen. Aber das wirst du. Das wirst du.«

Sebastian starrte seinen Vater an. »Du? Welche Frau hast du geliebt?«

»Mach dir darüber keine Gedanken«, sagte Hendon grimmig, als ob er bereits bereute, so viel gesagt zu haben. »Das ist lange her.«

Sie waren in der Grosvenor Street angekommen. Sebastian blieb am Fuß der Treppe, die zu Hendons Haus hinaufführte, stehen. »Offenbar nicht so lange, dass du es vergessen hast.«

Hendon griff zum Geländer neben sich. »Wenn du darauf bestehst, dies durchzuziehen, dann schwöre ich bei Gott, dass ich nie wieder auf deiner Türschwelle auftauchen werde.«

Sebastian sog tief den Atem ein, doch der Schmerz in seiner Brust blieb. »Um sieben Uhr am Montagabend werde ich Kat Boleyn zu meiner Gattin machen. Wenn das zu einer Entfremdung zwischen uns führt, tut es mir sehr leid. Gute Nacht, Vater.«

Kapitel 44

»Ach, Sebastian. Das tut mir so leid«, sagte Kat später am Abend zu ihm, als er ihr von der Unterredung mit seinem Vater berichtete.

Sie lag in seinen Armen, ihr wundervolles kastanienfarbenes Haar ergoss sich über seine nackte Schulter und ihren Rücken. Er spielte mit den Fingern in ihren Haaren und schob ihr sanft eine Strähne aus dem Gesicht. »Es hätte schlimmer sein können.«

»Meinst du, er wir seine Meinung ändern?«

»Nein.«

Sie legte ihre Hände auf seine Schultern und richtete sich so weit auf, dass er in ihr Antlitz blicken konnte. Was er dort sah, für einen Augenblick nur, löste in seiner Magengrube tiefes Unwohlsein aus.

Dann senkte sich ihr Gesicht über seines, ihre Lippen öffneten sich, als sie ihn küsste. »Liebe mich«, wisperte sie.

Er strich mit den Händen ihren Rücken hinab und zog sie fest an sich. »Jeden Tag meines Lebens.«

Einige Zeit später erwachte er durch die Geräusche der Nacht: das Rumpeln eines Abort-Karrens in der Harwich Street, der ferne Ruf eines Nachtwächters. Er dachte einige Augenblicke darüber nach, was ihn geweckt hatte, und ließ den Blick über die Wölbung der Wange und die leicht geöffneten Lippen der schlafenden Frau an seiner Seite wandern. Mit einem Lächeln sank er gerade wieder in den Schlaf, als ein seltsam gedämpftes Klappern von der Rückseite des Hauses ihn die Augen wieder öffnen ließ.

Die Dienstboten hatten sich längst in ihre Kammern im Dachgeschoss zurückgezogen. Unten sollte niemand mehr sein. Er setzte sich auf, und sein Atem ging schnell und heftig, als er auf das entfernte Knarren der Dielenbretter und das dumpfe Geräusch hörte, das jemand verursachte, der gegen die in der Dunkelheit unsichtbaren Möbel stieß.

Sebastian stand auf; seine nackten Füße verursachten kein Geräusch, als er zur Tür schlich. Er hielt am Kamin inne, um ein schweres Schüreisen vom Kamingeschirr auszuwählen. Hinter ihm drehte Kat sich im Schlaf, dann blieb sie still liegen.

Langsam öffnete er die Tür zum Flur. Das Haus lag im Dunkeln, die schweren Vorhänge an den Fenstern schlossen den schwachen Lichtschein des Mondes und der Straßenlampen aus. Jetzt konnte er Schritte hören, auf der Treppe vom Erdgeschoss zum ersten Stock, das Scharren von Stiefeln, das Rascheln von Kleidung. Es waren zwei Männer, schloss Sebastian, vielleicht auch drei.

Er hatte nicht erwartet, dass Jarvis so schnell und direkt gegen sie vorgehen würde. Den Schürhaken wie einen Kricketschläger in beiden Händen haltend, schlich Sebastian zum Treppenabsatz vor, dann blieb er stehen. Er hätte lieber im ersten Stock gegen die Eindringlinge gekämpft, weiter weg von Kat, doch er hatte nicht genug Zeit, unbemerkt die Treppe hinunter zu gelangen und eine sichere Stellung einzunehmen. Also wartete er und ließ sie zu ihm kommen. Erst, als er einen kühlen Luftzug auf der Haut spürte, wurde ihm bewusst, dass er vollends nackt war.

Die Eindringlinge erreichten den ersten Stock und wandten sich der Treppe zum zweiten Sock zu, wodurch sie in sein Blickfeld gerieten. Sie bewegten sich vorsichtig wie Männer, die sich im Dunkeln blind vorantasteten. Aber Sebastian hatte die Nachtsicht einer Katze. Er sah zwei Männer, einen von mittlerer Größe mit Schlapphut, der andere war größer und bulliger. Beide trugen dicke Knüppel. Das schien eine brutale Form des Angriffs zu sein, die nicht zu Jarvis passte. Andererseits würde Jarvis den Angriff wie Zufall aussehen lassen wollen, wie das Werk von Einbrechern, die auf frischer Tat überrascht worden waren.

Sie waren nun auf dem zweiten Teil der Treppe angekommen, der kleinere Mann als Vorderster, der andere zwei oder drei Stufen hinter ihm. Sebastian umgriff den Schürhaken fester und wartete. Er wartete, bis der erste Mann auf der obersten Stufe angekommen war. Dann trat er aus dem Schatten und schwang den Schürhaken mit voller Kraft seitlich gegen den Kopf des Einbrechers.

Der Aufprall verursachte ein Übelkeit erregendes Platzgeräusch, als Eisen Fleisch und Knochen zerschmetterte. Der Mann stieß nur ein leises Seufzen aus, sein Knüppel fiel zu Boden, als die Macht des Schlags ihn umstieß und rückwärts stürzen ließ. Er kullerte von einer Stufe zur nächsten.

Sein Kumpan drückte sich flach gegen die Wand, die Augen weit aufgerissen. Einen kurzen Augenblick sah Sebastian in das bleiche Antlitz des Mannes. Dann schrie dieser auf und ließ seinen Knüppel fallen. Er wirbelte herum und hastete die Stufen hinunter.

Sebastian jagte ihm hinterher, sprang über den blutigen, leblos ausgebreiteten Körper des ersten Einbrechers am unteren Ende der Treppe. Der zweite Eindringling erreichte den Treppenabsatz, dann rannte er die Treppe zum Erdgeschoss hinunter. Von oben erklang Kats Stimme. »Devlin? Wo bist du? Was ist los?«

Sebastian lief weiter. Der Einbrecher torkelte durch das Esszimmer, stieß sich an Stühlen, lief gegen die Anrichte. Sebastian erreichte die Tür des Esszimmers und konnte gerade noch sehen, wie der Mann durch das zerbrochene Fenster zur Terrasse verschwand.

»Devlin?«

»Ruf die Wache«, rief Sebastian zur Treppe hoch. Er sprang über einen umgekippten Stuhl im Weg, dann kam er neben dem offenen Fenster zum Stehen, auf der Hut, nicht in einen Hinterhalt zu geraten. Aber er konnte sehen, dass der Eindringling bereits den Garten durchquerte und zum Hinterausgang rannte. Immer noch den Schürhaken in der Hand, stieg Sebastian vorsichtig durch das zerbrochene Fenster und ließ sich auf die Terrasse fallen.

»*Wache*«, rief er mit lauter Stimme. »Wache, sage ich!« Er hastete über die Terrasse in den Garten und sah, wie der Eindringling das Tor aufriss und hinaus huschte.

Sebastian verfolgte ihn zwischen den Stallungen hindurch, die Pflastersteine waren glatt und rutschig unter seinen bloßen Füßen, die Nachtluft kalt auf seiner nackten Haut. Der Schein einer eilig angezündeten Lampe leuchtete aus den Räumen über den Ställen. Ein zweites Licht flackerte auf der anderen Seite des Weges auf.

»Wache!«, schrie Sebastian erneut, als der Mann durch den Bogen huschte und sich nach links wandte.

Immer noch den Schürhaken in der Hand, rannte Sebastian unter dem Bogen durch, dann zögerte er. Die Straße vor ihm lag still und leer im schummrigen Laternenlicht. Er schürzte die Lippen, stieß die Luft aus und sagte: »Verdammter Mistkerl.«

Ein schrilles Pfeifen ließ seinen Kopf herumfahren. Die wuchtige Gestalt des Nachtwächters des Stadtteils stürmte um die Ecke der Harwich Street, seine Trillerpfeife zwischen den Zähnen, die Laterne wild schwenkend. »Was ist los? Was ist los? Was ist los?«, rief er schwer atmend. »Junger Mann, ich muss schon sagen. Ihre Kleidung! Wenn eine Dame Sie zufällig sehen würde ...« Er brach ab, seine Augen weiteten sich als er ihn erkannte. »Meine Güte. *Mylord.* Ihr seid es.«

»Zwei Männer sind in Miss Boleyns Haus eingebrochen. Ich habe einen von ihnen bis hierher gejagt. Haben Sie gesehen, wohin er gelaufen ist?«

Der Wächter hob den Blick zu den Dächern und hielt ihn dorthin gerichtet. »Ich hörte laufende Schritte, Mylord. Aber ich habe niemanden gesehen.«

»Kontrollieren Sie die Straße in beide Richtungen. Vielleicht ist er bei jemandem auf dem Grundstück untergetaucht oder versteckt sich im Schatten eines Hauseingangs.«

Der Wächter sah angestrengt weg. »Ja, Mylord.«

Sebastian wandte sich ab, blieb aber lange genug stehen, um zu sagen: »Übrigens, es gibt eine Leiche im Haus von Miss Boleyn. Sie werden jemanden schicken müssen, der sich darum kümmert.«

»Ja, Mylord.«

Sebastian ging zurück zu Kats Haus. Als er den Garten durchquerte, konnte er sehen, dass das Haus voll beleuchtet war, und er hörte ein Crescendo von Frauenstimmen aus dem Inneren hervordringen. Er kletterte zurück ins Esszimmer und suchte in der Anrichte, bis er ein Tischtuch fand, das er sich um die Hüften wand, bevor er sich der Treppe zuwandte.

Er fand Kat, Elspeth und die Köchin in der Halle im ersten Stock versammelt. Der Mann, den Sebastian mit dem Schürhaken geschlagen hatte, lag am Fuß der Treppe vom zweiten Stock. Blutspritzer waren auf den Wänden des Treppenhauses und auf dem Geländer verteilt, und Blut sickerte in den Teppich. Sebastian warf einen Blick auf das, was vom Kopf des Mannes übrig war, und wünschte sich, er hätte daran gedacht, ein weiteres Tischtuch mitzubringen.

Kat kam neben ihm zu stehen, ihre Hände legten sich um seinen Arm, während sie auf den Mann zu ihren Füßen starrte. Ihr Antlitz war weiß, aber mehr aus Wut als aus Angst, vermutete er. »Das war Jarvis, nicht wahr? Er hat diese Männer geschickt.«

Sebastian zwang sich, einen weiteren Blick auf das Gesicht des Mannes zu werfen, den er getötet hatte. Er studierte die ebenmäßigen Züge, die fächerförmigen Lachfalten in den Winkeln der weit aufgerissenen Augen, und überrascht schüttelte er den Kopf. »Nein. Es ist der Mann, der mich letzten Montag vor dem Haus meiner Tante bedroht hat.« Er kauerte sich hin und durchsuchte schnell die Taschen des Mannes, fand aber nichts von Interesse. »Das hatte nichts mit Jarvis zu tun. Lord Stanton vielleicht, oder Sir Humphrey Carmichael, oder vielleicht jemand anderes, dem die

Fragen, die ich gestellt habe, nicht gefallen. Aber nicht Jarvis.«

»Wie viele waren es?«

»Zwei. Der andere ist entkommen.« Er wandte sich der oberen Etage zu. »Ich muss mir etwas anziehen. Die Wache sollte bald hier sein, um sich um den Kerl zu kümmern.«

Sie folgte ihm und hob vorsichtig den Saum ihres Morgenmantels an, als sie über die blutige Leiche auf der Treppe hinweg stieg. »Bist du sicher, dass es derselbe Mann ist, den du schon einmal getroffen hast?«

»Ja.« Er zog sich das Hemd über den Kopf und griff nach seiner Hose. »Ich komme zurück, sobald ich kann.«

»Wohin gehst du?«

»Zu einer kleinen Unterredung mit Lord Stanton.«

Noch war die Sonne nicht mehr als ein heller Streifen am Horizont, als Sebastian das Schloss am Fenster des Bibliothekszimmers von Lord Stantons Stadthaus in der Park Street aufbrach und einstieg.

Er bewegte sich mühelos durch das dunkle Haus und drückte sich auf dem Weg nach oben an die Wand, damit die Stufen nicht knarrten. Lady Stanton hatte von ihren Ärzten den Rat erhalten, sich aufs Land zurückzuziehen, um ihre Trauer zu lindern. Nur eines der Schlafzimmer im zweiten Stock – ein opulentes Gemach, das auf den hinteren Garten hinauswies – war belegt.

Lord Stanton schlief in einem vergoldeten Himmelbett mit roten Samtvorhängen; er lag auf dem Rücken. Unter der gemusterten roten Decke hob und senkte sich sein breiter Brustkorb gleichmäßig, und seine Lippen öffneten sich jedes Mal, wenn er ausatmete. Sebastian schnappte sich einen Stuhl mit einer Rückenlehne in der Form einer Leier, stellte ihn umgedreht an den Rand des Bettes und setzte sich mit gespreizten Beinen darauf. Er drückte die Mündung seiner kleinen Steinschlosspistole in die Mulde unter Stantons Kiefer und wartete.

Das gleichmäßige Atmen hörte mit einem erstickten Keuchen auf. Stanton riss die Lider auf und verdrehte die Augen im Versuch, auf die Pistole zu sehen. Er erstarrte.

Sebastian bleckte in einem breiten Lächeln die Zähne. »Ich nehme an, Ihr könnt gut genug sehen, um das hier zu erkennen?«

Stanton nickte, seine Zunge glitt hervor und befeuchtete seine Lippen.

»Jemand hat heute Nacht versucht, mich zu töten. Nicht nur mich, sondern auch meine zukünftige Frau. Das war ein schwerer Fehler.«

Stantons Stimme klang bewundernswert fest und gleichmäßig. »Wenn sie Euch gesagt haben, ich hätte sie angeheuert, haben sie gelogen.«

Sebastian runzelte die Stirn. »Seltsam. Ich kann mich nicht erinnern, erwähnt zu haben, dass es mehr als einer war. Zufällig waren es tatsächlich zwei. Einer liegt jetzt als blutverkrusteter Haufen auf Miss Boleyns Treppe. Der andere ist bedauerlicherweise entkommen.«

In den Augen des Barons flackerte kurz eine Regung auf, die gleich darauf wieder verschwand.

»Das ist schon das zweite Mal innerhalb weniger Tage, dass jemand versucht hat, mich zu töten. Ich muss sagen, es wird langsam ziemlich ermüdend.«

»Offensichtlich macht Ihr Euch unbeliebt.«

»So scheint es. Ich muss immer wieder an unsere Begegnung in Whitehall neulich denken. Da kamt Ihr mir vor wie ein Mann mit einem Geheimnis. Einem schrecklichen Geheimnis, das er mit fast allen Mitteln wahren würde.«

Stanton starrte ihn an, die Lippen fest aufeinandergepresst, seine zusammengekniffenen Augen strahlten Hass und unterdrückte Wut aus.

Sebastian beugte sich vor und senkte seine Stimme zu einem Flüstern. »Ich weiß noch nicht alles, aber ich komme der Sache schon näher. Im übrigen spielt es für mich keine Rolle, ob Ihr es wart oder Sir Humphrey Carmichael oder jemand, den ich noch gar nicht kenne, der diese Männer in Miss Boleyns Haus geschickt hat. Aber wenn einer von Ihnen sie noch einmal in irgendeiner Weise bedroht, seid Ihr tot. So einfach ist das.«

»Ihr seid irr.«

»Ich bezweifle, dass Ihr der Erste seid, der so denkt.« Sebastian zog die Waffe weg und stand auf.

»Ich könnte die Wache auf Euch hetzen«, sagte Stanton, und auf den Decken vor seiner Brust ballte er die Fäuste.

Sebastian lächelte und ging rückwärts zur Tür. »Das könntet Ihr. Aber das würde die Aufmerksamkeit genau dahin lenken, wo Ihr sie nicht haben wollt, nicht wahr?«

Kapitel 45

Samstag, 21. September 1811

Sebastians Schwester lebte in einem eleganten Stadthaus am St. James's Square. Genau genommen gehörte das Haus ihrem Sohn, dem jungen Lord Wilcox, denn Amanda war seit Kurzem verwitwet. Aber Lady Wilcox regierte sowohl ihren Sohn Bayard, als auch ihre siebzehnjährige Tochter Stephanie mit äußerster Pragmatik und eisernem Willen.

Sebastian traf sie im Morgenraum an, wo sie weiße und gelbe Lilien in einer großen Vase arrangierte. Sie war eine große, dünne Frau, deren blassblondes Haar, das sie von ihrer Mutter geerbt hatte, noch kaum von Grau durchsetzt war, obschon sie zwölf Jahre mehr zählte als Sebastian. Bei seinem Eintreten sah sie auf, ohne zu lächeln.

»Ich nehme an, du bist hergekommen, um mir zu sagen, dass die Meldung in der Morgenzeitung ein Irrtum ist.«

»Du hast sie also gesehen?«

Sie legte die letzte Lilie mit so viel Kraft ab, dass die Ringe an ihrer Hand gegen die marmorne Tischplatte klapperten. »Allmächtiger! Es stimmt also.«

»Ja.«

Ihr Unterkiefer verkrampfte sich in kalter Wut. »Du bist dir schon darüber im Klaren, dass Stephanies Debüt in weniger als sechs Monaten bevorsteht?«

Sebastian unterdrückte den Impuls zu lachen. »Tröste dich mit dem Gedanken, dass bis dahin der meiste Tratsch schon wieder eingeschlafen ist.«

Sie musterte ihn mit einer nachdenklich hochgezogenen Augenbraue. »Wie hat Hendon darauf reagiert?«

»Vorhersehbar. Er hat versprochen, nie wieder auf meiner Türschwelle zu erscheinen. Ich nehme an, du hast das Gleiche vor?«

»Solange *diese Frau* deine Gattin ist? Gewiss.«

Sebastian nickte. »Dann wünsche ich dir einen guten Tag.« Damit verließ er ihr Haus und ihr Leben.

Sir Henry Lovejoy war am Schreibtisch und verschaffte sich einen Überblick über den Tag, als Viscount Devlin in seinem Büro erschien.

Sir Henry Lovejoy lehnte sich zurück. »Guten Morgen, Mylord. Und herzlichen Glückwunsch.« Er gestattete sich ein angedeutetes Lächeln. »Heute Morgen habe ich die Vermeldung Eurer bevorstehenden Hochzeit in der Zeitung gesehen.«

Der junge Viscount wirkte eigenartig angespannt, aber Lovejoy vermutete, dass das in Anbetracht eines solch lebensverändernden Ereignisses wohl zu erwarten war.

»Letzte Nacht sind Männer in Miss Boleyns Haus eingebrochen und haben versucht, uns zu ermorden.«

»Gütiger Himmel. Wisst Ihr, wer sie waren?«

Devlin schüttelte den Kopf. »Gedungene Mörder. Haben Sie die Liste der Passagiere und Schiffsoffiziere erhalten, die ich Ihnen gestern geschickt habe?«

»Ja, ja.« Henry öffnete eine Schublade und zog einen Bericht heraus. »Bitte, Mylord, nehmt Platz. Ich habe die Notizen meines Wachtmeisters gleich hier. Was die Schiffsoffiziere betrifft, so starb der zweite Offizier ...«, Henry sah in den Notizen seines Wachtmeisters nach, »... Mister Fairfax vor vier Jahren bei einem Sturz.«

»Einem Sturz?«

»Ja. Aus dem Fenster eines dritten Stockwerks, in Neapel. Es gab Spekulationen, Mister Fairfax könne sich selbst aus dem Fenster gestürzt haben, aber da der Gentleman zum fraglichen Zeitpunkt betrunken war, konnte man das unmöglich feststellen.«

Henry sah nochmals in den Notizen nach. »Der dritte Offizier, ein Mister Francis Hillard, ist vor zwei Jahren vor den Kanaren über Bord gegangen und verschollen, während sich der erste Offizier – Mister Canning – vor sechs Monaten zu Tode getrunken hat. Ein überaus unglücklicher Haufen, scheint es.«

David schnaubte. »Und die Passagiere?«

»Die Jungfrau, Miss Elizabeth Ware, starb vor zwei Jahren an Hysterie.«

»Hysterie?«

Henry nickte. »Der Wachtmeister sprach mit ihrer Schwester. Es scheint, die arme Frau wurde kurz nach ihrer Rückkehr nach London verwirrt. Richtiggehend tobsüchtig. Was Mister und Misses Dunlop angeht, so haben sie bis vor wenigen Wochen am Golden Square gewohnt, aber anscheinend haben sie recht überstürzt ihre Sachen gepackt und die Stadt verlassen. Damit bleibt nur noch Mister Felix Atkinson von der East India Company. Er lebt mit seiner Frau und zwei Kindern am Portland Place.

»Haben Sie mit ihm gesprochen?«

Henry schob das Papier mit der Adresse über den Schreibtisch zum Viscount. »Ich bin nicht mehr in die Ermittlungen involviert, Ihr erinnert Euch?«

Der Viscount lächelte und erhob sich, um zu gehen.

»Da ist noch etwas«, sagte Henry.

Devlin blieb stehen. »Ja?«

»Captain Quail. Ich habe einen weiteren meiner Wachtmeister überprüfen lassen, wo er sich in den Mordnächten aufgehalten hat.«

»Und?«

»Es scheint, dass der Captain in den fraglichen Nächten weder zu Hause noch bei den Horse Guards war.« Henry zog sich die Brille von der Nase und rieb sich die Wurzel. »Ich habe auch die Tätigkeiten des Captains in der Army überprüft. Ich verstehe, warum Ihr ihn verdächtigt habt.«

»Aber es gibt keinen Zusammenhang zwischen Quail und der *Harmony*. Zumindest keinen, von dem ich wüsste.«

»Nein.« Henry setzte die Brille wieder auf und griff nach seinem Tagesplan. »Es scheint keinen zu geben, nicht?«

Sebastian war auf halbem Weg durch die Eingangshalle seines Hauses in der Brook Street gegangen und trat auf die Treppe zu, als sein Majordomus sich entschuldigend räusperte.

»Mylord, sicherlich habt Ihr nicht vergessen, dass Ihr für heute Morgen ein Bewerbungsgespräch mit einem Gentleman angesetzt habt?«

Sebastian hielt mit einem Fuß auf der untersten Stufe inne, die Hand auf dem Geländerpfosten. »Was? Großer Gott!«

»Ich habe mir die Freiheit genommen, den Herrn in die Bibliothek zu führen.«

Sebastian unterdrückte einen Fluch und wandte sich zur Bibliothek. Der Aspirant für die Stelle des Hausdieners erwies sich als großer, klapperdürrer Mann mit knochigem Antlitz und vorstehenden, schwulstigen Lippen.

»Entschuldigen Sie, dass ich Sie warten ließ«, sagte Sebastian und griff nach dem Ausweis des Dieners. Sebastian hatte die Nase voll von diesem ganzen Einstellungsprozedere. Sollte dieser Kandidat nicht gerade einem heidnischen Opferkult angehören oder sich die Nase am Ärmel abwischen, war Sebastian fest entschlossen, ihn einzustellen. »Wie ich höre, waren Sie zuletzt bei Lord Bingham angestellt.«

Der Gentleman neigte den Kopf. »Das ist korrekt.«

»Und warum genau sind Sie aus Lord Binghams Diensten ausgetreten?«

»Ich fürchte, Lord Bingham hat sich letzten Dienstag erschossen.«

Sebastian blickte auf. Er erinnerte sich vage daran, Anfang der Woche etwas über Lord Bingham gehört zu haben, war aber zu sehr mit sich selbst beschäftigt gewesen, um dem Ganzen Beachtung zu schenken. »Richtig. Nun, sagen Sie mir ...«

Der Lärm eines Streits auf dem Flur drang durch die geschlossene Tür der Bibliothek herein. Toms klingendes Cockney-Englisch wurde abgelöst von Moreys gezischten Worten »*Nicht jetzt.* Er ist mit ...«

Die Tür flog auf und Tom platzte herein. »Wartet, bis Ihr das Neueste hört, Meister. Ich hab' doch den Kerl beschattet, Quail, und wisst Ihr noch, wie er sagte, er würde Barclay Carmichael nich' kennen? Tja, scheint so, als hätte Carmichael ihm im Glücksspiel 500 Pfund abgeknöpft, kurz bevor er im Sommer abgeschlachtet im Park gefunden wurde.«

Die ohnehin schon blasse Haut des Dieners wurde noch bleicher. »Gütiger Himmel. Es stimmt also, was man sagt.«

Sebastian drehte sich um und sah den Mann an. »Was sagt man denn?«

Der Diener stand auf und ging rückwärts zur Tür, den Hut fest in beiden Händen. »Dass Ihr in ... in *Mord* verwickelt seid.«

Sebastian erhob sich hinter seinem Schreibtisch und trat einen Schritt vor. »Ja, aber das spielt für Sie gar keine Rolle. Sie sind angestellt. Sie können noch heute mit der Arbeit beginnen. Mein Majordomus wird Ihnen zeigen ...«

Doch der Gentleman war bereits durch die Tür geflüchtet.

»Den wolltet Ihr sowieso nich'«, sagte Tom und zog die Nase hoch. »Der sah für mich wie'n komischer Kauz aus.«

»Zu mir kommen nur komische Käuze. Offensichtlich, weil sich unter den Gentlemen der Stadt herumgesprochen hat, dass ich selbst ein komischer Kauz bin.«

Tom zog wieder die Nase hoch. »Ich hab's überprüft, bevor ich hergekommen bin. Quail ist zu Hause. In Kensington, gleich bei Notting Hill Gate. Soll ich den Zweispänner holen?«

Kapitel 46

Captain Peter Quail bewohnte ein hübsches kleines Backsteinreihenhaus in der Campden Hill Road mit einer glänzend schwarz gestrichenen Haustür und einem kleinen Garten davor, in dem eine Fülle üppiger, spät blühender Rosen stand. Als Sebastian die beiden Füchse neben dem Tor zügelte, blickte eine zierlich aussehende junge Frau mit einem Korb am Arm und einer Gartenschere in der Hand auf, die gerade einen großen Strauch in der Nähe des Zauns beschnitt.

Sebastian reichte Tom die Zügel. »Führ sie herum.«

Die Frau schien Mitte zwanzig zu sein; neben ihrem fein gezeichneten Antlitz lugten weiche, blonde Locken unter einer Strohhaube hervor, die am Kinn mit einem kirschroten Band gebunden war. Sie trug eine einfache, kirschrote Weste über einem schlicht gemusterten Musselinmorgenkleid und beobachtete Sebastians Näherkommen mit den wachsamen Augen einer Frau, deren zerbrechliche Welt schon zu oft durch die unvorhersagbaren Aktivitäten ihres unberechenbaren Ehemanns erschüttert worden war.

»Misses Quail?«, fragte Sebastian und zog höflich seinen Hut, als er das niedrige Eingangstor öffnete.

»Ja.«

Er schenkte ihr ein beruhigendes Lächeln. »Ich bin Lord Devlin. Ich habe im selben Regiment wie Ihr Mann in Portugal gedient. Vielleicht hat er einmal von mir gesprochen.«

Die Ängstlichkeit wich aus ihren blassblauen Augen, und sie lächelte. »Ich habe gehört, wie Peter Euch erwähnt hat, ja. Wie geht es Euch, Mylord? Was führt Euch her?«

Sebastian ließ seinen Blick über die mit Vorhängen versehenen Fenster des Hauses wandern. »Ist der Captain zu Hause?«

Misses Quail klappte ihre Schere zusammen und legte sie in den Korb mit den Rosen. »Gewiss. Möchtet Ihr vielleicht ...«

Unverhofft schwang die Haustür auf und schlug mit einem Knall gegen die Innenwand des Hauses. Captain Quail stürmte auf die kleine Veranda heraus und stakste die Stufen herunter, um mit schnellen, langen Schritten auf sie zuzugehen. Er war nur halb bekleidet, der Saum seines Hemdes hing heraus, am Hals war es halb geöffnet, so dass ein Dreieck von seiner nackten Brust zu sehen war.

»Was hast du ihm erzählt?«, wollte er wissen. Sein kantiges Gesicht war angespannt, die strengen Augen auf das Antlitz seiner Frau gerichtet.

Sie wich einen Schritt zurück. »Nichts. Lord Devlin hat nur ...«

»Geh ins Haus«, befahl er, wobei sein gesunder Arm durch die Luft schwang und auf das Haus zeigte.

Ihr Antlitz wurde zuerst blass, dann scharlachrot. Sie warf Sebastian einen kurzen, verlegenen Blick zu, dann sah sie weg. »Entschuldigt mich, Mylord.«

Sebastian sah zu, wie sie mit gesenktem Kopf auf das Haus zu eilte, und spürte, wie sich seine Hände an seinen Seiten zu Fäusten ballten.

»Warum kommt Ihr zu meinem Haus?«

Sebastian wandte den Blick zurück auf Quails attraktives Gesicht mit dem markanten Kinn, den klaren

blauen Augen und der Hakennase. »Sie haben mich an-
gelogen. Sie sagten, Sie würden Barclay Carmichael
nicht kennen, obgleich er Ihnen in Wirklichkeit fünf-
hundert Pfund abgenommen hat, kurz bevor er getötet
wurde.«

Der Kiefer des Captains straffte sich. »Verlasst mein
Grundstück. Sofort.«

Mit bedächtiger Langsamkeit setzte Sebastian sich
den Hut wieder auf und wandte sich dem Tor zu. »Sie
sollten Ihre Frau darauf vorbereiten, dass sie bald mit
den Wachtmeistern rechnen muss.«

»Mit den Wachtmeistern?« Quail stand in der Mitte
des Hofes, sein leerer Hemdsärmel flatterte in der kühlen Brise. »Warum? Ich hatte nichts mit dem Tod dieses
Mannes zu tun, das sage ich Euch. Er wurde vom West-
End-Schlächter getötet.«

Sebastian hielt inne und legte eine Hand auf das Tor.
»Sie hatten nicht zufällig einen jüngeren Bruder, oder?
Einen Bruder, der als Schiffsjunge auf einem Handels-
schiff diente?«

Quails Augen verengten sich. »Nein. Wovon redet
Ihr?«

»Von der *Harmony*.«

»Nie davon gehört.«

Sebastian studierte das verschlossene, harte Antlitz
des Mannes, fand darin jedoch nur Verwirrung und
Wut. Er wandte sich ab.

»Ihr glaubt doch nicht, dass er es ist, oder?«, sagte Tom
und kletterte wieder auf seinen Platz, als Sebastian die
Zügel nahm.

Sebastian ließ seine Pferde loslaufen. »Leider nein. Das heißt, so gern ich ihn auch töten würde, ich kann nicht.«

Kat spähte durch das gewölbte Fenster einer Parfümerie in der Bond Street, als sie eine fröhliche Männerstimme sagen hörte: »Einen schönen guten Morgen, Mylady.«

Sie drehte sich um und sah Aiden O'Connell, dessen träges Lächeln sich bis zu seinen grünen Augen fortsetzte.

»Jetzt kommen Sie?«, fragte sie.

Sein Lächeln wurde breiter und zauberte ein betörendes Grübchen auf eine seiner Wangen. »Ich musste unerwartet für ein paar Tage die Stadt verlassen.« Er ergriff ihre Hand und führte sie in gespielter Galanterie an die Lippen. »Verzeihen Sie mir?«

Sie zog ihre Hand zurück. »Nein.«

Er lachte. »Warum wollten Sie mich sehen?"

Er trat neben sie, als sie sich umdrehte, um die Straße hinaufzugehen, ihren Sonnenschirm in einem schiefen Winkel haltend. »Eigentlich wollte ich Ihnen nahelegen, das Land zu verlassen.«

»Wirklich?«, er wahrte das Lächeln, aber sein Blick wurde schärfer. »Warum?«

»Jemand war im Begriff, Sie an Lord Jarvis zu verraten.«

Das Grübchen verschwand. »Wer?«

Kat drehte ihren Sonnenschirm. »Er stellte mich vor die Wahl: Das Geheimnis Ihrer Identität gegen mein Leben.«

»Und so verrieten Sie mich.«

»Nein, zufällig nicht. Lord Jarvis' Drohung gegen mich wurde bekannt, und man wies ihn darauf hin, dass seine eigene Gesundheit Schaden nehmen könnte.«

»Ah. Ich glaube, ich verstehe. Ich sah die Meldung über Ihre bevorstehende Hochzeit in der Zeitung von heute Morgen. Herzlichen Glückwunsch.«

»Ich danke Ihnen. Aber Ihre Glückwünsche sind verfrüht.« Sie drehte sich zu ihm um. »Ich möchte, dass Sie mir helfen, das Land zu verlassen.«

Er riss die Augen weit auf. »Wirklich? Und Ihre Heirat mit Lord Devlin?«

»Würde ihn ruinieren.«

Der Ire schwieg einen Augenblick. Dann sagte er: »So sehr lieben Sie ihn? Dass Sie fortgehen würden, um ihn vor sich selbst zu retten?«

»Ja.« Sie drehte sich um und ging weiter die Straße hinauf. »Es wird zu Ihrem Vorteil sein, wenn Sie mir helfen, wegzugehen. Das wissen Sie. Ohne Devlins Schutz wäre ich Jarvis hilflos ausgesetzt.«

»Warum brauchen Sie meine Hilfe? Jeden Tag verlassen Schiffe England von vielen Häfen aus.«

»Weil Jarvis' Männer die Häfen vielleicht immer noch kontrollieren. Das Risiko kann ich nicht eingehen – und Sie auch nicht. Ich habe nicht viel Zeit«, fügte sie ungeduldig hinzu, als er nichts sagte. »Die Hochzeit ist für Montagabend angesetzt.«

O'Connell musterte sie einen Augenblick schweigend, dann stieß er den Atem in einem seltsamen Laut aus, der alles Mögliche hätte bedeuten können. »Ich werde sehen, was ich tun kann.«

Kapitel 47

Die Kinder spielten auf dem Platz gegenüber dem Haus. Der Junge schien etwa zwölf Jahre alt zu sein, hatte einen Wuschelkopf und rötliche Wangen. Seine Gliedmaßen hatten gerade angefangen, sich über das Knabenalter hinaus zu strecken. Das Mädchen war etwa vier oder fünf Jahre jünger und noch sehr kindlich. Eine offensichtlich heißgeliebte Lumpenpuppe hatte sie sich unter einen Arm geklemmt, um lachend hinter ihrem Bruder herzulaufen.

Sebastian blieb eine Weile stehen und beobachtete sie, dann wandte er sich um, um die Stufen vor Felix Atkinsons Haus am Portland Place hinaufzusteigen.

Er traf Atkinson zu Hause im Morgenzimmer an, wo er gerade seinen Kaffee austrank. Er sah überrascht aus und schien leicht verärgert, als ihm Sebastians Karte überreicht wurde.

»Bitte nehmt Platz, Lord Devlin«, sagte er kurz angebunden. »Allerdings muss ich Euch warnen; ich habe nicht viel Zeit. Was kann ich für Euch tun?«

Sebastian setzte sich auf einen der Stühle in der Nähe des kalten Kamins und sagte mit freundlicher Stimme: »Wie ich höre, waren Sie vor etwa fünf Jahren Passagier der *Harmony* auf der Fahrt von Indien nach England.«

Atkinson stellte mit zitternder Hand seine Tasse ab. »Ja, das ist richtig.« Er war ein gutaussehender Mann von mittlerer Größe und Statur, Ende dreißig, vielleicht etwas älter. Das hellbraune Haar trug er in dem vergeblichen Versuch, seinen zurückweichenden Haaransatz zu verbergen, in einem Bogen zur Seite geölt. Offensichtlich hatte er die Angewohnheit, es mit der Hand zu berühren, als wolle er sich vergewissern, dass es noch an seinem Platz lag.

»Ich nehme an, Sie haben mitbekommen«, sagte Sebastian, »dass augenscheinlich jemand die Söhne Ihrer Mitreisenden ermordet?«

Atkinsons Hand huschte nach oben, um sein Haar zu berühren, dann glitt sie weg. »Nun. Ihr nehmt kein Blatt vor den Mund, nicht wahr, Mylord? Um Eure Frage zu beantworten: Ja, ich habe es bemerkt. Vielleicht ist Euch auf dem Weg zum Haus aufgefallen, dass mindestens zwei Bow Street Runner ständig auf meine Kinder aufpassen.« Er stand auf. »Ich weiß Eure Sorge um das Wohlergehen meiner Familie zu schätzen, auch wenn ich nicht verstehe, was Euch das anginge. Aber ich bin ein vielbeschäftigter Mann, Lord Devlin, deshalb muss ich Euch wirklich bitten, mich zu entschuldigen ...«

»Setzen Sie sich«, sagte Sebastian, seine Stimme war nun nicht mehr freundlich.

Atkinson sank zurück auf die Kante seines Stuhls.

»Auf dem Schiff muss es die Hölle gewesen sein, als die Mannschaft von Bord ging und den größten Teil der Lebensmittel und des Wassers mit sich nahm.« Sebastian beugte sich vor. »Ich kann mir vorstellen, dass Sie dachten, Sie würden Ihre Familie nie wiedersehen.«

Atkinson räusperte sich und sah weg. »Es war schwierig, ja. Aber Gott sei Dank waren wir nur britische Männer und Frauen.«

»Ich nehme mal an, dass zuerst das Wasser und dann das Essen ausging.«

»Das befürchteten wir, ja. Die Besatzung ließ uns nur ein Fass Wasser übrig, wie Ihr wisst. Aber einer der Herren an Bord – Sir Humphrey, um genau zu sein – hat mit einem Teekessel und einem Kanonenrohr eine Art Destillieranlage gebaut. Sie produzierte nicht viel, aber es reichte, um uns am Leben zu erhalten. Dann wurde der Mangel an Lebensmitteln zum Hauptproblem. Der größte Teil der Schiffsvorräte war im Sturm verloren gegangen, und die Besatzung nahm sich, was übrig war.«

»Erzählen Sie mir von dem Schiffsjungen«, sagte Sebastian, den Blick auf das Antlitz des anderen gerichtet.

Atkinsons Mundwinkel begann nervös zu zucken. »Der Schiffsjunge?«

»Wie war noch mal sein Name? Gideon?«

»Ich glaube schon. Ja.«

»Erinnern Sie sich zufällig an seinen Familiennamen?«

Das Zucken wurde stärker und erfasste auch die untere Gesichtshälfte des Mannes. »Ich weiß nicht, ob ich ihn je gehört habe. Warum?«

»Er war verletzt worden, nicht wahr? Im Sturm.«

»Ja.«

Sebastian beugte sich vor. »Ich frage mich, wie lange es gedauert hat, bis er gestorben ist, nachdem die Mannschaft weg war.«

Atkinson sprang von seinem Sitz auf und begann, im Raum auf und ab zu gehen. »Ich weiß es nicht. Ich kann mich nicht erinnern. Es war eine sehr schwierige Zeit.«

Sebastian beobachtete den Mann, der ruhelos umherging. »Ich nehme an, Sie haben die Gerüchte gehört?«

Atkinson stand ganz still, sein ganzes Gesicht zuckte jetzt gequält. »Gerüchte? Welche Gerüchte?«

»Es war wohl unvermeidlich, wenn man bedenkt, wie die Leichen der Opfer dieses Mörders abgeschlachtet wurden. Ich meine, ein Schiff voller hungriger Passagiere und ein sterbender Junge ...« Sebastian zuckte mit den Schultern. »Sie können sich vorstellen, welche Schlüsse die Leute daraus ziehen.«

»Das sind Lügen.« Atkinsons Stimme nahm eine schrille Tonlage an. »Alles Lügen. Es ist nie passiert.« Er hob ein Taschentuch und presste es gegen seine Lippen. »Hört Ihr mich? Es ist nie passiert.«

Sebastian richtete sich auf. »Leider glaubt da draußen jemand offenbar, dass es doch passiert ist. Und wenn Sie uns nicht helfen, ihn zu fangen, wird Ihr Junge, der draußen auf dem Platz spielt, weiterhin in Gefahr sein.«

»Wie kann ich Ihnen helfen, den Mörder zu fangen, wenn ich nicht weiß, wer es ist? Denkt Ihr, wenn ich es wüsste, würde ich es Euch nicht sagen?«

Sebastian ließ seinen Blick zum Fenster wandern, das auf den Platz zeigte. In der plötzlichen Stille drang das Lachen der Kinder zu ihnen, lieblich und unbeschwert. »Wenn mich die letzten Tage eines gelehrt haben«, sagte Sebastian, »dann, dass manche Männer alles tun, alles und jeden opfern würden, um ihr eigenes Leben zu retten.«

Er wandte sich zur Tür. »Guten Tag, Mister Atkinson. Richten Sie Ihrer Familie meine besten Wünsche aus.«

Kapitel 48

Aiden O'Connel trieb sich in den Vergnügungsstätten der oberen Gesellschaft herum und suchte nach einem großen Mann mit schwarzem Haar und einem goldenen Ring im Ohr, der auf seine Vergangenheit als Freibeuter verwies.

Er fand ihn im Box-Salon *Gentleman Jackson's* in der Bond Street. Eine Weile blieb Aiden einfach am Rand stehen und sah dem ehemaligen Piraten zu, der gegen den Champion selbst im Ring kämpfte. Yates war ein Rätsel: Als geborener Edelmann mit einem ansehnlichen Vermögen machte er sich einen Spaß daraus, unter der Nase der königlichen Marine Rum und den einen oder anderen französischen Spion zu verschieben. Manche taten solcherlei Dinge des Geldes wegen, manche aus tiefster Überzeugung; Yates tat es zu seinem Vergnügen.

Aiden wartete und näherte sich ihm erst, als er, ein Handtuch um den Hals geschlungen, den Ring verlassen hatte. »Ich muss mit Ihnen reden«, sagte Aiden ruhig.

Yates rieb sich mit dem Handtuch über das schweißnasse Antlitz, seine Augen blickten aufmerksam und interessiert. »Worum geht es?«

Aiden beugte sich dicht zu ihm und senkte die Stimme. »Eine gemeinsame Bekannte von uns muss verschwinden.«

Kat sortierte an ihrem Schreibtisch Unterlagen, als Russell Yates seine Karte heraufschickte. Mit

Rücksicht auf Sebastians Ermittlungen widerstand sie ihrem ersten Impuls, dem Schiffseigentümer ausrichten zu lassen, sie wäre nicht zu Hause.

»Dies kommt unerwartet, Mister Yates«, sagte sie, als Elspeth ihn hereinführte, und erhob sich. »Bitte setzen Sie sich. Habt Ihr Euch, was die *Harmony* angeht, an etwas von Bedeutung erinnert?«

Yates streckte sich auf einem der Stühle neben dem Kamin aus – ein großer, breitschultriger Mann, der Männlichkeit und eine schurkenhafte Gefahr auszustrahlen schien. »Tatsächlich bin ich wegen einer interessanten Unterhaltung, die ich heute Morgen mit Aiden O'Connell geführt habe, hier. Er sagte, Sie haben beschlossen, ins Ausland zu reisen. Unbefristet.«

Kat zog eine Braue hoch. »Warum sollte er Ihnen so etwas sagen?«

»Mister O'Connell und ich haben auch früher bereits derartige Arrangements in die Wege geleitet.«

»Ich verstehe.« Kat ließ sich auf den ihm gegenüber stehenden Stuhl sinken. »Und können Sie es arrangieren? Noch vor morgen Abend?«

»Ich nehme an, Sie möchten lieber nach Frankreich als nach Amerika? Die Länder Amerikas sind so schrecklich ... nun ... *kolonial.* Immer noch. Das muss wohl mit den mentalen Voraussetzungen der Menschen zusammenhängen, vermute ich.«

»Frankreich wäre bestens«, sagte Kat mit fester Stimme. Sie wusste, es sollte ihr wichtig sein, wohin sie ginge, aber das war es nicht. Sie empfand den Gedanken an ein Leben ohne Devlin – egal, wo – unerträglich. Deshalb gelang es ihr nicht, sich so lange damit auseinanderzusetzen, dass sie einen durchdachten Plan entwickeln konnte. Einen Plan, der weiterging, als sich nur der Versuchung zu entziehen, auf all sein Drängen mit *Ja* zu antworten.

»Eine meiner Schaluppen fährt morgen mit der Flut von Dover aus. Sie kann Sie innerhalb von vier Stunden nach Calais bringen.«

Kat spürte einen Schmerz in ihrer Brust. Die Entscheidung, wegzugehen war eine Sache. Tatsächlich die nötigen Vorkehrungen zu treffen, eine andere. »Gut«, sagte sie knapp, erhob sich vom Stuhl und streckte die Hand nach der Glocke aus, um nach Elspeth zu läuten. »Nun müssen Sie mich entschuldigen, ich habe vieles vorzubereiten ...«

»O'Connell sagte mir auch etwas über Ihre Beweggründe, wegzugehen«, sagte Yates.

Sie drehte sich langsam zu ihm um und sah ihn an.

»Ich habe heute Morgen Lord Devlins Ankündigung in der *Post* gesehen. Es gibt nicht viele Schauspielerinnen, die alles, was sie haben – Heim, Karriere, Freunde – aufgeben würden, um den Mann, den sie lieben, vor dem Ruin zu bewahren. Sie sind eine bemerkenswerte Frau.«

»Das würde ich nicht sagen.«

»Nein, vermutlich würden Sie das nicht.« Er stützte die Ellbogen auf den zierlichen Armlehnen des Stuhls ab und bildete mit den Fingern eine Raute. »Sie denken, dass Sie in diesem Augenblick nur drei Alternativen haben. Sie können es mit Lord Jarvis darauf ankommen lassen, was nie eine gute Idee ist. Sie können Viscount Devlin durch eine Ehe in den gesellschaftlichen Ruin treiben. Oder Sie können das Land verlassen. Aber es gibt noch eine vierte Möglichkeit.«

Sie lachte freudlos auf. »Und die ist?«

»Wir könnten einander helfen.«

Sie legte den Kopf schief. »Wie könnte ich Ihnen helfen?«

»Sie haben zweifellos das Gemunkel über mich gehört?« Er lächelte, als sie zögerte. »Seien Sie nicht schüchtern. Die Gerüchte zirkulieren schon seit Jahren. Die Geschichten meiner Heldentaten auf See haben sie für eine Weile eingedämmt, aber nur für eine Weile. In letzter Zeit ist der Tratsch sowohl hinterhältiger als auch gefährlicher geworden. Die Leute beobachten mich. Ich fürchte, das moralische Klima wird in diesen Zeiten immer repressiver. Haben Sie es auch bemerkt?«

»Die Neigung, von der Sie sprechen, wurde noch nie toleriert. Nicht in unserer Gesellschaft.«

»Sehr wahr. Man kann ein Vermögen verspielen, sich zu Tode saufen, öffentlich ein halbes Dutzend Mätressen halten, oder regelmäßig Jungfrauen entehren, die frisch vom Land importiert wurden, und niemand in der feinen Gesellschaft beachtet es. Aber richten Sie Ihre Liebe auf einen Menschen, der dem falschen Geschlecht angehört, und die Strafe wird nicht nur gesellschaftliche Ächtung sein, sondern der Tod. Ein Tod, der genauso hässlich und unerträglich ist wie der, den Jarvis Ihnen verheißen hat.«

Kat betrachtete das dunkle, kantige Antlitz des Mannes. »Sie haben Feinde, die Sie zerstört sehen möchten?«

»Einen. Einen sehr mächtigen Feind. Er wagt es nicht, direkt gegen mich vorzugehen, aber die Gerüchte und die öffentliche Meinung zu beeinflussen, ist nicht allzu schwer.«

Kat kam zurück und ließ sich erneut in den Stuhl sinken, der ihm gegenüber stand. »Es ist Jarvis, richtig?«

»In der Tat. Ja.«

»Ich verstehe nicht. Warum sollte Jarvis es nicht wagen, direkt gegen Sie vorzugehen?«

»Weil der Zufall es will, dass Lord Jarvis ein gefährliches Geheimnis hat. Ein Geheimnis, das – gelänge es an die Öffentlichkeit – seinen Einfluss im Palast zerstören und höchstwahrscheinlich unmittelbar zu seinem Tode führen würde.«

»Haben Sie Beweise?«

»Wenn ich die nicht hätte, wäre ich bereits tot. Jarvis weiß, dass mein Tod dazu führen würde, dass das, was er am dringendsten unter Verschluss halten will, veröffentlicht würde. Daher seine Vorsicht.«

»Wenn eine solche Gefahr von Ihnen ausgeht, würde ich doch annehmen, dass Seine Lordschaft Gerüchte über Sie eher unterdrücken als verbreiten will.«

»Das könnte man annehmen. Aber in dieser Logik gibt es eine Lücke. Sollte ich Schritte zu Lord Jarvis' Zerstörung einleiten, würde er sich rächen, indem er mich ermorden ließe. Wir würden uns also effektiv gegenseitig zerstören.«

»Nun, was hat das alles dann mit mir zu tun?«

»Mir scheint, dass der einfachste und schnellste Weg, die Gerüchte zum Verstummen zu bringen, darin liegt, mir eine Ehefrau zu suchen. Eine bekannte Ehefrau, die für ihre Schönheit, Sinnlichkeit und ihr Charisma berühmt ist. Mit Kat Boleyn als meiner Gattin würde sich jeder, der meine Männlichkeit oder meine sexuelle Ausprägung anzweifelt, lächerlich machen.«

»Warum ich? Warum suchen Sie sich nicht im *Almack's* Ihre Braut?«

Er lächelte. »Dies ist nicht die Art von Arrangement, die ich einer unschuldigen Debütantin, die gerade noch die Schulbank gedrückt hat, erklären möchte. Sie müssen sich keine Sorgen machen, dass ich darauf drängen würde, die Ehe zu vollziehen. Ich biete Ihnen Kameradschaft und geistreiche Unterhaltungen am Esstisch an, aber unsere amourösen Abenteuer wären – offensichtlich – anderweitig gerichtet. Alles, worum ich Sie bitten würde, wäre, dass Sie dabei Diskretion wahren, wie auch ich es tun würde.«

Kat erhob sich, um durch den Raum zu gehen. Sie hätte das Angebot sofort ablehnen sollen. Stattdessen hörte sie sich selbst sagen: »Devlin würde mir niemals verzeihen, wenn ich eine solche Ehe einginge.«

»Denken Sie, er würde es Ihnen verzeihen, nach Frankreich zu verschwinden?«

Als Kat nichts sagte, fügte er hinzu: »Ich kann einen Ehevertrag aufsetzen lassen, in dem Sie die Kontrolle über jeglichen Wohlstand behalten, den Sie in die Ehe mitbringen, wie auch über alle nachfolgenden Zugewinne.«

»Nein. Es ist unmöglich.«

»Verwerfen Sie die Idee nicht so schnell. Denken Sie darüber nach.«

Sie hob eine Hand und rieb sich abwesend die Schläfen. »Dieser Beweis, den Sie gegen Jarvis in der Hand halten, wie Sie sagen. Woher weiß ich, dass der existiert?«

Er lächelte. »Ich habe erwartet, dass Sie misstrauisch sein würden.« Seine Hand glitt in seinen Mantel, und er zog eine weiche braune Ledermappe hervor, die mit einem Lederband zugebunden war. »Also habe ich ihn mitgebracht.«

Die Dokumente in der Mappe waren vollständig, vernichtend und unleugbar echt. »Guter Gott«, flüsterte Kat, nachdem sie sie durchgelesen hatte.

»Exakt.« Yates verstaute die Dokumente und stand auf, um einen bedeutungsvollen Blick über den elegant geschnittenen Raum mit seinen Vorhängen aus pfirsichfarbener Seide und den Souvenirs aus dem Theaterleben schweifen zu lassen. »Sie müssen all das nicht aufgeben.«

»Was Sie vorschlagen, ist unerhört.«

Er zuckte die Schultern. »Denken Sie darüber nach.«

Kat blieb stehen, wo sie war und verschränkte fest die Hände.

An der Tür hielt er inne, um zurückzublicken. Das Sonnenlicht, das durch die Frontfenster schien, ließ seinen Piratenohrring aufleuchten. »Ach, beinahe hätte ich es vergessen. Der Name des Schiffsjungen auf der *Harmony*, nach dem Sie mich fragten? Er lautete Forbes. Gideon Forbes.«

Nachdem Yates gegangen war, gab Kat einem Jungen einen Schilling, damit er eine kurze Nachricht zur Brook Street brachte, in der sie Sebastian den Namen des Jungen mitteilte. Dann dachte sie darüber nach, Elspeth unters Dach zu schicken, um ihre Reisekisten herunterzuholen.

Stattdessen blieb sie am Fenster stehen und betrachtete die Harwich Street und das vertraute Meer der Dächer, die Kamine und die rußgeschwärzten Türme der

Stadt, die sie nun seit mehr als zehn Jahren ihre Heimat nannte.

Kapitel 49

Später am Nachmittag brachte Sebastian den Zweispänner auf der Kiesauffahrt einer kleinen elisabethanischen Villa aus Sandstein zum Stehen. Das Heim der Kindheit von Gideon Forbes, im Norden Londons in der Nähe von St. Albans gelegen, erwies sich als ein ansprechendes, gut gepflegtes Anwesen mit dickbäuchigen Kühen und Feldern, die in gutem Zustand waren. Als Sebastian vom Kutschbock des Zweispänners abstieg, konnte er in der Ferne Kindergelächter und Hundegebell hören.

»Schon komisch«, sagte Tom und blinzelte zu den Schornsteinen des Anwesens hinauf, »aber wenn man dran denkt, was dem Burschen passiert sein muss, würd' man irgendwie nich' glauben, dass er wo aufgewachsen is', wo's so *normal* aussieht.«

»Ich weiß, was du meinst«, sagte Sebastian. Nachdem er Kats Nachricht erhalten hatte, war es ein Leichtes gewesen, Gideon Forbes' Spur hierher zu verfolgen, zu dieser idyllischen Ecke des ländlichen Hertfordshire. Gideons Vater war ein Großgrundbesitzer namens Brandon Forbes; die Mutter des Jungen war seit etwa vier Jahren tot. Was auch immer Sebastian jedoch erwartet hatte, war nicht diese urtypisch englische Landschaft, auf der eine unprätentiöse Freundlichkeit und ländlicher Friede herrschten.

Ein Ruf ließ Sebastian den Kopf drehen. Ein Mann kam durch einen Park mit Eichen und sonnenüberfluteteem Gras, das sich sanft in der Brise bewegte, auf das Haus zu. Er war kräftig gebaut, wohl Mitte vierzig, und trug abgewetzte Hirschlederhosen. Sein dunkles Haar war von Grau durchzogen, in seinem länglichen Antlitz begannen sich erste Falten einzugraben. Ein rotbrauner Jagdhund trottete hinter ihm her. »Kann ich Ihnen helfen?«, rief er.

Sebastian ging auf ihn zu. »Mr. Forbes? Ich bin Viscount Devlin. Ich würde gern mit Ihnen über Ihren Sohn Gideon sprechen.«

Der Mann blinzelte mehrmals, seine Augen wurden schmal und ein wenig misstrauisch. »In Ordnung«, sagte er schließlich. »Kommt mit mir.«

Auf einem gewundenen Pfad gingen sie zu einer entfernten Reihe von Cottages, der Hund rannte vor ihnen her. »Es ist wegen dieser schrecklichen Morde, nicht wahr?«, sagte er nach einem Augenblick. »Deshalb seid Ihr hier. Ihr glaubt, es gibt eine Verbindung zum Wrack der *Harmony*.«

Sebastian studierte das sonnengebräunte Antlitz des Mannes. »Waren Sie bei dem Prozess gegen die Meuterer dabei?«

»Nein.« Forbes starrte über die Felder, dorthin, wo zwei kleine Mädchen mit einem Jungen spielten, der noch ein Ledergeschirr und ein Gängelband trug. »Ich fürchte, Gideons Mutter war zu dem Zeitpunkt schon krank. Nach der Geburt unserer letzten Tochter ging es ihr nicht gut, wisst Ihr, und ich wollte sie nicht verlassen. Aber ich habe es in den Zeitungen verfolgt.«

»Waren Sie bei der Hinrichtung dabei?«

Forbes schüttelte den Kopf, seine Lippen verzogen sich zu einer Grimasse. »Nee. Was hätte das für einen Sinn?«

»Vielleicht Wiedergutmachung?«

»Es würde den Jungen nicht zurückbringen, oder?«

Sebastian nickte in Richtung der lachenden Kinder in der Ferne. »Sind das Ihre?«

Forbes' Gesichtszüge hellten sich zu einem stolzen Lächeln auf. »Ja, genau. Catherine dort ist elf, Jane ist sieben, und Michael ist gerade zwei geworden. Und ich habe zwei ältere Jungen von meiner ersten Frau: Roland, der mir hier auf dem Gut hilft, und seinen jüngeren Bruder Daniel. Daniel ist in Cambridge.«

Während Sebastian zusah, stürzte der kleine Junge und begann zu weinen. Seine Halbschwestern eilten herbei, um ihn wieder aufzuheben. »Sie haben wieder geheiratet?«

»Aye.« Er seufzte. »Ich habe zwei Frauen begraben, Gott sei ihren Seelen gnädig. Ich bete zum lieben Gott, dass ich die dritte nicht auch noch zu Grabe tragen werde.«

Sebastian richtete seinen Blick wieder auf das offene, ovale Antlitz des Mannes. »Glauben Sie, dass diese Morde etwas mit der *Harmony* zu tun haben?«

»Sieht so aus, nicht? Ich meine, ich habe nicht viel darüber nachgedacht, als Carmichaels und Stantons Söhne getötet wurden. Aber jetzt, nach Captain Bellamys Sohn und dem, was dem jungen Thornton laut Zeitungsberichten an Ostern angetan wurde ...« Er zögerte. »Nun, das gibt einem schon zu denken, nicht?«

»Haben Sie jemals mit Captain Bellamy darüber gesprochen, was mit Ihrem Sohn passiert ist?«

»Aye. Bellamy kam zu mir, als alles vorbei war. Er hat mir das hier mitgebracht.« Er zog eine abgenutzte Piastermünze aus seiner Tasche und hielt sie Sebastian hin.

»Der gehörte Gideon. Er hatte ihn, seit er ein kleiner Junge war. Er trug ihn überall mit sich herum.«

»Hat Bellamy Ihnen erzählt, wie der Junge gestorben ist?«

»Im Sturm stürzte eine Spiere auf ihn. Er war aber nicht sofort tot. Gideon war ein tapferer Kerl, kein Zweifel. Wenn sie früher gerettet worden wären, hätte er es vielleicht geschafft. Aber ohne Essen und Wasser …« Die Stimme des Mannes verstummte. Er zögerte, dann stieß er in einem langen Seufzer den Atem aus. »Ich hätte ihn nie zur See gehen lassen dürfen. Nicht so jung. Aber seit er ein kleiner Knirps war, redete er von nichts anderem. Von der See und großen Schiffen und all den fremden Ländern, die er besuchen wollte. Am Ende hatte er uns weichgeklopft. Eine Cousine seiner Mutter kannte Kapitän Bellamy und arrangierte, dass er den Jungen als Schiffsjungen aufnahm. Gideon wollte Kapitän werden, wisst Ihr. Und das hätte er auch geschafft. Wenn er überlebt hätte.«

Sebastian musterte das sympathische, wettergegerbte Gesicht des Mannes. »Die jungen Männer, die getötet wurden, wurden alle mit verschiedenen Gegenständen im Mund gefunden – einem Stern aus Pappmaché, einer Alraunwurzel, einer aus dem Logbuch gerissenen Seite und dem Huf einer Ziege. Haben Sie eine Idee, was das bedeuten könnte?«

Sebastian sah, wie alle Farbe aus Forbes' Antlitz wich. »Davon habe ich nichts gelesen.«

»Es bedeutet doch etwas, nicht wahr? Was ist es?«

Forbes wandte den Blick ab und starrte hinaus in den Park, zu den lachenden Kindern. »Es gab ein Gedicht, das Gideon sehr gut gefiel. Kennen Sie es? Etwas über singende Meerjungfrauen?«

»Fang dir einen Stern, der fällt«, sagte Sebastian leise. »Von John Donne?«

Forbes' Kehle schien wie zugeschnürt zu sein, als er schluckte. »Das ist es. ›Fang dir einen Stern, der fällt‹.« Er richtete seinen Blick wieder auf Sebastians Antlitz. »Bellamy hat mir erzählt, dass sie Gideons Leiche im Meer bestattet haben. Aber Eurer Meinung nach ist das nicht das, was mit ihm passiert ist, oder? Oder?«, fragte er erneut, als Sebastian schwieg.

Sebastian blickte in die intensiv blickenden grauen Augen seines Gegenübers. »Nein. Nein, das glaube ich nicht.«

Kapitel 50

Kat trank gerade Tee auf der Terrasse hinter dem Haus und blickte in den von Bäumen beschatteten Garten, als ihr Dienstmädchen zu ihr eilte. »Ich habe sie gebeten, im Salon zu warten, während ich sie ankündige«, sagte Elspeth und wischte ihre von der Arbeit rauen Hände an ihrer Schürze ab. »Habe ich wirklich, aber sie sagte ...«

Kat unterbrach sie. »Wer, Elspeth?«

Die leise, aber strenge Stimme einer Frau drang zu ihr. »Guten Morgen, Nichte.«

Kat blickte über die sonnenbeschienene Terrasse zu der dünnen Matrone, die in der offenen Tür stand. Es war über zehn Jahre her, seit Kat sich aus dem Haus dieser Frau davongestohlen hatte – ein ängstliches und verzweifeltes Kind, dass willens war, sich lieber den Unwägbarkeiten eines Lebens auf der Straße zu stellen, als weiterhin am Tage die grimmigen Schläge dieser Frau zu ertragen oder die missbräuchlichen Übergriffe, die die schreckliche Dunkelheit der Nacht mit sich brachte.

Ihr Name war Emma Stone, und sie war eine enge Vertraute von der »Heiligen Hannah« More und William Wilberforce mit ihrer wachsenden Gruppe der Sittenreformer, die als die *Evangelikalen* bekannt waren. Emma Stone hatte die *Gesellschaft der Evangelikalen zur Bekämpfung von Lasterhaftigkeit und Unmoral* zu ihrem Spezialprojekt erkoren, vielleicht als eine Art öffentliche Wiedergutmachung für die Schande, eine so

skandalöse und unmoralische Schwester wie Kats
Mutter gehabt zu haben.

Sie waren gemeinsam nach London gekommen,
Emma und Arabella Noland, zwei irische Schwestern,
die zwar schön, aber nur mit kleinen Mitgiften ausgestattet waren. Die ältere, Emma Stone, hatte einen
Rechtsanwalt namens Maurice Stone geheiratet. Arabella, die jüngere und hübschere von beiden, hatte einen anderen Weg eingeschlagen und war zuerst die Geliebte eines wohlhabenden Edelmannes geworden, und
dann die des nächsten.

»Sie sind in meinem Hause nicht willkommen,
Tante«, sagte Kat, die sich anstrengen musste, ihre
Stimme ruhig klingen zu lassen.

»Glaub mir, allein mein Pflichtgefühl meiner verstor-
benen Mutter und den Gesetzen unseres geliebten
Herrn gegenüber hat mich hergeführt.«

Kat schenkte ihrer Tante ein kaltes, schmallippiges
Lächeln. »Deine Hingabe an die Gesetze unseres Herrn
scheint mir sehr selektiv.« Sie ließ betont den Blick
über das steife Morgenkleid aus schwarzem Bombasin
wandern, das ihre Tante trug. »Dann ist er also tot?«

»Mister Stone ist schon vor drei Jahren von mir gegangen.«

»Und du trägst seinetwegen immer noch Trauerklei-
dung? Wie ...« Kat hielt inne, um das passende Wort zu
finden, »... heuchlerisch von dir.«

Zwei leuchtend rote Flecken erschienen auf den Wangen der Frau. »Ich habe die Lügen, die du mir aufgetischt hast, vor zehn Jahren schon nicht geglaubt. Ich
beabsichtige nicht, sie jetzt zu glauben.«

»Nein. Natürlich nicht.« Kat verschränkte die Arme. »Ich vermute, du bist aus einem bestimmten Grund hier. Sag bitte, was du willst, und dann geh wieder.«

Die Farbe auf Emma Stones Wangen vertiefte sich. »Ich hätte einen solchen Empfang erwarten müssen. Es gibt nicht viele Frauen meines Standes, die dich zu sich genommen hätten, wie ich es tat – die illegitime Brut einer Hure und des Mannes, der sie aushielt. Und wie hast du es mir vergolten? Indem du ohne ein Wort der Warnung oder gar des Dankes aus meinem Schutz entflohen bist.«

»Ich bin wirklich eine eigenartige Kreatur«, sagte Kat mit fester Stimme. »Ich entschied mich damals, dass ich, wenn ich schon gezwungen war, die Gelüste eines Mannes zu stillen, es ebenso gut gegen Bezahlung tun konnte.«

Emma Stones schmale Gestalt zitterte in blanker Wut. Kat erwartete, dass sie erregt ihren Mann verteidigen oder aber einfach davon stürmen würde. Stattdessen verkrampfte sie den Unterkiefer so sehr, dass sie ihre Worte geradezu ausspuckte: »Ich bin wegen der Ankündigung deiner bevorstehenden Vermählung in der *Morning Post* hier.«

»Wirklich, Tante? Du schockierst mich. Ich hatte ja keine Ahnung, dass du dich für die Geschichten der feinen Gesellschaft interessierst.«

»Das tue ich auch nicht. Deshalb wusste ich nichts von deiner Beziehung zu Lord Devlin, bis meine liebe Freundin Misses Barnes mir die Verlobung zur Kenntnis brachte. Du erinnerst dich noch an Misses Barnes?«

Kat zeigte keine Regung. Eunice Barnes war die direkte Nachbarin ihrer Tante und zugleich eine

Mitkämpferin in der Gesellschaft zur Unterdrückung von Lasterhaftigkeit.

»Sie ist die Einzige in meinem Bekanntenkreis, die begriff, dass das schamlose Flittchen, das sich Kat Boleyn nennt und auf den Brettern des Covent Garden zur Schau stellt, keine andere als die Nichte war, der ich einst Schutz gewährt hatte.«

»Und solch delikaten Tratsch behielt sie für sich? Ich bin beeindruckt.«

Misses Stone reagierte mit einem Kräuseln ihrer Oberlippe auf die Spitze. »Wäre mir früher klar gewesen, welche Art von Beziehung du zu Viscount Devlin pflegtest, hätte ich natürlich viel eher meinen Widerwillen überwunden und dich zeitiger aufgesucht.«

»Deinen Widerwillen. Ja, ich nehme an, dass es für eine fromme Frau wie dich eine ungehörige Herausforderung gewesen sein muss, in diesen Pfuhl der Sünde und Ausschweifung hinabzusteigen. Am besten sagst du jetzt, was du sagen musst, und läufst rasch wieder davon, bevor du verseucht wirst.«

Misses Stone zog die Bänder ihres Retiküls auf, um zwei kleine Miniaturen daraus hervorzuziehen, die auf Porzellanmedaillons mit filigranen Goldeinfassungen gezeichnet waren. »Bevor deine Mutter nach London flüchtete, blieb sie eine Weile bei mir. Wusstest du das?«

Kat behielt ihre Überraschung für sich, wenngleich sie das in Wahrheit nicht gewusst hatte. Hatte Emma Stones jämmerlicher Ehemann auch Kats Mutter gegenüber seine schändlichen Annäherungsversuche unternommen?, fragte Kat sich. War er bei der erwachsenen Frau – die sogar ein Kind unterm Herzen trug – auf eine stärkere Abwehrkraft gestoßen als bei dem dreizehnjährigen Mädchen?

»Das undankbare Stück ist genau wie du aus meinem Haus geflüchtet und ließ nur eine kurze Dankesnachricht und diese beiden Miniaturen zurück, die ich als Bezahlung annehmen sollte.«

»Und du hast sie nicht verkauft?« So sehr Emma Stone auch über das Himmelreich faselte, wusste Kat doch, dass die Frau immer noch ein gesundes Interesse an den materiellen Annehmlichkeiten der diesseitigen Welt hatte.

Misses Stones Kopf zuckte übertrieben empört zurück. »Denkst du, ich nähme Geld dafür, meiner Schwester in der Zeit, in der sie bedürftig war, Unterschlupf zu gewähren? Die Bibel sagt: ›Jesus Christus hat uns in seiner göttlichen Macht alles geschenkt, was wir brauchen, um so zu leben, wie es ihm gefällt. Denn wir haben ihn kennengelernt; er hat uns durch seine Kraft und Herrlichkeit zu einem neuen Leben berufen.‹«

Kat sah unverwandt das von Falten durchzogene Antlitz ihrer Tante an. Die Zeit war mit Emma Stone nicht freundlich umgegangen. Sie hatte die Haut um ihren Mund faltig werden lassen und ihren meist missbilligenden Ausdruck tief darin eingegraben. »Ich nehme an, du möchtest auf etwas Bestimmtes hinaus, Tante?«

Emma Stone hielt ihr die erste Miniatur entgegen. »Diese zeigt deine Mutter. Ich nehme an, du erkennst sie wieder?«

Kat hielt das Oval aus Porzellan sorgsam in der Hand. Das Bildnis war so filigran ausgeführt, dass es ihr den Atem nahm. Es war ein Antlitz, das Kat seit mehr als zehn Jahren nicht mehr gesehen hatte. Die großen

grünen Augen zogen sich leicht schräg nach außen wie
die einer Katze. Die hohen Wangenknochen über der
fast kindlichen Nase und den vollen, sinnlichen Lippen
waren ausgeprägt. Kat fand einige dieser Züge in ihrem
eigenen Antlitz wieder. Sie vermischten sich mit Zügen,
die sie inzwischen für ihre ureigenen hielt, obschon sie
wusste, dass sie sie von dem unbekannten Lord haben
musste, der ihr Vater war.

Sie strich sanft mit den Fingerspitzen über die glatte
Oberfläche, als könnte sie durch das Berühren der
Zeichnung gleichsam die lachende, atmende Mutter berühren, die sie einst geliebt hatte. Die aufwallenden
Emotionen ließen ihren Hals eng werden. Sie brauchte
einen Augenblick, bevor sie wieder aufsehen und fragen konnte: »Und die andere Miniatur?«

Emma Stone presste in grimmiger Missbilligung die
Lippen zusammen. »Die andere Miniatur ist der Grund
meines Herkommens. Sie zeigt den letzten Mann, der
meine Schwester ausgehalten hat. Deinen Vater.«

Mit zitternder Hand griff Kat nach dem kleinen Bildnis, das ihr entgegengestreckt wurde. Seltsamerweise
wusste sie schon, was sie sehen würde, bevor sie ihre
Hand um die Miniatur schloss.

Natürlich war er mindestens vierundzwanzig Jahre
jünger. Das minutiös gezeichnete Haar war noch dunkel, die Züge kräftig, aber noch straff. Sie hatte sein
Kinn, wurde Kat gewahr. Vermutlich war es verständ-
lich, dass ihr dies vorher nie aufgefallen war. Aber die
Augen hätte sie wiedererkennen können, dachte sie.
Warum hatte sie nie bemerkt, dass die lebhaften
blauen Augen, die ihr aus dem Spiegel

entgegenblickten, die Gleichen wie die von Alistair St. Cyr, Earl of Hendon, waren?

Kapitel 51

»Ich habe kaum Zweifel daran, dass Mister Forbes verhaftet wird, sobald ich diese Information an die Bow Street weitergebe«, sagte Sir Henry Lovejoy und richtete den Blick auf Lord Devlin. »Glaubt Ihr, dass er schuldig ist?«

Sie saßen im bescheidenen Salon von Henrys Haus am Russell Square am Teetisch, auf dem noch die Kanne und die Tassen standen. Der Viscount änderte seine Position auf dem Stuhl, streckte die Beine aus und schlug die Füße übereinander. »Forbes scheint der wahrscheinlichste Verdächtige zu sein, das ist offensichtlich. Aber ist er schuldig? Ehrlich gesagt glaube ich das nicht. Die Puzzleteile passen zwar alle gut zusammen, aber das Bild, das sie ergeben, scheint irgendwie nicht stimmig zu sein. Ohne dass ich erklären könnte, warum.«

»Soweit ich es sehe, ist er ist der Einzige, der ein Motiv hat.«

»Es ist zweifellos ein starkes Motiv«, stimmte Devlin zu, »zu wissen, dass Ihr Sohn auf einem Schiff voller hungernder Männer und Frauen getötet und verspeist wurde.«

»Haben sie den Jungen wirklich getötet, was meint Ihr? Vielleicht ist er einfach gestorben. Immerhin war er verletzt. Ohne ausreichend Nahrung und Wasser ...«

»Er könnte an seinen Verletzungen gestorben sein. Aber es hat schon andere Fälle gegeben, in denen hungernde Engländer und Engländerinnen keinen anderen Ausweg mehr sahen, als sich von ihren toten

Kameraden zu ernähren – oder das Los entscheiden ließen. Die Tatsache, dass diese Truppe verschwieg, was
sie getan hat, lässt vermuten, dass der Junge aus dem
Hinterhalt getötet wurde.« Er stieß einen tiefen Atemzug aus. »Ich bezweifle, dass wir jemals die Wahrheit
erfahren werden.«

»Nein, wahrscheinlich habt Ihr recht.« Henry seufzte.
»Ich werde die Information heute Abend an Sir James
in der Bow Street berichten.«

Devlin fixierte ihn mit einem unbehaglichen, starren
Blick aus seinen gelben Augen. »Ich nehme an, das müssen Sie, aber ...« Er unterbrach sich.

Henry hob eine Augenbraue. »Glaubt Ihr, Ihr habt etwas übersehen?«

»Ich weiß es nicht. Ich wünschte, ich würde besser
verstehen, welche Rolle Jarvis' Sohn bei alledem spielt.«

»Es gibt keinen Beweis, dass Matt Parkers Bruder die
Wahrheit gesagt hat. Wer würde schon dem Wort eines
erhängten Seemanns mehr glauben als den Zeugenaus-
sagen von Leuten wie Sir Humphrey Carmichael oder
Lord Stanton?«

Der Viscount stellte seine Teetasse beiseite und stand
auf. »In diesem Fall? Ich würde es tun.«

Sebastian kehrte in sein Haus in der Brook Street zurück. Schon in der Halle fing sein Majordomus ihn ab.

»Eine Frau ist hier, die Euch sehen möchte, Mylord.
Eine *ausländische* Frau mit einem Kind. Sie bestand darauf, zu warten, also habe ich sie in den Salon geführt.«

»Eine Misses Bellamy?«, fragte Sebastian scharf.

»Diesen Namen hat sie genannt. Ja, Mylord.«

Sebastian wandte sich der Treppe zu. »Schicken Sie Tee und Kuchen hoch, Morey, und sagen Sie ihnen, dass ich in einem Augenblick bei ihnen sein werde.«

Misses Bellamy saß in einem der Schilfrohrstühle neben dem vorderen Bogenfenster, als er in den Salon trat. Bei seinem Anblick verzog sich ihr Mund vor Überraschung, und sie ließ das schwarz umrandete Taschentuch fallen, das sie umklammert hatte. Das Kind, Francesca, hockte auf der Kante des Sofas beim leeren Kamin. Es hielt einen angekohlten, ledergebundenen Band an die schmächtige Brust gepresst. Seine Augen wirkten riesig in dem aschfahlen Antlitz.

»Misses Bellamy, Francesca. Entschuldigen Sie, dass ich Sie warten ließ. Sie hätten sich nicht die Mühe machen müssen, nach London zu reisen, um mich zu sehen. Ich wäre gerne bereit gewesen, Ihnen in Greenwich meine Aufwartung zu machen, wenn Sie mir eine Nachricht hätten schicken lassen.«

Die Witwe des Kapitäns warf ihrer Tochter einen schnellen, rätselhaften Blick zu. »Ach, Mylord! Ich wollte Euch überhaupt nicht belästigen. Ich dachte, Mister Taylor hätte Eure Karte versehentlich bei mir hinterlegt, und ich kam in der Hoffnung her, Ihr könntet mich zu ihm führen. Aber Francesca bestand darauf, dass wir bleiben.«

Sebastian ging, um den Tee einzuschenken, der unbeachtet auf dem Tisch stand. »Bitte nehmen Sie meine Entschuldigung für das Schauspiel an, das ich Ihnen in Greenwich vorgespielt habe. Ich fürchtete, wenn ich mich unter meinem eigenen Namen an Captain Bellamy wenden würde, könnte er sich weigern, mich zu empfangen.«

Sie runzelte verwirrt die Stirn. »Und warum sollte das so sein, Mylord?«

»Ich vermute, der Captain wurde davor gewarnt, mit mir zu sprechen.« Er hielt ihr eine Tasse hin. »Bitte, darf ich Ihnen einen Tee anbieten?«

Sie nahm die Tasse automatisch entgegen, trank jedoch nicht.

Er wandte sich an Francesca. »Und Sie, Miss Bellamy? Hätten Sie gern etwas Tee und Kuchen?«

»Nein, danke«, sagte sie mit bedrückendem Ernst und hielt ihm das in Leder gebundene Buch hin. »Wir haben Ihnen das hier mitgebracht.«

»Was ist das?«, fragte Sebastian, rührte sich aber nicht, um es von ihr entgegenzunehmen.

Misses Bellamy antwortete an Francescas Stelle: »Das Logbuch des Schiffes. Von der *Harmony*. An dem Abend, als er in den Fluss fiel, saß Kapitän Bellamy nach dem Abendessen stundenlang am Tisch, las im Logbuch und trank Rum. Bevor er hinausging, warf er es in den Kamin und entzündete ein Feuer. Aber das Feuer brannte nicht richtig an, und Francesca löschte es.«

Sebastian beobachtete, wie das Kind mit einer Hand über den verkohlten Einband des Logbuchs fuhr. »Haben Sie es gelesen?«, fragte er und blickte die Witwe an.

Sie errötete und schüttelte den Kopf. Zu spät erinnerte sich Sebastian daran, was Tom ihm in Greenwich erzählt hatte: dass die junge brasilianische Frau des Kapitäns Analphabetin war. »Nein«, sagte sie. »Aber Francesca.«

Sebastians Blick traf den des Kindes, und er sah in ihren entsetzten Augen die Bestätigung von allem, was er vermutet hatte, und noch mehr. »Du hast gelesen, was nach der Meuterei passiert ist?«, fragte er leise.

»Ich habe alles gelesen.«

Großer Gott, dachte Sebastian. Laut sagte er: »Und trotzdem hast du es mir gebracht?«

Sie nickte, die Muskeln in ihrem Kiefer waren angespannt. »Deshalb ist Adrian gestorben, nicht wahr? Es ist der Grund, warum sie alle gestorben sind. Wegen dem, was mein Papa und die Eltern der anderen Menschen auf diesem Schiff getan haben.«

Es war unmöglich, das Kind anzulügen. Er konnte nur sagen: »Ich vermute es.«

»Wisst Ihr, wer es getan hat?«

»Noch nicht.«

Sie legte das Logbuch auf den Teetisch und schob es ihm zu. »Vielleicht hilft das.«

Kapitel 52

Hendon verbrachte den größten Teil des Samstagnachmittags im Carlton House, um sich mit dem aufgeregten Prinzen zu beschäftigen. Er hatte gerade den Palast verlassen und schickte sich an, die Mall hinauf zu gehen, als Kat Boleyn auf ihrem Phaeton die Zügel anzog und die Stadtkutsche schwungvoll neben ihm zum Stehen brachte.

»Ich würde gern mit Euch sprechen, Mylord«, sagte sie. »Fahrt Ihr ein Stück mit mir?«

Hendon betrachtete die Frau vor ihm. Sie trug ein Reitgewand in Jägergrün mit Messing-Epauletten, das durch ein keckes grünes Reiterhütchen mit einer gekräuselten Straußenfeder vervollständigt wurde. Hendon hielt nichts von Frauen, die Phaetons fuhren. Er ließ seinen Blick auf das unruhige Pferdegespann zwischen den Stangen fallen und war versucht, eine Ausrede vorzuschieben. Doch die Tatsache, dass sie ihn absichtlich aufgesucht hatte, ließ einen Hoffnungsschimmer in seiner Brust aufglimmen. Vielleicht würde er doch noch einen Weg finden, Devlins Heiratsabsicht zu durchkreuzen.

Er trat an den Bordstein und fragte neugierig: »Sie möchten, dass ich mit Ihnen in dem Gespann fahre?«

Sie stieß ein perlendes Lachen aus. »Ich verspreche, Euch nicht zu überfahren, Mylord. George«, sagte sie zu dem Burschen, der neben ihr saß, »warte hier auf mich.«

»Ja, Miss.«

Hendon kletterte hoch und ließ sich auf dem Platz nieder, den der Bursche freigemacht hatte. Sie nahm die Zügel auf, aber bevor sie die Pferde antrieb, reichte sie Hendon ein kleines bemaltes Oval aus Porzellan – die Miniatur einer dunkelhaarigen Frau mit blitzenden grünen Augen und einem Lächeln, das einst Hendons Herz gestohlen hatte.

»Erkennt Ihr das?«, fragte Kat Boleyn.

Hendons Faust schloss sich so fest um das filigran umrahmte Porzellan, dass das Metall in sein Fleisch schnitt. »Nein.«

Sie warf ihm einen flüchtigen Blick zu. »Ihr lügt, Mylord. Die Wahrheit steht Euch deutlich ins Antlitz geschrieben. Ihr Name war Arabella Noland, und sie war Eure Geliebte, nicht wahr?«

»Und wenn sie es war? Glauben Sie, wenn Sie mir jetzt ihr Porträt zeigen, werde ich Ihre Pläne, meinen Sohn zu heiraten, weniger kritisch sehen? Nun, ich will Ihnen etwas sagen, junge Dame: Da sind Sie falsch gewickelt!«

Sie sagte nichts, ihre ganze Aufmerksamkeit galt der Aufgabe, ihre Pferde durch den dichten Samstagnachmittagsverkehr zu führen.

»Woher haben Sie das?«, fragte er schließlich.

»Arabellas Schwester Emma Stone hat es mir geschenkt.«

»Diese abscheuliche Frau«, sagte Hendon. »Warum sollte sie so etwas tun?«

»Misses Stone hat mir auch dieses Porträt von Ihnen geschenkt.« Sie hielt ihm eine weitere Miniatur hin, und nach einem Moment nahm Hendon sie.

»Sie gehören zusammen. Habt Ihr sie Arabella geschenkt? Ich frage mich, ob sie Teil Eures Abschiedsgeschenk an sie waren, als Ihr erfuhrt, dass sie schwanger war?«

»Nein«, sagte er unwirsch, weil er nicht verstand, worauf sie hinauswollte. »Sie waren ein Geburtstagsgeschenk. Warum?«

Sie warf ihm einen Blick zu, den er nicht zu verstehen vermochte. »Aber Ihr wusstet, dass sie ein Kind von Euch geboren hat.«

Hendon mahlte mit dem Kiefer. Er sah keinen Sinn darin, es zu leugnen. »Haben Sie Devlin davon erzählt?«

»Nein.« Sie fuhr um die Kurve Richtung Whitehall ein. »Wusstet Ihr von dem Kind?«

»Ich wusste es. Deshalb hat sie mich verlassen.«

»Sie hat Euch verlassen?«

Hendon schnaubte. »Ich nahm an, Sie müssten die ganze Geschichte kennen. Es war meine Absicht, das Kind nach seiner Geburt wegzugeben, damit es in einer guten Familie auf dem Land aufwächst.«

»*Ihr hättet ihr das Kind weggenommen?*«

Die Schärfe in ihrer Stimme überraschte ihn. Er zuckte mit den Schultern. »Das ist die übliche Vorgehensweise. Arabella war verzweifelt über meinen Vorschlag, aber ich dachte, sie würde sich damit abfinden. Stattdessen hat sie mich ohne ein Wort verlassen.«

Wortlos lenkte Kat Boleyn ihren Phaeton schwungvoll um einen Brauereiwagen herum, der die Straße versperrte. Hendon ließ seinen Blick über ihre hohen Wangenknochen wandern, die kecke Linie ihrer Nase, ihre sinnlich gerundeten Lippen. Er hatte immer gedacht, sie hätte etwas vom Aussehen Arabellas. Und dann befiel ihn von irgendwoher unwillkürlich ein starkes Gefühl der Beunruhigung.

»Warum hat Emma Stone Ihnen diese Miniaturen geschenkt?«, fragte er wieder.

»Emma Stone ist meine Tante.«

Hendon öffnete den Mund, um es zu leugnen, um alles zu leugnen, was sie andeutete. Dann schloss er ihn wieder. Wenn irgendeine andere junge Frau mit einer solchen Behauptung zu ihm gekommen wäre, hätte er ihre Aussagen niemals für bare Münze genommen. Aber ausgerechnet diese Frau hatte keinen Grund, ihn als ihren Vater zu beanspruchen, sondern jeden Grund, es nicht zu tun.

»Mein Gott«, flüsterte er. »Ich habe immer gedacht, dass Sie ihr ähneln, aber ich hätte mir nie vorstellen können ...« Seine Stimme verstummte. Er starrte über die Wipfel der Ulmen im Park, deren Blätter plötzlich so grell grün gegen das Blau des Himmels waren, dass er mehrmals blinzeln musste.

»Was werden Sie nun tun?«, fragte er schließlich.

»Es Devlin sagen. Was kann ich sonst tun?«

Er musterte das schöne, eigentümlich vertraute Antlitz neben ihm. Er hatte sie immer als seine Widersacherin betrachtet, als eine Frau, die er bekämpfen musste, um sie daran zu hindern, Devlins Leben zu ruinieren. Er stellte fest, dass er immer noch so über sie dachte. Er musste sie so sehen, etwas anderes konnte er sich nicht gestatten. Nicht jetzt. »Sie könnten einfach weggehen«, schlug er vor.

»Nein«, sagte sie heftig. »Ich werde ihm so etwas kein zweites Mal antun.«

»Dann lassen Sie mich es ihm sagen.«

Zunächst dachte er, sie wolle das ablehnen. Sie schnappte nach Luft, dann noch einmal. Erst da merkte er, dass sie gegen die Tränen ankämpfte.

»Nun gut«, sagte sie und hielt vor dem Palast an. »Aber Ihr sagt es ihm am besten gleich. Denn wenn ich ihn das nächste Mal sehe, werde *ich* es ihm sagen, wenn Ihr es nicht getan habt.«

Kapitel 53

Die Sonne strahlte an diesem letzten, schönen Septembertag am Himmel. Sebastian hörte das Gelächter und Rufen von Kindern, als er in seine Bibliothek ging und das lang verschollene Logbuch der *Harmony* auf seinem Schreibtisch ablegte. Einen kurzen Augenblick zögerte er. Dann öffnete er den verkohlten Ledereinband und wanderte in der Zeit zurück, zu dunklen und schrecklichen Geschehnissen.

Die ersten Wochen der Fahrt von Indien aus waren ereignislos gewesen, und er überflog sie schnell. Manche Kapitäne führten ausführliche, geschwätzige Logbücher. Nicht so Bellamy. Bellamys Einträge waren knapp, ungeduldig; die eiligen Kritzeleien eines Mannes, der sein Logbuch führte, um den Forderungen der Schiffseigner genüge zu tun, und nicht sich selbst. Er machte nur kurze Listen seiner Passagiere, Offiziere und der Mannschaft. Sebastian ging die Namen durch, aber es gab keine Überraschungen. Es waren einundzwanzig Besatzungsmitglieder gewesen. Ganz unten auf der Liste fand Sebastian den Namen Jack Parker, aber von den anderen erkannte er keinen.

Er überflog die Tage, die lange Liegezeit in Kapstadt, das gute Vorankommen, als sie die Westküste Afrikas hinaufsegelten. Und dann, am fünften März, hatte Bellamy geschrieben:

02:00 Uhr: Starke Orkanböen mit schwerem Seegang. Segel aufgegeit und beigelegt.

06:00 Uhr: Weiterhin starke Orkanböen aus WSW. Großmast und Besanmast gebrochen und über Bord gegangen.

15:00 Uhr: Schwere See durchschifft. Beiboot und zwei Matrosen über Bord.

Am nächsten Tag, dem sechsten März, gab es nur einen gekritzelten Eintrag.

10:00 Uhr: Orkan hält an. Position auf See unbekannt. Positionsbestimmung im Sturm nicht möglich.

Zwei Tage später schrieb Bellamy:

08. März, 07:00 Uhr: Schwere See hat das Langboot und die Pinne weggespült. Habe das Ruder abgelöst. Schiffsjunge Gideon hat einen gebrochenen Arm. Trägt es tapfer.

So schlimm es bereits war, wurde am neunten März alles noch schlimmer.

11:00 Uhr: Pumpen kommen nicht mehr nach. Besatzung unruhig. Wir haben die Ladung über Bord geworfen, aber das Schiff liegt immer noch tief im Wasser und hat steuerbords starke Schlagseite.

14:00 Uhr: Schiff plötzlich wieder aufgerichtet, obwohl es voller Wasser steht. Furchtbare See bricht vom Bug bis zum Heck über uns herein. Wir sind sicher verloren.

17:00 Uhr: Orkan zu starker Brise abgeflaut. Wir haben versucht, durch Ausschlagen des Bugs so viel Proviant wie möglich herauszuholen. Konnten 20 Pfund Brot und 10 Pfund Käse retten, etwas Rum und Mehl. Lagern jetzt alles im Haupttop.

10. März, 06:00 Uhr: Isaac Potter in den Frachtraum gerutscht und ertrunken, bevor wir ihn herausholen konnten. Haben seine Leiche der See übergeben.

10:00 Uhr: Besatzung unruhig. Es ist klar, dass wir die Harmony aufgeben müssen, wenn wir nicht bald ein Schiff sehen. Aber ohne Beiboot und Langboot können nicht alle gerettet werden.

11. März, 14:00 Uhr: Besatzung verlässt nach Meuterei das Schiff mit dem größten Teil des verbliebenen Proviants und Wassers. Offiziere und Passagiere an Bord zurückgelassen. Gott schütze unsere Seelen.

13. März, 17:00 Uhr: Heck eingedrückt. Ich weiß nicht, wie wir uns über Wasser halten. Wir haben aus Segeltuch ein Zelt auf dem Vorschiff errichtet. Konnten ein bisschen Reis und mehr Mehl von unten bergen. Haben das Wasser auf ein halbes Glas pro Tag pro Kopf rationiert, aber auch so wird es nicht lange vorhalten.

14. März, 07:00 Uhr: Mit Hilfe der laufenden Bugleine kleinen Hai gefangen. Sir Humphrey hat einen Teekessel mit einem langen Rohr und einem Stück Segeltuch ausgerüstet, um eine Art Destillieranlage zu bauen. Aber sie liefert nur ein Glas Wasser pro Tag, kaum genug, um sich am Leben zu erhalten. Gideon fiebert.

16. März, 10:00 Uhr: Sir Humphrey hat sein Destillationsverfahren verbessert. Wir schaffen jetzt fast zwei Weingläser pro Tag. Seepocken von der Seite des Schiffs gesammelt und roh gegessen, aber sie halten nicht satt.

23. März: Wir hungern und leiden. Gideon hält durch, wenngleich ich nicht weiß, wie. Seit sieben Tagen keine Nahrung mehr.

24. März, 14:00 Uhr: Schiff auf Luvseite gesichtet. Notsignal ausgesendet, aber der Fremde drehte mit Rückenwind ab.

25. März, 07:00 Uhr: Ich höre das Gerede der Passagiere untereinander nicht gerne. Sie warten auf den Tod des Schiffsjungen Gideon, um dann von seinem toten Körper zu essen. Aber er ist nicht gestorben, und jetzt reden sie davon, ihn umzubringen.

17:00 Uhr: Ein schwarzer Tag für uns alle. Gegen meine und die Einwände von Mister David Jarvis haben die Passagiere und Schiffsoffiziere dafür gestimmt, Gideons Tod zu beschleunigen. Mister Jarvis versuchte, den Jungen zu beschützen, aber die anderen haben ihn überwältigt und im Handgemenge wurde dem jungen Jarvis ein Entermesser in die Seite gestoßen. Einen Moment dachte ich, Gideon würde verschont und sie würden stattdessen Mister Jarvis abschlachten und verspeisen. Aber der junge Mann verteidigte sich trotz seiner Verletzung tapfer, und sie wandten sich wieder Gideon zu.
Reverend Thornton gab ihm die letzte Ölung, während Lord Stanton Gideon festhielt und Sir Carmichael ihm die Kehle durchschnitt. Das Blut des armen Jungen wurde in einer Schale aufgefangen und unter den Passagieren aufgeteilt. Dann wurde der Leichnam in Viertel zerlegt und im Meer gewaschen. Sie zogen Lose,

wer welche Teile bekam. Der Reverend und Misses Thornton zogen die inneren Organe des armen Jungen, Sir Humphrey einen Arm, Lord Stanton und Mr. Atkinson teilten sich ein Bein und so weiter. Sogar solche wie Mister Fairfax und Misses Dunlop, die gegen die Tötung des Jungen argumentiert hatten, nahmen an der Verlosung teil, nachdem die böse Tat vollbracht war.

Nur Mister David Jarvis weigerte sich trotz seiner schlimmen Verwundung, am Festmahl teilzunehmen. »Warum sollte ich meine Seele zur Hölle verdammen«, sagte er ihnen, »damit ich noch ein oder zwei Tage leben kann? Ich weiß genau, über wen ihr als Nächstes herfallen werdet, wenn ihr die Knochen dieses armen Jungen blankgeputzt habt.«

Ich selbst fand, dass ich meinen Magen nicht genug beruhigen konnte, um das Fleisch des armen Jungen zu essen. Aber als sie den Becher mit seinem Blut herumreichten, trank ich davon, Gott steh mir bei.

Sebastian erhob sich von seinem Schreibtisch und wollte sich ein Glas Brandy einschenken. Aber der Brandy schmeckte bitter auf seiner Zunge, und er stellte ihn beiseite.

Durch das Fenster zur Straße blickte er auf eine Damenkutsche hinunter, die in flottem Tempo vorbeirumpelte. Ein Kind, das auf dem Fußweg einem Reifen nachjagte, blickte auf, um etwas zu rufen, und das goldene Sonnenlicht fiel warm auf sein honigfarbenes Haar und seine rötlichen Wangen.

Es war leicht, die Passagiere und Offiziere der *Harmony* zu verurteilen, erkannte Sebastian. Leicht war es, sich der eigenen moralischen Überlegenheit und seines

Mutes zu versichern, wenn man wohlig und sicher im Geborgenen saß. Aber kein Mensch konnte wirklich wissen, wie er handeln würde, wenn er nie vor einer solchen Wahl stand: an seinen Überzeugungen festhalten und dafür den Tod in Kauf nehmen oder töten und leben?

Sebastian griff wieder nach seinem Brandy und kippte ihn hinunter. Dann ging er zurück an seinen Schreibtisch, um zu lesen.

26. März, 08:00 Uhr: Englische Fregatte kam in Sicht. Wir hissten das Segel, und der Fremde segelte zu uns. Wir warfen die Überreste des Schiffsjungen über Bord. Mister Jarvis kämpfte noch um sein Überleben, verlor aber das Bewusstsein, als die Sovereign beidrehte, und ich bezweifle, dass er wieder aufwachen wird.

Es gab nur noch eine letzte Zeile, die mit zitternder Hand eingetragen worden war, danach keine Einträge mehr.

10:00 Uhr: Wir haben seinen Leichnam der See überantwortet.

Kapitel 54

Sebastian klappte das Logbuch zu, dann saß er eine Weile da und starrte auf das angekokelte Leder hinunter. Es war eine Sache, lediglich zu vermuten, dass die Passagiere und Offiziere der *Harmony* Zuflucht zu Kannibalismus und Mord genommen hatten, aber eine ganz andere, den knapp gefassten Bericht über ihre lange, grausame Tortur zu lesen.

Das Logbuch der *Harmony* lieferte Erklärungen für viele Einzelheiten an den kürzlich verübten Morden, die ihm zuvor unverständlich erschienen waren. Er verstand nun, dass die unterschiedlichen Arten der Verstümmelung, die den einzelnen Opfern zugefügt worden waren, genau den Losen entsprachen, die ihre Eltern nach Gideons Ermordung gezogen hatten. Adrian Bellamy war nicht von der Verstümmelung verschont geblieben, weil sein Mörder gestört worden war – wie sie zunächst angenommen hatten –, sondern weil sein Vater, Kapitän Bellamy, nicht selbst vom Fleisch des toten Schiffsjungen gegessen hatte.

Doch die gezielte Reihenfolge der Morde erschien Sebastian weniger logisch. Es ergab Sinn, dass Barclay Carmichael vor Dominic Stanton gestorben war, denn Sir Humphrey Carmichael hatte Gideon persönlich die Kehle durchgeschnitten, während Lord Stanton den Jungen festgehalten hatte. Aber Reverend Thornton hatte dem Jungen nur die letzte Ölung gegeben. Warum war sein Kind als Erster gestorben? Und warum war Captain Bellamys Sohn der Zweite auf der Liste gewesen? Was auch immer seine Beweggründe waren – der

Mörder hatte die Reihenfolge der Opfer für so wichtig gehalten, dass er die Alraunwurzel für Adrian Bellamy reserviert hatte, selbst als die Abwesenheit des Marineleutnants den Mörder gezwungen hatte, zum nächsten Opfer auf seiner Liste überzugehen.

Aber was Sebastian am meisten beschäftigte, war die Frage: *Woher* kannte der Mörder die Ereignisse an Bord des Schiffes so genau? Die einzige logische Erklärung, die sich aufdrängte, war, dass der Mörder selbst an Bord des Schiffes gewesen war.

War das möglich? Was, wenn eines der Besatzungsmitglieder zurückgelassen worden war, als die anderen meuterten und das Schiff verließen? Bellamys Logbucheinträge waren kurz und unregelmäßig; hätte er sich die Mühe gemacht, ein oder zwei Besatzungsmitglieder namentlich zu nennen, die von ihren Schiffskameraden im Stich gelassen worden waren? Sebastian blätterte gerade zurück zu Bellamys Auflistung der ursprünglich einundzwanzig Besatzungsmitglieder der *Harmony*, als ihn das Geräusch des Türklopfers, gefolgt von der Stimme seines Vaters im Flur, dazu bewog, den Kopf zu heben.

»Ich dachte, du hättest geschworen, nie wieder an meiner Tür aufzukreuzen«, sagte Sebastian, als der Earl am Eingang zur Bibliothek erschien.

Hendon zog seine Handschuhe aus und legte sie zusammen mit seinem Hut und seinem Spazierstock auf einen Tisch in der Nähe. »Es hat sich etwas ergeben.«

Er stellte sich vor den leeren Kamin, die Hände hinter dem Rücken verschränkt, und wippte von den Fersen auf die Fußballen. »Ich habe nie behauptet, ein Heiliger zu sein. Das weißt du«, sagte er in brummigem Ton.

Sebastian lehnte sich in seinem Stuhl zurück, den Blick auf die ausgeprägten Gesichtszüge des Earls gerichtet. Er hatte keinen Zweifel daran, warum sein Vater hier war. Ein Mann, der einst einer jungen Schauspielerin zwanzigtausend Pfund geboten hatte, damit sie seinen Sohn in Ruhe ließ, würde wohl kaum untätig herumsitzen und ihre Vermählung zulassen, ohne alles in seiner Macht Stehende zu tun, um sie zu verhindern – und noch einiges mehr. Sebastian schenkte seinem Vater ein kaltes Lächeln. »Ich weiß, dass du kein Heiliger bist.«

»Ich habe mir über die Jahre mehrere Geliebte gehalten. Nachdem deine Mutter weg war, aber auch davor.«

»Ich habe Kat zu meiner Geliebten gemacht. Jetzt beabsichtige ich, sie zu meiner Frau zu machen.«

»Um Gottes willen, Sebastian! Hör mir doch bitte zu. Das alles ist nicht so einfach. Eine der Frauen, die ich ausgehalten habe, war eine junge Irin mit dem Namen Arabella. Arabella Noland. Ihr Vater war Geistlicher aus einer kleinen Marktstadt nordwestlich von Waterford, Carrik-on-Suir. Schon mal davon gehört?«

»Nein.«

»Es war der Geburtsort von Anne Boleyn.«

Sebastian spürte ein tiefes Unbehagen, obgleich er keine Ahnung hatte, worauf sein Vater mit all dem hinauswollte. »Und?«

»Sie war mit ihrer Schwester Emma nach London gekommen. Emma hat einen Anwalt namens Stone geheiratet. Sie hat sich im Laufe der Jahre einen Namen als moralisierende Schriftstellerin gemacht, ganz im Sinne von Hannah More. Vielleicht hast du schon von ihr gehört.«

»Ja, ich habe von ihr gehört.«

»Ja. Nun, die jüngere Schwester, Arabella, war bei weitem die hübschere und lebhaftere. Es gab keine nennenswerte Mitgift, und die Familie stammte aus dem niederen Adel – noch dazu aus Irland. Arabella ...«

»Wurde deine Geliebte? Ist es das, was du sagst? Wann war das?«

»Vor etwa zwanzig Jahren. Du warst noch ein Kleinkind.«

Sebastian stieß sich von seinem Stuhl hoch. »Wenn du glaubst, mich mit dieser Geschichte von meiner Heirat mit Kat abbringen zu können ...«

»Lass mich ausreden. Wir waren mehr als drei Jahre liiert. Dann erfuhr sie, dass sie schwanger war.«

Sebastian sah zu, wie sein Vater sich wegdrehte, um sich mit den ausgestreckten Armen am Marmorkamin abzustützen. Es dauerte einen Augenblick, bis er fortfahren konnte. »Du weißt, wie solche Dinge oft gehandhabt werden. Ein Diener liefert den Säugling zusammen mit einer kleinen Geldsumme an die Gemeinde ab, oder das Kind wird an eine Amme in irgendeinem ärmlichen Haushalt abgegeben. Sie überleben nie. Vielleicht ist das der Sinn der Sache. Ich weiß es nicht. Aber darauf wollte ich nicht hinaus. Ich habe ein gutes Zuhause für das Kind gefunden – eine wohlhabende Bauernfamilie, und ich hatte vor, das Wohlergehen des Kindes bei ihnen regelmäßig zu überprüfen.«

»Aber sie wollte das Kind nicht weggeben, nehme ich an?«

Die Wangen des Grafen färbten sich dunkel. »Nein. Sie flehte mich an, den Plan aufzugeben. Ich versuchte, ihr klarzumachen, dass alles andere unmöglich war.

Ich dachte sogar, ich hätte Erfolg. Aber dann, einige Monate vor der Geburt des Kindes, verschwand sie. Ich suchte nach ihr, aber vergeblich. Einige Zeit später erhielt ich eine Nachricht aus Irland. Darin stand nur: ›Du hast eine Tochter. Es geht ihr gut. Versuch nicht, uns zu finden.‹«

Hendon stieß sich vom Kaminsims ab und drehte sich zu Sebastian um. »Heute Morgen hat Emma Stone Kat Boleyn einen Besuch abgestattet. Es scheint, die Frau ist Kats Tante. Sie hat ihr das hier mitgebracht.« Er griff in seine Tasche und holte zwei Miniaturen hervor, die er neben Sebastian auf den Schreibtisch legte. »Es sind Porträts ihrer Eltern.«

Die Frau auf dem ersten Gemälde war eine Fremde. Aber es war leicht, in der bezaubernden Darstellung der zierlichen Nase und der vollen, sinnlichen Lippen die Ähnlichkeit mit Kat zu erkennen. Das zweite Porträt zeigte den Earl of Hendon, wie er vor fünfundzwanzig Jahren gewesen war. Sebastian starrte auf die beiden filigran eingerahmten Porzellanovale hinunter. In ihm baute sich eine Welle aus Verleugnung, Wut und Angst auf. »*Nein.*«

Er stieß sich vom Schreibtisch ab. »*Heilige Mutter Gottes.* Gibt es irgendetwas, zu dem du dich nicht versteigen würden, um diese Heirat zu verhindern?«

»Nein«, sagte Hendon in ungewöhnlicher Ehrlichkeit. »Aber selbst ich hätte mir das nicht ausdenken können.«

»Ich glaube nichts davon. Hast du mich verstanden? *Ich glaube es nicht.*«

Hendons Kiefer mahlte. »Sprich mit Miss Boleyn. Sprich mit Misses Emma Stone ...«

»Keine Angst, das werde ich!«

»Sie werden dir das Gleiche erzählen.«

Sebastian fegte mit dem Arm über die Arbeitsfläche, sodass die Miniaturen hinunterflogen. »Gott verdamme euch. Gott verdamme euch alle zur Hölle.«

Hendons Augen – diese leuchtend blauen St. Cyr-Augen, die denen von Kat so unleugbar ähnlich waren – zuckten vor Schmerz. »Du kannst mir nicht die Schuld dafür geben, dass du dich in diese Frau verliebt hast.«

»Wen zum Teufel soll ich dann beschuldigen?«, wütete Sebastian.

»Gott.«

»Ich glaube nicht an Gott«, sagte Sebastian und stürmte aus dem Haus.

Kapitel 55

Zuerst fuhr Sebastian zur Harwich Street.

»Wo ist sie?«, fragte er das Dienstmädchen Elspeth, das die Tür öffnete.

Elspeth starrte ihn mit weit aufgerissenen, ängstlichen Augen an. »Miss Boleyn ist nicht zugegen.«

Sebastian drängte sich an ihr vorbei. »Kat?«, rief er und hörte das Echo seiner Stimme im leeren Haus widerhallen.

Er rannte die Treppe hoch zum Salon, dann lief er, zwei Stufen auf einmal nehmend, zum zweiten Stockwerk hinauf. »Kat!«

Eine Minute später war er bereits wieder unten. »Wo ist sie, verdammt nochmal?«, wollte er wissen und bedrängte Elspeth in der Eingangshalle.

Das Dienstmädchen, das gerade eine Öllampe herunter drehte, sah auf. »Ich weiß es nicht. Sie ist ausgegangen.«

»Du weißt etwas, das du mir nicht sagen willst. Was ist es?«

»Ich weiß nichts! Irgendetwas Eigenartiges geht vor, aber ich weiß nicht, was. Ich schwöre!«

»Sagte sie, wann sie zurück ist?«

»Morgen. Sie sagte, dass sie wahrscheinlich erst morgen wieder zurück sein wird.«

»Wahrscheinlich?«

»Ich weiß nur, was sie mir gesagt hat.«

Sebastian schlug mit der flachen Hand gegen die getäfelte Wand, dann ging er.

Als nächstes fuhr er zu Emma Stones kleinem Haus in Camden.

Die Frau war bekannt für ihre äußerst beliebten Abhandlungen mit Verbesserungsvorschlägen, die solche Titel trugen wie »Christliche Frömmigkeit« und »Moralische Entwürfe für die nächste Generation«. Hätte Hendon nur irgendjemand anderen genannt, hätte Sebastian seine wilden Anschuldigungen ohne zu zögern zurückweisen können. Aber Sebastian konnte sich unmöglich vorstellen, dass Misses Emma Stone sich zu den Ränkespielen des Earls hergegeben hätte.

Sebastian blieb auf dem Bürgersteig stehen und sah an der sauberen Backsteinfront vor sich hinauf. Er kannte Kats frühere Lebensgeschichte nur in den gröbsten Zügen. Was er jedoch davon wusste, fügte sich schlechterdings sehr gut in Hendons Geschichte ein. Kat hatte ihm erzählt, dass ihr Vater ein englischer Lord gewesen war, doch dass ihre Mutter London vor Kats Geburt verlassen hatte, um in ihrem Heimatland Irland Zuflucht zu suchen. Sebastian wusste, was die Soldaten Kats Mutter und ihrem Stiefvater angetan hatten. Er wusste auch, dass Kat nach deren Tod von der Schwester ihrer Mutter aufgenommen worden war. Sebastian hatte ein vages Bild einer selbstgerechten, frömmlerischen Frau vor Augen, die auf die Anschuldigungen des Missbrauchs, die ihre Nichte gegen ihren Ehemann erhob, mit der Peitsche reagiert hatte.

Sebastian betrachtete die stillen Reihen der mit adretten Vorhängen versehenen Fenster. War Kat als Kind aus diesem Haus in ein Leben auf der Straße geflohen? Sie hatte nie erwähnt, ob der Name ihrer Tante Emma

Stone war. Allerdings gab es so vieles, das Kat ihm nie erzählt hatte.

Er bemerkte, dass er sich beobachtet fühlte. Als er die wenigen Stufen zur Eingangstür erklomm, sah er die Spitze eines der Vorhänge an einem der Fenster oben wackeln und dann wieder zurückschwingen. Er erwartete halb, dass sein Pochen an der Haustür unbeachtet bleiben würde. Stattdessen wurde die Tür fast sogleich von einem dünnen Mädchen mit jadegrünen Augen und ein paar Sommersprossen auf der Nase geöffnet. Sie sah ihn mit unverhohlener Neugier an und fragte atemlos: »Seid Ihr Lord Devlin?«

»Ja«, sagte Sebastian überrascht.

Das Mädchen trat zurück und öffnete die Tür weit. »Misses Stone hat mir aufgetragen, Euch sofort zu ihr hinauf zu führen.«

Manchmal suchen uns unsere schlimmsten Träume nicht im Schlaf heim.

Die Albträume, die Sebastian in den dunkelsten Nächten heimsuchten, waren ihm vertraut: unzusammenhängende Bilder von Säbelhieben und auseinanderbrechenden Formationen, begleitet vom Schreien sterbender Männer und gequälter Pferde. Er hatte gelernt, mit diesen Träumen und diesen Erinnerungen zu leben. Er wusste nicht, wie er lernen sollte, mit diesem neuen Albtraum zu leben.

Er wanderte die verdunkelten Straßen Londons entlang, durch enge Gassen mit verschlossenen Läden und stillen Häusern. Nebel hatte sich über die Stadt gelegt und dem Pflaster einen feuchten Glanz verliehen, in dem sich die Lichter der Straßenlampen und einer gelegentlichen Kutsche spiegelten. Er versuchte noch immer, das Unbegreifliche zu begreifen. Wie eine Liebe, die so wunderschön und lebenswichtig gewesen war, plötzlich in etwas Unsauberes und Böses hatte verwandelt werden können. Von allen Tabus, mit denen sich englische Frauen und Männer gegen die Schrecken von Wildheit und Brutalität wappneten, waren zwei so unverzeihlich und schändlich, dass man nur in verängstigtem Flüstern darüber sprach: das Verbot, menschliches Fleisch zu essen, und die sexuelle Vereinigung zwischen Menschen, die durch die engsten Familienbande verwandt waren. Vater und Tochter. Schwester und Bruder.

Er wusste, dass er entsetzt zurückschrecken sollte, und ein Teil von ihm reagierte so. Aber ein Teil von ihm sehnte sich schmerzlich nach der Zukunft, die ihm entrissen worden war, nach der Frau, die er zu seiner Ehefrau hatte machen wollen.

Er wollte auf sein Pferd steigen und auch die letzten verstreuten Weiler hinter sich lassen. Er wollte durch Wälder reiten, die von einem wilden Wind gepeitscht wurden, mit nichts als der Kälte und den fernen Sternen als Gefährten. Er wollte reiten, bis er die brechenden Wellen des Meeres erreichte, und spüren, wie die salzige Gischt ihn umfing, während er immer weiter ritt, ins Vergessen.

Ein Lachen, das aus einer geöffneten Tür drang, ließ ihn mit dem Kopf herumfahren. Er hielt für einen Moment inne, erschauderte und erkannte die Gefahr, allein und viel zu nüchtern zu sein.

Er wischte sich mit der Hand über das Antlitz und wandte seine Schritte in Richtung Pickering Place, ohne die schlanke Gestalt zu bemerken, die ihn aus den Schatten heraus besorgt beobachtete.

Paul Gibson schob sich an den Billardtischen vorbei, in Richtung der erleseneren Räume dahinter, in denen Faro- und Whist-Tische verteilt waren. Die Luft roch stark nach Brandy und Tabak und dem unverkennbaren süßen Aroma von Haschisch.

Er befand sich in einer der teuersten – und dekadentesten – Spielhöllen am Pickering Place, und er musste sich immer wieder daran erinnern, den Mund zuzuklappen, um nicht wie ein gaffender Bauerntölpel, der gerade vom Lande gekommen war, herumzuglotzen. Gibson war schon in vielen Spielhallen und Bordellen gewesen – und auch in Opiumhöhlen, was das anbetraf. Aber noch nie hatte er einen Ort wie diesen besucht. An den Wänden waren Tücher aus Seidenmoiré drapiert, die großen Spiegel hatten vergoldete Holzrahmen, auf den Tischen lagen Tücher aus gestärktem Leinen. Von irgendwo her erschollen die beschwingten Klänge eines Streichquartetts; die Musik bildete einen seltsamen Kontrapunkt zum schrillen Lachen der Frauen und dem unaufhörlichen Klappern der Würfelbecher.

Gibson hob ein Glas von einem der Tabletts mit Claret und Brandy, mit denen Kellner durch die Räume gingen. Eine Frau, die ein scharlachrotes Kleid mit einem schockierend tiefen Dekolleté trug, warf ihm einen vielsagenden Blick zu und ging dann an ihm vorüber. Gibson fand, dass die Diamanten an ihren Ohren echt aussahen, aber was konnte ein armer irischer Arzt schon wissen? Er stärkte sich mit einem Schluck Brandy und ging weiter.

Er überblickte die Spieltische und die Gruppe um das sich drehende Roulette und folgte der sanft geschwungenen Treppe in den nächsten Stock. Die Lichter waren hier gedämpfter, aber nicht dunkel genug, um die nackten Körper und die unmissverständlichen Stellungen der Männer und Frauen zu verbergen, die sich in Gruppen von zwei, drei oder mehr auf niedrigen Sofas und verstreuten Kissen tummelten. Gibson spürte, wie sich seine Wangen vor Verlegenheit erhitzten, und blickte betont weg.

Er fand Viscount Devlin auf dem Samtkissen einer Fensterbank, mit Blick auf die dunkle Straße darunter, in der Hand den Hals einer Flasche guten französischen Brandys. Während Gibson zusah, strich eine halbnackte Frau mit einer Hand über Devlins Brust und seinen Bauch hinunter, doch Devlin schüttelte den Kopf und legte seine Hand auf ihre, bevor sie noch weitergehen konnte. Die Frau seufzte enttäuscht, dann entfernte sie sich. Der Viscount hob den Brandy an seine Lippen und nahm einen großen Schluck. Gibson hatte befürchtet, dass er seinen Freund in einem dieser Knäuel verschlungener, nackter Körper finden würde. Aber Devlin schien mehr daran interessiert zu sein, sich zu Tode zu trinken, als seinen Schmerz in Sex zu ersäufen.

»Da bist du ja, mein Junge«, sagte Gibson herzlich und laut genug für alle, die vielleicht zuhörten. »Tut mir leid, dass ich so lange gebraucht habe. Du hast doch nicht vergessen, dass du versprochen hast, heute Abend meine Schwester zu treffen, oder?«

Devlin schwenkte mit dem Kopf herum, um ihm direkt anzublicken. Die wilden gelben Augen funkelten gefährlich. »Deine Schwester?«

»Ah. Siehst du, du hast es vergessen. Draußen wartet eine Droschke auf mich. Ich weiß, Monsieur haben konstatiert, dass kein Gentleman sich herablassen sollte, in einer Mietdroschke zu fahren, aber meine Kutsche wird gerade repariert, also fürchte ich, dass wir nichts daran ändern können.«

»Du besitzt keine Kutsche«, sagte Sebastian. »Und du hast auch keine Schwester.«

»Da liegst du daneben, mein Freund. Ich habe tatsächlich eine Schwester. Aber da sie den Schleier genommen hat und in einem Nonnenkloster in der Nähe von Killarney lebt, glaube ich nicht, dass du sie kennenlernen willst. Schon gar nicht in deinem derzeitigen Zustand.«

Devlin lachte und erhob sich auf die Beine. Sein Halstuch war zerknittert und sein Haar noch zerzauster als sonst, aber sein Gang war fest, als sie die Treppe hinuntergingen. Erst als sie die schmale Gasse vor der diskreten Tür der Spielhölle erreichten, hielt der Viscount inne, lehnte sich gegen die raue Ziegelwand und kniff die Augen zusammen.

»Zur Hölle«, sagte er nach einem Moment.

Gibson studierte das blasse Antlitz und den fest zusammengekniffenen Mund seines Freundes. »Ich habe dich seit jener Nacht in San Domingo nicht mehr so aufgewühlt gesehen.«

»Ich war seit jener Nacht in San Domingo auch nicht mehr so aufgewühlt. Ich bin mir nicht einmal sicher, ob ich überhaupt je so aufgewühlt war.« Devlin öffnete die

Augen und starrte ihn an. »Was zum Teufel machst du hier?«

»Tom hat sich Sorgen um dich gemacht.«

Das gefährliche Glitzern in den Augen des Viscounts war zurück. »Mein Laufbursche, meinst du?«

»Richtig.« Gibson klopfte seinem Freund mit der Hand auf die Schulter und lachte leise, als Devlin zusammenzuckte. »Und morgen, wenn du wieder nüchtern bist, kannst du dich bei ihm bedanken.«

Der Wundarzt wartete, bis sie in der Droschke Richtung Tower Hill saßen, dann sagte er: »Ich nehme nicht an, dass du die Neuigkeiten schon gehört hast.«

Devlin hatte schweigend aus dem Fenster gestarrt; bei dieser Bemerkung drehte er den Kopf und starrte Gibson an. »Was für Neuigkeiten?«

»Sie haben den Schlächter vom West End verhaftet. Ein Gentleman vom Lande aus Hertfordshire.«

Devlin war plötzlich fast erschreckend nüchtern. »Brandon Forbes?«

»Richtig.«

»Aber er hat es nicht getan.«

Gibson hob eine Augenbraue. »Kannst du es beweisen?«

»Nein.«

»Dann wird er dafür hängen, ganz sicher. Entweder hängen, oder irgendein Mob wird ihn aus seiner Zelle zerren und in Stücke reißen. Die Leute haben Angst. Sie wollen Blut von jemandem sehen, und zwar schnell.«

»Halte den Wagen an«, sagte Devlin.

Gibson richtete sich auf und gab dem Kutscher ein Zeichen. »Warum? Was ist los?«

Devlin stieß die Tür auf. »Ich glaube, mir ist übel.«

Kapitel 56

Sonntag, 22. September 1811

Charles Lord Jarvis verbrachte so wenig Zeit wie möglich in seinem Haus am Berkeley Square. Aber er besuchte jeden Sonntag mit seiner Mutter, deren Art an einen Drachen denken ließ, seiner halbverrückten Gattin und seiner auf eigenen Wunsch unverheirateten Tochter Hero die Morgenmesse in der St. James Chapel. Nach der Messe verbrachte er gewöhnlich mehrere Stunden in seiner Bibliothek und kümmerte sich um Staatsgeschäfte, bevor er sich mit seiner Familie wieder zum Sonntagsdinner an den Tisch setzte. Er war sich der Verantwortung der höheren Klassen sehr bewusst, für die Niedrigergestellten ein gutes Vorbild abzugeben, und der Gottesdienstbesuch sowie die Verantwortung gegenüber der Familie waren ein wichtiger Teil dieses Vorbildes. Diese Verpflichtung hatte er auch seiner Tochter auferlegen wollen, jedoch mit eher verhaltenem Erfolg.

An diesem Sonntag fand er, als er aus der Chapel zurückkam, auf seinem Schreibtisch mehrere Berichte seiner Agenten vor. Devlins Einmischung in seine Pläne, die Schauspielerin Kat Boleyn zu rekrutieren, um die Identität von Napoleons neuem Meisterspion aufzudecken, hatte Jarvis gezwungen, auf traditionellere Methoden zurückzugreifen, doch bisher waren seine Agenten nicht erfolgreich gewesen. Er sah gerade ihre Berichte durch, da wurde er von einem energischen Pochen unterbrochen.

»Ja, was gibt es?«, fragte er, ohne aufzublicken.

»Ein Mister Russell Yates macht seine Aufwartung, Mylord.«

Jarvis ruckte mit dem Kopf hoch. »Was will er, zur Hölle noch mal?«

»Soll ich ihm ausrichten, dass Ihr nicht zugegen seid, Mylord?«

Jarvis biss die Zähne zusammen. »Nein. Schicken Sie ihn herein.«

Russell Yates brachte den Geruch nach gesunden Pferden und einem kalten Morgenregen mit herein, als er eintrat. Von seinem kantigen Kinn und den breiten Schultern bis hin zu dem Glitzern von Piratengold an seinem linken Ohr strahlte er eine aggressive Form der Maskulinität aus, die man bei Mitgliedern des *Ton*, der feinen Londoner Gesellschaft, nicht oft sah. Dabei war dieses Auftreten reines Schauspiel.

Jarvis hatte sein Leben damit verbracht, Menschen zu durchschauen und zu manipulieren. Er beherrschte diese Kunst und irrte sich selten. Und doch hatte Jarvis diesen Mann einmal unterschätzt. Das würde ihm kein zweites Mal passieren.

Ganz bewusst lehnte Jarvis sich auf seinem Stuhl zurück, anstatt sich zu erheben. »Nehmen Sie Platz, Mister Yates.«

Yates lüftete die Schöße seines dunkelblauen Mantels und ließ sich auf einem Ledersessel neben dem kalten Kamin nieder. »Bitte nehmt meine Entschuldigung an, Euch an einem Sabbath zu stören, Mylord.«

Jarvis legte den Kopf schräg. Das war nur höfliches Vorgeplänkel gewesen, das wussten sie beide.

»Ich bin vor allem hier, um Euch die Neuigkeiten über eine glückliche Wendung meines Schicksals mitzuteilen. Die wundervolle Miss Kat Boleyn hat eingewilligt, meine Ehefrau zu werden.«

Jarvis zog eine goldene Schnupftabakdose aus seiner Tasche und ließ sie aufschnappen. »Tatsächlich? Nach meinem Kenntnisstand hatte Miss Boleyn eingewilligt, Viscountess Devlin zu werden.«

»Die Dinge ändern sich.«

»So sieht es aus.« Jarvis hob eine Prise Schnupftabak an sein Nasenloch. »Ihr wisst, vermute ich, dass Miss Boleyn in ihrer Vergangenheit einige ... sagen wir, unglückliche Verbindungen gepflegt hat?«

»Tatsächlich ist das mein Hauptgrund, Euch heute meine Aufwartung zu machen. Während es natürlich richtig ist, dass Miss Boleyn in ihrer Vergangenheit in einige Machenschaften involviert war, die besser dem Vergessen anheimgegeben werden, so könnte man von vielen von uns das Gleiche behaupten.« Yates' Lächeln wurde breiter. »Selbst Ihr, Mylord, wart in Angelegenheiten verwickelt, die am besten geheim bleiben.«

Jarvis ließ seine Tabakdose zuschnappen. Er war niemand, der in Zorn auffuhr, denn er hatte vor langer Zeit gelernt, seine Emotionen zu beherrschen. Gelegentlich gab er der Wut durchaus Raum, doch nur, wenn es seinem Ziel dienlich war. Jetzt würde es seinem Ziel nicht dienen.

Er verstaute das Tabakdöschen und sagte ruhig: »Die Übereinkunft, die wir diesbezüglich getroffen haben, behält ihre Gültigkeit. Ich vermute, Sie sind nur zu dem Zweck hergekommen, mich zu versichern, dass, solange Miss Boleyns Geheimnisse gewahrt bleiben, auch andere gewahrt bleiben?«

»Das beschreibt den derzeitigen Stand der Dinge sehr gut. Ja.«

»Gut. Dann verstehen wir uns.«

Yates erhob sich. Jarvis wartete, bis er an der Tür war. Dann fügte er hinzu: »Es ist allerdings eine große Verschwendung.«

Yates drehte sich um. »Wie meinen, Mylord?«

»Solch eine schöne Frau, mit einem Mann verheiratet, der sich nicht für Frauen interessiert.«

Sollte er auf eine empörte Reaktion gehofft haben, so wurde Jarvis enttäuscht. Yates lächelte nur und sagte: »Guten Tag, Mylord.«

Etwa zwanzig Minuten später saß Jarvis noch immer an seinem Schreibtisch, als seine Tochter Hero in der Tür erschien.

»Es ist etwas äußerst Ärgerliches vorgefallen, Papa. Großmama hat dem Stubenmädchen des Obergeschosses ihren Nachttopf an den Kopf geworfen, und nun haben das Mädchen und Koch gekündigt.«

»Der Koch?« Jarvis blickte zu ihr, seine Aufmerksamkeit war geweckt. »Warum der Koch?«

»Koch ist Emilys Tante.«

»Emily? Wer zum Geier ist Emily?«

»Das Dienstmädchen im Obergeschoss.«

»Guter Gott«, brüllte Jarvis. »Und was soll ich deiner Meinung nach unternehmen? Die unwichtigen Haushaltsfragen in diesem Haus gehen mich nichts an.«

»Ich erwarte nicht, dass du irgendetwas unternimmst«, sagte Hero. »Ich bin lediglich gekommen, um dir zu sagen, dass wir das Dinner erst später einnehmen werden.«

»Dinner? Aber ... wer kocht denn?«

»Ich«, sagte seine Tochter gleichmütig und schloss die Tür hinter sich.

Jarvis starrte einen Augenblick die geschlossene Tür an, dann stand er auf und schenkte sich einen Brandy ein. Es war eine anstrengende Woche gewesen.

Trotz der Wolken am Himmel war das Licht, das an diesem Tag durch Paul Gibsons Küchenfenster hereinschien, hell genug, um Sebastian in den Augen wehzutun. Er kniff sie zu und fuhr sich mit der Hand über sein stoppeliges Kinn. »Weshalb bin ich nochmal hiergeblieben, anstatt nach Hause zu fahren? Ich brauche eine Rasur. Und ein Bad. Und frische Kleidung.«

Paul Gibson antwortete ihm quer durch den Raum. »Du wolltest reden.«

Sebastian öffnete ein Auge. »Wollte ich das? Wie viel habe ich gesagt?«

»Genug.« Gibson trat näher und blieb auf der anderen Seite des abgewetzten Küchentischs stehen. »Es tut mir leid, Sebastian.«

Sebastian sah weg.

»Hier.« Gibson setzte einen Krug mit Bier auf der Tischplatte vor ihm ab. »Das wird deinem Kopf helfen. Du trinkst es am besten, bevor du das Neueste von diesem Morgen hörst.«

Sebastian wandte den Blick auf das Antlitz seines Freundes. »Warum? Was ist geschehen?«

»Es geht um den zwölfjährigen Sohn von Felix Atkinson, Anthony. Er wird vermisst.«

Kapitel 57

Sebastian traf Felix Atkinson im Salon seines gut ausgestatteten Hauses im Londoner West End an. Der Angehörige der East India Company stand mit dem Rücken zum Raum, den Blick starr auf das Fenster gerichtet, das zum Portland Place wies. In einem mit Damast gepolsterten Sessel in einer Ecke saß eine Frau Anfang dreißig, die still in ein Taschentuch weinte. Soweit Sebastian sehen konnte, unternahm ihr Ehemann keinen Versuch, sie zu trösten.

»Ich würde gerne mit Ihnen sprechen«, sagte Sebastian zu Atkinson. »Allein.«

Atkinson wirbelte herum, um ihn anzusehen, empört und vor Aufruhr zitternd. »Wirklich, Mylord. Dies ist kaum der richtige Zeitpunkt …«

Sebastian schnitt ihm das Wort ab. »Sie werden nicht wollen, dass Misses Atkinson mit anhört, was ich zu sagen habe, glaube ich.«

Röte huschte über die Wangen seines Gegenübers. Er warf einen raschen Blick auf seine Frau, dann sah er weg. »Wir können im Morgenzimmer sprechen.«

Sie hatten das Frühstückszimmer gerade erst betreten, da legte Sebastian beide Hände auf Atkinsons Schultern, wirbelte ihn herum und stieß ihn mit dem Rücken gegen die nächste Wand.

»Sie dreckiger, selbstsüchtiger und verlogener Hundsfott!« Sebastian presste die Worte zwischen zusammengebissenen Zähnen hervor.

Atkinson schnappte nach Luft und versuchte, sich aus dem Griff zu lösen. »Wie könnt Ihr es wagen? Wie könnt Ihr es wagen, in meinem eigenen Haus Hand an mich zu l...«

Sebastian drückte den Unterarm gegen die Kehle des Mannes und hielt ihn so an der Wand fest. »Ich weiß, was auf dem Schiff passiert ist. Ich weiß über Gideon Forbes Bescheid, und ich weiß, was David Jarvis in Wirklichkeit widerfahren ist.«

Atkinson verstummte. »Das könnt Ihr nicht.«

»Ich habe das Logbuch gelesen.«

»Das Logbuch? Aber das ist doch verschollen. Bellamy sagte, es wäre verlorengegangen.«

»Er hat gelogen.« Sebastian drückte seinen Unterarm noch fester unter das Kinn des Mannes. »Alle habt ihr gelogen. Was habt ihr gemacht? Euch getroffen, nachdem Thorntons und Carmichaels Söhne getötet worden waren, und euch gegenseitig Geheimhaltung geschworen?«

»Was für eine Wahl hatten wir denn?«

»Ihr hättet die Wahrheit sagen können.«

Atkinsons Zunge drängte sich hervor, um seine Lippen zu befeuchten. »Wie hätten wir das tun können? Niemand hätte für das Schicksal des Jungen Verständnis aufgebracht. Ihr habt keine Vorstellung, wie es auf dem Schiff war. Die Angst. Die endlosen Tage und Nächte des Hungers. Diese Art Hunger ist wie eine riesige Feuerschale im Magen, er frisst einen auf. Man würde alles tun, wenn man so ausgehungert ist.«

»Möglich. Aber jeden Tag sterben Menschen in Londons Straßen Hungers. Sie bringen sich nicht gegenseitig um und essen sich auf.«

Atkinson nahm einen Atemzug, der seine gesamte Gestalt erzittern ließ. »Der Junge lag im Sterben. Wir haben seinen Todeszeitpunkt nur ein wenig vorgezogen. David Jarvis hätte nicht versuchen dürfen, uns aufzuhalten.«

»Das lügt ihr euch also selbst vor? Und was ist mit der *Sovereign*?«

»Wir wussten doch nicht, dass die Fregatte da draußen unterwegs war! Wir dachten, wir würden sterben, bevor wir je wieder ein anderes Schiff sähen. Wie hätten wir es denn wissen sollen?«

»Deshalb sollten Menschen nicht Gott spielen.« Sebastian lockerte seinen Griff. »Ich werde Ihnen jetzt eine Frage stellen, und ich erwarte, dass Sie gut nachdenken, bevor Sie antworten. Als die Crew meuterte und von Bord ging, blieb da einer der Männer auf dem Schiff zurück?«

»Einer von der Mannschaft, meint Ihr? Nein. Nur Bellamy, die drei Schiffsoffiziere und der Junge. Warum? Wen haltet Ihr für den Mörder? Ihr habt einen Verdacht, nicht? Wer ist es?« Seine Stimme wurde schrill. »Was enthaltet Ihr mir vor?«

Sebastian schüttelte schlicht den Kopf. »Kommt es Ihnen nicht komisch vor, dass der Mörder genau weiß, wer welches Los gezogen hat, nachdem der Junge getötet worden war?«

In Atkinsons Mundwinkel machte sich sein Tick wieder bemerkbar. »Komisch? Es ist furchteinflößend! Es ist, als wäre er mit uns dort auf dem Schiff gewesen. Aber das ist doch unmöglich, oder? Oder?«

Sebastian lächelte diabolisch. »Sagen Sie es mir.«

»Ich sagte Euch doch schon, ich weiß nicht, wer der Täter ist. *Ich weiß es nicht.*«

»Es ist zu spät, sich zu retten. Wenn Jarvis erfährt, dass ihr seinen Sohn getötet habt, werdet ihr alle wünschen, dort auf dem Schiff gestorben zu sein.«

»Ich war das nicht! Ich habe kein Entermesser! Es war einer der anderen.«

»Glauben Sie, das spielt für Jarvis eine Rolle?«

Atkinsons ganzes Antlitz zuckte. »Nein. Ich weiß, das wird es nicht. Das wissen wir alle. Warum hätten wir sonst Stillschweigen bewahrt? Was denkt Ihr wohl?«

»Warum? Weil ihr eure eigenen Leben höher bewertet als die eurer Söhne.« Sebastian ließ den Mann los und trat zurück. »Wann wurde Ihr Sohn entführt?«

Atkinson richtete sein Halstuch und das Revers seiner Jacke. »Heute morgen in aller Frühe. Er war aus seinem Bett verschwunden, als das Haus erwachte.«

»Er wurde aus dem Haus entführt? Ich dachte, Bow Street Runner hätten ihn bewacht.«

»Zwei. Jemand hat das Schloss der Hintertür aufgebrochen.«

»Und wo waren die Wachmänner, als das geschah?«

»Einer beobachtete die Hausfront von der anderen Straßenseite aus.«

»Und der andere?«

»Wurde bewusstlos im Garten aufgefunden.«

Sebastian unterdrückte einen Fluch. Wenn der Mörder seinem üblichen Muster folgte, würde die verstümmelte Leiche des Jungen am nächsten Morgen irgendwo an einem öffentlichen Platz gefunden werden. Es war möglich, dass der Junge noch am Leben war. Aber ihre Aussichten, ihn zu finden, bevor er ermordet wurde, schwanden mit jeder weiteren Minute, die verging.

»Zeigen Sie mir das Zimmer des Jungen«, sagte Sebastian.

Atkinson starrte ihn an. »Was?«

»Sie haben mich schon verstanden. Ich will das Zimmer sehen, aus dem der Junge entführt wurde. Rasch.«

Anthony Atkinson hatte ein Zimmer im dritten Stock, gegenüber dem Schulzimmer, bewohnt. Es war ein typisches Knabenzimmer. Die Regale waren vollgestopft mit Büchern und Vogelnestern und allerlei wundersamen und besonderen Gegenständen.

Sebastian stand auf dem gewebten Kaminvorleger und dachte an den Jungen mit dem Wuschelschopf, den er auf dem Platz gegenüber dem Haus gesehen hatte, mit erhitzten Wangen und Augen, die vor Freude blitzten. Der Junge war zwar jünger als die anderen Opfer, überlegte Sebastian. Aber er war ein kräftiger, gesunder Bursche, den man nicht so leicht überwältigen konnte. Vor allem nicht, ohne seine Familie oder die Dienerschaft aufzuwecken.

Die Stimme eines kleinen Mädchens erklang von der Türschwelle des Schulzimmers. »Suchst du nach Anthony? Der ist nicht da.«

Sebastian drehte sich um und sah die kleine Miss Atkinson, die ihn mit großen, ernsthaften Augen ansah. Er ging zu ihr und in die Hocke.

»Hast du gehört, wie Anthony heute Morgen weggegangen ist?«

Sie schüttelte den Kopf. »Nein. Ich habe nichts gehört.«

»Hast du bemerkt, dass jemand euch die letzten Tage beobachtet hat? Ein Mann vielleicht? Oder auch eine Frau?«

Wieder schüttelte sie den Kopf.

Frustriert stand Sebastian wieder auf. Erst als er sich gerade umwandte, sah er es: Unter der Tagesdecke blitzte etwas aus weiß-blauem Porzellan hervor. Noch bevor er sich bückte, um es hervorzuziehen, wusste er, was es war.

Eine chinesische Phiole. Eine Phiole mit Opium.

Kapitel 58

Sebastian zahlte gerade vorm Newgate-Gefängnis für seine Droschkenfahrt, als er eine hohe Männerstimme seinen Namen rufen hörte. »*Lord Devlin.*«

Sebastian drehte sich um und sah Sir Henry Lovejoy, der soeben durch die berühmten Tore des Gefängnisses nach draußen trat.

»Ich war heute Morgen an Ihrem Haus, Mylord, aber man sagte mir, dass Ihr nicht zugegen wärt. Ich nehme an, Ihr habt bereits die Neuigkeiten über den Jungen Anthony Atkinson gehört? Eine schreckliche Geschichte. Einfach schrecklich.«

Sebastian ging dem vorbeifahrenden Wagen eines Eisenwarenhändlers aus dem Weg. »Wer hat die Verhaftung von Brandon Forbes in die Wege geleitet?«

»Sir James Reed *und* Sir William. Lord Jarvis hat erheblichen Druck auf die Bow Street ausgeübt, dass dieser Fall rasch aufgeklärt werden müsse, und die Richter sind immer bestrebt, sich bei Hofe beliebt zu machen.«

Sebastian sah blinzelnd an der dunklen, bedrückenden Fassade des Gefängnisses hoch. »Und jetzt, wo Anthony Atkinson verschwunden ist? Wird Mister Forbes freigelassen werden?«

Sir Henry seufzte. »Ich fürchte nicht. Vor allem Sir James behauptet, das Verschwinden des jungen Atkinson spreche Mister Forbes keineswegs von den früheren Morden frei.«

»Das ist absurd.«

»So ist das Gesetz. Dank Eurer bewundernswerten detektivischen Arbeit hat Mister Forbes allem Anschein nach ein starkes Motiv, die Morde begangen zu haben. Außerdem hat der Gentleman für die fraglichen Nächte kein belastbares Alibi.«

Sebastian fluchte ausgiebig und heftig. »Und was genau wird unternommen, um Anthony Atkinson zu finden?«

»Soweit ich es verstehe, durchkämmen etwa zwanzig Männer der Bow Street die Gegend um Forbes' Anwesen.«

»Verdammt noch mal. Dort ist der Junge nicht.«

»So scheint es.«

Sebastian traf Brandon Forbes in einer Ecke eines überraschend großen Raums mit Blick auf die Straße an, wo er an einem Schreibtisch saß. Das Klappern der Schlüssel, als der Wärter die Tür öffnete, ließ ihn mit dem Kopf herumfahren. Beim Anblick von Sebastian stöhnte er auf. »Ihnen habe ich es zu verdanken, dass ich hier bin, nehme ich an.«

Sebastian zog den Kopf ein, um durch die Türöffnung zu gehen, und wartete, während der Wärter die Tür hinter ihm verschloss. Newgate konnte für diejenigen Insassen, die genügend Pfund besaßen, um sich eine Einzelzelle, ein paar Möbel und Bettzeug sowie Essen zu kaufen, recht komfortabel sein. Trotzdem roch die feuchte Luft nach Exkrementen und Verzweiflung, und die Bedrohung durch die Henkerschlinge schwebte wie eine unsichtbare Präsenz im Raum.

»Indirekt«, gab Sebastian zu.

Forbes legte seinen Stift beiseite. Der gutmütige und wohlgelaunte Gutsherr, der gewohnt war, über die Felder seines Anwesens in Hertfordshire zu wandern, war verschwunden. Der Mann, der jetzt vor Sebastian stand, sah blass und verängstigt aus. »Glaubt Ihr, ich war es?«, fragte er. »Glaubt Ihr, ich habe all diese jungen Männer abgeschlachtet?«

»Nein.«

Forbes schnaubte. »Warum nicht? Alle anderen glauben es. Durch meine Verhaftung ist mit einem Schlag alles aufgelöst.«

»Bis auf das Verschwinden des jungen Anthony Atkinson heute Morgen.«

»Ja, aber ich könnte doch einen Komplizen haben, oder nicht? Das wird jedenfalls behauptet. Jemand, der den jungen Atkinson geschnappt hat, um die Behörden zu verwirren und es so aussehen zu lassen, als sei ich unschuldig.«

»Das glaube ich nicht.«

Forbes erhob sich von seinem Schreibtisch und ging zum Fenster, von dem aus er die Vorderseite des Gefängnisses überblickte. »Dort werden sie gehängt, wisst Ihr. Die zum Tode Verurteilten. Genau dort, vor dem Gefängnis. Habt Ihr schon einmal eine Hinrichtung gesehen?«

»Ja.«

»Ich habe einmal eine gesehen. In St. Albans, als ich ein Junge war. Mein Vater nahm mich dazu mit, trotz der Einwände meiner Mutter. Es ging um einen Jungen, der ein Stück Stoff aus einem Laden hatte mitgehen lassen. Ich war damals zehn, und ich glaube, der Junge war nicht viel älter. Sie haben seine Hinrichtung fürchterlich verpfuscht. Es dauerte fünfzehn oder zwanzig Minuten, bis er starb. Am Ende schlang der Henker die Arme um die Beine des armen Jungen und zog ihn herunter, um ihm das Genick zu brechen, aber auch das funktionierte nicht. Er erstickte langsam. Sehr langsam.«

»Ich werde nicht zulassen, dass man Sie für die Morde hängt«, sagte Sebastian.

Ein schiefes Lächeln umspielte die Lippen des Mannes. »Verzeiht mir, wenn mich das nicht tröstet.«

Sebastian musterte das einfache, wettergegerbte Antlitz des Mannes. »Gibt es noch etwas, was Sie mir über Ihren Sohn erzählen können – irgendetwas, das helfen könnte?«

»Nein.«

»Kennen Sie niemanden, der den Tod des Jungen hätte rächen wollen?«

Das Antlitz des Mannes erblasste, und Sebastian wusste, dass er sich Sorgen um den Verdacht machte, der nun auch auf seine überlebenden Söhne fallen würde, den Jungen, der in Cambridge studierte, und seinen älteren Bruder. »Nein!«

»Ich meinte nicht Ihre älteren Söhne«, sagte Sebastian.

Forbes setzte sich auf die Bettkante, verschränkte die Hände zwischen den Knien und senkte den Kopf. Nach einer Weile sagte er: »Es ist möglich, dass jemand ...« Er zögerte, dann schluckte er schwer. »Wisst Ihr, Gideon war nicht mein eigenes Kind. Oh, ich habe ihn als meinen Sohn aufgezogen, und Gott weiß, dass ich ihn wie einen Sohn geliebt habe. Aber ich habe ihn nicht gezeugt.«

»Bitte?«

Forbes hielt den Blick auf die Steinplatten unter seinen Füßen gerichtet, seine Wangen färbten sich rot.

»Normalerweise spricht ein Mann nicht über so etwas. Aber ... Meine zweite Frau – Gideons Mutter – war bereits im dritten Monat schwanger, als ich sie heiratete.«

Sebastian beugte sich vor. »Der Vater – wer war er?«

»Ich weiß es nicht. Sie hat es mir nie gesagt, und ich habe nie gefragt. Ihre Eltern wussten nicht, dass sie schwanger war. Ich nehme an, dass sie wegen der Religion des Mannes Einwände gegen die Heirat hatten.«

»Wo ist Ihre Frau aufgewachsen? In Hertfordshire?«

»Nein. Sie stammte aus einem Dorf namens Hollingbourne in Kent.«

Sebastian stemmte sich von seinem Sitz hoch. »Ist das in der Nähe von Avery?«

Forbes' Kopf hob sich, sein Mund klappte vor Überraschung auf. »Woher wusstet Ihr das?«

Kapitel 59

Als Sebastian die Brook Street erreichte, hörte er in der Ferne Donnergrollen. Er ließ seinen Stallknecht Giles die Araberstute satteln und schickte dann nach Tom.

Sebastian lud in seiner Bibliothek gerade eine kleine Pistole, als Tom in den Raum kam. »Ich möchte, dass du nach Sir Henry suchst«, sagte Sebastian und ließ die Steinschlosspistole in seine Tasche gleiten, während er kurz das Gespräch mit Forbes Revue passieren ließ. »Sag ihm, was ich herausgefunden habe und wohin ich gegangen bin.« Er blinzelte zum bleiernen Himmel hinauf und hielt inne, um sich einen Mantel über die Schultern zu werfen. Es würde ein nasser Ritt werden.

»Ich könnt' mitkommen«, sagte Tom. Er musste laufen, um Schritt zu halten, als Sebastian die Gärten in Richtung der Ställe durchquerte und dabei an seinen ledernen Reithandschuhen zog.

»Ihr könntet Giles mit der Nachricht schicken und ...«

»Nein. Dieser Mann ist ein Mörder. Ich will, dass du nicht einmal in seine Nähe kommst. Du überbringst die Nachricht an Sir Henry und wartest dann hier auf mich. Das ist ein Befehl.« Sebastian nahm die Zügel der Schwarzen, hielt aber inne, um den Jungen streng anzusehen. »Hast du mich verstanden?«

Toms Schultern sackten herunter. »Aye, Meister.«

Sebastian saß auf und spürte, wie die Stute unter ihm zitterte, als könne sie seine Eile spüren und wolle unbedingt loslaufen. Aber er hielt sie lange genug im Zaum, um sich zu Tom hinunterzubeugen und zu sagen: »Wenn du mir in dieser Sache nicht gehorchst, schwöre ich bei Gott, dass du keinen gesunden Fetzen Haut mehr auf dem Rücken haben wirst.« Dann trieb er die Stute per Schenkeldruck in donnerndem Galopp die Stallgasse hinunter.

Kurz nachdem Sebastian über die Brücke in die Blackfriars Road gedonnert war, setzte der Regen mit voller Wucht ein. Dies war ein armseliger Teil von London. Die engen Straßen waren ungepflastert und voller zerlumpter, hohläugiger Kinder und verkrüppelter Bettler, die Sebastian zwangen, den Araber zu zügeln, bis er die Greenwich Road hinter sich gelassen hatte. Als er Blackheath erreichte, war der Regen zu einem stetigen, windgepeitschten Sturzbach geworden, der ihm in die Wangen stach und den Nacken hinunterlief und den Weg rasch in einen gefährlichen Morast verwandelte.

Wie viele Stunden waren seit der Entführung von Anthony Atkinson vergangen, fragte er sich und ritt weiter. Vier? Fünf? Ein Teil von ihm wusste, dass der Junge womöglich schon tot war. Aber er klammerte sich an die Hoffnung, dass Anthony noch leben könnte. Es konnte für einen Mann, der sich der Rettung von Leben verschrieben hatte, nicht leicht sein, sich innerlich so zu verhärten, dass er ein Kind brutal ermorden könnte.

Es kam Sebastian ironisch vor, wie eine einzige, leicht zu übersehende Information die Lösung bringen konnte, wenn man nur die Perspektive wechselte und die Sache aus einem anderen Blickwinkel betrachtete. Er hatte sich gefragt, woher der Mörder die Einzelheiten der Horrorgeschichte der *Harmony* kannte. Über

Reverend Thorntons Frau aber hatte er sich wenig Gedanken gemacht. Sie hatte an Weihnachten ihrem bevorstehenden Tod ins Auge geblickt und musste die schwere Schuld wie eine Last auf ihrer Seele empfunden haben. Wo hätte sie Absolution für die Sünden des Mordes und des Kannibalismus suchen können? Nicht beim Rektor, ihrem Mann, dessen Schuld genauso groß war wie ihre eigene. So musste sie sich entschlossen haben, ihrem lieben Familienfreund und Arzt Dr. Aaron Newman ihr Herz auszuschütten, ohne zu ahnen, dass der Mann, dem sie ihr schreckliches Geheimnis anvertraute, in Wirklichkeit der leibliche Vater des toten Jungen war.

Doch selbst mit der Wahrheit über die Geschehnisse um Gideon Forbes und David Jarvis bewaffnet, musste Newman gewusst haben, dass er keine Handhabe hatte. Es war für ihn unmöglich, gerichtlich gegen die Überlebenden der *Harmony* vorzugehen; selbst wenn sich unter den Passagieren des Schiffes nicht einige der mächtigsten Männer des Königreichs befunden hätten, hatte Newman keinen Beweis für das, was auf dem Schiff geschehen war, außer dem Geständnis einer sterbenden Frau, die ohne weitere Zeugen ausgesagt hatte. Und so beschloss er, seine eigene schreckliche Form der Rache zu üben, indem er nicht die Mörder seines Sohnes tötete, sondern deren Söhne.

Du musst geben Leben um Leben, Auge um Auge, Zahn um Zahn, Hand um Hand, Fuß um Fuß, Brandmal um Brandmal. Stößt das Rind einen Sohn oder eine Tochter, verfahre man nach dem gleichen Grundsatz … Wie viel Leid und Tod hatte eine wortwörtliche Auslegung dieser alten Bibelstelle über die Welt gebracht, fragte sich Sebastian. Er zog seinen Mantel fester um sich und trieb die Stute immer schneller durch den strömenden Regen an.

An der ersten Zollstelle bemerkte er die beiden Reiter. Sie ritten heran, die Hüte tief in die Stirn gezogen, die Kragen gegen Wind und Regen aufgestellt, gerade als Sebastian das Tor passierte. Einer von ihnen, ein hochgewachsener Mann mit einer krummen Nase, griff nach unten, um dem Torwächter den Wegzoll zu überreichen. Er sah auf, und sein Blick fiel auf Sebastians Gesicht, als Sebastian der Stute die Sporen gab.

Danach nahm er wahr, dass sie hinter ihm ritten, zwei Männer in grober Kleidung, die genauso hart ritten wie er. Alle Männer, die an einem solchen Tag unterwegs waren, ritten hart. Aber als Sebastian bei einem kleinen Weiler absichtlich sein Tempo verlangsamte, fielen die Männer zurück.

Zur Hölle. Er unterdrückte den Drang, herumzuwirbeln und sie zur Rede zu stellen. Für so etwas hatte er keine Zeit.

Er trieb die Stute weiter voran, schneller. Er spürte, wie ihre zierlichen Hufe im glitschigen und aufgewühlten Schlamm auf der Straße ausrutschten. Regen lief in kalten Rinnsalen über seine Wangen und rann ihm in die Augen. Er schüttelte den Kopf, um sie frei zu bekommen, als die Stute stolperte.

Sie warf sich mit einem erschrockenen, gellenden Schrei nach vorne. Er schaffte es gerade noch, seine Füße aus den Steigbügeln zu ziehen, bevor sie zu Boden ging und sich überschlug. Sein Rücken schlug so hart auf der Erde auf, dass ihm die Luft aus dem Körper gepresst wurde. Er keuchte gequält.

Er nahm die Geräusche wahr, die die Stute machte, als sie sich wieder auf die Beine stellte, konnte sich selbst aber nicht bewegen. Regen schlug ihm ins Gesicht und rann in seinen offenen Mund, als er mit schmerzender Brust mühsam um Atem rang. Im Schlamm rutschend, schaffte er es, sich auf einem Ellbogen aufzustützen. Er öffnete die Augen gerade noch rechtzeitig, um die schlammige Sohle eines Männerstiefels zu sehen, der gegen sein Gesicht trat. Dann war alles schwarz.

Kapitel 60

Als Sebastian erwachte, litt er Schmerzen, war durcheinander und benebelt. Die Verwirrung löste sich nur langsam auf. Er erinnerte sich, dass das Pferd gestolpert war, außerdem an das Geräusch von Stiefelschritten im Matsch, an die Schmerzexplosion in seinem Gesicht. Er schmeckte Blut im Mund und spürte, dass ihm noch mehr Blut, mit Matsch und Regen gemischt, über das Gesicht rann. Dann wurde ihm klar, dass der Schmerz in seinem Kiefer nicht nur von dem Fußtritt kam, sondern auch von einem Knebel, der seine Lippen auseinanderdrückte und ihm das Schlucken erschwerte.

Vorsichtig öffnete er die Augen. Er lag auf dem Rücken, seine Hände waren rücksichtslos nach hinten gezerrt worden und an den Gelenken zusammengebunden. Auch seine Knöchel waren gefesselt, und eigenartigerweise hingen sie in der Luft. Er blinzelte gegen den Regen an und erkannte, dass jemand ein Ende des Seils, mit dem man ihm die Knöchel zusammengebunden hatte, über den Ast einer Eiche geschwungen hatte, der sich über ihm ausstreckte. Er erinnerte sich daran, wie Carmichael gefunden worden war, abgeschlachtet und kopfüber an einem Maulbeerbaum im St. James's Park erhängt. Ein Anflug nackter Angst durchlief ihn.

Sein Hut und sein Herrenmantel waren verschwunden, und mit ihnen das beruhigende Gewicht der Pistole, die er in die Manteltasche geschoben hatte. Offenbar war er von der Straße weggeschleppt worden, denn er befand sich auf einer Lichtung, anscheinend zwischen dicht stehenden Eichen. Es roch durchdringend nach nassem Gras, Matsch und Laub. Er hörte noch immer den Regen auf die Blätter über ihm prasseln, aber das Laubdach schützte ihn vor den herabstürzenden Wassermengen.

Er drehte langsam den Kopf, um keine Aufmerksamkeit auf sich zu ziehen, und betrachtete die kleine Lichtung. Er sah nur einen kleinen und dünnen Mann mit überlangem blonden Haar. Er lehnte vielleicht sieben Meter von ihm entfernt am Stamm eines Baums. Hinter ihm konnte Sebastian seine eigene Araberstute und ein anderes Pferd erkennen, einen großen Braunen.

Zwei Männer hatten ihn verfolgt, erinnerte Sebastian sich. Der zweite Mann musste weggeritten sein, entweder, um Verstärkung zu holen oder ihren Auftraggeber, wer auch immer das sein mochte, zu informieren. Der Mann, der am Baumstamm lehnte, wirkte, als würde er auf jemanden warten.

Sebastian betrachtete seinen Wächter genauer. Er hatte ein Bein angewinkelt und stützte sich mit der Stiefelsohle am Baum ab. Den Hut hatte er zum Schutz vor dem Regen tief in die Stirn gezogen. Er sah sehr jung aus in seiner derben Kleidung. Die Kleidung war noch grober als diejenige des Meuchelmörders, der ihn auf der Jolle attackiert hatte. Sie sah eher aus wie die der Männer, die Freitagnacht in Kats Haus eingebrochen waren.

Plötzlich aufwallende Übelkeit ließ Sebastians Magen sich zusammenziehen, und er kniff kurz die Augen zusammen. Aber er wusste, er musste jetzt handeln, bevor noch jemand zurückkam. Er atmete schnell und oberflächlich, öffnete die Augen und blinzelte zu seinen Füßen hoch. Seine Pistole hatten sie zwar gefunden. Aber anscheinend hatten diese Menschen, die ihn gefesselt, geknebelt und mit den Füßen an einen Baum gebunden hatten, noch nie erlebt, dass ein Adliger ein Messer in seinem Stiefel bei sich tragen könnte. Er konnte den leichten Druck seines schlanken, todbringenden Messers an der Wade spüren. Der schwierige Part würde nun darin bestehen, das Messer herauszubekommen, ohne die Aufmerksamkeit seines Wächters zu erregen.

Sebastian bewegte sich langsam, streckte die Beine so weit wie möglich durch und brachte die Knie zusammen, während er sein Gewicht vorsichtig nach rechts verlagerte. Die Scheide war gut geölt, und er hoffte, dass die Schwerkraft ausreichen würde, um das Messer zu lösen.

Doch das war nicht der Fall.

Er warf einen raschen Blick auf den Mann, der am Baum lehnte. Er hatte sich nicht bewegt. Sebastian biss die Zähne zusammen und trat mehrmals kurz und fest mit dem rechten Fuß in die Luft. Das Messer glitt aus seiner Hülle und landete mit einem leisen Geräusch in dem nassen Laub neben seiner Hüfte.

Sebastian hob die Hüften an und konnte seine gefesselten Arme weit genug zur Seite bewegen, um die Finger um den Messergriff zu schließen. Er drehte die Klinge so, dass die Schneide gegen das Seil gerichtet war, mit dem seine Handgelenke gefesselt waren. Die Spitze ritzte seine Handfläche, und er fluchte leise. Dann spürte er, dass die Klinge in das Seil schnitt.

Es war nicht leicht, die Hüften in der Luft zu halten und das Gewicht mit den Schultern auszugleichen, während er blind sägte. Regen prasselte auf sein Antlitz und lief ihm in die Augen. Zweimal rutschte er mit dem Messer ab und schnitt sich in die Haut an den Handgelenken. Er spürte, wie seine Hände und das Messer vom Blut glitschig wurden.

Dann spürte er eine Vibration in der nassen Erde unter sich: Pferdehufe, die schnell von links her näherkamen, wo der Weg entlangführen musste. Er wollte sie mit seinem puren Willen zwingen, weiterzulaufen. Doch sie verlangsamten.

Der Mann neben dem Baum zog die Schultern zum Schutz vor dem Regen hoch, den Kopf hielt er noch immer gesenkt, als ob er die Geräusche der Näherkommenden nicht hörte. Gerade, als der Ruf eines Mannes durch die tropfenden Bäume erklang, spürte Sebastian, dass das letzte Seil unter seiner Klinge nachgab. Der gedungene Schurke am Baum hob den Kopf und warf einen Blick zurück auf Sebastian. Sebastian lag vollkommen still, die Hände unter den Rücken geschoben; das Messer umklammerte er mit seiner blutverschmierten Faust.

Lord Stanton ritt auf einem edlen Grauen auf die Lichtung, flankiert von zwei schäbig gekleideten Männern. »Lebt er?«, wollte Stanton wissen.

Der blonde Handlanger drückte sich vom Baum ab und trat vor, um das Pferd des Barons zu halten. »Als ich letztes Mal geschaut habe, schon.«

Stanton grunzte und schwang sich aus dem Sattel. Sebastian sah nach den beiden Männern in dessen Rücken. Einen – den großen, dünnen Mann mit der gebrochenen Nase – erkannte er vom Zollhäuschen. Der Mann, der dem jungen Blonden mit den Pferden half, war der Überlebende von dem Überfall in der Harwich Street vergangene Freitagnacht.

Unter Stantons Stiefeln knirschten Zweige und nasses Laub, als er in die Mitte der Lichtung trat, den Blick auf Sebastian gewandt. »So. Ihr lebt also noch.«

Sebastian blinzelte, sein Mund war durch den Knebel verschlossen.

Der Baron wischte sich mit dem Arm über das nasse Antlitz. »Ihr könnt niemanden als Euch selbst für diese Situation verantwortlich machen. Ich habe tatsächlich alles getan, um Eure Einmischung zu verhindern. Ich befürchtete die ganze Zeit schon, dass es so weit kommen würde.«

Sebastian starrte in das bleiche, fleischige Antlitz des Barons hinauf und bewunderte die Fähigkeit dieses Mannes, sich selbst etwas vorzulügen. Hätte Sebastian weniger ausgeprägte Reflexe oder wäre sein Hörvermögen nicht so scharf, wäre es längst so weit gekommen – in der Nacht in Harwich Street oder früher, auf der Jolle auf der Themse.

»Hattet Ihr denn Erfolg?«, fragte Stanton. »Wisst Ihr, wer meinen Sohn getötet hat?«

Sebastian nickte, die Augen weit geöffnet, während er den Messergriff hinter seinem Rücken fester umfasste.

Stanton machte eine Armbewegung in Richtung des großen, dünnen Mannes mit der gebrochenen Nase. »Nimm den Knebel aus seinem Mund, damit er sprechen kann.«

Sebastian wartete, angespannt und bereit, während der Mann neben ihn kam und in die Knie ging.

»Kopf hoch, damit ich an den Knoten komm'«, befahl er.

Sebastian hob gehorsam den Kopf. Er wartete, bis der Mann vollends damit beschäftigt war, an dem Knoten herumzuzerren, erst dann bewegte er sich.

Er hob die Hüften und verlagerte das gesamte Gewicht auf seine Schultern, dann griff er mit einer Hand nach dem Mantel des Mannes und hielt ihn fest, um ihm mit der anderen das Messer in die Brust zu stoßen.

Der Mann krümmte sich, die Augen im Schock aufgerissen. Aber Sebastian zog den Dolch bereits aus seiner Brust heraus. Er hielt den Körper des Mannes wie einen Schild und stieß das Messer nach oben, wo er verzweifelt an dem Seil schnitt, mit dem seine Knöchel aneinandergebunden waren.

»*Was macht er da?*«, hörte er Stanton bellen. »Steht nicht einfach herum, ihr Idioten. Haltet ihn auf.«

In dem Augenblick, in dem das Messer endlich Sebastians Knöchel freischnitt, erreichte ihn der junge, gelbhaarige Mann. »Hey! Was zur ...«

Sebastian drehte sich so, dass seine herunterstürzenden Füße mit einem satten Geräusch auf den Kopf des Mannes schlugen, sodass er taumelnd in die Knie ging.

Sebastian rollte sich auf dem durchweichten Boden herum und sprang auf die Füße. Da Stanton und der dritte seiner Gefolgsmänner zwischen ihm und den Pferden standen, konnte er nur hügelabwärts laufen, weg von ihnen. Er spürte einen scharfen Schmerz an seinem Oberarm, bevor er den Knall einer Pistole im Wald widerhallen hörte.

Zur Hölle. Die weichen Ledersohlen seiner Reitstiefel rutschten und schlingerten auf dem nassen Untergrund aus Laub, als Sebastian im Zickzack durch die knorrigen alten Eichen flüchtete, eine Hand gegen die blutende Wunde an seinem Arm gepresst.

»Horn«, hörte er Stanton rufen. »Du bleibst bei den Pferden, falls er versucht, im Kreis zu laufen und zurückzukommen. Burke, du kommst mit mir.«

Nasse Zweige schlugen Sebastian ins Gesicht. Sein Jackett verfing sich in einem Weißdorn, und er stieß einen Fluch aus, als er es loszerrte. Wenn er genug Zeit hatte, da war sich Sebastian sicher, könnte er Stanton und seinen Männern entkommen. Aber Zeit war das einzige, was er nicht hatte.

Er sah sich die Bäume über seinem Kopf an, dann schlug er einen Haken zu einer alten Eiche mit dicken Zweigen, die tief über die Erde reichten. Er schob sein Messer zurück in die Scheide und streckte sich nach einem der niedrigsten Äste, als sein Blick auf einen Haufen Steine fiel, der am Fuß des Baumes lag, vom Laub halb verdeckt. Er zögerte, dann bückte er sich, um einen besonders tödlich aussehenden Brocken mit zackigen Rändern aufzuheben. Er prüfte das Gewicht, dann kletterte Sebastian in den Baum hinauf.

Kapitel 61

Sein linker Arm war unerwartet schwach, sodass Sebastian beim Erklimmen der alten Eiche mehr Lärm machte, als er wollte. Er kauerte auf dem untersten Ast und lehnte sich mit dem Rücken gegen die raue Rinde des Stamms. Sein Atem ging schnell und heftig.

Irgendwo zu seiner Rechten drang aus der Ferne Stantons Stimme zu ihm. »Devlin? Ihr könnt diesen Unsinn genauso gut aufgeben und Euch stellen. Ihr habt keine Chance. Wir sind immer noch zu dritt, Devlin.«

Jetzt konnte Sebastian Stanton und seinen Mann Burke sehen. Sie blieben dicht zusammen und gingen in die falsche Richtung, an der Seite des Hügels entlang. Einen Augenblick zog Sebastian in Betracht, einfach an Ort und Stelle zu bleiben. Allerdings wusste er, dass sie sein Pferd mitnehmen würden, wenn sie aufgaben und verschwanden.

Er warf einen kritischen Blick auf die Äste der Eiche um ihn herum, fand einen kleineren, halb abgestorbenen Ast und lehnte sich mit seinem Gewicht dagegen, bis er in seiner Hand mit einem Knacken abbrach, das durch den Wald hallte.

Stanton richtete sich auf, sein Blick huschte erst in die eine, dann in die andere Richtung. »Das ist er.« Er hielt die Steinschlosspistole in der Hand, ein Finger am Hebel gekrümmt. Sebastian bezweifelte, dass Stanton sich die Zeit genommen hatte, nachzuladen, aber es war eine doppelläufige Pistole, was bedeutete, dass er noch einen Schuss übrig hatte. »Woher ist das gekommen?«

Sebastian verspürte grimmige Belustigung. Die Kombination aus Arroganz und Inkompetenz des Barons hätte komisch sein können, aber es war nichts Komisches an einem Mann, der einen kleinen Jungen töten und essen konnte, oder dessen Versuch, seine hässliche Vergangenheit zu vertuschen, bereits den Tod seines eigenen Kindes zur Folge gehabt hatte.

Vorsichtig auf seinem Ast balancierend, öffnete Sebastian die Hand und ließ den Zweig fallen. Er schlug klappernd auf die Felsen darunter.

»Dort.« Der Mann namens Burke schwang herum. »Er ist da drüben.«

Wie Hunde, die der Fährte eines Fuchses folgen, eilten die beiden Männer über den Hügel, den Blick fest auf das Unterholz aus Weißdorn und Stechpalme gerichtet. Sie dachten nicht daran, nach oben zu schauen.

»Ich sehe ihn nicht.« Burke hielt fast direkt neben Sebastian inne, sein Blick suchte den verregneten Hang ab. »Wo ist er?«

»Ich habe ihn mit dem Schuss gestreift.« Stanton bückte sich und berührte mit einer ausgestreckten Hand das zerbröselte Laub unter dem Baum. »Schau. Da ist Blut. Er muss ...«

Sebastian schob den Messergriff zwischen seine zusammengebissenen Zähne, packte den Felsbrocken mit beiden Händen und ließ sich direkt auf Stantons Gefolgsmann fallen, wobei er den Felsen mit seinem ganzen Gewicht auf den Kopf des Mannes schmetterte.

Der Mann brach unter ihm zusammen und lag dann regungslos da.

Stanton wich zurück, die Pistole mit beiden Händen haltend, sein Mund stand vor Schreck offen. »Mein Gott. Ihr habt ihm den Kopf eingeschlagen.«

Wortlos zog Sebastian das Messer zwischen seinen Zähnen hervor und hielt es locker in der rechten Hand.

Stanton streckte die Pistole vor, seine Ellbogen waren angewinkelt. Aber er zitterte so stark, dass der Pistolenlauf schwankte. »Bleibt zurück. Ich werde schießen. Ihr wisst, dass ich das tun werde.«

Sebastians Lippen verzogen sich zu einem schmalen Lächeln. »Ihr habt nur noch einen Schuss. Was, wenn Ihr daneben schießt?«

Der Baron schluckte mühsam. Sein Finger am Abzug zuckte. Sebastian drehte das Messer so, dass er die Klinge zwischen Daumen und Zeigefinger hielt, den Blick auf die Augen seines Gegenübers gerichtet.

Einen Augenblick dachte er, Stanton wolle die Pistole heben. Dann flackerte eine Art wilde Entschlossenheit in den Augen des Mannes auf. Sebastian ließ das Messer durch die Luft sirren, just als Stanton den Abzug drückte.

Der Schuss ging daneben, Sebastians Klinge hingegen drang in die Kehle des großen Mannes. Blut spritzte aus der Wunde, floss in dunklen Rinnsalen aus beiden Winkeln seines offenen Mundes. Die Beine knickten unter ihm ein und seine Augen verdrehten sich, kippten dann weg.

Sebastian rappelte sich auf. Er spürte nass und schwer den Ärmel seines Jacketts am Arm und merkte plötzlich, dass nicht nur der Regen ihn so durchtränkt hatte. Sebastian hatte mehr Blut verloren, als ihm zuerst bewusst gewesen war.

Leicht taumelnd ging er zu der Stelle, wo Stanton lag. Das Blut pulste immer noch aus der Kehle des Mannes, aber es wurde langsamer. Sebastian griff nach unten, löste den Griff des Barons um die Pistole und schob sie in den Bund seiner eigenen Hose. Die Pistole war jetzt leer, und eine gründliche Durchsuchung von Stantons Mantel brachte kein Pulver und keinen Schrot zum Vorschein, die zum Nachladen benötigt wurden. Allerdings hatte manchmal auch eine leere Pistole ihren Nutzen. Er durchsuchte beide Männer noch nach seiner eigenen kleinen Steinschlosspistole, fand sie aber nicht. Mit zusammengebissenen Zähnen holte Sebastian sein Messer hervor. Möglicherweise würde er es noch einmal brauchen.

Er lehnte sich an den Baumstamm, riss sein Halstuch ab und verband damit seinen Arm, so gut er konnte. Er blieb noch einen Moment, um seinen aufgewühlten Magen zu beruhigen und einen klaren Kopf zu bekommen. Dann ging er den Hügel hinauf zu seiner schwarzen Stute und dem jungen blonden Mann, den Stanton Horn genannt hatte.

Horn stand neben den Pferden, sein Kopf bewegte sich ruckartig hin und her, während er mit großen, ängstlichen Augen den umliegenden Wald absuchte. In geduckter Haltung schlich Sebastian sich hinter ihm heran, in der einen Hand sein Messer, in der anderen Stantons Steinschlosspistole. Die Pistole war natürlich leer, aber Sebastian verließ sich darauf, dass der Bursche zu verängstigt war, um sich dessen klar zu sein.

Bedächtig trat er in den nassen Humus unter dem dichten Laub und drückte den Lauf der Pistole hinter

Horns Ohr. »Eine Bewegung, und ich puste dir das Hirn weg.«

Der Junge erstarrte.

Sebastian ließ den Abzugshammer dramatisch zurückschnappen. »Heute ist dein Glückstag, mein Freund. Du darfst leben.«

»Mein Gott. Töten Sie mich n...« Die Stimme brach mit einem wimmernden Laut ab, als Sebastian den Pistolengriff wie einen Knüppel auf den Hinterkopf des blassblonden Mannes niedersausen ließ.

Sebastian zerrte Horns dunkles Halstuch los und fesselte für alle Fälle rasch die Hände des bewusstlosen Jungen damit. Eine schnelle Durchsuchung von Horns Taschen förderte Sebastians Steinschlosspistole wieder nicht hervor, und er erkannte, dass sie verloren gegangen sein musste, als der Araber auf der Straße gestürzt war.

Sebastian richtete sich wieder auf. Der Kopf drehte sich ihm, als wäre er krank. Sebastian wandte sich den Pferden zu. Die Pferde rochen das Blut und schnaubten vor Angst. Er griff nach den Zügeln der Araberstute, und sie warf mit weit aufgerissenen Augen den Kopf herum. »Ruhig, Mädchen«, krächzte er. »Ruhig.«

Er schwang sich in den Sattel und lenkte die Stute zur Straße. Dann zögerte er, sein Blick verweilte auf der Lichtung. Hinter dem stummen, zusammengesackten Körper des jungen blonden Mannes, Horn, konnte Sebastian den blutigen Leichnam des ersten Mannes sehen, den er getötet hatte; die Leichen der beiden anderen – Lord Stantons und seines Handlangers Burke – lagen irgendwo außer Sichtweite weiter unten auf dem Hügel. Mit einem seltsam distanzierten Gefühl wurde

Sebastian bewusst, dass er gerade drei Männer getötet hatte. Doch als er in seinem Inneren nach einem Aufflackern von Reue suchte, war alles, was er fand, eine seltsame, losgelöste Art von Dumpfheit. Er wusste, dass die Männer, die er getötet hatte, versucht hatten, ihn zu ermorden, aber er war sich nicht sicher, ob das eine Rolle spielen sollte.

Er wischte sich mit dem Ärmel über das nasse Antlitz, zog den Kopf der Stute in Richtung Straße und trieb sie an, nach Avery zu laufen.

Kapitel 62

Die Stute wurde müde, als der Fluss in Sicht kam, dessen vom Sturm gepeitschte Oberfläche so zerwühlt und grau aussah wie der Himmel über ihm.

Der Schlamm flog von den Hufen seines Pferdes, als Sebastian es den Hügel hinauf zu der weiten Grünfläche trieb, wo die alte normannische Kirche St. Andrews über einem verlassenen, regennassen Friedhof wachte. Seine Stiefel knirschten im Schlamm, als er absprang. Mit dem Blick suchte er die stille Szenerie ab. Er hatte gehofft, Lovejoy und seine Wachtmeister schon hier vorzufinden.

Ein halbwüchsiger Junge, der auf dem Weg zur High Street vorbeihastete, warf Sebastian einen seltsamen Blick zu.

»Du, Junge«, sagte Sebastian. »War ein Magistrat aus London hier?«

»Nein.« Der Junge wich zurück und starrte mit großen Augen auf Sebastians blutbespritzte Seidenweste und sein zerrissenes und blutverschmiertes Jackett.

Sebastian suchte nach seiner Geldbörse. »Hier ist ein Schilling für dich, wenn du die Stute die Gasse hinauf und hinab führst. Und ich verspreche dir noch zwei, wenn ich wieder zurück bin.«

Der Junge sah zögerlich aus, lenkte aber beim Anblick der Münzen in Sebastians Hand ein.

Sebastian lief den Weg zum weißen Fachwerkhaus, in dem der Arzt wohnte, hinauf. Er pochte kräftig an die Haustür und hörte, wie das Geräusch in der Leere widerhallte. »Ist jemand da?«, rief er gegen den laut rauschenden Regen an.

Das Haus vor ihm lag still und stumm.

Er trat einen Schritt zurück und ließ seinen Blick über den Hof schweifen. Wasser plätscherte von der Dachrinne. Er konnte einen Stall mit Platz für zwei Pferde am anderen Ende des Gartens sehen und daneben einen offenen Unterstand, in dem der Arzt zweifellos seinen Einspänner abzustellen pflegte. Der Platz war jedoch leer.

Die Heubüschel, die an den Leichen der Jungen Stanton und Carmichael gefunden worden waren, legten den Schluss nahe, dass sie in einer Scheune oder einem Stall festgehalten und getötet worden waren. Aber Newman hatte seine Opfer sicherlich nicht hierhergebracht, nach Avery, wo die Gefahr einer zufälligen Entdeckung groß war. Wenn also nicht hierher, wohin dann?

»*Hallo?*« rief Sebastian erneut.

Er wollte sich gerade wegdrehen, als er hörte, wie sich der Riegel bewegte. Die Tür öffnete sich einen Spalt, und die Haushälterin schaute zu ihm heraus, das Antlitz misstrauisch und besorgt verkniffen. Er war sich seines bärtigen, rauen Kinns und seiner zerzausten Kleidung nur allzu bewusst.

Dann musste sie ihn erkannt haben, denn ihre Züge hellten sich auf. »Meine Güte, Ihr seid es, Mylord. Was ist denn mit Euch passiert? Kommt herein und setzt Euch, schnell.«

Sebastian blieb auf der Veranda stehen. »Wo ist Dr. Newman?«

»Ich fürchte, der Doktor ist nicht zugegen, Mylord.« Sie sprach so bedächtig, dass Sebastian sie am liebsten gepackt und geschüttelt hätte, nur um sie zum schnelleren Sprechen zu bewegen. »Ist gestern spätabends mit dem Wagen weggefahren. Sagte mir, ich solle nicht vor Montag mit ihm rechnen.«

»Haben Sie eine Ahnung, wo er hingefahren sein könnte?«

Die Haushälterin runzelte die Stirn. »Ich fürchte, das hat er nicht gesagt.« Sie zögerte, dann fügte sie langsam hinzu: »Ich weiß, dass er manchmal für ein paar Tage zur Oak Hollow Farm fährt, also ist es möglich, dass er …«

»Oak Hollow Farm?«, sagte Sebastian scharf.

»Das ist ein Anwesen, das er von seinem Onkel geerbt hat. Es war von Pächtern bewohnt, aber die sind letztes Jahr nach Amerika ausgewandert, also steht es jetzt leer. Er hat in den letzten Monaten ziemlich viel Zeit dort verbracht. Ich glaube, er war erst kürzlich dort …«

»Wie komme ich dorthin?«

Die Frage schien sie zu überraschen, doch nach einem Moment trat sie auf den kleinen Laubengang hinaus und deutete in den strömenden Regen. »Ihr nehmt die Straße nördlich der Kirche. Reitet an dem Dorf Ditton vorbei, bis Ihr die Ruinen eines alten mittelalterlichen Turms seht. Der Hof liegt dort, gleich unterhalb des Bergrückens.«

»Ich danke Ihnen.« Sebastian trat zurück in den Regen. »Bald werden ein Untersuchungsrichter und Wachtmeister aus London hier sein. Geben Sie ihnen die Informationen, die Sie mir gerade gegeben haben.«

»Ein Londoner Untersuchungsrichter?« Die Haushälterin schnalzte mit der Zunge. »Wozu denn das?«
Aber Sebastian rannte schon zu seinem Pferd.

Kapitel 63

Die zum Himmel offene, ungeschützte Ruine eines mittelalterlichen Wachturms stand auf einem felsigen Bergrücken, der von Brombeeren und Weißdorn überwuchert war.

Sebastian hielt neben dem zerstörten Eingang inne, der nur noch als klaffendes Loch den Blick nach innen auf einen Haufen unkrautüberwucherter Steine erlaubte. Der Regen hatte sich zu einem gleichmäßigen Nieseln abgemildert. Der Wind pfiff durch die alten Schießscharten und zerzauste die nasse Mähne des Arabers; er schien von Einsamkeit zu künden. In der Luft lagen Nebel und der Geruch nach nassem Laub und Gras. Von unten zog ein schwacher Hauch vom Rauch eines Holzfeuers den Kamm herauf. Aber der Turm war schon lange verlassen. Im Lauf der Jahrhunderte hatten die Feuer von Landstreichern, die dort Schutz gefunden hatten, die alten Steinmauern geschwärzt.

Sebastian trieb die Stute vorwärts, bis an den Rand des Bergrückens. Die Oak Hollow Farm lag hinter dem Turm in einer flachen Senke unterhalb des Scheitelpunkts des Hügels mit Blick auf die fernen Niederungen. Eine einzelne Rauchfahne stieg aus einem Schornstein am anderen Ende des Farmhauses auf.

Das niedrige Haus aus grob behauenem, geschichtetem Stein war weitläufig gebaut. Es hatte zweiflügelige Fenster und war mit Reet gedeckt. Einst musste es ein prosperierender Bauernhof gewesen sein, doch die Zeichen der jüngsten Vernachlässigung waren überall zu sehen: im Cottage-Garten mit Rosen, Lavendel und Ringelblumen, die man dem Wildwuchs überlassen hatte, im gebrochenen Scharnier der hölzernen Haustür, die sich langsam und knarrend im Wind bewegte. Die steinernen Nebengebäude und hölzernen Ställe der Farm lagen jenseits des Wohnhauses leer und still unter dem grauen Himmel.

Anstatt vom Weg aus direkt auf den Hof zuzureiten, schlug Sebastian einen Weg durch das Wäldchen aus Kastanien und Eichen unterhalb des Bergrückens ein. Ein paar hundert Meter oberhalb des Hauses stieg er ab. Er schwankte leicht in einer unerwarteten Welle von Schwindelgefühl. Er biss die Zähne zusammen, schlang die Zügel seines Pferdes um einen niedrigen Ast und ging zu Fuß weiter.

Am Waldrand hielt er inne und achtete auf jede Bewegung, auf jedes Lebenszeichen außer der blassen Linie aus verwehendem Rauch. Nichts regte sich. Wie er wusste, war die Annahme, von der er ausging, gefährlich – nämlich, dass Newman sich in dem Raum mit dem rauchenden Schornstein aufhielt. Dennoch versuchte er, nicht daran zu denken, als er über das offene Feld und um die Hausecke herum huschte. Er duckte sich, lehnte sich mit dem Rücken an die Wand und hielt einen Moment inne, um abzuwarten, bis sein Kopf wieder klar war. Dann drehte er sich um, bis er nahe genug war, um durch das schwere Bleiglasfenster ins Zimmer zu spähen.

Er sah eine große Bauernküche mit einem großzügigen, rauchgeschwärzten Steinofen, der sich über den größten Teil der hinteren Wand erstreckte, und einem Haufen staubiger Töpfe, die von einem geschwärzten

Balken hingen. An dem abgenutzten, aber sauber geschrubbten Tisch in der Mitte des Raumes saß Dr. Aaron Newman mit dem Rücken zum Fenster. Sebastian sah, wie der Arzt nach einer Brandyflasche griff und sie an die Lippen hob, um einen tiefen Schluck zu trinken. Auf dem Tisch, nur wenige Zentimeter von seiner Hand entfernt, lag ein gut gepflegtes Fowling-Gewehr, eine Steinschlosswaffe mit Messingkappe und stählernem Abzugsbügel.

Anthony Atkinson war nirgendwo zu sehen.

Sebastian ließ langsam den Atem aus. Der Junge konnte irgendwo im Haus oder in den Nebengebäuden sein, oder er war bereits tot. Doch Sebastian hielt es sehr wohl für möglich, dass das Kind noch lebte. Newman hatte jeden der Morde mit einem erschreckenden Maß an Präzision und Skrupellosigkeit geplant. Der Mann mochte zwar eher Arzt als Chirurg sein; trotzdem würden ihm die Auswirkungen der Zeit auf den Zustand einer Leiche vertraut sein. Und jeder, der mitten in der Nacht eine Leiche nach London schaffen wollte, würde es vermeiden wollen, einen Leichnam zu befördern, der sich bereits im festen Griff der Totenstarre befand.

Mit Mühe unterdrückte Sebastian seinen ersten Impuls, der darin bestand, in die Küche zu stürmen und dem Ganzen hier und jetzt ein Ende zu setzen. Gegen das Schießgewehr hatte er nur das Messer in seinem Stiefel. Und wenngleich das unter normalen Bedingungen ausgereicht hätte, wusste Sebastian, dass er jetzt damit ein schrecklich hohes Risiko eingehen würde. Sein linker Arm hing fast nutzlos an seiner Seite, und ihm war besorgniserregend schwindelig. Ob der

Blutverlust oder eine Gehirnerschütterung die Ursache war, wusste er nicht. Es wäre besser, den Jungen heimlich, schnell und leise wegzubringen. Um Aaron Newman konnte er sich später kümmern.

Sebastian wandte sich vom Fenster ab und lehnte sich mit dem Rücken an die Hauswand. Er spürte die Steine kalt und scharfkantig an seinen Handflächen. Sein Blick schweifte über den Küchenhof mit dem hölzernen Vorratshaus und dem Räucherhäuschen und wanderte weiter zu den Gebäuden, die sich um den Hof gruppierten, dem Hühner- und Schweinestall, dem Wagenschuppen und den Stallungen, der Scheune und den Kälberboxen. Alle schienen leerzustehen, der Misthaufen in der Mitte des Hofes war von Alter und Regen geschwärzt. Weder das Gig des Doktors noch sein Pferd waren irgendwo zu sehen.

Sebastian sah wieder zum Stall. Aus den gleichen unbehauenen Steinen aufgeschichtet wie das Haus, hatte er ein reetgedecktes Walmdach mit Platz für einen zentralen Heuboden. Ein offenes, zweiflügeliges Tor führte zweifellos zum Unterstand für die Kutsche. Das Tor war geschlossen, aber Sebastian konnte den frisch aufgewühlten Schlamm auf dem Hof davor sehen.

Mit einem tiefen Atemzug sog er den Holzrauch und den Geruch nach feuchtem Stein ein. Dann entfernte er sich vom Fenster und schlich zurück zur Hausecke. Bemüht, nicht gesehen zu werden, falls Newman zufällig aufstehen und aus dem Fenster schauen sollte, näherte sich Sebastian dem Hof, indem er in einem weiten Bogen lief. Seine Stiefel erzeugten im Schlamm quietschende Geräusche, als er sich dem verlassenen Schweinestall näherte.

Es regnete jetzt stärker; dicke Tropfen trommelten auf die Strohdächer und rannen an Sebastians Kragen hinunter, als er über den Hofweg zu den Kutschentoren hinüberlief. Die alten und verzogenen Türen glitten mit einem Knirschen auseinander, das im Geräusch der sich im Wind biegenden Bäume und des im Schlamm prasselnden Regens unterging. Sebastian zwängte sich durch die schmale Öffnung und schloss das Tor hinter sich rasch wieder.

Der Raum, in dem er stand, maß etwa sechs Meter in der Länge und vier Meter in der Breite. Der Geruch nach Staub, Heu und frischem Stalldung hing schwer in der Luft. Ein schwarzes Gig, dessen gepolsterter Ledersitz noch nass vom Regen des Vormittags war, stand im schummrigen Licht. Auf halbem Weg an der Wand zu seiner Rechten führte ein bogenförmiger Durchgang, der mit behauenen Steinen umrahmt war, in einen dunklen Flur.

Sebastian ging um den Einspänner herum, duckte sich durch den Bogen und fand sich in einem mit Steinplatten gefliesten Gang wieder. Hinter einer schmalen Treppe, die zum Heuboden hinaufführte, erstreckte sich eine Reihe von drei Pferdeboxen, denen die Sattelkammer und ein Futtertrog gegenüberlagen. Eine doppelschlägige Tür am anderen Ende des Ganges führte sicherlich zu einem eingezäunten Nebenhof.

»Anthony?«, rief Sebastian. Das Klappern seiner Stiefelabsätze hallte auf dem gepflasterten Boden in der Stille wider. Ein großer Brauner, der in der ersten Box angebunden war, hob den Kopf, legte die Ohren an und wieherte laut. Aus dem Wäldchen oben auf dem Hügel kam ein leises Antwortwiehern.

»Zur Hölle«, flüsterte Sebastian und zog das Messer aus seinem Stiefel. Wenn Newman die Pferde hörte und nachsehen wollte …

Sebastian ging schnell weiter den Gang entlang. Der zweite Stall stand leer im trüben Licht, das durch das hohe, mit Spinnweben besetzte Fenster fiel. Draußen konnte er hören, wie der Regen wieder zunahm und stärker auf das Strohdach über ihm trommelte. Sebastians Magen verkrampfte sich, weil er wusste, was er möglicherweise finden könnte, als er zur letzten Stallbox weiterging.

Der Junge lag zusammengerollt an den dicken Bretterwänden des dritten Stalls, an Händen und Füßen gefesselt. Sein Mund wurde durch einen Knebel grimassenhaft offengehalten. Seine Augen waren geschlossen, sein Antlitz blass und mit Schmutz und den Spuren getrockneter Tränen übersät. Aber Sebastian konnte das Zittern seines fleckigen weißen Nachthemdes über der Brust sehen.

»Anthony?« Sebastian beugte sich hinunter und berührte die Schulter des Jungen. »Ich bin hier, um dich nach Hause zu bringen. Alles wird gut.«

Die Lider des Jungen öffneten sich zitternd und schlossen sich dann wieder, sein Atem ging langsam und flach. Newman hatte dem Jungen offensichtlich reichlich Laudanum verabreicht.

»Hab keine Angst vor dem Messer. Ich benutze es nur, um dich loszuschneiden.« Mit der Klinge in der schweißnassen Hand schnitt Sebastian die Seile an Händen und Füßen des Jungen durch, dann löste er den Knebel von seinem Mund.

»Du musst aufwachen, Anthony. Mir zuliebe.« Er fasste den Jungen an den Schultern, um ihn ein wenig zu schütteln. »Kannst du aufstehen?«

Anthonys Augenlider öffneten sich wieder; seine Augen waren glasig, sein Kopf rollte hin und her und kippte in den Nacken.

»Dann komm.« Er ließ seine Hände unter die Achseln des Jungen gleiten und zog ihn hoch. Er schwankte leicht unter seinem Gewicht. Einen gefährlichen Augenblick verdunkelte sich das staubige Licht in der Scheune, und Sebastians Kopf schien zu schwimmen.

»Ich glaube nicht, dass ich dich tragen kann.« Sebastian schlang einen Arm um die Taille des Jungen. »Du musst dich wenigstens an mir festhalten und versuchen zu laufen. Kannst du das?«

Anthonys Lippen öffneten sich, und sein schmaler Brustkorb erbebte, als er tief einatmete und nickte.

»Guter Junge.« Sebastian taumelte in Richtung des Ganges. Er war sich nicht sicher, ob er den Jungen stützte, oder ob es genau umgekehrt war. Der Regen hämmerte auf das Dach, prasselte gegen die hohen Fenster. Er konzentrierte sich so sehr darauf, einen Fuß vor den anderen zu setzen, dass er erst, als sie den gewölbten Durchgang zum Kutschenunterstand erreicht hatten, das schmatzende Geräusch von näherkommenden Stiefeltritten im Schlamm draußen und das Knarren der sich öffnenden Scheunentore hörte.

Kapitel 64

Sebastian schob den Jungen hinter sich. »Die Tür am anderen Ende des Gangs«, flüsterte er. »Schau, dass du hier rauskommst und renn zum Wald.« Solange er Newman am Eingang zum Kutschenunterstand aufhalten konnte, würde der schattige Durchgang außerhalb seines Blickfelds liegen.

Aaron Newman ragte im Scheunentor auf, die Silhouette einer schlanken Gestalt vor dem im strömenden Regen liegenden Hof. »Bleibt genau dort stehen und hebt die Hände, sodass ich sie sehen kann«, sagte der Arzt, den Vorderlader im Anschlag haltend. »Tut, was ich sage, Mylord. Oder ich werde Euch erschießen, das schwöre ich zu Gott.«

Sebastian breitete die Arme aus und griff mit beiden Händen nach dem Türrahmen neben sich. Er sagte: »Es ist vorbei, Dr. Newman.«

Die Hände des Arztes schlossen sich fester um den Schaft des Gewehrs. »Es tut mir leid, dass ich da anderer Ansicht bin, Mylord, aber ich sehe es nicht so.«

Sebastian hörte den Atem des verängstigten Jungen hinter sich, das verstohlene Platschen nackter Füße auf dem Steinboden, als Anthony sich zum anderen Ende des Gangs durchschlug. Es gelang ihm, seine Stimme ruhig zu halten, obwohl er seinen rasenden Herzschlag am Hals spüren konnte. »Ich bin nicht allein hergekommen. Sir Henry Lovejoy und ein halbes Dutzend seiner Wachtmeister sind auf dem Weg hierher.«

Newman zog eine Augenbraue hoch. »Ihr seid also vorausgeritten, oder wie? Wie verwegen von Euch.«

Inzwischen hatte Anthony das andere Ende des Gangs erreicht. »Ich weiß über Ihren Sohn Bescheid«, sagte Sebastian und bewegte einen Stiefelabsatz auf dem Steinboden, um das Geräusch des Türriegels zu übertönen, der zurückgezogen wurde. »Ich weiß, was ihm auf der *Harmony* angetan wurde. Ich verstehe Ihre Wut und Ihren Wunsch nach Gerechtigkeit. Aber warum töten Sie nicht die Männer, die für das verantwortlich sind, was ihm widerfahren ist? Warum ermorden Sie ihre unschuldigen Kinder?«

Newman schüttelte den Kopf, an seiner Wange trat ein Muskel hervor, als er den Kiefer anspannte. »Der Tod bereitet allem Leiden ein Ende. Ich wollte, dass sie für das bezahlen, was sie Gideon angetan haben, aber auch für das, was sie mir angetan haben. Ich wollte, dass sie das spüren müssen, was ich spürte, dass sie das erleiden, was ich erlitten habe. Sie haben meinen Sohn umgebracht. Also habe ich ihre Söhne getötet.«

»Edward Bellamy hat Ihren Sohn nicht umgebracht.«

»Er hat ihn aber auch nicht beschützt. Mein Sohn war seiner Fürsorge anvertraut. Bellamy war der Kapitän des Schiffs. Wenn irgendjemand die Macht hatte, die Geschehnisse aufzuhalten, dann er.«

Sebastian spürte einen kühlen Lufthauch von der Tür, die sich hinter ihm öffnete, und hörte das leise Quietschen einer Türangel, als Anthony Atkinson sie äußerst vorsichtig bewegte.

»Und doch haben Sie den Sohn von Reverend Thornton als Ersten getötet. Warum?«

»Thornton war ein Mann Gottes. *Ein Mann Gottes.* Er drängte sie, meinen Sohn zu töten. Er *drängte* sie! Mary Thornton erzählte es mir, als sie starb. Wie der gute

Reverend den anderen versicherte, dass Gott ihnen vergeben werde. Nun, darin hat er sich geirrt, nicht wahr?«

»Haben Sie sie getötet? Mary Thornton meine ich.«

Newman schüttelte den Kopf. »Gott hat sie getötet.«

Sebastian betrachtete die wilden grauen Augen seines Gegenübers. Und so erkannte er darin den Augenblick, in dem der Arzt hörte, wie die doppelschlägige Stalltür mit einem Knallen aufschwang und wie nackte Füße klatschend über den matschigen Nebenhof davon rannten.

In einem schmerzverzerrten Lächeln zogen sich seine Lippen auseinander. »*Bastard.*« Sebastian sprang just in dem Augenblick zurück, als Newman den Finger am Abzug des Gewehrs krümmte und schoss.

Der erste Schuss entlud sich in einer ohrenbetäubenden Explosion des Feuerpulvers, und der Schrot ließ Steinstückchen von den Wänden und Holzsplitter von der Treppe fliegen. Die Luft füllte sich mit dickem Rauch und dem Gestank nach Kordit.

Sebastian machte einen Schritt in Richtung der offenen Tür am Ende des gepflasterten Gangs, dann wurde ihm klar, dass es ein Fehler war. Newman hatte noch einen Schuss. Es wäre unmöglich, Sebastian zu verfehlen, wenn er als Silhouette vor der offenen Tür zu sehen wäre.

Stattdessen stürzte er in die erste Box. Seine verletzte Schulter explodierte vor Schmerz, als er gegen die Bretterwand prallte und auf die Knie fiel. Das Kutschpferd wieherte panisch und warf den Kopf hin und her. Seine Hufe klapperten auf dem strohbedeckten Steinboden.

Sebastian drehte sich blitzschnell und kam wieder auf die Füße. Schwindel erfasste ihn, als er sich in den

Schatten zurückzog. Er spürte Tropfen aus Schweiß und Regenwasser, die aus seinem Haar rannen und seine Wangen hinunterliefen, und er hörte die Schritte des Arztes auf dem gepflasterten Boden des Gangs. Sebastian zog sein Messer aus dem Stiefel, dann streckte er die Hand aus, um den Gurt des Braunen aus dem Haken zu lösen. Er hielt den Lederriemen fest in der Faust, die steifen Kanten schnitten in seine Handfläche, während er darauf wartete, dass Newman in sein Blickfeld trat.

Er beobachtete, wie der Arzt durch den Stall ging, den Blick auf die offene Tür am Ende des Gangs gerichtet. Der Braune schnaubte und schüttelte den Kopf. In diesem Augenblick ließ Sebastian das Zaumzeug fallen.

Der Lärm des Leders, das gegen den Rand der Box klatschte, ließ Newman mit dem Kopf herumfahren. Seine Augen waren weit aufgerissen. Sebastian gab dem Braunen einen Klaps auf die Flanke und jagte ihn aus dem Stall. Newman machte einen raschen Rückwärtsschritt, wobei sein Finger sich reflexartig um den Abzug krümmte. Das Steinschlossgewehr feuerte in einer ohrenbetäubenden Erschütterung, und die Ställe waren von Flammen und Rauch erfüllt. Schrot durchschlug den nächsten Stallpfosten, scharfe größere und kleinere Holzsplitter flogen durch die Luft. Sebastian stürzte sich auf Newman.

Der Aufprall ließ Newman rückwärts gegen die Wand der Sattelkammer prallen. Ihre Füße verhedderten sich ineinander, und Newman ging zu Boden, knallte mit dem Kopf hart auf den Steinplatten auf. Sebastian sprang auf den Arzt und hielt ihm die Messerklinge an den Hals.

In der plötzlichen Stille, in der seine Ohren noch von dem Schuss klangen, konnte Sebastian seinen eigenen, rasselnden Atem und den Lärm des Regens durch die offenen Türen hören. Und dann noch etwas. Das entfernte Donnern vom Hufgeklapper schnell herangaloppierender Pferde.

Newmans Lippen öffneten sich und seine Brust erzitterte, als er versuchte, Luft in seine schmerzenden Lungen zu ziehen. »Tötet mich«, sagte er in einem heiseren Flüstern. »Warum tötet Ihr mich nicht einfach?«

Sebastian schüttelte den Kopf. Er dachte an Francesca Bellamy, an Lady Carmichael und an Dominic Stantons Mutter, die in ihrer Trauer halb verrückt geworden war. Und er spürte einen aufflammenden Zorn, der jede Spur von Mitleid oder Verständnis wegwischte. »Nein. Sie haben es selbst gesagt. Der Tod macht jedem Leid ein Ende. Und Sie verdienen es zu leiden. Für das, was Sie diesen jungen unschuldigen Männern angetan haben. Und für das, was ihr Tod denjenigen angetan hat, die sie liebten.«

Sie hörten einen Ruf vom Hof her, dann eine dünne Knabenstimme, die sagte: »Im Stall. Sie sind in den Stallungen.«

Newman presste die Augen zu, sein Atem ging immer noch stoßweise. »Ich habe es für Gideon getan. Ich konnte mein ganzes Leben nichts für ihn tun. Das Mindeste, was ich tun konnte, war seinen Tod zu rächen.«

»Nein.« Sebastian griff nach dem Mantel des Arztes und zog ihn auf die Füße hoch. »Sie haben das für sich selbst getan.«

Kapitel 65

Sir Henry Lovejoy zog die Schultern hoch, um sich vor dem Regen zu schützen, während er beobachtete, wie seine Wachtmeister den Kentischen Arzt aus den Stallungen führten.

»Ich dachte, das wäre nicht Ihr Fall?«, sagte Devlin, als er neben ihn trat.

»Ist es auch nicht«, sagte Henry und wandte den Kopf, um den Viscount anzublicken. Er stand ohne Hut im Regen. Sein ursprünglich feines Jackett, seine Weste und die Kniehosen waren zerrissen, matsch- und blutbefleckt und von Laub- und Strohresten bedeckt. »Guter Gott. Wir müssen Euch zu einem Wundarzt bringen.«

»Es geht schon.« Devlin fuhr sich mit der Hand über das Gesicht und wischte sich den Regen aus den Augen. »Wie geht es dem Jungen?«

»Er ist ein guter Junge. Er wird sich erholen. Dank des Laudanums wird er sich nicht an vieles erinnern, denke ich. Aber ich habe keinen Zweifel, dass seine Zeugenaussage – zusammen mit allen Indizien, die eine Durchsuchung des Bauernhofs hervorbringen wird – mehr als ausreichen wird, um den guten Arzt hängen zu sehen.«

Devlins Züge blieben regungslos, als er über das Tal blickte, in dem der Nebel hing. »In dem Wald hinter dem zweiten Zollhäuschen, wenn man von London kommt, liegen ein paar Leichen. Vielleicht möchten Sie ein paar Ihrer Männer hinschicken, sich darum zu kümmern.«

»Leichen?«

»Lord Stanton und einige seiner Handlanger. Sie haben versucht, mich zu töten.«

»Also haben Sie sie getötet?«

»Ich war in Eile.«

Henry seufzte.

»*Sir Henry.*«

Henry drehte sich um und sah Wachtmeister Higgins quer über den Hof auf sich zu kommen. Die runden Wangen rot vor Aufregung, hielt er etwas Kleines, Weißes in einer Faust. »Wachtmeister?«

»Ich dachte, das möchten Sie vielleicht sehen«, sagte Higgins und hielt ihm eine kleine Porzellanfigur hin. »Wir haben das in einer Tasche unter dem Sitz von Newmans Gig gefunden.«

»Was ist das?«, fragte Henry.

Der Viscount griff nach der zierlichen Statue und hielt sie in seiner Hand. »Eine Meerjungfrau. Es ist eine Meerjungfrau.«

Henry suchte nach seinem Taschentuch. »Gütiger Himmel.«

»Was wird mit ihnen geschehen?«, fragte Devlin und starrte auf das Figürchen hinunter. »Ich meine Atkinson und Carmichael und Mister und Misses Dunlop, die verreist sind.«

»Nichts, nehme ich an. Ich wüsste nicht, dass der Hof Fälle von Kannibalismus auf der offenen See je verfolgt hätte.«

»Tatsächlich dachte ich an das, was sie David Jarvis angetan haben.«

Henry zuckte die Achseln. »Wir haben keine Möglichkeit, herauszufinden, wer den tödlichen Stoß ausgeführt hat.«

»Für seinen Tod musste die Crew hängen.«

»Die Crew wurde für Meuterei gehängt.«

Devlin lächelte schmallippig. »Natürlich.«

Henry spürte eine innere Beunruhigung erwachen. »Ihr plant etwas. Was ist es?«

In den geisterhaft gelben Augen des Viscounts glomm ein belustigter Funke. »Ich glaube nicht, dass Sie das wissen wollen.«

»Ich glaube, ich habe dich in den letzten neun Monaten mehr verpflastert als im Krieg«, sagte Paul Gibson, während er Sebastians Oberarm verband. »Halte mal bitte den Finger darauf.«

Sie waren in Sebastians Bibliothek, und Sebastian saß ohne Hemd auf der Ecke seines Schreibtischs. Er lächelte und hielt das Ende der Binde fest, während der Wundarzt in seiner Tasche nach einer Schere kramte. »Na, was ist Krieg denn, wenn nicht eine organisierte und gesetzlich geregelte Form des Massenmords?«

Gibson schnitt die Gaze durch und fixierte den Verband, scheinbar ganz auf seine Arbeit konzentriert. »Ich nehme nicht an, dass du die neuesten Gerüchte schon gehört hast?«

»Welche Gerüchte?«

»Über Russell Yates und Kat Boleyn. Sie sind mit Sondergenehmigung getraut worden.«

»*Was?*«

Gibson stieß seufzend den Atem aus. »Ich habe schon befürchtet, dass du nichts davon weißt.«

»Nein«, sagte Sebastian. »Tue ich nicht.« Er heftete seinen Blick, ohne wirklich etwas zu sehen, auf die Schale mit blutigem Wasser, die neben ihnen stand, während sein Freund sich daran machte, die Messerschnitte an seinen Handgelenken zu versorgen. Seit er Aaron Newman auf der Oak Hollow Farm an Sir Henry übergeben hatte, dachte Sebastian schon darüber nach, wie er – da eine Ehe nicht infrage kam – Kat vor Jarvis in Sicherheit bringen könnte. Aber nun schien es, als habe Kat selbst eine Möglichkeit gefunden, sich zu schützen.

Jetzt, da er von der verzweifelten Dringlichkeit, einen Mörder zu fassen sowie davon, einen Weg zu finden, um Kat vor Jarvis' Fängen zu retten, befreit war, gab es plötzlich nichts mehr, das Sebastian ablenken konnte. Von einer Zukunft ohne Kat als seine große Liebe, ohne Kat in seinem Leben. Er spürte eine abgründige Leere tief in seinem Inneren aufklaffen, und für einen unerträglichen Augenblick war die Qual so übermächtig, dass sie ihm den Atem nahm.

»Sebastian ...« Gibson unterbrach sich, als das Geräusch eiliger Schritte und das Klappern einer Tür die Ankunft von Tom ankündigten.

»Ich hab' einen gefunden«, sagte Tom, atemlos und rotwangig vom Laufen. »Ich hab' 'nen Hausdiener gefunden. Der war über zwanzig Jahre der Butler eines Gentlemans. Der weiß alles über Euer Interesse an Mord und über die Klamotten aus der Rosemary Lane, die Ihr manchmal tragt, und das stört ihn nich' *ein* bisschen. Im Gegenteil, der kann nächstes Mal, wenn wir 'nen Mord untersuchen müssen, sogar sowas wie 'ne rechte Hand sein. Der kennt nämlich fast alle Ganoven, Einbrecher und Betrüger der Stadt.«

Sebastian stand von der Schreibtischecke auf. »Und wie genau kommt er an diese Informationen?«

»Seiner Ma gehört der *Blue Anchor.*«

»Ihr gehört was?« Der *Blue Anchor* war das berüchtigtste Glücksspielhaus der Stadt, in dem sich die schlimmste Sorte marokkanischer Männer, Flittchen und Schöngeister die Klinke in die Hand gaben. Tom schluckte. »Ich weiß, was Ihr denkt, aber Ihr seht das falsch. Calhouns Ma war fest entschlossen, dass ihr Sohn nich' zu 'nem armen Schlucker und Tunichtgut, sondern zu 'nem ehrbaren Mann heranwuchs, und das is' er auch.« Tom zögerte. »Bis auf 'ne kurze Zeit in Newgate, aber das war nich' seine Schuld.«

Gibson verschluckte sich und drehte sich weg, um seine Belustigung zu überspielen.

»Was, sagtest du, war der Name dieses Ausbundes an Tugend?«, fragte Sebastian.

»Jules Calhoun. Er sagt, er kann morgen Abend zum Vorstellungsgespräch vorbeikommen, wenn Ihr interessiert seid. Seid Ihr interessiert?«

»Nachdem ich seit Wochen schon dieses Getue um einen Hausdiener habe? Natürlich bin ich interessiert.« Sebastian deutete warnend mit dem Zeigefinger auf seinen Laufburschen. »Aber wenn in diesem Haus auch nur ein Schnürsenkel verschwindet, stehst du mir dafür gerade.«

Toms Antlitz strahlte auf. »Er ist 'n Guter. Ihr werdet sehen.«

Tom verschwand wieder, während Gibson seine diversen Utensilien einsammelte und zurück in seine Tasche legte. Nach einem Augenblick sagte er: »Hast du sie schon gesehen?« Es war nicht nötig, klarzustellen, auf welche *sie* er sich bezog. Kats Name hing trotzdem zwischen ihnen.

Sebastian ging durch den Raum, um Brandy in zwei Gläser einzuschenken. »Nein. Noch nicht.«

Gibson sah auf. »Du wirst einen Weg finden müssen, das alles hinter dir zu lassen. Kat, den Krieg. Die Dinge, die du gesehen hast und die Dinge, die du getan hast.« *Deine verzweifelte, nutzlose Suche nach deiner Mutter.* Wieder hingen die Worte in der Luft. Unausgesprochen, aber trotzdem vorhanden.

Sebastian trat zu seinem Freund und reichte ihm den Drink. »Und hast du alles hinter dir gelassen, Paul? Den Krieg? Den Verlust deines Beins?« *Die Sucht nach der Erlösung, die das Elixier aus Mohn bringt?*

Die Haut in Gibsons Augenwinkeln legte sich amüsiert in Falten, als er seinen Brandy zu einem stillen Toast hob. »Nein. Aber wir Ärzte sind immer besser darin, Rat zu erteilen, als darin, welchen anzunehmen.«

Kapitel 66

Montag, 23. September 1811

Kat beaufsichtigte in ihrem Ankleideraum das Packen ihrer Truhen. Sie blickte auf und entdeckte Devlin, der in der Tür stand.

»Ich hörte, dass du verletzt wurdest«, sagte sie und betrachtete mit besorgtem Blick die Schnitte und blauen Flecke, die sein Antlitz bedeckten, und den Arm, der steif und linkisch in einer Schlinge an seiner Seite hing.

»Das ist nichts.« Er drehte den Kopf, um das Durcheinander halb gepackter Truhen und überall im Raum verstreuter Kleidungsstücke zu betrachten. »Das Gerede stimmt also? Du hast geheiratet?«

Sie nickte, da sie sich selbst nicht zutraute, sprechen zu können. »Ja.«

Er studierte ihr Antlitz. »Warum Yates?«

»Er kann mich beschützen. Er hat Beweise, die Jarvis zerstören würden, wenn sie bekannt würden.«

»Aber Kat, was für eine Art Ehe kann das sein – mit einem Mann, der ...« Er ließ den Rest des Satzes unausgesprochen.

Ihre Stimme zitterte, als sie ihm antwortete: »Die einzige Art, die ich will.« Sie räusperte sich und versuchte, der bedrängenden Enge zu begegnen, die ihr das Gefühl gab, zu ersticken. »Ich habe bekannt gemacht, dass die *Post* die Ankündigung meiner Heirat verpfuscht hat. Es wird zweifellos einiges Gerede geben, aber das sollte sich irgendwann legen.«

Er zog eine Schulter hoch, sagte jedoch nichts. Sie wusste, ihm bedeuteten das Gerede hinter vorgehaltener Hand und die Mutmaßungen, die in der feinen Gesellschaft ausgetauscht wurden, nichts.

Der vertraute Drang, zu ihm zu gehen, war immer noch da. Der Drang, ihn in ihre Arme zu ziehen und ihn im Trost ihrer Umarmung zu wiegen. Die Intensität dieses Wunsches – trotz allem, was sie wusste, trotz der Schande, die jetzt auf allem lag, was sie einander gewesen waren – schockierte und entsetzte sie. Sie verschränkte die Hände vor ihrem Rock. »Hast du mit Hendon gesprochen?«

Sein Antlitz wirkte seltsam ausdruckslos, als hätte er sorgsam jegliche Emotion daraus verbannt. »Ich habe ihm nichts mehr zu sagen.«

»Es ist nicht seine Schuld, was zwischen uns geschehen ist. Gott weiß, er hat versucht, uns davon abzubringen.«

»Er hat sich deine Mutter zur Geliebten genommen.«

»Und du hast mich zu deiner gemacht.«

»Ich hätte dich zu meiner Ehefrau gemacht.«

»Ja. Nun ... zumindest das ist uns erspart worden.«

Er studierte ihre Züge, seine gelben Augen blickten streng, forschend. »Wie ist es mit dir? Vergibst du ihm?«

Kat stieß ein Seufzen aus, das ihre Brüste erzittern ließ. »Um meiner Mutter willen, nein. Er hätte ihr das Kind weggenommen. Aber für mich wollte er das Beste, nicht wahr?«

»Oder das Beste für sich selbst. Hat er vor, dich offiziell anzuerkennen?«

Sie spürte, dass einer ihrer Mundwinkel sich zu einem schiefen Lächeln hochzog. »Das ist ein bisschen zu viel verlangt, nicht? Dass der Earl of Hendon eine Schauspielerin offiziell als seine Tochter anerkennt – eine Schauspielerin, von der alle wissen, dass sie die Geliebte seines Sohnes war?«

»Kat ...« Er streckte die Hand aus, um sie zu berühren, doch sie schreckte zurück.

»Nein. Das darfst du nicht.«

Sie sah, wie seine Hand an seiner Seite wieder hinunterfiel. Sie bemerkte, dass sie nicht mehr fähig war, seine Gedanken und die genaue Art seiner Gefühle zu ergründen. Sie kannte Devlin besser als irgendjemanden sonst in ihrem Leben, aber sie kannte ihn nur als Liebenden. Wie sollte sie ihn jemals als Bruder kennenlernen?

»Ich schaue dich an«, sagte er, und seine Stimme war nur ein raues Flüstern. »Ich schaue dich an, und ich sehe die Augen meines Vaters zurückblicken. Und doch kann ich es im Innern meines Herzens nicht akzeptieren. Wenn du meine Schwester wärst, würde ich es doch sicherlich wissen?«

Sie betrachteten sich über die schmerzliche Distanz hinweg, die sie voneinander trennte. Sie sagte: »Wie hätten wir uns etwas so Ungeheuerliches je vorstellen können?«

Er schüttelte den Kopf. »Ich versuche es. Aber ich weiß nicht, wie ich es schaffen soll, dass meine Liebe einfach verschwindet.«

Sie sah den Schmerz in seinen Augen und wusste, dass es nichts gab, das sie sagen konnte, nichts, das sie tun konnte, um es leichter zu machen. Sie wollte sagen: »Ich liebe dich. Ich werde dich immer lieben.«

Stattdessen sagte sie: »Wir müssen.«

Der Earl of Hendon traf sein erstgeborenes Kind, Amanda, im Morgensalon an ihrem Stickrahmen an.

»Ich komme, um dir zu sagen, dass ich noch eine Tochter habe«, sagte er und blieb mitten auf dem Teppich stehen, während sie weiter feine Stiche in den Sesselbezug machte, an dem sie arbeitete. »Eine illegitime Tochter.«

Amanda stieß ein Lachen aus, ihre Nadel bewegte sich rasch auf und nieder. »Guter Gott. Wirst du im Alter weich? Welches wertvolle kleine Ding hat dich davon überzeugen können, dass sie dein lang verschollener Nachkömmling ist?«

»Kat Boleyn.«

Jegliche Belustigung wich aus ihrem Gesicht. Sie legte den Stickrahmen beiseite. »Das kannst du nicht ernst meinen.«

»Doch, das tue ich.«

Amanda zog eine Braue hoch. »Wie geschickt von dir. Also wurde die Heirat deshalb abgesagt. Wie hast du es nur geschafft, sie zu überzeugen?«

Hendons Kiefermuskeln arbeiteten. »Was denkst du denn? Dass ich diese Geschichte erfunden habe, um einen Keil zwischen sie und Devlin zu treiben? So geschickt bin nicht mal ich. Sie ist meine Tochter. Daran besteht kein Zweifel.«

Er sah die Andeutung eines unglücklichen Lächelns über Amandas Antlitz huschen. »Also denken sie jetzt, dass sie all die Jahre Inzest begangen haben? Und natürlich hast du kein Wort gesagt, um sie von diesem Schluss abzubringen?«

Hendon kniff die Lippen zusammen.

»Er wird die Wahrheit herausfinden, das weißt du. Eines Tages. Und wenn es so weit ist, wird diese Lüge nur *noch* eine sein, die du ihm aufgetischt hast. Eine weitere Lüge, die er dir niemals verzeihen wird.«

Hendon ließ den Blick über ihr stolzes Antlitz wandern, in dem sich seine eigenen groben Züge mit der feingliedrigen Schönheit ihrer Mutter auf unvorteilhafte Weise gemischt hatten. Er wollte ihr widersprechen. Stattdessen wandte er sich um und ließ sie zurück, mit ihrem Stickrahmen neben dem kalten Kamin. Er hatte schon fast die Tür erreicht, als er sie lachen hörte.

Er ging weiter.

Charles Lord Jarvis stand neben den Bibliotheksfenstern, die auf den Garten hinter seinem Haus am Berkeley Square wiesen. Er war ruhig. Zorn ließ Männer dumme Dinge tun, und Jarvis war niemals dumm. Er hatte einen Rückschlag erlitten – mehrere sogar – und er musste einiges wieder ins Lot bringen. Aber damit hatte er keine Eile, und er konnte bereits einen Weg sehen, die Lage zu seinem Vorteil zu wenden.

Sein Butler scharrte diskret an der Tür. »Lord Devlin macht seine Aufwartung, Mylord.«

Jarvis blieb mit dem Rücken zum Raum stehen, den Blick weiterhin auf den Garten gerichtet. »Ich bin nicht zugegen.«

»Ja, Myl...«

»Ich habe schon vermutet, dass Ihr Euch verleugnen lasst«, sagte der Viscount jovial. »Deshalb bin ich trotzdem gekommen.«

Jarvis' Kopf ruckte herum, seine Augen verengten sich. Der Viscount trug den linken Arm in einer Schlinge, auf seiner Stirn klebte ein Pflaster. Jarvis grunzte. »Wer ist für die Wunden verantwortlich? Lord Stanton oder dieser Arzt in Kent, von dem ich gehört habe?«

»Beide.«

Jarvis griff nach seiner Schnupftabakdose. »Sagt, was Ihr sagen müsst, und dann verschwindet aus meinem Haus.«

Devlin lächelte. Er trug ein ledergebundenes Buch unter einem Arm, ein großes Format mit angekohlter Bindung, das er nun auf Jarvis' Schreibtisch legte. »Dies habe ich Euch mitgebracht.«

Jarvis runzelte die Stirn. »Was ist das?«

»Das Logbuch der *Harmony*. Ich glaube, Ihr werdet es als interessante Lektüre empfinden.«

Jarvis blieb, wo er war.

Devlin wandte sich zur Tür um, blieb jedoch mit einer Hand am Türknauf stehen und sagte: »Ich hätte Euren Sohn gerne kennengelernt. Ihr habt vieles, worauf Ihr stolz sein könnt. Guten Tag, Mylord.«

Nachdem Devlin gegangen war, starrte Jarvis das Logbuch auf seinem Schreibtisch an. Es dauerte noch eine Weile, bis er durch den Raum ging, um es aufzuheben.

Er las das Logbuch neben dem Fenster sitzend. Es dauerte eine Zeitlang, bis er fertig war und das Buch mit einem leisen Schnappen schloss. Hinter den Dächern der Nachbarhäuser war die Sonne bereits tief gesunken und warf lange Schatten in die Bibliothek. Er saß auch noch dort, als das letzte Tageslicht vom Himmel verschwand und der Lampenanzünder seine Runde

machte, um die flackernden Öllampen am Square zu
entzünden.